일타강사 백사부

일러두기

• 이 책은 네이버 시리즈에서 연재된 《일타강사 백사부》를 바탕으로 편집, 제작 되었습니다.

일타강사 백사부

8권

간짜장 지음

arte POP

목차

337화

증명하게

잠시 후, 화구를 담아 두는 큼직한 목함을 품에 안고 달려온 풍월화공이 백수룡에게 외쳤다.

"그대로 가만히 있게!"

화구를 꺼내 바닥에 펼치자, 종이가 혼자서 스르륵 허공에 떠오르더니 비스듬하게 펼쳐졌다.

종이뿐만이 아니었다. 풍월화공의 좌우로 붓, 물감, 온갖 종류의 화구들이 둥실둥실 떠올랐다.

풍월화공은 그중 마음에 드는 붓을 손에 쥐었다. 손에 쥔 것은 하나였으나, 그 순간 다른 붓들도 함께 움직였다.

'그림에 술법의 기운을 남긴다더니…….'

백수룡은 흥미로운 눈으로 풍월화공의 술법을 구경했다. 허공섭물과는 달랐다. 허공섭물이 기로 물체를 조종하는 것이라면, 풍월화공의 술법은 물건에 생명력을 불어넣어 저절로 움직이게 하는 듯했다.

"아까처럼 앞에 있는 그림을 봐 주겠나?"

"……이렇게 말입니까?"

백수룡은 순순히 풍월화공이 시키는 대로 했다.

은사부의 정인을 찾으러 와서 이게 뭐 하는 짓인가 싶었지만, 부모님의 젊은 시절을 보여 준 값이라 치기로 했다.

그런데 생각보다 풍월화공의 요구가 많았다.

"고개를 살짝만 들어 보게. 조금 더 아련한 표정으로. 누가 지켜본다고 생각하지 말고. 처음 저 그림을 본 순간의 감정을 끌어올려 보게나!"

풍월화공의 온갖 요구에, 옆에서 지켜보고 있던 검노가 핀잔을 주었다.

"이놈아. 말이 쉽지. 초면에 그런 요구를 하면 민망해서……."

"이렇게 하면 됩니까?"

"옳지! 잘하는구나! 자네 아주 타고났어!"

"……."

백수룡은 풍월화공이 시키는 대로 척척 자세를 잡았다.

사람들 앞에 서는 일이라면, 전생에서부터 수없이 해 봐서 어려울 것은 전혀 없었다.

뻔뻔할 정도로 당당하게 자세를 잡는 백수룡의 모습에, 검노가 낮게 탄식했다.

"만만치 않은 손님이 왔군."

백수룡도 가만히 서 있기만 하지는 않았다.

그는 시선은 계속 그림에 두면서, 입을 움직이지 않고 말했다.

"은퇴하신 이후로 그림은 안 그리시는 것 아니었습니까?"

말을 하고 있지만 표정에는 일절 변화가 없었다.

복화술 정도는 백수룡에게 간단한 기술이었다.

"헛소문이오. 환쟁이가 그림을 그리지 않으면 뭘 하겠소? 더 이상 남에게 보여 주거나 팔지 않으니 그런 소문이 돈 것이지."

검노가 대신 대답했다.

풍월화공은 그림을 그리는 데 완전히 몰입한 상태여서, 두 사람이 하는 말을 전혀 듣지 못하고 있었다.

'굉장한 집중력이군.'

곁눈질로 풍월화공을 힐긋거린 백수룡이 검노에게 말했다.

"선배님. 말씀 편히 하십시오."

"내 나이가 많다고 찾아온 손님에게 하대를 하지는 않소. 나는 그리 무례한 사람이 아니오."

검노는 고개를 저었다. 볼수록 신기한 노인이었다. 백수룡은 검노의 정체도 궁금해졌다.

"손님이 아니라 후배 무인으로서 말씀드리는 것입니다."

"그렇다면 더욱 안 될 일이지. 무인의 격이 나이로 정해지는 것도 아니거니와, 그대는 이미 무림의 배분으로 논할 고수가 아닌 듯한데."

"……과찬이십니다."

백수룡이 검노를 알아보았듯, 검노도 백수룡이 대단한 고수라는 사실을 느끼고 있었다.

하지만 둘 사이에 긴장감은 흐르지 않았다.

검노는 인상은 살벌해도 어딘가 초탈한 분위기가 흐르는 노인이었고, 백수룡도 싸울 마음으로 찾아온 것이 아니었으니까.

"궁금한 것이 있으면 내게 물어보시오. 이 녀석은 지금 벼락이 내리쳐도 듣지 못하는 상태이니."

"실례지만 두 분은 어떤 관계이십니까?"

"……친우요. 보다시피 이놈이 그림을 팔아 번 돈이 많아서, 이곳에 얹혀 지내면서 총관 일을 해 주고 있소."

백수룡은 검노의 정체가 궁금했지만, 단호한 말투에서 자세히 묻지 말라는 의지가 느껴졌다.

하는 수 없이 다른 질문을 했다.

"그림이 다 완성되려면 얼마나 걸릴까요?"

"오래 걸리지 않소. 반 시진이면 완성될 거요."

"……생각보다 굉장히 빠르군요."

벽에 걸려 있는 미인도들의 수준을 생각하면, 반 시진은 말도 안 될 만큼 짧은 시간이었다.

'적어도 반나절은 서 있어야 할 줄 알았는데.'

술법을 이용해서 그리기 때문이리라.

지금도 허공에 떠 있는 붓들이 웬만한 사람은 눈으로 좇기 힘들 정도의 속도로 움직이고 있었다. 풍월화공은 무아지경에 빠진 지 오래였다.

"오자마자 차 한잔 대접하지 못하고 서 있게 해서 미안하오. 보통은 담소를 좀 나눈 후에 그림을 그려도 되냐고 부탁하는 편인데……."

검노는 완전히 몰입한 풍월화공과, 그가 그리는 그림을 힐긋 본 후에 말했다.

"손님을 보고 영감을 크게 받은 모양이오. 오늘은 걸작이 나올 것 같군."

백수룡은 몰랐지만, 검노의 입에서 걸작이라는 말이 나온 것은 십 년도 더 된 일이었다.

'묘한 기분이긴 하군.'

부모님의 초상화를 바라보면서, 자신의 초상화가 완성되는 것을 기다리다니.

아버지와 어머니의 미소가 왠지 자신을 바라보면서 웃는 것만 같았다.

"그림이 완성되면 이 녀석이 고맙다며 선물을 주겠다고 할 것이니, 미리 생각해 두면 결정에 도움이 될 게요."

선물이라…….

그 말을 듣자마자, 백수룡은 풍월화공에게 무엇을 달라고 할지 결정했다.

두 사람이 두런두런 대화를 나누는 동안, 어느새 그림이 완성되었다.

마지막 붓질을 끝낸 풍월화공의 눈빛이 비로소 원래대로 돌아왔다.
"좋구나!"
완성된 그림을 바라보며 너털웃음을 터트리는 풍월화공. 그가 고개를 돌려 백수룡에게 말했다.
"고맙네. 덕분에 오랜만에 굉장히 마음에 드는 그림이 나왔어! 그림을 바라보는 자네의 표정, 자연스러운 자세! 최근 십 년간 그린 그림 중에 가장 마음에 드는 작품이야!"
얼굴 가득 환한 미소가 맺힌 풍월화공의 얼굴은, 최소 여든은 넘었으리라 추정되는 나이가 무색할 만큼 순수했다. 보는 사람마저 기분이 좋아질 정도였다.
백수룡이 피식 웃으며 말했다.
"저 이제 움직여도 됩니까?"
"이런, 내가 손님을 서 있게 했군. 총관. 가서 음식을 좀 준비해 주겠나?"
"미리 시비들에게 일러 놓았다. 자리를 옮기지."
검노가 먼저 몸을 돌리고, 풍월화공과 백수룡이 그 뒤를 따랐다.
백수룡은 술법으로 화구를 수습 중인 풍월화공 옆에 붙으며 말했다.
"완성한 그림을 좀 봐도 되겠습니까?"
"물론일세."
"……."
별채를 배경으로, 벽에 걸린 부모님의 초상화를 바라보는 백수룡의 옆모습이 그려져 있었다.
창으로 들어온 햇살, 바람에 머리카락이 살짝 흩날리는 모습까지 섬세하게 표현돼 있었다.
'신기하군. 그림에서 감정이 고스란히 느껴지다니.'
그림 속 백수룡의 입가에는 반가움이, 눈에는 그리움이 담겨 있었다.

스스로 이런 말을 하긴 좀 그렇지만, 자신이 봐도 한 폭의 그림이었다.

'두 분의 모습이 정면으로 나오지 않아서 아쉽지만.'

내심 가족이 다 나온 초상화를 기대했지만, 이 그림은 명백히 백수룡이 주인공이었다. 그 점이 유일하게 아쉬웠다.

"어떤가?"

"……기분이 묘하군요."

"하하! 그리 말할 줄 알았네!"

세 사람은 자리를 옮겼다. 진수성찬이 차려진 식탁에 둘러앉아 담소를 나눴다.

"헌데, 자네가 보고 있던 그림에 그려진 분들과는 어떤 인연인가?"

빨리도 묻는군.

백수룡은 속으로 생각하며 피식 웃었다.

"두 분이 저의 양친이십니다."

"허어. 과연……! 그 두 사람 사이에서 이토록 헌앙한 아들이 태어났구나. 어쩐지 닮았다고 생각하고 있었거늘."

"제 부모님을 기억하십니까?"

"물론일세. 내가 그린 그림의 인물은 모두 기억하고 있다네. 특히 자네의 부모는……."

풍월화공의 눈이 잠시 과거를 더듬었다. 그의 입가에 잔잔한 미소가 맺혔다.

"참으로 잘 어울리는 한 쌍이었지. 혼례를 올리고 함께 강호를 유람하고 있다고 하더군. 어찌나 찰싹 달라붙어 있던지, 초상화를 그릴 때도 손을 놓지 않겠다고 고집을 부렸었지. 내 평생 그런 경우는 처음이었네."

풍월화공이 고개를 절레절레 저었다. 그의 입가에 장난스러운 미소가 맺혔다.

"자네 부친. 대단한 팔불출이었어. 안으면 부서질까, 불면 날아갈까, 아내 옆에서 쩔쩔매던 모습이 아직도 떠오르는군."

"그랬을 겁니다."

백수룡도 큭큭 웃었다.

안 봐도 훤했다. 아버지는 꼼짝도 못 하고 잡혀 살았을 것이다.

"어머니는 어떤 분이었습니까?"

"강단 있는 여인이었네. 몸이 약해 보였는데도 할 말은 다 하더군. 난데없이 새벽에 쳐들어와서 그림을 그려 달라고 한 사람은, 내 평생 자네 모친이 유일했다네."

"……예?"

상상을 초월하는 이야기에, 백수룡이 입을 떡 벌렸다.

"음. 그건 나도 기억나는군."

검노도 무표정한 얼굴로 고개를 끄덕였다.

어머니는 이 무서운 노인이 지키는 장원에 직접 쳐들어왔단 말인가?

"우리 정도면 충분히 자격이 되지 않냐면서, 시간이 없으니 빨리 그려 달라고 하더군. 기다리는 시간도 아깝다면서 말이야."

매약빙은, 백수룡이 상상했던 것 이상으로 굉장한 여인이었다.

"……죄송합니다."

백수룡은 일단 사과부터 했다. 어쩐지 그래야 할 것만 같았다.

"망나니 같은 부모님을 용서해 주셔서 감사합니다. 그리고 두 분의 모습을 이렇게 남겨 주신 것도 감사합니다. 그, 아버지 정도는 좀 패셨어도 괜찮았을 것 같은데……."

도대체 아들인 내가 왜 이런 말을 해야 하는 건데. 백수룡은 속으로 투덜거렸다.

"하하! 다 옛날이야기지. 지금은 재미있는 추억으로 남아 있다네. 좋은 작품도 남았고 말이지."

"괜찮소."

풍월화공은 진심으로 즐거워했다.

검노의 입가에도 미소 비슷한 것이 맺혔다.

나이가 들수록, 추억을 공유하는 사람을 만나는 것은 쉽지 않은 일이었다.

"그래, 양친은 건강하신가?"

"아버님은 정정하시고, 어머니는 절 낳고 돌아가셨습니다. 그래서 얼굴을 뵌 것은 오늘이 처음입니다."

"저런……."

풍월화공이 안타까운 표정을 지었다.

그러나 백수룡은 괜찮다며 씩 웃었다.

오히려 생각지도 못했던 곳에서 부모님의 전설적인 일화를 들으니, 즐거운 기분이 들었다.

"이것도 인연인데, 자네에게 선물을 하나 주고 싶네. 원하는 것이 있다면 편히 말해 보게나."

돈, 명성, 인맥.

풍월화공은 모든 것을 줄 수 있었다.

돈을 원한다면 천하에서 가장 큰 상단의 전표를 써 줄 수 있고, 명성을 원한다면 자신의 이름을 빌려줄 수도 있었다.

인맥을 원한다면, 화산파나 종남파의 장문인에게 소개장을 써서 만나게 해 줄 수도 있었다.

하지만 백수룡이 원하는 것은 따로 있었다.

"그림을 하나 더 그려 주십시오."

"음?"

"별채에 걸려 있던 부모님과 제가 함께 서 있는 그림을 그려 주십시오."

"으음……."

풍월화공이 처음으로 곤란하다는 표정을 지었다.

원래는 안 되는 일이다.

그는 자신이 그리고 싶은 그림만을 그리며, 한자리에 없는 인물은 상상해서 섞지 않는 주의였다.

하지만 방금 전, 실제로 어머니를 뵌 것은 처음이라는 백수룡의 이야기를 들은 터라 고민이 되었다.

"그것은 좀……."

"사실 저보다는."

풍월화공이 흔들리는 모습을 본 백수룡이 처연한 표정으로 말했다.

"외조부님께 그 그림을 꼭 선물해 드리고 싶어서 드리는 부탁입니다."

매극렴이 저 그림을 본다면 얼마나 좋아할까.

의절하고 삼십 년을 보지 못한 딸.

그림으로나마 다시 보게 된다면 매극렴이 어떤 표정을 지을지, 백수룡도 상상이 되지 않았다.

"외조부께서 어머니의 장례에도 참석하지 못하셨습니다. 그 일을 평생 후회하고 계시는데……."

"그, 그만하게. 그런 얘길 들으면 마음이 약해지지 않나."

백수룡의 부탁에 고민하던 풍월화공이 이내 한숨을 내쉬며 말했다.

"알겠네. 그려 주지."

"감사합니다."

언제 처연한 표정을 지었냐는 듯, 백수룡의 얼굴이 환해졌다.

원했던 선물까지 약속을 받았으니, 슬슬 본론을 꺼내도 될 것 같았다.

"사실 따로 여쭙고 싶은 것이 있어서 먼 길을 찾아왔습니다."

"편히 묻게나."

"어르신의 성함이 문율이십니까?"

풍월화공.

그는 은사부에게 들었던 정인과는 인상이 달라도 너무 달랐다.

하지만 두 사람이 헤어지고 육십 년이 넘는 세월이 흘렀다.

'어떤 일이든 일어날 수 있는 시간이지.'

병약한 서생이 술법을 익히고, 천하에서 가장 유명한 화공이 된다 해도 이상하지 않은 시간.

떠난 사람을 잊지 않기 위해 계속 그림을 그려 온 거라면?

"……그 이름은 어디서 들었나?"

풍월화공의 표정이 차갑게 굳었다.

갑자기 바뀐 분위기에 백수룡이 당황할 정도였다.

"대답하게. 그 이름을 어디서 들었냐고 물었네."

백수룡은 잠시 대답을 고민하다가 말했다.

"그분에게 전해야 할 말이 있습니다."

"자네가? 아니면 다른 누구에게 부탁을 받았나?"

"은예린."

그 이름이 나온 순간, 풍월화공의 눈이 더 커질 수 없을 정도로 부릅떠졌다.

무림이 빙월신녀라는 별호는 기억하고 있을지 몰라도, 그녀의 본명은 거의 알려져 있지 않았다.

"그녀와 무슨 관계지?"

풍월화공의 기세가 일변했다.

장원 전체를 휘감은 술법이 주인과 공명했다.

대낮인데도 불구하고 주변이 어두워지기 시작했다.

콰콰콰콰콰!

일대의 기가 미친 듯이 요동치자, 식탁 위의 음식들은 돌풍에 날아가 버렸다.

'이건, 위험할 수도 있겠군.'

백수룡의 표정도 굳었다. 이제 보니 장원 전체가 풍월화공이 만든 절진이나 다름이 없었다.

신비로운 풍경을 보여 주던 술법이 어떻게 변할지 짐작조차 어려웠다.

"내 질문에 대답하라!"

풍월화공의 발이 허공으로 떠올랐다.

그의 목소리가 사방에서 울려 퍼졌다.

눈동자는 한없이 투명하고 서늘했다.

백수룡은 어쭙잖은 거짓말이 통할 상대가 아니라는 것을 깨달았다.

"……제자입니다. 자세한 사정은 지금 다 밝힐 수 없으나, 저는 빙월신녀의 무공을 이었습니다. 그리고 그분께서 문율이라는 분께 남긴 유언을 전하고자 찾아왔습니다."

"지금 유언, 이라고 했나?"

풍월화공의 표정이 일그러졌다. 분노와 실의, 상실감, 체념 등 여러 감정들이 물감처럼 뒤섞여 분간하기가 어려웠다.

그는 한참 만에야 다시 입을 열었다. 조금은 흥분을 가라앉힌 얼굴이었다.

"내 대답을 듣고 싶다면, 우선 증명하게."

"증명이라면?"

"자네가 빙궁 출신도 아니고, 혈교에서 보낸 자도 아니라는 사실을 증명하게."

"……!!"

이번에는 백수룡이 깜짝 놀랐다.

풍월화공의 입에서 혈교라는 말이 나왔다. 전혀 예상치 못한 대답이었다.

'은사부가 혈교에 잡혀간 걸 알고 있었나? 언제부터?'

의문을 풀기 위해서는 풍월화공의 말대로 증명해야 했다. 고집스레 다

문 입매는 그전에는 결코 열리지 않을 것 같았다.

콰콰콰콰!

백수룡이 내공을 끌어올리며 말했다.

"어떻게 증명하면 되겠습니까?"

"간단하네. 신녀의 빙공을 보여 주게. 그것은 빙궁의 것과는 다르다고 들었네."

"단순히 무공을 시연하면 되는 겁니까?"

풍월화공은 고개를 저었다.

"나는 뒤늦게 무공을 익혔으나, 술법에 비하면 그 실력이 일천하네. 여러 종류의 빙공을 구분할 눈이 없네."

"그럼 어떻게……?"

"다행히 내 곁에는 과거 빙월신녀와 싸워 본 사내가 있지."

두 사람의 시선이 같은 방향으로 움직였다.

아까부터 팔짱을 낀 채 침묵하고 있던 검노가, 무표정한 얼굴로 백수룡을 응시했다.

"만약 손님이 혈교에서 보낸 인물이라면, 이곳에서 살아나가지 못할 것이오."

338화

신월빙백무

오래전, 빙월신녀에게 그녀의 무공에 관해서 물어본 적이 있었다.

—은사부. 사부의 빙백신공이 빙궁의 빙백신공과 다른 점이 무엇이오?

다른 사부들의 무공은 전부 그들의 독문무공이라 할 만했다.

맹사부의 녹림십팔식은 그가 직접 창안한 무공이었고, 광마 사부의 수라혈천도는 파천도를 바탕으로 했으나 아예 다른 무공이라고 해도 과언이 아닐 정도였다.

검존 사부 역시, 모용세가의 검법에 자신만의 깨달음을 정리해서 새롭게 무극검을 창안했다.

그러나 은사부의 빙백신공은 북해빙궁의 것과 큰 차이가 없었다.

빙백신공에 수록된 초식을 집대성해 하나의 연환식으로 만들긴 했지만, 그 당시에는 그것마저 아직 미완성이었다.

—구결은 크게 다르지 않아. 빙백신공은 이미 완전무결한 신공이기에,

어설프게 재정립하는 건 오히려 무공을 망치는 일이지.

–그거 우리 들으라고 하는 말이냐?

–어이가 없군.

맹사부와 광마 사부가 발끈했지만, 은사부는 그들에게 시선도 주지 않았다.

하나같이 자기 무공에 대한 자부심이 대단한 사부들이었다. 각자 무공에 대한 가치관이 다를 수밖에 없었다. 때론 그것 때문에 온종일 싸우기도 했다.

–그럼 작게 다른 부분은 뭐요?

은사부는 잠시 고민하더니 대답했다.

–심상(心像).

마음속으로 떠올리는 무공의 형태.

은사부는 그것이 자신의 빙백신공이 빙궁의 무공과 다른 점이라고 강조했다.

–빙백신공은 북해의 거친 환경에 적응하기 위해서 만들어진 무공이야. 인간이 극한의 자연 속에서 살아남으려면 언제나 냉철하게 판단해야 하지.

은사부는 잠시 끊었다가 다시 말했다.

—달리 말하면, 감정을 극도로 절제해야 한다는 뜻이기도 해.

차갑고 표정이 거의 없는 얼굴.

무림에 알려진 북해빙궁 무인들의 공통된 인상이었다.

절세미인이라는 점을 제외하면, 빙월신녀의 인상도 거기서 크게 벗어나지 않았다.

—그거야 다 그렇지 않소? 살아남으려면 냉철해야 하고, 감정적으로 판단해선 안 되지.

전생의 백수룡도 혈교에서 살아남기 위해 온갖 잡기를 익히고, 감정보다는 늘 이성으로 판단하고 행동했다. 그가 처했던 환경은 북해 이상으로 혹독했다.

—……너도 그랬겠지. 나도 그렇게 배웠고, 그렇게 살았다. 그 사람을 만나기 전까지는.

은사부의 입가에 맺히던 애달픈 미소.

—서안에서 그 사람을 만나면서 나는 조금씩 감정을 배웠지. 낯설고 신비한 감정들. 그런데 그것이 무공에도 영향을 끼칠 줄이야. 어느새 무공에 대한 심상이 바뀌더구나. 내 안의 차갑고 단단한 얼음 속에, 불꽃이 피어나 있었어.

—…….

—처음에는 주화입마라고 생각했다. 거부하려고도 해 봤지. 그 사람을 밀어낸 적도 있었어. 그러나 괴롭기만 할 뿐이었다. 그 사람이 없으면

죽을 것 같았거든. 그래서…….

은사부는 웃었다. 이번에는 맑은 웃음이었다.

–차라리 무공을 포기하더라도, 내 감정을 온전히 받아들이기로 했다. 그만큼 그 사람과 함께하고 싶었으니까.

–……놀랍군.

빙월신녀와 같은 절세고수가 무공을 포기한다?

그와 같은 경지에 오르기 위해 했을 필사적인 노력, 시간, 집념을 내려놓는다는 것이 얼마나 큰 결정이었을까.

–빙백신공에 변화가 생긴 것은 그때부터였어.

하지만 그 결정은, 오히려 빙월신녀의 무공을 더욱 발전시키는 계기가 되었다.

–주화입마가 아니라, 새로운 무공으로 변하기 시작한 거야. 그전까지 내가 알고 있던 초식이 전혀 달라 보였고, 구결이 새롭게 느껴졌지. 고작 마음가짐 하나만 바뀌었을 뿐인데 말이야.

–…….

혹독한 환경에서 살아남기 위해 만들어진 빙백신공.

빙궁의 후예들이 냉철한 이성으로 익혀 온 절세의 신공에, 불필요한 감정은 불순물처럼 여겨졌었다.

하지만 북해빙궁 역사상 최고의 기재라 불리는 은예린은 그 금기를 깼다.

-……솔직히 납득이 잘 안 되는군. 그게 정말 차이가 있는지도 모르겠고. 내가 보기엔 무공의 문제가 아니라, 단순히 사부가 얻은 깨달음의 영역 같은데.

그의 말에, 은사부는 조금은 안타까운 표정으로 그를 바라봤다.

-네가 내 말을 이해할 수 있는 날이 왔으면 좋겠구나. 진심으로.
-나보고 은사부처럼 정인이라도 만들라는 소리요?
-그것도 좋고, 다른 방식도 있겠지.
-…….

그녀의 말을 이해하지 못해도 빙백신공의 구결은 이미 완벽했다. 당시에는 그걸로도 충분하다고 여겼다.

-나중에, 이곳에서 탈출한다면 그때 생각해 보겠소.

오랫동안 잊고 있었던 이야기였다.

◆ ◈ ◆

"생각이 많아 보이는군. 준비가 더 필요하오?"
무시무시한 존재감이 백수룡을 상념에서 빠져나오게 했다.
저벅, 저벅.
한 걸음씩 가까워질 때마다 기세가 달라진다. 마치 태산이 다가오는 것 같았다.
'엄청나군.'

제대로 집중하지 않고 이길 수 있는 상대가 아니다. 백수룡은 은사부와의 추억을 잠시 옆으로 미뤄 놓았다.

"이제 끝났습니다."

고개를 끄덕인 검노가 손을 옆으로 뻗자, 멀리서 검이 휘익 날아와 그의 손에 잡혔다.

"젊은 시절. 나는 빙월신녀와 싸워 본 적이 있소."

"……."

곳곳에 이가 빠진, 낡고 투박한 철검이었다. 손질하지 않은 지도 꽤 오랜 시간이 지난 듯 보였다.

그러나 백수룡에게는 그 검이 산이라도 찍어 누를 것처럼 거대해 보였다.

"결과는 내 완패였소. 삼십 초를 버티지 못했던가. 혈기왕성했던 시절이라 충격이 무척 컸지."

당시의 빙월신녀에게 삼십 초식을 버틸 수 있었으면, 못해도 백대고수에 들었던 고수였을 것이다.

"그때 빙월신녀는 불과 약관을 조금 벗어난 나이였는데, 이미 무림에서 당해낼 자가 몇 없을 만큼 고강한 무인이었소."

검노는 덤덤히 말하고 있었다. 그러나 시간이 갈수록 그의 기세는 흉악해져 가고 있었다.

꿀꺽.

백수룡은 마른 침을 삼키며 검노를 주시했다. 그의 검이 천천히 들어 올려져 백수룡을 겨눴다.

"……언젠가 빙월신녀가 돌아온다면 다시 겨뤄 보고 싶었소. 예전처럼 맥없이 당하지는 않을 자신이 있었는데, 유언을 남긴 것이 사실이라면 확인해 볼 길이 없게 되었군."

"죄송하지만, 스승에게 선배님에 대한 이야기는 들어 보지 못했습니다."

검노의 입매에 흐릿한 웃음이 번졌다.

"그럴 테지. 당시 그녀에게는 한 남자밖에 보이지 않았을 테니. 이야기가 길었군. 시작해도 되겠소?"

백수룡이 기수식을 취했다.

다리는 자연스럽게 벌리고, 왼손바닥은 앞으로, 오른손은 주먹을 살짝 말아쥐고 옆구리에 붙였다.

"청룡신협 백수룡입니다. 여러 가지 무공을 익혔지만, 이 자리에서는 빙공만을 사용하겠습니다."

검은 일부러 뽑지 않았다. 빙공이 아닌 검법이 주가 되면 안 되기 때문이었다.

이기는 것이 목적이 아니다.

빙월신녀의 무공으로, 그녀의 제자임을 증명하는 것이 목적이다.

"검노요. 이름은 오래전에 잊었소."

마주 예를 취한 검노가 성큼 보법을 밟아 접근해 왔다.

'북해빙궁과는 다른, 빙월신녀의 무공.'

그 화두가 백수룡의 머릿속에 계속 맴돌았다.

과거에는 전혀 이해하지 못했지만, 지금이라면 조금은 이해할 수도 있을 것 같다는 생각이 들었다.

우우웅!

왼손의 빙백환이 주인의 의지에 반응했다.

그와 동시에 새하얀 기류가 백수룡의 전신을 휘감았고, 북풍한설을 연상케 하는 매서운 바람이 발밑에서부터 몰아쳤다.

"그 팔찌, 신녀의 것이로군."

어느덧 지척까지 다가온 검노가 중얼거렸다.

검을 휘두르면서도 그의 눈은 한없이 무심했다.

후우웅!

낡고 투박한 검이 눈에 뻔히 보이는 경로로 날아온다. 그러나 피할 수 없을 정도로 빠르다. 백수룡은 이를 악물고 쌍장을 뻗었다. 새하얀 냉기가 휘감긴 손바닥과 검이 충돌했다.

쩌어엉!

백수룡은 뒤로 물러나며 충격을 분산시켰다. 그의 눈이 부릅떠졌다. 검력이 어마어마했다.

아직 전력을 다한 것 같지도 않은데.

'역시 강해.'

독고준이 수십 년 동안 독고구검을 연마한다면 저런 모습이 되지 않을까.

그만한 강검을 펼치고도 검노의 표정에는 아무런 변화가 없었다.

"다시 가겠소."

화아악!

신법이 무지막지하게 빨랐다. 순식간에 거리를 좁혀 온 검노가 다시 검을 휘둘렀다.

백수룡은 빙백신장을 연달아 펼쳐 냉기의 방벽을 만들었다. 가공할 한빙지기에 검노의 눈썹에도 서리가 맺혔다.

그러나 검노는 우직하게 뚫고 들어와 검을 휘둘렀다.

콰직! 콰지지직!

백수룡은 순식간에 눈앞까지 짓쳐든 검노의 눈동자에서 실망한 기색을 읽었다.

'빙월신녀만의 빙공.'

백수룡은 그 화두를 놓치지 않으려고 노력하며 무공을 펼쳤다.

빙공을 익힌 이후로, 이처럼 필사적으로 펼쳐 본 적은 처음이었다.

"강하군. 허나 내가 아는 빙월신녀의 무공은 이것과 다르오."

"……조금만 더 기다려 보십시오. 곧 될 것 같습니다."

"나는 농담을 좋아하지 않소."

정색한 검노가 진각을 밟았다. 지반이 터져 나간 직후, 그의 검은 백수룡의 눈앞에 있었다.

콰아아아앙!

이번에는 숫제 벽력탄이 폭발하는 듯한 소리가 났다. 백수룡이 낭패한 기색으로 튕겨 날아갔다. 입가에 핏물이 흘렀다. 내상을 입은 것이다.

'젠장…….'

괜히 빙공만 사용하겠다고 했나, 순간 후회가 되었다.

백수룡의 눈에서 후회하는 기색을 읽은 검노가 말했다.

"행여나 도망칠 생각은 마시오. 그대는 이미 술법진 한가운데에 있으니."

체감상 십여 장은 튕겨 나간 것 같은데, 두 사람은 여전히 같은 풍경 속에 있었다.

'그뿐만이 아니야.'

분명 낮이었는데, 어느새 주변은 밤이 되었다.

하늘에 떠 있는 비상식적으로 큰 초승달은 풍월화공이 부린 술법의 조화가 분명했다.

우우웅!

검노의 낡은 철검 위로 강기가 맺혔다. 지금까지도 무지막지했는데, 더 이상 봐주지 않겠다는 최후통첩이나 다름없었다.

손등으로 입가의 피를 닦아 낸 백수룡이 한숨을 내쉬었다.

"……그렇게까지 해야 합니까?"

"그대가 진짜 실력을 감추고 있음을 알고 있소. 이렇게 하지 않으면 끝까지 드러내지 않을 테지."

"……."

맞는 말이었다. 백수룡은 전력을 다하지 않았다.

다른 사부들의 무공은 물론이고, 역천신공도 전혀 사용하지 않았다.

"검을 뽑으시오. 그대가 고절한 검객이라는 것은 처음부터 알고 있었소."
"싫습니다."
백수룡은 오기가 생겼다.
자신은 빙월신녀의 유일한 제자인데, 그녀를 아는 사람들이 그것을 인정하지 않는다.
자신에게 무공을 가르쳐준 은사부에게 미안한 마음마저 들었다.

-무공에 대한 심상이 바뀌더구나.
-내 차갑고 단단한 얼음 속에, 불꽃이 피어 있었어.
-그것도 좋지만, 다른 방식도 있겠지.

검노와 싸우면서 은사부와 나눈 대화를 계속해서 되새겼다.
'은사부에게 생긴 불꽃은.'
예전에는 도저히 이해할 수 없었지만, 서안에 와서 그녀의 초상화를 본 지금은 어쩐지 알 것 같았다.
평생을 북해의 궁전에서 무공만 익히던 소녀에게 생긴 감정.
한 사람을 마음에 품고, 그 사람을 위해 무공까지 버릴 각오를 했으며, 위험임을 알면서도 함정으로 뛰어들 수밖에 없었던 간절한 마음.
'나는 어떨까.'
전생의 혈교 교관에게는 아무것도 없었다.
가족도, 친구도, 정인도.
주변에는 경쟁자 아니면 적뿐이었고, 살아남기 위해 무슨 짓이든 해야만 했다.
그 차갑기만 한 현실 속에서, 마음에 온기를 품을 여유는 없었다.
하지만 지금은 다르다.
'가족이 있고, 망나니 제자 놈들도 있고, 동료들도 생겼지.'

—네가 내 말을 이해할 수 있는 날이 왔으면 좋겠구나. 진심으로.

은사부와 꼭 똑같아야 할 필요는 없었다.

빙백신공의 구결을 다시 되뇐다. 차갑게만 흐르던 진기에 마음으로 한 줄기 온기를 심는다.

화르륵!

백수룡의 내면에 불꽃이 피어났다.

겉으로는 아무것도 변하지 않았다.

그러나 빙백신공을 다시 펼쳐낸 순간, 그것은 비로소 놀라운 변화를 드러냈다.

쩌어어……저저적!

검노의 철검에 산산이 부서지던 얼음이 다시 달라붙는다.

한기가 강해진 것은 아니다. 그러나 마치 살아 있는 것처럼 꿈틀대며, 주변을 장악해 나갔다.

검노의 표정이 처음으로 변했다.

"이건……."

검노가 멈춰 섰다. 산이라도 쪼갤 것 같던 기세가 거짓말처럼 사라졌다.

"보여 드리겠습니다."

스르릉.

백수룡은 검을 빼 들었다.

마침 하늘에는 초승달이 떠 있었다. 술법으로 만들어 낸 달이지만, 오히려 더 분위기를 내기에 좋았다.

—그 사람을 처음 만난 날, 초승달이 떴었지.

초승달 아래에서, 백수룡은 검무를 추었다.

그를 중심으로 수많은 얼음 알갱이가 사방으로 부유한다. 은은히 내리쬐는 달빛이 얼음 조각에 반사돼 환상보다 더 환상 같은 풍경을 자아낸다.

"……."

풍월화공은 넋을 놓고 있었다. 그의 손에 들린 붓이 본능적으로 움직이고 있었다.

빙월신녀 은예린이 빙백신공의 초식을 집대성해 만든 오의(奧義).

어느새 검무를 끝내고 멈춰선 백수룡이 천천히 입을 열었다.

"신월빙백무(新月氷白舞). 스승께서 정인을 그리워하며 만든 초식입니다. 저는 검이 가장 익숙해 검으로 보여 드렸습니다."

"……잘 어울리는 이름이오."

검노가 검을 내렸다.

더 이상 확인할 필요는 없었다.

지금 본 것은 틀림없는, 빙월신녀의 무공이었다.

339화

문율

풍월화공은 들고 있던 붓을 내리고, 자신이 완성한 그림을 바라봤다.

"……."

그림 속에는 두 사람이 있었다.

빙월신녀와 그녀의 제자를 자처한 청년.

실제로 검무를 춘 사람은 백수룡 혼자였지만, 풍월화공의 붓은 그의 맞은편에 빙월신녀를 그려 넣었다.

'나도 모르게 그려 버렸군.'

두 사람이 어우러져 황홀할 정도로 아름다운 장면을 만들어 냈다. 은은한 달빛 아래, 눈꽃이 두 사람 주변으로 흩날렸다.

그림 속의 빙월신녀 은예린은 여전히 아름답고, 고고했으며, 눈에 한 사람만을 담고 있었다.

어느새 옆으로 다가온 검노가 그림을 보고 고개를 주억거렸다.

"자네도 나와 같은 것을 보았군."

"……은예린을 아는 사람이라면, 누구라도 방금 그 검무에서 그녀를 떠올렸을 테지."

두 노인은 만감이 교차하는 표정으로 그림을 바라봤다.

빛바랜 추억들이 떠오른다.

빙월신녀 은예린과의 첫 만남.

항상 주변에 날파리들이 꼬여 귀찮아하던 그녀는, 어느 날 자신을 찾아온 두 사내를 보고 똑같이 성가시다는 표정으로 한숨을 쉬었다.

–너희도 내 미모에 반해서 고백하러 왔니? 미리 거절할 테니 말로 할 때 꺼지렴.

–뭔 개소리요?

–어이. 한판 붙어 보자!

–……아니야?

두 사람의 반응에 오히려 당황하던 은예린.

당시 풍월화공은 그림에 미친 젊은 화공이었고, 검노는 무공에 미친 젊은 무인이었다.

그들은 은예린의 미모를 보고 접근해 온 다른 사내들과는 달랐다.

–흔치 않은 북해빙궁의 무인이라기에 한 번 그려 볼까 했는데, 성격은 영 별로인 것 같은걸.

–무공이 강하면 성격은 상관없다. 어이! 붙어 보자!

–……뭐야 이것들은?

하나같이 성격이 특이했던 세 사람은, 어느새 자주 어울리는 친우가 되었다.

그런데 사내에게 얼음장처럼 차갑게 대하던 은예린이, 어느 날 정인이라면서 데려온 허약한 서생이 있었다.

—문율이라 합니다. 예린의 친우분들이라 들었습니다. 잘 부탁드립니다.

—…….

—…….

어디서 천하제일고수라도 데려왔나 했지만, 문율은 그냥 평범한 서생이었다.

그런데 가문 좋고 잘생기기로 유명한 청년 고수들 앞에서도 냉랭하던 은예린이, 허약한 서생 앞에서는 내숭을 떠는 것이 아닌가?

—은예린. 너 왜 갑자기 요조숙녀처럼 굴어?

—목소리가 왜 평소와 다르지? 독이라도 먹었나?

[니들 뒈질래?]

아무것도 모르고 순박한 웃음을 짓는 문율과, 그 옆에서 살기 어린 표정으로 전음을 보내던 은예린.

"푸훗……."

"크큭……."

두 노인이 동시에 웃음을 흘렸다.

눈앞의 그림 덕분에, 잠시나마 오래된 추억을 떠올릴 수 있었다.

"후우……."

백수룡이 짧은 운기조식을 마치고 눈을 뜬 것은 그때였다. 두 노인이 그에게 미안한 표정으로 다가왔다.

"오해해서 미안하네. 내상은 괜찮은가?"

풍월화공의 말에 백수룡은 고개를 끄덕였다.

피를 조금 토하긴 했지만, 심한 내상은 아니었다.

"괜찮습니다."

두 노인은 은예린이 돌아오지 않은 이유가 혈교 때문이라 짐작하고 있었다.

이런 상황에서 갑자기 그녀의 제자임을 자처하는 자가 나타났으니, 충분히 의심할 만한 상황이었다.

자리에서 일어난 백수룡이 풍월화공에게 물었다.

"그래서 제 질문에 대한 답은……."

"따라오게. 가면서 전부 설명해 주겠네."

"나는 먼저 가서 준비하지."

검노는 경공을 펼쳐 먼저 어딘가로 향했다.

풍월화공은 그 뒷모습을 잠시 바라보다가, 백수룡을 돌아보며 말했다.

"시간이 조금 필요할 테니, 우리는 잠시 걷지."

"……예."

풍경이 밤에서 다시 낮으로 바뀌었다. 여전히 장원 전체에는 술법진이 펼쳐져 있었다. 두 사람은 함께 낙엽 진 가을의 숲길을 걸었다.

"……그녀의 마지막을 보았나?"

"끝까지 정인을 그리워하다 돌아가셨습니다."

앞서가던 풍월화공이 멈춰 섰다. 그러곤 고개를 들어 하늘을 바라보며 한숨을 쉬었다.

"일단, 나는 문율이 아닐세."

"……그렇습니까."

백수룡은 혹시나 문율이 술법을 익혀 풍월화공이란 별호로 활동한 건 아닐까 약간의 기대를 품었지만, 그건 말 그대로 기대에 불과했다.

'아무래도 문율은 죽었나 보군.'

백수룡이 기대를 거의 내려놓았을 때였다.

"문율은 이곳에 있네. 지금쯤 검노가 깨우고 있을 걸세."

"……살아 계신 겁니까?"

"살아 있네. 살아는 있지."

풍월화공은 씁쓸한 표정으로 고개를 끄덕였다.

묘하게 들리는 말이었다.

백수룡이 의문 어린 표정으로 바라보자, 풍월화공이 말했다.

"문율은 젊어서부터 몸이 약했네. 병이 있거나 한 것은 아니었지만, 타고나길 잔병치레가 많고 허약한 체질이었지."

걷는 길의 풍경이 조금씩 바뀐다.

낙엽 진 길은 눈 내린 하얀 길이 되고, 소복이 쌓인 눈 위로 두 사람의 발자국이 남았다.

"빙월신녀는 정인을 건강하게 만들어 주고 싶어 했다네. 함께 백년해로하길 바랐던 게야. 자네도 알다시피, 무림의 고수들은 수명이 무척 길지 않나."

빙월신녀와 같은 절세고수는 백 수십 년은 거뜬히 살 수 있었다.

하지만 사랑하는 이가 옆에 없다면, 백 년이 넘는 삶에 무슨 의미가 있겠는가.

"어느 날, 생사신의가 나타났다는 소문을 들었다면서 흥분한 얼굴로 말하더군."

"……."

여기서부터는 백수룡도 아는 이야기였다.

혈교는 빙월신녀가 무림에 나온 이후로 쭉 그녀를 주시하고 있었다.

천하에서 가장 뛰어난 빙공을 빼앗을 기회를 엿보던 그들은, 그녀에게 정인이 생겼다는 사실을 알게 되었다.

또한 그 정인의 몸이 무척 약해, 신녀가 정인의 몸을 건강하게 만들 방법을 찾고 있다는 정보도 입수했다.

"나는 그 소문의 출처가 어쩐지 불안하더군. 그래서 가지 말라고 말렸네만……."

–무림의 소문은 헛소문일 확률이 구 할이야. 함정일지도 모른단 말이야!

–일 할이면 충분히 확인해 볼 가치가 있는 일이야.

–이 미련한 것아…… 그래. 누가 네 고집을 꺾겠냐.

–내가 돌아올 때까지만 그 사람을 지켜봐 줘. 최대한 빨리 돌아올게.

그러나 그날 이후, 풍월화공은 두 번 다시 빙월신녀를 보지 못했다.

"지 정인은 걱정시키기 싫었는지, 문율에게는 며칠 외출한다고 거짓말을 하고 떠났더군. 못된 것 같으니. 그래 놓고 안 돌아오면 나더러 어쩌란 말인가."

그들을 둘러싼 풍경이 점점 빠르게 바뀌었다.

봄, 여름, 가을, 겨울이 여러 차례 바뀌었다.

마치 덧없이 흘러간 두 사람의 시간을 보여 주는 듯했다.

"문율은 그동안 아무런 불평불만 없이 이곳에서 그녀를 기다렸어. 그동안 내게 그림도 배우고, 술법도 배웠지. 그 세월이 자그마치 십 년이 넘지."

"십 년이나……."

–그녀가 돌아왔을 때, 전보다 건강해진 모습을 보여 줄 겁니다.

술법 수련이 힘에 부칠 때면, 문율은 창백하게 질린 얼굴로 그렇게 말하곤 했다.

그는 빙월신녀에 대해서는 한마디도 묻지 않았다.

마치 그녀가 왜 떠났는지 알고 있는 것 같았다.

"시절이 아주 어수선할 때였지. 혈교가 내분으로 힘이 크게 약해졌고, 정파 무림이 그들을 끝장내겠다고 병력을 꾸릴 때……. 문율이 갑자기 사라졌다네."

"……예?"

백수룡이 놀라서 되물었다.

십 년 동안 잘 기다리던 사람이 말도 없이 사라졌단 말인가?

'잠깐만. 그때쯤이면…….'

시기상 은사부가 죽고 얼마 되지 않아서일 것이다.

혹시 문율은 정인의 죽음을 직감한 것은 아니었을까?

"용모파기를 뿌리고 백방으로 수소문했으나 찾지 못했네. 고얀 녀석이 인피면구까지 쓰고 나가 버린 거야. 말이라도 하고 나갈 것이지……."

백수룡이 못 참고 물었다.

"아까는 이곳에 계신다고 하지 않으셨습니까?"

풍월화공은 씁쓸한 표정으로 고개를 끄덕였다.

"결국 돌아왔다네. 그로부터 이십 년이 더 지나서, 서안으로 오는 표국의 짐마차에 실려 목숨만 붙어 있는 채로 말이야."

"……."

"천운이었지. 마침 그 표국의 국주가 나와 안면이 있는 사람이어서 내가 옛날에 뿌린 용모파기를 기억하고 있었으니까. 문율이 내게서 배운 술법도 조금은 도움이 되었을 테고."

홀로 수십 년 동안 정인을 찾아 헤매던 문율은 결국 서안으로 돌아왔다.

그러나 돌아온 문율은 더 이상 예전의 그가 아니었다.

"문율의 반응이 기대했던 것과 다르더라도 이해해 주게. 너무 오랜 세월이 지났어."

"무슨 말씀이신지……."

"보면 알 게야."

더 이상 풍경이 바뀌지 않았다.
백수룡은 멀리서 검노와 낯선 이의 기운을 느꼈다.
'이건…….'
언제 꺼져도 이상하지 않을 정도로 희미한 기운.
장원 뒤쪽의 작은 별채 앞, 지팡이를 짚고 서 있는 노인이 있었다.
"저기 보이는 노인이 문율일세."
"……."
검노가 옆에서 노인을 부축하고 있었다.
풍월화공을 발견한 문율이 방긋 웃었다.
"형님."
문율이 맑게 웃었다. 노인이라고는 믿을 수 없을 정도로 순수한 웃음이었다. 시력이 나쁜지 애체(靉靆)를 끼고 있었는데, 나이가 들었음에도 책을 좋아하는 서생 특유의 차분하고 부드러운 분위기가 흘렀다.
"갑자기 손님께서 오신다는 얘길 들어서 급히 일어났습니다. 미리 말씀을 해 주시지요."
인자하게 웃으며 대답한 문율이 고개를 돌려 백수룡을 보았다.
"예린의 친구시라고요?"
"……백수룡입니다."
백수룡은 대답해야 할지 몰라 일단 포권을 취했다.
그런데 돌아온 대답이 전혀 예상치 못한 것이었다.
"이걸 어쩌나. 예린은 잠시 외출을 했습니다. 날이 저물기 전에는 돌아올 테니, 여기서 잠시 기다리시지요."
"……예?"
당황한 백수룡의 귓가에 풍월화공의 전음이 들려왔다.

[매병(呆病)일세. 정신이 온전치 못해.]

"……."

[그의 시간은 육십 년 전에 멈춰 있다네. 밤이 되면 정인이 온다고 믿고, 내일이 되면 오늘 일을 잊어버리지. 하염없이 기다리는 걸세. 자네에게 그녀가 죽었다는 말을 들어도……. 믿지 않을 걸세.]

백수룡은 순간 말문이 막혔다.

단순히 은사부의 정인이 죽었거나 살아 있을 거라고만 생각했지, 이런 상황은 상상해 본 적이 없었다.

'차라리 죽었다는 사실을 전하지 않는 것이 나을까.'

잠시 그런 고민도 되었다.

그러나 백수룡은 결국 사실을 전하기로 했다.

설령 문율이 믿지 않거나 자신을 비난한다고 해도, 자신에겐 은사부의 유언을 전할 의무가 있었다.

"어르신. 드릴 말씀이 있습니다."

백수룡은 손을 뻗어 문율의 야윈 손을 잡았다.

"어르신이라니요. 저와 연배도 비슷하신 것 같은데 왜 이런 농을……."

문율이 놀라서 백수룡의 손을 빼려고 할 때였다.

우우웅!

두 사람의 손목에 있는 빙백환이 새하얗게 빛나며 공명하기 시작했다. 맑고 서늘한 기운이 두 사람을 감쌌다. 백수룡도 전혀 예상치 못한 일이었다.

"아……."

문율의 흐리멍텅한 눈동자에, 서서히 총기가 돌아왔다.

일시적인 현상이었다.

아주 오랫동안 떨어져 있던 빙백환 한 쌍이 서로를 알아보면서 일어난 기적.

"……예린이 보낸 사람입니까?"

백수룡의 왼손에 있는 빙백환을 바라보는 문율의 눈에 정기가 흘렀다.

"문율! 정신이 든 것이냐!"

"어떻게……."

풍월화공과 검노가 놀란 얼굴로 문율을 바라봤다. 그들을 본 문율이 맑게 웃었다.

그의 정신이 온전해졌음을 확인한 백수룡은 다시 포권을 취했다.

"그분의 제자입니다. 유언을 전하러 왔습니다."

"……기다렸습니다."

문율은 당황하거나 놀라지 않았다. 그저 덤덤히 웃고 있었다.

'역시. 짐작하고 있었구나.'

백수룡은 진심을 담아 은사부의 유언을 전했다.

"더 이상 기다리지 말라고 하셨습니다. 이제는 자신이 먼저 가서 기다릴 테니, 천천히 오라고 하셨습니다."

"……."

"마지막 순간까지 당신을 그리워하셨습니다. 정말로, 진심으로, 이곳으로 돌아 오고 싶어 하셨습니다."

문율은 소리없이 웃었다.

오랫동안 정인을 기다려온 사내의 웃음은 슬프지 않고 오히려 기꺼워 보였다.

"예린에 대해서 더 자세히 얘기해 줄 수 있습니까? 어떻게 만났고 무슨 이야기를 했는지 알고 싶습니다."

"그건……."

백수룡은 그에게 모든 것을 진실대로 전할 수 없음이 안타까웠다.

그렇다고, 거짓말로 이야기를 지어 내고 싶지도 않았다.

다른 사람이라면 몰라도, 문율은 은사부의 정인이 아닌가.

'이미 너무 많은 이야기를 했어.'

풍월화공과 검노가 듣고 있었다.

비록 그들이 무림에서 은퇴한, 무림의 일에 아무런 관심이 없는 사람들이기는 해도, 이 이상은 해선 안 될 이야기였다.

"죄송합니다. 제가 드릴 수 있는 말씀은 이게 전부입니다."

"혹여 직접 말하기가 곤란한 것이라면."

문율이 조심스럽게 손을 뻗으며 말했다.

"그대의 기억 속에 있는 예린과 만나게 해 주시겠습니까?"

"예?"

"술법의 일종입니다. 결코 그대에게 해가 되는 것은 아닙니다."

"문율! 너 그 술법이 어떤 것인지 알고 하겠다는 것이냐!"

풍월화공이 굳은 표정으로 외쳤다.

그러나 문율은 부드러운 부드러운 표정으로 말했다.

"형님. 제 마지막 소원입니다."

"너……!!"

풍월화공은 알고 있었다.

지금 문율의 정신이 온전히 돌아온 것은 회광반조(回光返照) 현상에 지나지 않는다는 것을.

문율이 역천의 술법을 사용한다고 해도, 그 대가를 두려워할 리 없다는 것을.

"……마음대로 해라."

결국 풍월화공이 몸을 돌려 나가 버렸다. 검노도 백수룡에게 눈인사를 한 후 나갔다.

"거절할 수 없는 분위기로군요. 알겠습니다."

"고맙습니다."

문율이 빙백환을 차고 있는 오른손을 뻗었다. 백수룡도 마주 왼손을 뻗었다. 두 사람의 손바닥이 닿았고.

문율의 입에서 나지막한 진언이 흘러나온 순간.

화아악!

의식이 어딘가로 빨려 들어가는 듯하더니, 백수룡은 그다음 순간 낯선 곳에서 의식을 차렸다.

'이곳은…….'

은사부의 초상화가 걸려 있던 고서점.

지금과는 사뭇 분위기가 달라 보이는 그곳에, 젊은 시절의 은예린과 문율이 있었다.

340화

만약 사부들을

'이건……. 술법이 만들어 낸 환상인가?'

백수룡은 주위를 둘러봤다.

불과 며칠 전에 들렀던 고서점이었다.

그러나 선반이며 책장, 꽂혀 있는 책들의 배치가 전부 달랐다. 물건들이 그때 보았던 것들만큼 낡지도 않았다.

'오래전의 고서점이로군. 은사부와 문율이 만나던 시절의.'

백수룡은 당황하지 않고 상황을 파악했다.

처음 이런 일을 겪었다면 당황했겠지만, 전에 자신이 쓴 일기를 발견하고 꿈에서 전생을 체험했던 경험이 도움이 되었다.

'그때와 비슷한 상황이야.'

다른 점이 있다면, 지금의 백수룡은 이 꿈의 주인공이 아닌, 실체가 없는 존재라는 것이었다.

목소리를 낼 수도 없고, 무언가를 만지거나 느낄 수도 없었다. 그저 흘러가는 장면을 지켜보기만 할 뿐이었다.

은예린과 문율의 모습을.

끼익…….

고서점의 문이 열리고 한 여인이 들어온다.

흑립에 면사로 얼굴을 완전히 가린 은예린이었다. 옷을 보고 여인이라는 사실만 겨우 알아볼 수 있을 정도였다.

"어서 오십시오."

고서점에서 책을 정리하던 문율이 웃으며 인사를 건넸다. 두 사람의 첫 만남. 은예린의 입에서 차가운 목소리가 흘러나왔다.

"너무 늦었나요?"

"아닙니다. 마음대로 구경하십시오. 손님이 오셨으니, 저도 책을 더 읽을 수 있어서 좋습니다."

"……."

은예린은 고서점 안을 둘러보다가 아무 책이나 꺼내어 읽었다.

잠시 그러고 있을 때, 가까이 다가오는 그림자에 고개를 들었다. 그녀가 경계하며 물었다.

"……뭐죠?"

"이렇게 어두운 곳에서 책을 보시면 눈이 나빠집니다."

호롱불을 들고 온 문율이었다.

그 가당찮은 호의에 은예린은 의심스러운 눈으로 문율을 바라봤다.

그러나 문율은 무공을 익히지 않은 사람이었다. 그녀의 면사를 뚫어볼 재주는 없었다.

"난 무림인이라 괜찮아요."

"그래도 불이 있다면 더 편하게 읽을 수 있을 테지요. 여기 두고 가겠습니다."

"……."

호롱불을 내려놓고 물러나려던 문율은 은예린이 읽던 책을 보더니 활짝 웃었다.

“그 책은 저도 재미있게 읽었습니다. 심금을 울리는 연인의 이야기이지요. 비슷한 책을 찾으신다면 추천해 드리겠습니다.”

“……고마워요.”

“천천히 읽다 가세요.”

때론 아무것도 아닌 행동 하나, 말 하나에 감정이 싹트기도 한다.

별것 아닌 짧은 대화였지만, 은예린의 시선은 고서점의 병약해 보이는 서생에게 오래도록 머물렀다.

자신에게 호롱불을 가져다주고, 본인은 책에 코를 박고 있는 꼴이 퍽 우스웠다.

‘은사부의 감정이 전해지는군.’

백수룡은 관객의 마음으로 그들의 모습을 바라봤다. 입가에는 어느새 미소가 맺혀 있었다.

“……다음에 또 올게요.”

“살펴 가십시오.”

고서점을 나선 은예린은 길을 따라 천천히 걸었다.

올려다본 하늘에는 초승달이 떠 있었다.

차갑게만 느껴지던 밤바람에 한 줄기 간지러운 바람이 섞여 있는 듯, 그녀가 피식 웃으며 중얼거렸다.

“이상한 사람이야.”

은예린은 그때까지만 해도 몰랐다. 자신이 이 고서점을 몇 번이고, 몇 번이고 찾아오게 되리라는 것을.

배경이 바뀌었다.

여름날의 호수였다. 한적한 날에 뱃놀이를 나온 두 사람은 호칭이 바뀌어 있었다.

“예린! 내 뒤에 숨으시오!”

“하아…….”

은예린이 면사를 잠시 벗고 있었던 것이 화근이었다. 그녀의 미모를 보고 다가온 왈패들이 지저분한 눈빛을 보내고 있었다.

"아, 아무 걱정 마시오! 저자들이 당신에게 손끝 하나 대지 못하게 하겠소!"

연모하는 여인을 지키기 위해 앞으로 나선 문율의 팔이 바들바들 떨리고 있었다.

싸움이라고는 해 본 적 없는 가느다란 팔로 검을 들고 있는데, 검의 무게를 감당하는 것만으로도 힘겨워 보였다.

"크하하하! 저런 놈도 꼴에 사내라고!"

"우리도 같이 좀 놀자는데 왜 그리 겁을 먹었을까?"

"사내구실도 제대로 못할 것 같은 놈한테 저런 미인이 가당키나 한가!"

대낮부터 술에 취한 왈패들이 낄낄거리며 다가왔다.

안색이 창백해진 문율이 다가오지 말라며 경고했지만, 그들은 병약한 서생을 조롱하고 위협했다.

"잡것들이."

싸늘하게 표정을 굳힌 은예린이 손을 휘젓자, 무시무시한 한기가 왈패들을 휩쓸었다.

싸아아아.

순식간에 왈패들의 몸에 서리가 맺혔다. 경악한 표정으로 덜덜덜 몸을 떨었다.

"꺼져."

놈들을 죽이지 않은 것은 정인 앞에서 잔인한 손속을 보여 주고 싶지 않아서였다.

"으, 으아아아!"

왈패들이 걸음아 나 살려라 하며 도망쳤다. 문율이 놀란 얼굴로 은예린을 돌아봤다.

"예린……?"

"무림인이라고 몇 번이나 말했잖아요."

"하, 하지만 이렇게 고수라는 말은 안 했소."

고작해야 왈패들이었다. 진짜 고수와의 싸움을 봤다면 문율은 아마 졸도했을지도 모른다.

은예린이 눈을 샐쭉하게 뜨고 물었다.

"당신은 내가 무림인이라 싫어요?"

"그럴 리가 있소. 당신이 그 무엇이라도 좋소."

그 대답에 마음이 조금 풀린 것일까, 은예린이 놀잇배에 오르며 말했다.

"……노는 당신이 저어요. 설마 무림인이라고 나한테 시킬 생각은 아니죠?"

"물론이오! 내 여인에게 험한 일을 시킬 사람으로 보이시오?"

"말은 잘해……."

하지만 결국 노는 은예린이 저었다.

몇 장도 가지 못하고 헥헥대는 정인을 보고 웃음을 터트린 그녀는, 내공으로 바람을 일으켜 천천히 호수를 돌았다.

다시 배경이 바뀐다.

두 사람은 함께 즐거운 시간을 보냈다.

계절마다 온갖 명소를 함께 다니고, 맛있는 것을 먹고, 유람을 다녔다.

"너희들은 맨날 그렇게 붙어 다니면 지겹지도 않냐?"

"은예린! 오랜만이다! 한판 붙자!"

종종 젊은 시절의 풍월화공과 검노의 모습도 나타나기도 했다.

흐뭇하게 그 모습을 지켜보던 백수룡은 문득 깨닫는 바가 있었다.

'이건 실제로 있었던 일이 아니구나.'

문율은 백수룡의 기억 속에 있는 은예린을 만나게 해 달라고 했다.

정확히 어떤 술법인지는 모르지만, 문율은 백수룡의 기억을 빌려 은예린의 모습을 이곳에 구현해 냈다.

'이건 문율의 꿈이야. 그리고 내 꿈이기도 해.'

문율이 마지막으로 꾸는 꿈.

백수룡은 여기에 자신의 염원을 담았다.

이곳에서라도 은사부와 그의 정인이 원했던 행복을 얻기를 바라는 마음을 담아, 꿈에 투영시켰다.

우우우웅!

꿈의 세계가 진동했다.

문율의 얼굴이 이쪽을 향하며, 놀라서 눈을 동그랗게 뜨는 것이 보였다.

"어떻게……."

이곳이 아무리 자신의 꿈이라고 해도, 술법을 익히지 않은 사람이 어떻게 간섭할 수 있단 말인가?

문율은 알지 못했다. 백수룡이 전에 이와 비슷한 경험을 했고, 그때 꿈을 다루는 방법을 익혔다는 것을.

그 순간, 다시 한번 배경이 바뀌었다.

"하하하하!"

산천초목을 울리는 쩌렁쩌렁한 목소리였다. 거대한 그림자가 드리워졌다.

"우리 빙신이가 혼례를 치르다니! 이 오라버니가 빠질 수 없지!"

맹사부였다. 어깨에 집채만 한 호랑이를 짊어지고 온 그가 바닥에 호랑이를 내려놓았다.

"혼례 선물이다! 예로부터 호랑이 거시기가 정력에 얼마나 좋냐 하면……."

"무식한 놈. 혼렛날까지 그러고 싶으냐."

광마 사부가 혀를 차며 말을 잘랐다.

날카로운 인상은 여전했으나, 헌원세가의 무복을 당당히 입고 온 그는 비단이며 예물을 잔뜩 짊어지고 있었다.

"가문에서 예물로 필요한 것들을 좀 가져왔다."

"허허. 내 선물만 초라해지는군."

검존 사부도 왔다. 그의 곁에는 자신을 똑 닮은 청년이 함께 있었다.

"별것 아니고, 산에서 나물을 좀 캐 왔네."

검존 사부가 보자기를 열자, 맹사부가 눈을 휘둥그레 떴다.

"그, 그건 하수오 아니오? 오백 년은 묵은 것 같은데?"

"허허. 그런가? 어쩐지 영기가 느껴지더라니."

은사부의 혼렛날.

아침 일찍 그녀의 집에 모인 사부들이 두런두런 이야기를 나눴다. 무척이나 평화로운 광경이었다.

그때, 맹사부가 이쪽을 돌아보더니 소리쳤다.

"애송아! 이리 안 오고 뭐 하냐!"

"……어? 나 말이오?"

백수룡은 어느새 자신도 꿈속에 들어와 있음을 깨달았다.

"그럼 여기에 너 말고 애송이가 또 있단 말이냐?"

맹사부가 벼락처럼 손을 뻗더니, 우람한 팔뚝과 겨드랑이 사이에 백수룡의 머리를 넣고 장난스럽게 압박했다.

물론 본인에게나 장난이었다. 백수룡은 진심으로 생명의 위협을 느꼈다.

"커헉! 사, 살려 주시오 맹사부!"

"크하하하! 이 사부의 근육 맛이 어떠냐! 그러게 평소에 머리 근육을 단련했어야지!"

"머리 근육이라니, 말 같잖은 소리를 진짜……!"

그때였다.

"시끄러워 죽겠네, 정말."

붉은 혼례복을 곱게 차려입은 은사부가 방에서 조신하게 걸어 나왔다.

그 모습은 무척이나 아름다웠다.

그녀는 다른 사부들에게 자신의 모습을 보여 주는 것이 부끄러운 듯, 얼굴을 조금 붉히고 있었다.

"히야! 어여쁘구나! 우리 막내가 본색을 숨기고 드디어 시집을 가다니, 이 오라버니는 정말이지……."

"제발 저 입 좀 막을 수 없어?"

"천하에 누가 있어 저 주둥아리를 막는단 말이냐."

"허허. 곱구나. 고와."

짝!

백수룡이 박수를 치자 떠들던 사부들의 시선이 그에게 모였다. 백수룡이 씩 웃으며 말했다.

"자, 신랑이 기다릴 테니 어서 갑시다."

세 명의 사부, 그리고 백수룡은 은예린을 사인거에 태우고 신랑의 집으로 향했다. 천하에서 가장 믿음직한 가마꾼들이었다.

"하하하하! 동네 사람들 나와 보시오! 빙월신녀 은예린이 오늘 시집을 가오! 다들 나와서 덕담 한마디씩 해 주시오!"

"이 미친놈아. 제발 조용히 좀 해라."

"강호 공식 미친놈이 뭐라는 게야?"

"사부들은 오늘 같은 날까지 싸워야겠소?"

"허허! 날이 아주 좋구나."

맹사부와 광마 사부는 옥신각신 다퉈댔고, 백수룡은 그들을 말리고, 검존 사부는 허허롭게 웃었다.

모두가 바랐던 미래였다.

다 함께 혈교를 탈출한 후, 각자의 삶으로 돌아가 살다가, 은사부의 혼롓날에 다시 모이는 것.

백수룡이 웃으며 중얼거렸다.

"……비록 꿈이라도, 이렇게라도 다시 보니까 좋군요."

저 멀리, 신랑이 기다리고 있었다.

혼례복을 차려입은 문율이 상기된 표정으로 새색시를 기다리고 있었다.

그가 백수룡에게 말했다.

"……혼례라니. 감히 꿈꿔 보지 못한 일이었습니다."

"제가 괜히 끼어들어서 꿈을 방해한 것은 아닙니까?"

"그럴 리가요. 이곳은 저 혼자만의 꿈이 아닙니다. 그리고……."

문율은 사인거를 메고 온 녹림투왕, 광마, 검존을 바라보았다. 그의 입가에 미소가 맺혔다.

"제가 모르는 시간 동안, 예린에게 좋은 인연들이 생겼다는 것을 알게 되어 기쁜 마음입니다."

"……."

혼례를 지켜보는 내내 맹사부가 훌쩍이고, 광마 사부가 팔짱을 낀 채 한숨을 쉬었으며, 검존 사부는 신랑에게 덕담을 하랬더니 바람을 피우면 거시기를 자르겠다는 협박을 하며 허허 웃었다.

"다 같이 서십시오! 그림에 방해되니 병기는 모두 내려놓고, 이쪽을 보고 웃으십시오!"

혼례에 참석한 풍월화공이 그 풍경을 그림으로 남겼다.

은사부와 문율이 가운데에 서고, 다른 사부들이 뒤에 섰다. 백수룡은 맹사부와 광마 사부 사이에 섰다.

"……내가 다 진이 빠지는군."

그렇게 혼례가 모두 끝난 후, 백수룡은 사부들을 돌아보며 말했다.

"사부들. 바쁜 와중에 혼례에 참석해 주어 고맙소."

사부들의 모습이 흐려지고 있었다. 그들은 저마다 백수룡에게 익숙한 모습으로 그를 바라봤다.

"크하하! 다음에 또 보자꾸나!"

맹사부는 누구보다 호탕하게 웃었고,

"혼자 무리하지 마라."

광마 사부는 진중한 표정으로 고개를 끄덕였으며,

"잠시나마 불러주어 즐거웠단다."

검존 사부는 수염을 쓰다듬으며 인자하게 웃었다.

스스스슷…….

이내 사부들의 모습이 완전히 사라졌다. 백수룡은 눈을 감았다. 조금이라도 그들의 모습을 더 오랫동안 기억하고 싶어서였다.

"예. 사부들."

또다시 배경이 바뀌었다.

혼례를 치른 은예린과 문율은 평범한 사람들처럼 함께 늙어 갔다.

은예린은 자신을 닮은 딸을 낳았다.

두 사람은 어느덧 중년이 되었고, 장성한 딸이 혼례를 치렀다. 은사부는 조용히 눈물을 훔쳤다.

두 사람은 노인이 되었다.

은예린은 할머니가 되었고, 문율은 꿈으로 들어오기 전에 보았던 모습에 점점 가까워졌다.

'꿈이 끝나 가고 있구나.'

백수룡은 꿈이 끝나가고 있음을 느꼈다.

그리고 이 꿈이 끝나는 순간이, 문율의 생명이 다하는 순간이라는 것도 느낄 수 있었다.

"고맙구나."

은사부의 주름진 눈가에는 뇌옥에선 본 적 없었던 행복이 가득했다. 그녀는 부드러운 표정으로 백수룡을 응시하고 있었다.

"그 사람에게 내 말을 전해 주어서, 그리고 그 사람을 다시 만나게 해 주어 정말 고마워."

문열의 모습은 사라지고 없었다.

제자와 둘이 대화를 나누라고 자리를 비켜 준 걸까?

백수룡은 쓸데없는 배려를 한다고 생각하며 대답했다.

"고맙긴, 뭘. 더 빨리 오지 못해서 미안하오."

"너에게 마지막으로 잔소리를 좀 하고 싶은데."

백수룡은 피식 웃으며 고개를 끄덕였다.

"물론이오. 은사부는 내게 잔소리할 자격이 충분하지."

은사부는 잔잔히 웃으며 말했다.

"과거에 너무 얽매이지 말고, 지금 네 삶에서 행복을 찾았으면 좋겠구나."

"……말도 안 돼."

이것은 꿈이다.

그러니 지금 은사부가 하는 말은, 백수룡의 마음속에 있는 말이어야 한다.

"어째서 그런 말을 하는 거요?"

과거에 얽매이지 말라니, 혈교와 관련된 모든 것을 청산할 때까지 어떻게 그런 생각을 할 수 있단 말인가.

저 말은 자신의 무의식에서 나온 말이 아니다.

자신에게 저런 말을 할 수 있는 사람은,

"설마, 정말 은사부요? 술법으로 이곳에 은사부의 혼을 불러온 거요?"

"……."

은사부는 묘한 미소를 지었다.

백수룡은 혼란스러웠다. 생각해 보면 아까 사라진 사부들의 말도 묘하게 현실적으로 다가왔다.

–크하하! 다음에 또 보자!
–혼자 무리하지 마라.
–잠시나마 불러주어 즐거웠단다.

이 술법은 도대체 뭘까.

단순히 자신의 기억을 토대로 꿈을 만들어 낸 걸까?

아니면……. 자신은 정말 사부들을 만났던 걸까?

멍해져 있는 백수룡에게, 은사부가 다시 말했다.

"스승이 물었으면 대답을 해야지."

백수룡은 일그러진 표정으로, 어색하게 웃으며 대답했다.

"노력은 해 보겠소."

"……그래. 일단은 그거면 되었다."

"은사부. 내 말에 대답해 주시오. 지금 이 술법. 만약 사부들을 다시 만날 수 있는 방법이 있다면……."

그 순간, 백수룡은 꿈에서 깨어났다.

그의 앞에, 문율이 가만히 눈을 감은 채로 앉아 있었다.

341화

중증이군, 중증이야

문율은 평온한 표정으로 눈을 감고 있었다.

"어르신?"

백수룡은 멍한 얼굴로 문율을 바라봤다.

방금 전까지 두 사람의 일생을 다룬 긴 꿈을 지나왔다. 갑자기 돌아온 현실에 적응하기까지 시간이 필요했다.

"어르신? 괜찮으십니까?"

지금 이것 또한 꿈이 아닐까 의심하며, 백수룡은 조심스레 문율에게 손을 뻗었다.

툭.

백수룡의 손이 어깨에 닿았지만, 문율은 여전히 미동도 하지 않았다.

노인의 굳은 입가에는 부드러운 미소가 맺혀 있었다.

"어르신……!"

백수룡의 표정이 일그러졌다. 그가 두 팔로 문율의 어깨를 흔들며 격앙된 어조로 말했다.

"묻고 싶은 것이 있습니다. 제가 만난 사람이 진짜 은사부였습니까? 그것만 대답해 주십시오!"
문율은 죽었다.
아무리 어깨를 흔들어도 그가 다시 깨어날 일은 없다.
백수룡은 그 사실을 알면서도 쉽게 미련을 떨치지 못했다. 평소답지 않은 행동이었다.
"내게 그런 꿈을 보여 주고, 이렇게 가 버리면 어쩌라는 겁니까……."
전생에서 그렇게나 바랐던 것.
꿈속에서 보았던 사부들의 행복한 미소.
지금껏 꾸었던 꿈 중에 가장 행복한 꿈이었으나, 백수룡은 더 이상 웃을 수 없었다.
결국 그것은 이루어질 수 없는 꿈이기 때문이었다.
"진짜 사부들인 줄 알았다면, 묻고 싶은 것들이 있었는데……."
힘없이 중얼거리던 백수룡은, 문율의 오른편에 빙백환이 놓여 있는 것을 발견했다.
그리고 빙백환 아래에, 문율이 남긴 서찰 한 장이 놓여 있었다.

오랫동안 짝을 잃었던 물건입니다. 다시는 떨어지지 않도록 잘 보관해 주십시오.

은사부에게 정인의 징표로 받았던 빙백환을, 그녀의 제자인 백수룡에게 남긴다는 유언이었다.
그것이 전부가 아니었다.
놀랍게도 서찰에 쓰여 있는 글씨가 스르륵 사라지더니, 그 위로 새로운 글이 나타났다.

역천의 운명을 타고난 이여. 저는 그대의 전생을 보았습니다.

"……."

백수룡은 놀라지 않았다.

기억을 읽게 해 달라고 했을 때, 어느 정도는 짐작했던 일이었으니까.

예린이 왜 내게 돌아오지 못하였는지, 얼마나 힘들었는지, 그대가 스승들을 위하는 마음이 얼마나 애틋한지 보았습니다. 내게 예린의 유언을 전하기 위해 얼마나 고민했을지, 감히 짐작해 볼 수 있었습니다.

서찰에 적힌 필체는 단정하고 부드러웠다. 마치 문율의 성격을 보여주는 듯했다.

천천히 이야기를 나누고 싶으나, 내게 남겨진 시간이 많지 않습니다. 하여 그대가 예린과 대화를 나누는 동안, 이렇게 몇 글자 적어 남기려 합니다.

"……설마, 당신에게 주어진 시간을 내게 양보한 겁니까?"

정인과 함께 보낼 수 있는 마지막 시간.

문율은 그 시간의 일부를 백수룡에게 양보했다.

백수룡이 은사부와 짧게나마 대화를 나눌 수 있도록 배려한 것이다.

이 얼마나 바보 같은 사내란 말인가.

가장 궁금한 것은 이것이겠지요. 우리가 꾸었던 꿈, 그것은 기억을 매개로 망자의 혼백을 잠시 불러오는 역천의 술법입니다.

백수룡의 눈이 부릅떠졌다. 저도 모르게 손에 쥐고 있던 서찰의 일부가 구겨졌다.

"그런 거였으면……!"

왜 미리 말해 주지 않았단 말인가. 문율에게 조금 원망스러운 마음마저 들었다.

사실 술법이 성공할 확률은 높지 않았습니다. 술법을 함께하는 자와 망자 간의 인연이 깊을수록, 함께한 시간이 길수록 성공할 확률이 높아지기 때문입니다. 이 술법은 제게도 도박이었지요.

"그런……."

백수룡은 네 사부들의 무공을 이었고, 십 년이 넘는 세월을 함께 보냈다.

최후의 순간마저 함께했으니, 그 인연은 세상 어디에서도 찾아보기 힘들 정도로 깊다고 할 수 있었다.

평생에 단 한 번만 펼칠 수 있는 술법이었습니다. 그래서 기다렸지요. 하하. 기다린 보람이 있더군요. 예린과 혼례를 치르고 행복한 일생을 살았으니, 나는 더 이상 여한이 없습니다.

"그래 봤자 꿈 아닙니까. 당신도 정말 어지간히 답답한 사람이군요."

백수룡은 고개를 들어 문율을 바라봤다. 노인의 입가에 맺힌 미소는 진심 어린 행복을 담고 있었다.

짧은 만남을 아쉬워 마십시오. 내게는 이것이 마지막이지만, 그대는 이번이 끝이 아닐 것입니다. 언젠가, 다시 스승들을 만나게 될 것입니다.

"또 만나게 될 거라고?"

문율이 남긴 글에는 훗날 반드시 그리될 거라는 확신이 담겨 있었다.

단순히 바람이나 소망이 아닌 예언처럼 느껴졌다.

역천의 운명을 타고난 이여. 하늘과 통하게 된 이 순간에도, 나는 그대의 앞날을 볼 수 없습니다. 다만 어렴풋이 알 수 있는 것은, 머지않아 그대에게 중요한 결정을 내릴 순간이 오리라는 것입니다.

역천(逆天)의 운명.

남궁세가에서 만났던 현천신녀도, 죽어 가던 어미 은호도 비슷한 이야기를 한 적이 있었다.

'대체 역천의 운명이 무엇이기에…….'

단순히 역천신공을 익혔다고 해서 역천의 운명이라고 부르지는 않을 것이다.

그랬다면 역대 혈마들이 모두 역천의 운명이었을 테니까.

'내가 전생의 기억을 가지고 환생했기 때문에? 아니면 내 체질 때문에? 선택이라는 건 또 뭐지?'

이런저런 추측을 해 볼 뿐, 확신할 수 있는 것은 아무것도 없었다.

그 순간이 오면 기억하십시오. 그대의 곁에 있는 사람들을, 또한 그대의 곁에 있었던 사람들을…….

푸스스스.

백수룡의 손에 들려 있는 서찰이 먼지로 변해 흩어지기 시작했다. 남겨진 술법의 힘이 다하고 있었다.

부디, 그대가 운명의 주인이 되기를 기원하겠습니다.

서찰이 완전히 먼지가 되어 사라지고, 자리에 덩그러니 남은 것은 빙백환뿐이었다.

"……."

백수룡은 복잡한 눈빛으로 문율이 남긴 빙백환을 바라봤다.

은사부의 정인을 찾으려 함도 있었으나, 애초에 빙백환을 찾기 위해 나선 여정이었다.

그러나 정작 목적을 이룬 지금, 백수룡은 복잡한 심경으로 빙백환을 수습했다.

"오늘 해 주신 조언, 명심하겠습니다."

문율에게 애도를 표한 백수룡은 그가 남긴 빙백환을 오른 손목에 채웠다.

우우우웅!

일 갑자가 넘는 세월 동안 떨어져 있던 빙백환이 한 쌍을 이루자, 서로 공명하듯 새하얀 기류가 백수룡의 몸을 휘감았다. 일순간 백수룡의 무복이 크게 부풀어 올랐다.

화아아악!

북풍한설의 차가운 바람이 백수룡의 몸을 휘돌다가 천천히 가라앉았다. 새하얀 기류가 그의 몸 안으로 스며들었다.

"스으읍……. 후우우……."

백수룡은 가부좌를 틀고 앉아 천천히 심호흡을 했다.

겉으로 보기에 크게 달라진 것은 없었다. 그의 경지가 신물에 크게 영향을 받지 않을 만큼 높아졌기 때문이었다.

다만 역천신공으로 인해 불안정했던 몸 상태가 다소 안정적으로 변한 느낌은 있었다. 말로 설명하기 어려운 편안한 기분이었다.

백수룡이 빙백환의 기운을 온전히 수습하고 다시 눈을 떴을 때, 그의 곁에는 풍월화공과 검노가 있었다.

두 사람은 씁쓸한 표정으로 문율을 바라보고 있었다.

"……녀석. 이렇게 갔구나."

"마지막은 행복해 보여서 다행일세."

두 사람은 덤덤히 문율의 죽음을 받아들였다. 검노가 문율의 주검을 안아 들고 어딘가로 향했다.

그 모습을 물끄러미 바라보던 풍월화공이 고개를 돌려 백수룡에게 물었다.

"꿈속에서 만난 두 사람은 행복해 보이던가?"

"예."

"……다행이군."

◆ ◈ ◆

문율의 장례는 간단하게 치러졌다.

백수룡은 그 자리에 참석했고, 이틀 더 풍월화공의 장원에 손님으로 머물렀다.

검노와 비무 중에 얻은 빙백신공의 깨달음을 정리할 시간도 필요했고, 풍월화공에게 받아야 할 것도 있었다.

"자, 완성되었네."

백무흔과 매약빙이 의자에 나란히 앉아 있고, 백수룡이 그 뒤에 서 있는 모습의 가족 초상화.

완성된 그림을 본 백수룡은 기분 좋게 웃었다.

"외조부께서 무척 좋아하실 겁니다."

족자를 말아 끈으로 단단히 묶은 후, 길쭉한 목함에 담아서 행낭 안쪽에 잘 넣어 두었다. 이만하면 돌아가는 길에 상할 일은 없을 터였다.

그런데 백수룡이 예상치 못한 선물이 하나 더 있었다.

"자, 이것도 가져가게나."

"이건……."

초승달 아래에서 신월빙백무를 추는 백수룡과 빙월신녀가 함께 그려진 그림이었다.

생각지도 못했던 선물에, 백수룡이 눈을 동그랗게 뜨고 물었다.

"이걸 제가 가져가도 되겠습니까? 꽤 마음에 들어 하셨던 거로 아는데……."

지난 며칠 동안, 백수룡은 몇 시진이고 멍하니 이 그림을 바라보던 풍월화공을 보았다.

"생각해 봤는데, 자네가 가져가는 것이 맞아. 빙월신녀 은예린의 하나뿐인 제자가 아닌가."

풍월화공은 미련을 떨치며 족자를 말아 백수룡에게 건넸다.

같은 그림을 하나 더 그려 볼까도 생각해 보았지만, 그 순간에 받은 영감을 재현해 낼 자신이 없어 그만두었다.

"마음 바뀌기 전에 가져가게."

백수룡은 더 고민하지 않고 족자를 받아 들었다.

"평생의 가보로 간직하겠습니다."

"……어디다 팔기라도 하면 내 당장 청룡학관으로 쫓아갈 테니, 그리 알아두게."

"청룡학관에 오시면, 그땐 외조부님까지 해서 네 명 다 그려 주실 수 있습니까?"

"뭐라? 이놈이……!"

농담을 주고받던 두 사람이 피식 웃었다.

짧게 맺은 인연이었지만, 그 깊이는 결코 얕지 않았다.

빙월신녀 은예린을 기억하는 사람들.

백수룡에게 그 사실만으로도 두 사람은 특별했으며, 지난 며칠 동안 깊은 교분을 나누었다.

그때, 선선히 웃다가 돌연 표정을 진지하게 굳힌 풍월화공이 말했다.

"조심하게. 빙궁은 위험한 곳이야."

풍월화공은 백수룡이 빙궁으로 갈 예정이라는 것을 들었다. 그러나 그는 깊은 우려를 표했다.

과거, 빙월신녀에게 생사신의의 거처에 대한 정보를 알려 준 출처가 바로 빙궁이었다.

"빙궁은 혈교와 야합했을지도 모르네. 확실한 증거는 찾지 못했지만, 나는 여전히 그들이 의심스러워."

처음 백수룡이 찾아왔을 때, 풍월화공이 그를 의심했던 이유였다.

"예. 조심하겠습니다."

백수룡도 이제 그런 가능성을 충분히 인지하고 있었다.

'그렇다면 더 확인해 봐야겠지.'

만약 빙궁이 혈교와 손을 잡았거나, 최악의 경우 혈교에 흡수되었다면……. 그에 대비할 방법을 찾아야 한다.

그렇다고 무작정 빙궁으로 쳐들어갈 생각은 아니었다. 일단 그들이 봉문한 이후의 상황을 파악하는 것이 먼저였다.

하지만 그 전에.

"우선 현무학관에 먼저 가 볼 생각입니다."

"스승님을 만나 뵐 거라고 했지?"

"예."

섬서 현무학관의 주인이자, 천하에서 가장 뛰어난 술법가 중 한 명으로 명성을 떨치는 현천신녀.

'역천의 운명. 그게 정확히 뭔지 알아야겠어.'

백수룡은 그녀를 만나 물어볼 생각이었다.

그 자세한 사정까지는 모르는 풍월화공이 고개를 끄덕였다.

"스승님이라면, 자네가 묻고 싶은 것에 어느 정도 답을 주실 것이야."

세상에는 알려지지 않았지만, 풍월화공은 현천신녀에게 술법을 배운 제자 중 한 명이었다.

현무학관이 무림에 세워지기도 전의 이야기였다.

"그럼 이만 가 보겠습니다. 검노 어르신. 가 보겠습니다."

백수룡은 마중을 나온 검노에게도 인사를 했다.

검노가 무뚝뚝한 얼굴로 고개를 끄덕였다.

"무운을 빌겠소."

꿈속의 혈기왕성한 청년이었던 검노를 떠올린 백수룡의 입가에 장난스러운 미소가 맺혔다.

"다음에는 검으로 한판 붙죠."

"……좋지."

검노의 입꼬리가 씰룩였다.

풍월화공의 장원을 나선 백수룡은, 처음 그곳을 찾아왔을 때와 비교하면 한결 홀가분해 보이는 걸음으로 떠났다.

그 뒷모습을 물끄러미 바라보던 풍월화공이 중얼거렸다.

"저 모습을 보니, 또 그리고 싶다는 생각이 드는군."

"중증이군, 중증이야."

검노가 고개를 절레절레 저었다.

342화

현천신녀(1)

현무학관(玄武學館).

섬서 북단에 위치해 있으며, 오대학관 중 유일하게 무공보다는 술법, 기관진식, 영물, 보패 연구 등을 중점적으로 가르치는 곳으로 알려져 있다.

인연이 닿은 자만이 이곳에 들어올 수 있다.

현무학관의 현판 아래, 현천신녀가 직접 적어 넣었다는 것으로 유명한 글귀.

반쯤 우스갯소리로, 현무학관에 입관하는 것이 천무학관보다 더 어렵다고 이야기하는 이유가 저것이었다.

"……난감하군."

백수룡은 현무학관의 현판을 올려보며 작게 중얼거렸다.

풍월화공의 장원을 떠난 그는 경공을 펼쳐 하루 만에 이곳에 도착했지만, 예상치 못한 난관에 부딪혔다.

"설마 완전히 문이 닫혔을 줄이야."

굳게 닫힌 현무학관의 정문.

아무리 방학이라고 해도 그렇지, 문 앞을 지키는 위사조차 보이지 않았다.

'안에 기척이 전혀 없어.'

뭔가 이상했다. 몇 번이나 사람을 불러 보고 문을 두드려도 보았지만, 정문은 굳게 닫혀 있을 뿐이었다.

"무작정 쳐들어갈 수도 없고……. 들여보내 줄 것 같지도 않고."

진법이 펼쳐져 있어서 함부로 들어갈 수도 없었다. 불투명한 회색빛 기운이 현무학관 전체를 뒤덮고 있었다.

백수룡은 일단 학관 주변의 오래돼 보이는 객잔을 찾아 들어갔다.

음식을 넉넉히 시키고 객잔 주인에게 슬쩍 현무학관에 대해 물어보니, 그도 이런 일은 처음이라고 했다.

"얼마 전까지만 해도 문이 열려 있어서 사람들이 오갔는데……. 갑자기 문을 닫아걸어 버렸습니다."

"이유도 없이 학관을 폐쇄했단 말입니까?"

"한 닷새쯤 되었나. 그때부터였을 겁니다."

객잔 주인은 날짜를 가늠해 보더니 목소리를 낮췄다. 그의 표정에 불안한 기색이 역력했다.

"갑자기 마른하늘에 천둥벼락이 치고 폭우가 쏟아지지 뭡니까. 정확히 현무학관 위로만 말입니다. 상공을 뒤덮은 먹구름이 이틀 동안 가시질 않았습니다."

"그거야 안에서 술법을 펼쳐서 그런 것 아닙니까?"

현무학관의 관주는 천하제일의 술법사라는 현천신녀였다.

게다가 현무학관의 학생들이 주로 배우는 공부도 무공보다는 술법과 기문진식 등이었다.

'마음만 먹으면 비구름쯤이야 얼마든지 불러올 수 있을 텐데.'

백수룡은 남궁세가에서 직접 현천신녀의 능력을 목격한 적이 있었다. 때문에 겨우 그 정도 일로 호들갑을 떠는 객잔 주인이 이해가 되지 않았다.

그런데 객잔 주인은 그게 아니라며 고개를 저었다.

"보통 큰 술법을 펼치기 전에는 현무학관에서 저희에게 미리 언질을 해 줍니다. 이러한 술법을 펼칠 것이니, 놀라지 말라고요. 그런데 그날은 그런 언질이 전혀 없었습니다."

"음……."

이제야 조금 이해가 되었다.

평소 같았으면 술법을 사용한다고 언질을 주었을 현무학관에서, 아무런 말도 없이 커다란 술법으로 보이는 현상이 발생했다.

그러더니 갑자기 문을 닫아걸고, 일체의 방문을 거절하기 시작한 것이다.

'뭔가 문제가 생겼나?'

그렇게 생각할 수밖에 없었다. 백수룡은 객잔 창문 밖으로 보이는 현무학관을 응시했다.

"이를 어쩐다……."

잠시 후, 주방으로 들어갔던 객잔 주인이 요리를 직접 가져다주며 말했다.

"현무학관에 볼일이 있어서 오신 겁니까?"

"예."

백수룡이 고개를 끄덕이자, 그럴 줄 알았다는 듯 객잔 주인이 한숨을 쉬었다.

"웬만하면 다음에 다시 오십시오. 시기가 안 좋습니다. 괜히 들어갔다가 좋지 않은 일에 휘말릴지도 모릅니다."

"중요한 일이라……."

"그, 이건 소문인데."

객잔 주인이 주위를 둘러보더니 목소리를 한껏 낮춰서 말했다.

"현천신녀가 금단의 술법을 사용해서, 원시천존께서 노해 벌을 내리셨다는 말도 있습니다."

"……."

그 말을 듣는 순간, 백수룡은 남궁세가에서 현천신녀가 경고하듯이 했던 말을 떠올렸다.

-역천의 운명. 천기를 거스르고, 세상을 멸할 수도, 구할 수도 있는 운명이여.

-본래 천기를 누설하면 끔찍한 대가를 치러야 한다. 하지만 너는 천기에서 벗어난 존재인 탓에, 어느 정도는 허용되는구나.

'혹시 나 때문에?'

현천신녀처럼 뛰어난 술법사에게 갑자기 변고가 생길 이유가 없었다.

하지만 만약 그녀가 천기를 누설한 것에 대한 대가를 치른 것이라면?

지나친 억측일 수도 있지만, 백수룡은 자신이 섬서에 도착한 시기와 현무학관 위에 먹구름이 몰려온 시기가 비슷한 것이 마음에 걸렸다.

'확실히 무슨 일이 생기긴 한 모양이야.'

여기까지 온 이상 그냥 돌아갈 생각은 없었다.

백수룡이 담을 넘어서라도 현무학관에 들어가기로 마음먹었을 때였다.

"저기 들어가면, 죽어."

"음?"

백수룡은 목소리가 들려온 방향으로 고개를 돌렸다.

주름이 자글자글하고 허리가 굽은 노파가 객잔 구석진 곳에 망부석처럼 앉아 있었다.

"할매! 손님들 있을 때 재수 없는 소리 하지 말라니까요!"

객잔 주인이 깜짝 놀라서 노파를 다그쳤다.

그러면서 백수룡의 허리춤에 있는 검을 힐긋 바라보는데, 행여나 노파가 무림인에게 해코지를 당하지 않을까 걱정하는 기색이었다.

그가 백수룡의 눈치를 보며 말했다.

"손님. 정신이 온전치 않은 노인입니다. 가끔 재수 없는 소리를 하니, 너그럽게 이해해 주십시오."

"괜찮습니다."

백수룡은 전혀 개의치 않는 얼굴로 고개를 끄덕였다.

노파는 살날이 얼마 남지 않은 것처럼 보였다. 눈에는 초점이 없고, 이빨도 대부분 빠져 있었다. 그녀가 앉은 탁자 위에는 식어 빠진 만두 한 접시만 덩그러니 놓여 있었다.

"어르신. 들어가면 죽는다니, 무슨 뜻입니까?"

"……."

노파가 입을 꾹 다물고 인상을 쓰자, 백수룡은 객잔 주인에게 말했다.

"주인장. 저기 계신 어르신한테 요리 좀 가져다주십시오. 계산은 제가 하겠습니다."

"밥 말고 술!"

"술도 주시고요."

탁자 위에 음식과 술이 놓이자, 노파의 심술 맞은 표정이 조금 부드럽게 풀렸다.

"오십 년 전에도 비슷한 일이 있었어. 그땐, 현무학관이 아니라 현천문이었지."

현천문.

현무학관이 세워지기 전에 존재하던 술법 문파로, 현천신녀는 그곳의 유일한 계승자이자 문주였다. 지금 현무학관의 전신이었다.

"무슨 전쟁이 한창일 때였어. 사람이 여럿 죽어 나가고, 흉흉한 소문이 돌았지."

곧바로 백수룡의 머릿속에 떠오르는 사건이 있었다.

'혈교와 무림맹이 전쟁 중일 때인가?'

노파가 앙상한 손가락을 들어 창문 바깥을 가리켰다. 그녀의 목소리가 객잔 안에 불길하게 울려 퍼졌다.

"저기 어디 쯤에 현천산이라고 있었어. 작지만 신령스러운 산이었지. 그 가장 높은 봉우리에 현천문이 있었는데, 갑자기 그 위로 벼락이 내리치고 지진이 하루 종일 계속됐지. 다음날 보니 산이 무너져 내렸어. 현천신녀가 이곳으로 내려온 건 그다음이야."

"……."

하루아침에 산이 무너지다니, 믿기 힘든 이야기였다.

하지만 백수룡은 잠자코 들었다.

그저 노파의 헛소리라고 치부하기에는, 그녀의 눈에 깃든 공포가 너무나 현실적이었다.

"놀란 사람들이 현천문을 찾아갔지만 대부분 돌아오지 못하고 죽었어. 돌아온 사람들은 미쳐 버렸지. 히히. 우리 남편도 그때 죽었지. 보물이라도 하나 주워 오겠다고 갔다가……. 시체도 못 찾았어."

옛이야기를 풀어놓는 노파의 목소리는 어쩐지 불길하고 으스스했다. 그녀는 음식에는 손도 대지 않고 술만 홀짝였다.

"그때와 같아. 또 많은 사람들이 죽을 거야. 아니, 이번이 그때보다 더 심해……."

"할매. 재수 없는 소리 하지 말라니까요!"

객잔 주인의 한숨 섞인 타박에도 노파는 낄낄대며 백수룡을 바라봤다.

이래도 저곳에 들어가겠다고 고집을 부릴 테냐? 라고 묻는 듯했다.

그 순간, 백수룡이 자리에서 벌떡 일어났다.

"들어 보니 더 흥미가 생기는군요. 당장 현무학관에 가 봐야겠습니다."

그러자 흐릿하던 노파의 눈에 공포가 어렸다.

"미쳤어? 천벌을 받아 죽는다니까! 하늘이 무섭지도 않아?"

상상만 해도 두렵다는 듯 노파가 몸을 덜덜덜 떨었다.

그러나 백수룡은 피식 웃을 뿐이었다.

"애초에 제가 하늘이랑 별로 안 친한 운명이라서요."

"……뭐?"

역천의 운명.

정말 자신이 그런 운명을 타고났다면, 천벌을 두려워하는 것만큼 우스운 일도 없었다.

존재 자체로 이미 하늘의 미움을 받고 있을 테니 말이다.

"주인장. 여기 어르신 것까지 계산해 주십시오."

"아, 예."

객잔을 나선 백수룡은 현무학관을 향해 성큼성큼 걸어갔다.

객잔 주인이 불안한 눈으로 그의 뒷모습을 바라봤다.

"어쩌시려고……."

그 순간, 백수룡은 허공으로 훌쩍 뛰어오르더니 검을 뽑았다. 그러곤 현무학관을 휘감은 진법의 일부를 베어 버렸다.

촤아악!

현무학관을 휘감은 불투명한 회색 기류가 흩어진 순간, 백수룡은 그 안으로 신형을 날렸다. 순식간에 그의 모습이 현무학관 안으로 사라졌다. 술법진은 즉시 복구되었다.

"허어. 세상에!"

객잔 주인이 놀라서 입을 쩍 벌리는 가운데, 노파는 묘한 표정으로 술잔을 홀짝였다.

현무학관의 담을 넘는 순간, 백수룡은 주변의 공기가 변한 것을 느꼈다.

"시작부터 술법이로군."

풍월화공의 집에서 느꼈던 것과 비슷한 감각이었다. 주위를 둘러싼 풍경이 온갖 색으로 물들고, 실시간으로 환경이 바뀌었다.

바뀌지 않는 것은 단 하나.

저 멀리 보이는 산봉우리.

백수룡은 직감적으로 저곳에 현천신녀가 있다는 사실을 깨달았다.

'눈에 보이는 것을 믿으면 안 돼.'

풍월화공의 집에서 질리도록 경험한 술법진이었다. 실제와 다름없는 환영이 눈을 현혹하고, 오감마저 속인다.

그러나 백수룡은 당황하지 않았다.

처음 보았으면 모르되, 그는 며칠 동안 풍월화공의 집에 머무르며 습관처럼 술법진을 관찰했다.

'며칠 본다고 파훼할 만큼 단순한 술법은 아니지만…….'

현천신녀는 풍월화공의 스승.

그렇다면 이 술법진에도 비슷한 묘리가 담겨 있을 터.

길을 찾는 정도라면 충분히 할 수 있었다.

'저기다.'

백수룡은 방향을 잡았다. 확신이 있었기에 망설이지 않았다. 그의 신형이 쏜살처럼 쏘아졌다.

우르르, 콰아앙!

백수룡은 눈앞에서 떨어지는 벼락을 피해 옆으로 몸을 틀었다. 조금만 늦었어도 직격할 뻔했다.

그것으로 끝이 아니었다.
쿠르르릉!
땅이 진동했다. 제대로 서 있기가 힘들 정도로 강한 지진에 지반이 푹푹 꺼졌다. 그 밑으로 끝이 보이지 않는 무저갱이 펼쳐졌다.
터엉!
백수룡은 바닥이 무너지기 직전에 몸을 띄웠다. 전력으로 경공을 펼쳤다. 그의 등 뒤에서 땅이 계속 무너져 내렸다.
쏴아아아아!
이번에는 폭우였다.
하늘에 구멍이라도 뚫린 듯 폭우가 쏟아졌다. 백수룡은 물에 흠뻑 젖은 상태로 경공을 펼쳤다. 점점 몸이 무거워졌다.
"이 정도로는 날 못 막아."
아직도 멀게만 보이는 산봉우리를 노려보며 백수룡이 중얼거렸다. 그의 눈에 독기가 어렸다.
갑자기 왜 문을 걸어 잠근 것일까?
자신이 역천의 운명이라서?
그렇다면 남궁세가에서는 왜 도움을 준 거지?
날 시험하는 건가?
여러 가지 의문을 해결하기 위해서, 백수룡은 반드시 현천신녀를 만날 생각이었다.
"설령 당신 마음이 바뀌어서 나를 만나지 않으려고 해도, 나는 꼭 만나야겠어."
캬아아아악!
키야아아아!
백수룡을 막아서는 것은 자연만이 아니었다.
지하의 무저갱에서 마귀들이 기어 올라오고, 회색빛 하늘에서 날개 달린 괴물들이 우박처럼 떨어졌다.

괴력난신(怪力亂神)들이 백수룡이 현천신녀에게 가는 것을 방해했다. 그러나 백수룡은 멈추지 않았다.

쫘아아악!

창룡검을 뽑아 휘두르자 정면에서 덤벼들던 마귀들의 몸에 수십 개의 실선이 그어졌다. 푸화악! 백수룡은 수십 조각으로 토막 난 적들의 중앙을 질풍처럼 통과했다.

그러나 온갖 마귀와 귀신들의 위협은 끊이지 않았다. 그중에는 독각마룡과 닮은 것들도 있었다.

어느새 백수룡의 두 눈이 붉게 물들었다. 그는 고개를 들어 여전히 멀어 보이는 산봉우리를 노려봤다.

'얼마나 남았지?'

현무학관이 아무리 넓어도 진작 도착했어야 할 속도였다. 하지만 이 거대한 술법진 안에서는 세상의 법칙이 뒤틀려 있다. 거리는 거의 좁혀지지 않았다.

"……어디 한번 해 보자고."

사납게 미소 짓는 백수룡의 눈에 독기가 가득했다. 이를 악문 그의 신형이 한층 더 빨라졌다.

……대체 얼마나 시간이 지났을까.

체감으로는 몇 날 며칠을 쉬지 않고 달린 것 같았다.

그리고 마침내, 백수룡은 목적지였던 산봉우리의 정상에 도착했다.

쿠웅!

정상에 발을 디딘 백수룡의 앞에, 현천신녀의 모습이 보였다.

그녀를 본 백수룡이 황당하다는 표정을 지었다.

"……당신이 현천신녀였습니까?"

"결국 여기까지 왔구나."

객잔에서 만났던 노파였다.

노파의 모습이 세월을 역행해 점점 젊어지기 시작하더니, 중년의 여인을 지나 백수룡 또래의 성숙한 여인이 된 후에 멈췄다.

역골공과는 완전히 다른 방식. 때문에 백수룡도 노파의 정체를 눈치채지 못했다.

"처음부터 수상하다고는 생각했지만……. 설마 본인이었을 줄이야."

한숨을 내쉰 백수룡이 따지듯이 물었다.

"아까 거기서 만났으면 될걸. 왜 이런 개고생을 시킨 겁니까?"

"널 지켜보면서 확신을 얻고 싶었다."

"……확신이라니? 무엇에 대한?"

백수룡은 이곳으로 오는 내내 자신을 지켜보는 시선을 느꼈다.

그 시간 동안 현천신녀가 백수룡을 살피고 있었던 것이다.

"네가 세상을 멸할 존재가 아니라는 것에 대한 확신. 그리고."

현천신녀의 눈이 새파랗게 빛나며, 그녀의 몸에서 신령스러운 기운이 흘러나왔다.

"누군가가 어떤 목적을 가지고, 너를 환생시켰다는 확신."

"……!!"

백수룡의 눈이 부릅떠졌다.

343화

현천신녀(2)

짧지 않은 침묵 끝에, 백수룡이 입을 열었다.

"……누군가가 나를 환생시켰다고?"

현천신녀를 노려보는 눈빛에서 진득한 살기가 묻어났다. 단순한 위협이 아니었다. 명백한 살의가 뭉쳐진 기운이었다.

"되지도 않은 헛소리를 지껄이는 거면, 그만한 대가를 치러야 할 거야."

백수룡은 이를 갈며 현천신녀를 노려봤다.

그의 전생은 평생 누군가의 명령을 따르는 삶이었다.

고아로 자라나 혈교의 무인이 되었고, 살아남기 위해 발버둥 쳤던 인생.

단 한 번도 스스로가 운명의 주인이었던 적이 없었다.

자유를 얻기 위한 마지막 시도마저 끝내 혈교에 의해 가로막혔고, 결국 사부들과 함께 생을 마감했는데…….

'이번 생마저 누군가에 의해 의도된 거라고?'

손끝이 떨려올 만큼 커다란 분노가 일었다.

백수룡은 당장 현천신녀의 멱살을 틀어쥐고 윽박지르고 싶은 것을 참으며 말했다.

"정확하게 말해. 뜬구름 잡는 소리나 늘어놓으면, 주둥이를 찢어 놓을 테니까."

사나운 살기와 험악한 말투에도 현천신녀는 표정 하나 변하지 않았다.

그저 백수룡을 물끄러미 바라보았다.

"이 안에서 나를 해칠 수 있다고 생각하느냐?"

현무학관 전체가 현천신녀의 술법 영역이었다.

비록 천기를 엿본 대가로 쇠약해지긴 했지만, 이 안에서 그녀는 무적을 논할 수 있는 고수였다.

그러나 백수룡은 코웃음을 쳤다.

"이 거리면 놓치지 않아."

둘 사이의 거리는 일 장도 되지 않았다. 백수룡은 현천신녀가 술법을 펼치기 전에 붙잡을 자신이 있었다.

스스슷…….

백수룡의 두 눈이 붉게 물들었다.

지금껏 고수들 앞에서는 최대한 역천신공을 드러내지 않으려 했지만, 현천신녀에게는 그럴 필요를 느끼지 못했다.

"내가 환생했다는 사실을 아는 걸 보면, 당신은 내가 전생에 누구였는지도 알겠지. 그럼 내가 수단과 방법을 가리지 않는 지독한 놈이라는 것도 알 거야."

과거에도 백수룡에게 운명을 들먹이던 존재가 있었다. 지금의 현천신녀는 그자를 떠오르게 했다.

-너는 훗날 본교가 천하통일의 대업을 이루는 데 필요한 반석이 되거나……. 본교를 불태울 불씨가 될 운명이구나.

한 번 들으면 절대 잊을 수 없는 목소리.

피처럼 붉은 적발과 그에 대비되는 새하얀 피부.

조각 같은 이목구비에 나른한 표정으로 자신을 내려다보던, 도무지 인간 같지 않던 초월자.

혈마(血魔).

"……이렇게 보니 여전히 확신하지 못하겠구나. 환생이 의도된 것은 확실한데, 너에게서 느껴지는 역천의 힘은 오십 년 전 그날을 떠오르게 하니, 네 안에 깃든 것은 과연……."

휘이익!

벼락처럼 짓쳐든 백수룡이 현천신녀의 목을 움켜쥐었다.

그가 현천신녀의 얼굴에 자신의 얼굴을 바짝 가져다 대며 스산하게 말했다.

"내가 쉬운 말로 하라고 했지?"

현천신녀가 피하지 못한 것인지, 않은 것인지는 알 수 없었다. 그녀는 목이 잡힌 상태에서도 인형처럼 무표정한 얼굴로 입을 열었다.

"오십여 년 전, 천리(天理)가 크게 어그러지는 일이 있었다."

현천신녀의 의지에 따라 주변의 풍경이 바뀌기 시작했다. 그녀를 중심으로 기가 물결처럼 번져 나가며 술법이 펼쳐졌다.

화아아아악!

두 사람은 깊은 산속에 세워진 문파 앞에 서 있었다.

현천문(玄天門).

지금은 사라진 고향을 바라보는 현천신녀의 눈에 아련함이 깃들었다.

"현천문은 대대로 역천의 힘이 퍼지는 것을 감시하고, 때에 따라서는 인세에 개입해 그것을 막아 왔다. 그것이 하늘이 우리에게 내린 업(業)이기 때문이지."

현천신녀가 가볍게 손끝을 휘젓자, 시간이 빠르게 휘감겼다.

현천문 위로 거대한 먹구름이 몰려오더니, 수십 줄기의 벼락이 그 위로 겹쳐졌다.

쿠르르릉! 콰콰쾅!

쿠르르릉! 콰콰쾅!

뿐만 아니라 폭우가 쏟아지고 지진이 발생했다. 세상의 종말이 온 듯한 자연재해가 현천문을 무너뜨리고 불태웠다.

그렇게 완전히 무너지고 불탄 현천문에서, 피투성이가 된 현천신녀가 비틀거리며 걸어 나왔다.

현천문의 문도들 중 생존자는 그녀가 유일했다.

"……하늘의 경고였다. 천리가 어긋났으니 바로잡아야 한다는 경고. 현천문에 펼쳐진 지옥도가, 훗날 온 세상에도 펼쳐지리라는……."

바닥에 무릎을 꿇은 현천신녀가 하늘을 올려다보며 오열하고 있었다. 지금보다 훨씬 어린 모습을 한 그녀가 숨이 넘어갈 정도로 꺽꺽 울었다.

"인세로 내려온 나는 천리를 어긋나게 한 존재를 찾아 나섰다. 그러나 한발 늦고 말았지."

"……."

백수룡의 손에서 저절로 힘이 빠져나갔다.

그 순간, 풍경이 한 번 더 바뀌었다.

이번에는 백수룡에게도 아주 익숙한 장소였다.

"혈교?"

두 사람은 불타오르는 혈교 한가운데에 서 있었다.

정파무림의 무인들과 혈교의 무인들이 곳곳에서 싸우고 있었다. 사방에 비명과 고함이 난무했다.

더러운 혈교의 마인들을 죽여라!

만마앙복! 혈세천하! 혈마재림!

독기에 찬 정파무림의 무인들과 눈에 광기가 어린 혈교도들이 치열한 전투를 벌였다. 땅이 피로 물들고, 시체가 쌓여 언덕을 이뤘다.

"당시 전쟁에 참여한 무인의 기억을 재현한 것이다. 나는 참여하지 못했지."

터벅, 터벅.

비틀거리는 시야가 어딘가로 향하고 있었다.

백수룡은 이 기억의 주인이 바라보는 장소가 교주전임을 눈치챘다.

그때, 무림맹 측에서 누군가가 소리쳤다.

사도들이 도망쳤다! 혈마를 죽여라!

분노에 찬 정파무림의 결사대가 교주전으로 향했다. 한 명 한 명이 천하에 이름을 떨친 고수가 아닌 자가 없었다. 그런 고수들 수십 명이 일제히 경공을 펼쳤다.

콰아아앙!

교주전의 문을 부수고 난입한 정파무림의 결사대.

그들을 맞이한 것은, 태사의에 고고하게 앉아 아래를 내려다보고 있는 혈마였다.

혈마여! 더 이상 도망갈 곳은 없다!
너를 지키던 사도들도 전부 도망갔느니라!
이 자리에서 네놈의 수급을 베어 무림의 평화를 이룰 것이다!

외모나 기도로는 설명할 수 없는 초월적인 분위기.

혈마에게서 느껴지는 불길함에, 정파무림의 고수들은 마치 겁먹은 짐승이 몸을 부풀리듯 허세를 부렸다.

……그런데 뭔가 이상했다.

적들이 교주전까지 쳐들어왔음에도, 혈마에게선 어떠한 반응이나 기척도 느껴지지 않았던 것이다.

백수룡은 그 이유를 얼마 전 개방주에게 들어서 알고 있었다.

"……정말로 죽었군."

혈마는 고요히 눈을 감고 있었다.

그가 숨을 쉬지 않는다는 사실을 깨닫는 것은, 그 자리에 있는 고수들에게 어려운 일이 아니었다.

그럼에도 다들 믿지 못하는 반응이었다.

혈마가 자결을 했다고?

말도 안 되는 일이…….

아직 방심하지 마시오! 귀식대법을 펼쳐 우릴 속이려는 것일지도 모릅니다!

간악한 놈! 당장 눈을 뜨지 못하겠느냐!

무인들 사이로 숨길 수 없는 동요가 퍼져 나갔다.

혈마를 죽이기 위해 목숨을 걸고 찾아왔건만, 그들을 맞이한 것은 이미 숨이 끊어진 혈마의 시체라니.

허탈함에 바닥에 주저앉는 자들도 있었고, 태사의로 다가가 혈마의 시신을 살펴보는 자들도 있었다.

"……자결일 리가 없어."

백수룡이 중얼거렸다.

그가 아는 혈마가 결코 자결을 택할 위인이 아니다.

설령 전쟁에서 패색이 짙어진다 해도, 최후까지 무림의 재앙으로 존재하다가 쓰러질 존재였다.

스스스슷…….

과거의 기억을 재현한 술법이 사라지고, 두 사람은 다시 처음의 장소로 돌아왔다.

연이어 큰 술법을 펼친 탓인지, 현천신녀가 초췌해진 얼굴로 말했다.

"혈마는 죽기 전에 역천의 술법을 펼쳐 천리를 어그러뜨렸고, 그 대가로 목숨을 잃었다. 아니, 스스로 바쳤다고 봐야겠지."

"……그리고 내가 환생했다?"

사실 현천신녀로부터 누군가가 자신의 환생을 의도했다는 얘기를 들은 순간, 백수룡은 혈마를 떠올렸다.

천하에 그런 짓을 꾸밀 수 있는 존재는 혈마뿐이니까.

현천신녀가 고개를 끄덕였다.

"그날 이후 나는 꾸준히 천기를 살폈다. 어그러진 하늘에서 역천의 힘이 커지기 시작했고, 온갖 괴이한 일들이 벌어지기 시작했지."

―누군가가 역천의 힘을 퍼트리고 있다.

백수룡은 어미 은호가 했던 말을 떠올렸다.

―세상 곳곳에 역천의 기운이 움트고 있다. 그로 인해 오랫동안 잠들어 있던 존재들이 깨어나고, 섭리를 벗어난 일들이 벌어질 것이다.

현천신녀와 같은 맥락의 이야기.

다시 생각해 보니 그 '누군가'는 바로 전대의 혈마를 의미했다.

"천기를 살피던 나는 스물여덟 해 전, 역천의 운명을 지닌 아이가 태어났다는 것을 알게 되었다."

"……내가 태어났을 때부터 지켜보고 있었다는 말이야?"

현천신녀가 인형 같은 무표정한 얼굴로 고개를 끄덕였다.

"너뿐만이 아니다. 네가 특출나기는 하지만, 조금이라도 역천의 운명을 타고난 아이들을 모두 살폈다. 그중 한 명은 혈마의 환생일 것임이 분명하기에. 하지만 모르겠구나. 모르겠어. 역천의 운명은 천기를 보는 눈으로도 정확히 알 수 없으니……."

털썩.

갑자기 현천신녀가 실 끊어진 인형처럼 바닥에 주저앉았다. 백수룡이 놀라서 그녀를 부축했다.

"이봐. 괜찮아?"

"……너무 많은 말을 하였다. 천기를 누설한 대가로, 이 육신은 한동안 깊은 잠에 들 것이다."

현천신녀의 눈도 조금씩 감기고 있었다.

백수룡이 다급한 목소리로 물었다. 아직 묻고 싶은 것이 더 있었다.

"놈의 목적은 뭐야? 날 환생시키고, 세상에 역천의 힘을 퍼트리는 이유가 뭐냐고!"

"……그의 목적은 알 수 없다. 다만 어떤 형태로든 부활하리라는 것, 그리하여 세상이 멸망하리라는 것, 현천문이 그리되었듯이……."

현천신녀의 목소리가 점점 잦아들었다. 그녀가 흐릿한 눈으로 백수룡을 올려보며 말했다.

"나는 너를 꾸준히 지켜보았다. 태어난 이후로 줄곧, 청룡학관에 입관한 후에도, 남궁세가에서도, 그리고 이곳에 오는 길에도. 네가 정체를 감춘 혈마일 거라는 의심을 완전히 거두는 데는 그만한 시간이 필요했다."

"하. 그만큼 지켜봤으면 내가 혈교를 얼마나 증오하는지 알 텐데."

"……만약 네가 정체를 숨긴 혈마였다고 확신했다면, 이 자리에서 현무학관과 함께 소멸시켰을 것이다."

백수룡은 등줄기가 오싹해짐을 느꼈다. 현천신녀의 말이 진심임을 알기 때문이었다.

"그래서 이제 의심은 벗었다 이거지?"

"나는 역천의 운명을 읽지 못한다. 살필 수 있는 것은 네가 살아온 인생뿐. 하지만 그것으로도 알 수 있는 것이 있지. 너는 과거를 후회하고 있고, 보다 좋은 사람이 되려고 노력하고 있었다."

"뭔……."

뜬금없는 칭찬에 백수룡은 황당하다는 표정을 지었다.

그런 낯간지러운 말을 하면서도 현천신녀의 표정에는 아무런 변화가 없었다.

"그것으로 충분하다. 너는 역천의 운명을 타고났으나, 세상을 멸할 존재는 아니다. 오히려 그것을 막을 수 있는 유일한 존재일지도 모르지."

천천히 감겨 가던 현천신녀의 눈이 일순간 번쩍 뜨였다.

그녀의 목소리에 신령한 기운이 담겼다.

어그러진 천리를 바로잡고, 세상의 멸망을 막는 일을 도와주겠느냐?

"……그런 거창한 명분이 아니더라도, 혈교든 혈마든 전부 없애 버릴 생각이었어."

백수룡은 당연하지 않냐며 고개를 끄덕였다. 그러더니 피식 웃으며 말했다.

"오히려 잘된 건지도 몰라."

"……잘되었다?"

"놈이 날 환생시켰기 때문에 전생에선 없었던 가족도 생겼고, 망나니 같은 제자들도 생겼잖아?"

"……."

"그리고 잘못을 바로잡을 기회도 얻었지."

옛 제자들이 혈교의 사도라는 존재로 살아 있다.

과거의 망령이나 다름없는 녀석들.

녀석들과 다시 만날 수 있는 기회가 생겼다.

"목적이 뭔지는 모르겠지만, 놈이 날 환생시킨 걸 후회하게 만들어 주겠어. 반드시."

굳게 다짐하는 백수룡의 눈을 들여다보던 현천신녀가 말했다.

내가 너를 도울 수 있을 것 같구나.

그 순간 그녀의 몸에서 흘러나온 신령한 기운이, 백수룡의 몸으로 스며들었다.

344화

현천신녀(3)-창룡신검

'뭐지?'

백수룡은 몸 안으로 스며드는 신령스러운 기운을 느끼고 당황했지만, 그것을 거부하지는 않았다.

몸에 해가 되는 기운이었다면 그의 몸에 새겨진 신공들이 먼저 반응했을 터.

그렇지 않다는 것은 이 기운이 현천신녀의 말대로 '도움'이 되리라는 의미일 테니까.

파아앗…….

현천신녀의 기운이 백수룡의 몸에 완전히 스며든 후, 그녀의 몸이 옆으로 기울었다. 의식을 완전히 잃고 쓰러진 것이다.

풀썩.

백수룡은 그녀가 바닥에 쓰러지기 전에 받쳐 들었다. 숨이 당장이라도 끊어질 듯 호흡이 미약했다.

"이봐. 괜찮아?"

그때였다.

우우우웅!

허리춤에 있는 창룡검이 스스로 진동하더니, 백수룡의 몸 안에 스며들었던 기운의 일부가 검으로 옮겨 갔다.

[놀랄 것 없다. 혼이 잠시 육신을 떠났을 뿐이니.]

백수룡은 머릿속에 울려 퍼지는 목소리에 흠칫 놀랐다.

전음이 아니었다.

현천신녀의 의지가 머릿속에 그대로 전달되고 있었다.

"설마……."

백수룡은 의식을 잃고 쓰러진 현천신녀와 스스로 검명을 울리는 창룡검을 번갈아 바라봤다.

몸과 검에 스며든 신령스러운 기운.

머릿속으로 직접 전달되는 현천신녀의 목소리.

과거 남궁세가에서 보았던 종리연이 떠오르며, 직감적으로 깨닫는 바가 있었다.

"……내 검에 들어온 거야?"

[그렇다. 내 육신이 잠에서 깨어날 때까지, 너와 함께 다니며 도움을 줄 것이다.]

우웅!

백수룡은 황당하다는 표정으로 스스로 검명을 울리는 창룡검을 바라봤다.

"검에 귀신처럼 들러붙었다는 거잖아?"

[……모욕적인 언사는 자중하라.]

현천신녀가 근엄한 목소리로 경고했으나, 백수룡은 찜찜한 표정을 지을 뿐이었다.

"이게 나한테 무슨 도움이 되지?"

[내게는 천기를 살피며 얻은 방대한 지식이 있다. 그것만으로도 너에게 큰 도움이 될 것이다.]

틀린 말은 아니었다.

천하제일의 술법사라 불리는 현천신녀라면, 세상에서 벌어지는 온갖 기이한 현상과 신비에 대해서도 누구보다 잘 알 것이다.

[또한, 네 기운을 빌린다면 간단한 술법도 펼칠 수 있을 것이다.]

"……그건 확실히 도움이 되겠네."

현천신녀의 기준에서 '간단한' 술법이라고 해도, 보통의 술법사보다 훨씬 뛰어날 것이 틀림없었다.

'데리고 다니면 여러모로 도움이 될 것 같긴 한데…….'

여전히 찜찜함은 남아 있었다.

백수룡은 미심쩍은 표정으로 창룡검을 바라봤다.

"만약에……."

[무엇을 걱정하는지 안다. 나는 허락없이 네 몸을 조종할 수 없다. 애초에 검으로 혼백을 옮겨 간 것도, 네 몸에 깃든 역천신공 탓에 몸 안에는 혼이 머물 수 없었기 때문이다.]

조금은 안심이 되는 이야기였다.

만약 현천신녀가 마음대로 자신의 몸을 조종하거나 기억을 읽으려 한다면, 백수룡은 몸 안에 깃든 기운을 쫓아 버리겠다고 경고했다.

[하늘에 맹세코, 그런 일은 없을 것이다.]

"내 검에 언제까지 들어와 있을 건데?"

[……나도 알지 못한다. 내 육신이 깨어날 때까지, 나는 떠나고 싶어도 이곳을 떠날 수 없다.]

"마음에 안 든다고 무를 수도 없다는 소리군."

[너에게는 큰 기연이 될 것이다.]

그러나 백수룡은 기뻐하긴커녕 성가시다는 표정을 지었다.
기연이라는 말은 그에게 별다른 감흥을 주지 못한지 꽤 오래되었다.
"내 머릿속에 대고 하루 종일 시끄럽게 떠들거나 하진 않을 거지?"

[……나를 잡귀처럼 취급하는 것이냐?]

말투는 여전히 우아했으나, 은근히 목소리가 높아져 있었다.
그럴 수밖에 없었다.
현천신녀는 나름 큰 결심을 하고 창룡검에 깃든 것인데, 백수룡은 무슨 검에 들러붙은 잡귀 취급을 하고 있었다.
"아, 미안. 꼭 귀신에 씐 것 같은 기분이라서 그래."
백수룡은 전혀 안 미안한 말투로, 창룡검으로 검파를 툭툭 두드렸다.

수양이 깊은 현천신녀의 목소리가 조금 떨려 나왔다.

[……일단 여기서 내려가자. 떠나기 전에 준비해야 할 것이 있다.]

"어디로 가야 하는데?"

백수룡은 주위를 둘러봤지만, 술법이 펼쳐져 있어서 방향을 분간할 수가 없었다.

그 순간 창룡검이 스르륵 떠오르더니, 검 끝으로 한 방향을 가르쳤다. 백수룡이 작게 감탄했다.

"확실히 성능 좋네."

[너는 언동을 조금 더 신중히 할 필요가 있겠다. 나는 물건이 아니다.]

"그러게 누가 내 검으로 들어오래?"

[…….]

백수룡은 의식을 잃은 현천신녀의 몸을 안아 들고, 검이 가리킨 방향으로 경공을 펼쳤다.

◆ ❖ ◆

현무학관주실.

그곳에서 신선 같은 용모의 노인이 두 사람을 기다리고 있었다.

"이게 어떻게 된 거냐 하면……."

불쑥 기절한 현천신녀를 안고 온 입장이었다. 백수룡은 노인이 오해하기 전에 상황을 설명하려고 했다.

그러나 노인은 무슨 일이 있었는지 알고 있다는 듯, 입가에 은은한 미소를 띠며 말했다.

"기다리고 있었습니다. 스승님의 육신을 이리 주십시오."

"……아, 예."

[잠시 자리를 비켜 주겠느냐?]

"예. 스승님."

백수룡에게 현천신녀의 몸을 받아 든 노인은 창룡검을 보더니, 공손히 인사를 하고 자리에서 물러났다.

"누구야?"

[현무학관의 부관주다. 내 제자이기도 하지. 한동안 내가 없어도 문제없이 학관을 운영해 줄 것이다.]

창룡검이 우웅 하고 울었다.

[현무학관의 선생들은 모두 내 제자다. 현천문이 사라진 후, 속세에 내려와 인연을 맺은 아이들이지.]

그 이야기를 들으니 문득 떠오르는 것이 있었다.

"풍월화공도 당신 제자였다면서? 안부를 전해 달라던데."

언젠가부터 자연스럽게, 백수룡은 현천신녀에게 존대를 하지 않았다.

그리고 현천신녀도 말투에는 별로 신경 쓰지 않는 기색이었다.

[풍월화공이라……. 네 행낭에서 춘삼이의 술법 기운이 느껴지더구나.]

"맞아. 풍월화공이 그려 준 그림이 들어 있어서……. 춘삼이? 풍월화공 이름이 춘삼이라고?"

[몰랐더냐. 그 아이의 이름은 장춘삼이다.]

상상도 못 했다.
그 곱게 생긴 얼굴로 이름이 춘삼이라니.
백수룡은 풍월화공의 본명이 세상에 알려지지 않은 이유를 비로소 알게 되었다.
말하기 창피해서 숨겼다는 것을.
"어쩐지 끝까지 이름은 안 알려 주더라니……."

[자기 이름을 싫어하는 아이였지. 이름이 가진 기운을 귀하게 여겨야 한다고 몇 번이나 혼을 내었거늘, 아직도 그대로인가 보구나.]

제자가 수십 년간 숨겨온 비밀을 대수롭지 않게 폭로한 현천신녀는, 백수룡에게 관주실 중앙에 있는 술법진 위에 가부좌를 틀고 앉으라고 했다.
"갑자기 가부좌는 왜?"

[아까 네 몸을 살펴보았다. 꽤나 아슬아슬한 상태에 놓여 있더구나.]

"……그런 편이지."
본인의 몸 상태는 백수룡이 가장 잘 알고 있었다.

비유하자면 물이 가득 찬 그릇.

한 방울만 더 들어가도, 물이 흘러넘쳐 바닥에 쏟아질 수 있는 위험한 상태였다.

이미 전생까지 아는 상대였기에, 백수룡은 솔직하게 말했다.

"역천신공의 성취는 지금이 한계야. 더 강해지기 위해서는 체질을 완전히 바꾸는 수밖에 없어."

천음절맥의 한계.

누구보다 빠르게 역천신공을 익힐 수 있는 천고의 체질이지만, 명확한 한계를 가지고 있었다.

8성 이상을 성취하기 위해서는 체질을 완전히 극복해 절맥(絕脈)을 신맥(神脈)으로 바꿔야 한다.

"그래서 생사신의를 찾는 중인데. 어디에 있는지 알아?"

[나라고 모든 것을 아는 것은 아니다. 생사신의가 종적을 감춘 지 십수 년, 그가 어디에 있는지 아는 자는 천하에 아무도 없다.]

현천신녀조차 모른다면 정말 아무도 생사신의의 행적을 모른다는 의미였다.

작게 한숨을 내쉰 백수룡은 품 안에 손을 넣어 작은 목함을 꺼내 만지작거렸다.

남궁세가에서 얻은 전대 혈마의 손가락과, 독마가 남긴 독정이 들어 있는 목함이었다.

"방법도 알고, 재료도 충분히 가지고 있어. 대법을 펼칠 사람만 찾으면 되는데……."

생사신의 말고도 천하에 이름난 명의는 많다.

그러나 그들 중 누구도 생사신의처럼 뛰어난 무공을 갖추진 못했다.

어마어마한 공력 운용이 필요한 대법을 펼치기엔 부적합하다는 이야기였다.

[내가 그 문제를 해결해 주지는 못하겠지만, 어느 정도 완화해 주는 것은 가능하다.]

생각지도 못한 이야기에 백수룡이 눈을 부릅떴다.
"……어떻게?"

[우선 가부좌를 틀고 앉아라.]

백수룡은 시키는 대로 술법진 한가운데에 가부좌를 틀고 앉았다.
그리고 무릎 위에 창룡검을 올렸다.

[역천신공을 운기해라. 내가 그것을 보조하겠다.]

백수룡은 반신반의하는 심정으로 역천신공을 운기하기 시작했다.
콰콰콰콰콰!
적발로 물든 머리카락이 허공에 세차게 나부꼈다. 그의 전신에서 흘러나온 패도적인 기운이 관주실을 가득 채웠다.
우우우웅!
동시에 창룡검이 진동하며 하얗고 아주 얇은 실 같은 기운이 흘러나왔다. 백수룡의 전신에 흐르는 붉은 기운 위로 실이 하나씩 스며들었다.
잠시 후, 운기조식을 마친 백수룡이 눈을 떴다. 일순간 폭발하듯 쏟아진 붉은 안광이 서서히 잦아들었다.
"……편안해졌어."

백수룡은 놀란 얼굴로 무릎 위에 놓여 있는 창룡검을 내려봤다.
“뭘 어떻게 한 거야?”

[역천신공은 천하에서 가장 괴이한 무공이다. 그 힘은 술법의 영역에도 어느 정도 닿아 있지.]

현천신녀의 목소리에선 은근한 자부심이 느껴졌다.

[쉽게 설명하면, 너의 역천신공에 보호 술법을 걸었다. 한두 번 정도는 한계를 넘는 힘을 발휘하더라도, 그릇이 넘치지 않고 버텨 줄 것이다.]

“허…….”

[물론 임시방편에 불과하다. 문제를 완전히 해결하려면, 네 말대로 체질을 바꾸어야 한다.]

한두 번만 해도 어디인가.
앞으로 누구와 싸우게 될지 모르는 상황에서, 전력을 다할 수 있게 된 것은 굉장히 큰 도움이었다.
“이제부터는 창룡신검(蒼龍神劍)이라고 불러야겠군. 이런 식의 도움을 받을 줄은 상상도 못 했어.”
백수룡은 감탄한 기색으로 창룡검의 검집을 쓸어 주었다.
우우웅!
부르르 진동하는 검에서 우쭐하는 감정이 느껴지는 것은 착각일까?

[나는 이것 외에도 여러 가지 술법을 펼칠 수 있고, 네가 상상도 못 한

지식을 가지고 있다. 점점 알게 될 것이다.]

"대단해. 앞으로 엄청난 도움이 될 것 같아."

백수룡은 조금씩 창룡신검을 다루는 방법을 익혀 가고 있었다.

한동안 칭찬에 취해 있던 창룡신검이 진지한 목소리로 물었다.

[그래서, 앞으로 어찌할 계획이지?]

"북해빙궁을 찾아갈 거야."

여름 방학 일정의 마지막 목적지.

백수룡은 북해빙궁을 찾아가는 이유를 설명했다.

은사부와 문율에 대한 이야기도 간략하게 전했다.

"은사부의 일을 전하고, 가능하다면 빙궁과 동맹을 맺을 생각이야."

수십 년 전 자신들의 소궁주가 납치당했다는 사실을 알게 된다면, 북해빙궁은 결코 혈교를 좌시하지 않을 것이다.

[허나 춘삼이의 의심대로, 혈교가 빙궁과 이미 손을 잡은 상황이라면?]

"그땐……. 다른 방법을 강구해 봐야지."

비록 은사부가 북해빙궁에 큰 정을 가지고 있진 않았어도, 백수룡은 그들을 적으로 만들고 싶지 않았다.

생각에 잠긴 듯, 잠시 조용히 있던 창룡신검이 말했다.

[빙궁 출신의 제자가 한 명 있다.]

생각보다 정말 쓸모가 많은 검이었다.

345화

비슷하지만 더 좋은 방법

백수룡은 문득 이상하다는 생각이 들었다.

"잠깐만. 빙궁은 수십 년 전에 봉문했다고 들었는데, 현무학관에 제자가 있다고?"

봉문은 일반적으로 문파의 대내외적 활동을 모두 금하는 것을 의미한다.

실제로 지난 수십 년간 북해빙궁은 '공식적인' 대외 활동을 하지 않았다. 개방에도 빙궁의 정보가 거의 없는 이유였다.

하지만 백수룡은 빙궁이 봉문하게 된 이유를 알고 있었다. 그는 서리애가 해 준 이야기를 떠올렸다.

—빙월신녀께서 십 년이 넘도록 궁으로 돌아오지 않자, 빙궁에서는 새로운 후계자를 차지하기 위한 싸움이 벌어졌습니다. 그 싸움으로 빙궁의 힘이 크게 약해졌습니다.

결국 혈교가 원인이었다.

놈들이 함정을 파서 빙월신녀를 납치하지 않았다면, 빙궁이 혼란을 겪고 내전에 휘말리는 일도 없었을 것이다.

[오래전에 북해빙궁에서 도망친 아이다. 가문과 모든 인연을 끊고 현무학관에 투신했지. 벌써 서른 해가 넘은 이야기구나.]

"……뭔가 사연이 있는 사람인가 보군."

[만나 보면 알 것이다.]

창룡신검은 부관주를 불러 북해빙궁 출신의 제자를 데려오라고 했다.

잠시 기다리자, 얼굴이 하얗고 냉막한 인상의 중년 사내가 관주실로 들어왔다. 백수룡을 본 그가 포권을 취했다.

"설신우라 합니다. 스승님을 찾아오신 손님께서 저를 찾으셨다고……."

부관주에게서 별다른 이야기를 듣지 못한 모양이었다.

백수룡이 그에게 마주 포권을 취했다.

"청룡학관 강사 백수룡입니다."

"……청룡신협?"

"예. 그리 불리고 있습니다."

설신우의 눈동자가 잠시 커졌다가 이내 고요해졌다.

감정의 동요가 적은 것이, 원래 성정이거나 수양이 상당히 깊은 듯했다.

"청룡신협께서 저를 찾으신 이유가 무엇입니까?"

백수룡은 빙빙 돌려서 말하지 않았다.

"북해빙궁에 대해 여쭤보고 싶은 것이 있습니다."

"……."

설신우가 무겁게 침묵하는 가운데, 창룡신검이 백수룡의 머릿속에 대고 불만을 표했다.

[네 성정은 참으로 종잡을 수 없구나. 어째서 내게는 하대를 하고, 내 제자에게는 존대를 하는 것이냐?]

우웅!

백수룡은 불만스럽게 부르르 떠는 창룡신검의 검파를 손가락으로 톡톡 두드렸다.

'난 원래 친한 사람한테만 반말을 해.'

[……나를 너의 진정한 친우로 인정한다는 뜻이었더냐…….]

대충 둘러댄 대답에, 꿈보다 해몽이 좋은 해석이 덧붙여졌다.

백수룡은 물끄러미 창룡신검을 바라보다가 힘껏 고개를 끄덕였다.

'물론이지.'

그때, 설신우가 침묵을 깨고 말했다.

"북해빙궁에 대해 물으시는 이유를 여쭈어도 되겠습니까?"

"직접 보여 드리는 편이 빠르겠군요."

백수룡의 몸 위로 새하얀 기류가 휘감겼다.

콰콰콰콰!

북풍한설을 떠올리게 하는 찬 바람이 관주실 안에 몰아치자, 설신우의 눈이 부릅떠졌다.

"빙백신공……. 그것도 완전무결한 빙백신공을……."

"과거에 인연이 닿았습니다."

"혹 스승이 누구인지 여쭈어도 되겠습니까?"

"빙월신녀께서 저의 스승이십니다."

"……!!"

설마 그 이름이 나올 줄은 상상도 못 했는지, 평정심을 잃은 설신우의 표정이 큰 혼란으로 물들었다. 그가 멍한 표정으로 혼잣말처럼 중얼거렸다.

"있을 수 없는 일입니다. 그분은 아주 오래전에 실종되셨습니다. 게다가……. 그분은……."

"혈교의 비열한 함정에 빠지셨지요."

"……."

살짝 떠본 말이었다.

백수룡은 그 순간 설신우의 표정이 고통스럽게 일그러지는 것을 놓치지 않았다.

'무언가를 알고 있군.'

지금 설신우의 반응을 보면서 확신했다.

북해빙궁은 은사부가 실종된 것이 혈교의 짓이라는 걸 알고 있다는 것을.

설신우를 살피는 백수룡의 눈매가 싸늘하게 굳었다.

또 한 가지 알아낸 것이 있었다.

'이자. 빙백신공을 익혔어.'

서리애로부터 들었던 이야기 중에는, 빙백신공의 소궁주를 선출하는 방법도 있었다.

—어려서부터 자질이 뛰어난 아이들을 모아 함께 빙백신공의 초반부를 익히게 하고, 경쟁을 통해 뛰어난 아이들을 선별합니다. 그렇게 스무 살이 되었을 때, 가장 뛰어난 한 명이 소궁주가 됩니다.

자질 있는 아이들을 모아 초반부를 가르치고, 그중 뛰어난 아이들을 걸러 중반부를 가르친다.

그렇게 경쟁을 통해 마지막에 남은 한 명이 소궁주가 되며, 비로소 완전한 빙백신공을 전수받게 된다.

북해빙궁의 오랜 전통이자 가장 중요한 의식.

백수룡은 예리한 시선으로 설신우의 무공을 파악했다.

'적어도 중반부까지는 익혔군.'

즉, 이 사내도 과거에 소궁주 후보였다는 말이 된다.

'나이를 생각하면 은사부와 동기는 아닐 테고, 그 다음 대인가?'

백수룡이 여기까지 추측했을 때, 설신우가 괴로운 표정으로 말했다.

"……저는 북해빙궁과의 모든 인연을 끊었습니다. 죄송하지만 더 이상 드릴 말씀은 아무것도 없습니다."

"내 스승님의 원수가 북해빙궁에 있다고 생각하면 되는 겁니까? 그들이 혈교와 손을 잡았습니까?"

백수룡이 내뿜는 은은한 살기에도, 설신우는 입을 꾹 다물었다.

"저는 모릅니다."

"……마지막으로 묻겠습니다. 신중히 대답해 주십시오."

무시무시한 살기가 설신우에게 집중되었다.

천천히 설득할 시간도, 그러고 싶지도 않았다. 백수룡은 필요하다면 무력행사조차 불사할 생각이었다.

그 순간.

[내게 맡겨다오.]

창룡신검이 은은한 빛을 내며 진동하더니, 곧 관주실 안에 그녀의 목소리가 울려 퍼졌다.

[신우야. 네 얼굴에서 많은 번뇌가 느껴지는구나.]

"이 목소리는……. 스승님?"

현무학관에서 현천신녀의 위치는 거의 신과 같다.

천하제일의 술법사.

술법을 배우기 위해 중원 각지에서 모여든 이들에게, 그녀는 경외의 대상이었다.

비록 지금은 백수룡의 허리춤에 대롱대롱 매달려 있지만 말이다.

털썩.

설신우가 창룡신검 앞에 무릎을 꿇었다.

인연이 닿아 삼십 년 넘게 스승으로 모셨지만, 그는 여전히 현천신녀를 존경하고 어려워했다.

[너의 오래된 번뇌가 가문과 관련된 것이라는 것을 안다. 하여 지금까지는 일부러 묻지 않았다.]

"스승님……."

[허나 천리가 어그러진 지금, 역천의 운명을 타고난 존재가 나를 찾아왔으니, 그가 바로 네 눈앞에 있는 사내다.]

설신우는 놀란 눈으로 백수룡을 바라봤다.

역천의 운명.

청룡신협이 그 운명을 타고난 자였다니.

현천신녀에게 술법을 배운 자로서, 그 의미가 얼마나 큰지 알고 있었다.

[읽을 수 없는 그의 운명이 내게 닿았고, 또한 빙궁에 닿아 있구나. 천리를 바로 잡을 길이 그곳에 있을지도 모른다.]

"스승님. 저는……."

[부탁하마. 북해빙궁에 어떠한 일이 있었는지 말해 주겠느냐?]

현천신녀는 제자들에게 과거를 묻지 않는 사람이었다.

인연이 닿으면 그 무엇도 묻지 않고 제자로 거두어 가르친다.

삼십오 년 전, 무작정 현무학관의 문을 두들긴 북해의 사내를 받아 준 것도 그녀였다.

때문에 현천신녀의 부탁이라는 말은, 그 어떤 살기 어린 협박보다 더 무겁게 다가왔다.

"북해빙궁은……."

입술을 깨물고 고민하던 설신우는, 결국 한숨을 길게 내쉬며 말했다.

"혈교와 거래를 했습니다."

그는 빠르게 말을 덧붙였다.

"정확히는 저의 가문이 혈교와 거래를 했습니다."

설신우는 체념한 얼굴로, 북해빙궁이 저지른 끔찍한 죄에 대해서 이야기했다.

"북해에는 여러 가문이 있습니다. 그중에서 세력이 가장 큰 것은 은씨, 설씨, 한씨. 세 가문입니다."

이들 세 가문은 북해의 귀족이라고 할 수 있었다.

역대 북해빙궁의 궁주들 대부분이 세 가문에서 배출되었다 해도 과언이 아니었다.

그중 은예린은 은씨 가문의 적통으로, 빙궁 역사상 가장 뛰어나다고 평가받는 재능을 가지고 태어났다.

그러나 그녀는 빙궁의 폐쇄적인 생활을 답답해했고, 소궁주라는 지위에도 그리 애착이 없었다.

비극은 거기서 시작되었다.

“당시 설가에는 대단한 재능과 야심을 가진 여인이 있었습니다. 하지만 불행하게도 은예린과 같은 시대에 태어나고 말았지요. 제게는 고모님이 되시는 분입니다.”

빙백무후 설수련.

빙월신녀가 실종된 후, 피비린내 나는 후계자 다툼 끝에 옥좌를 차지한 철의 여인.

“고모님은……. 다음 대 궁주가 되기 위해 혈교와 손을 잡으셨습니다.”

—빙궁은 혈교와 야합했을지도 모르네. 확실한 증거는 없지만, 나는 여전히 그들이 의심스러워.

풍월화공은 은사부에게 생사신의의 거처에 대한 정보를 알려 준 출처가 빙궁이라고 했다.

그 말을 떠올린 백수룡이 서늘한 표정으로 물었다.

“설수련이 빙월신녀에게 가짜 정보를 전해 준 장본인입니까?”

“……그럴 겁니다.”

백수룡은 원수의 이름을 머릿속에 확실히 새겨넣었다.

“고모님의 야심은 궁주가 되고도 끝나지 않았습니다. 고모님은 설가를 빙궁의 영원한 주인으로 만들고 싶어 하셨습니다.”

북해빙궁에 출처를 모를 자금이 흘러들어 오기 시작했다.

설수련은 그 힘으로 북해빙궁이 아닌, 설가의 힘을 키웠다.

당시 봉문을 해야 할 만큼 세력이 약해진 북해빙궁이었다.

궁주의 일방적인 편애 속에서 설가가 힘을 키우기 시작하자, 은가, 한가, 설가, 세 가문이 유지하던 균형이 무너지기 시작했다.

“당시 소궁주 후보였던 저는 고모님께 많은 이야기를 들었습니다. 자식이 없었던 그분은 혈육을 끔찍이 아끼셨지요. 그 말을 들은 후로, 고모님의 사람들이 저를 감시하긴 했습니다만…….”

잠시 말을 멈춘 설신우의 얼굴에서 죄책감이 느껴졌다.

백수룡이 그에게 물었다.

“외부의 자금이 흘러들어 왔는데, 다른 가문들이 반발하진 않았습니까?”

“물론 반발이 거셌습니다. 하지만 그 시기에, 중원의 무림인들이 빙궁을 습격하는 일이 있었습니다.”

“…….”

“끔찍한 일이었지요. 빙궁의 많은 고수들이 죽었습니다. 그중에는 저와 같은 소궁주 후보들도 있었습니다. 어린아이들이 납치되기도 했습니다. 그 습격을 막아 낸 후 빙궁은 하나로 단결했습니다.”

“음…….”

그 사건에서 상당한 위화감이 느껴졌지만, 백수룡은 굳이 지적하지 않았다.

“저는 다음 대 소궁주가 되기 위해서 필사적으로 노력했습니다.”

설신우를 비롯한 설가의 후기지수들은 엄청난 지원과 궁주의 은근한 편애 속에서 무공을 익혔다.

그러나 모든 것이 설수련의 마음대로 흘러가지는 않았다.

설가의 모든 후기지수들을 압도하는 재능이 나타난 것이다.

“……은휘령. 빙월신녀의 환생이라고 불릴 만큼 뛰어났던 소녀가 있었습니다.”

제아무리 궁주라 해도 빙궁의 가장 중요한 전통을 무시하지는 못했다.

“결국, 저희 대의 소궁주는 은휘령이 되었습니다. 지금쯤이면 그녀가 궁주가 되었을지도 모르겠군요.”

은휘령.

백수룡은 그 이름도 머릿속에 잘 새겨 두었다.

"소궁주 경쟁에서 탈락한 후, 저는 고모님이 큰 충격을 받으신 틈에 도망쳤습니다. 그분의 분노를 감당할 자신이 없었습니다. 가문이 저지른 죄로부터 도망치고 싶기도 했지요."

짧은 시간 동안, 설신우의 얼굴은 십 년은 더 늙은 듯 보였다. 그가 긴 한숨을 쉬었다.

"그 이후의 일은 모릅니다. 도망친 저는 현무학관의 문을 두드렸고, 북해빙궁에는 관심을 두지 않았습니다."

그리고 침묵이 흘렀다.

백수룡은 머릿속으로 설신우에게 들은 이야기를 정리했다.

소궁주 자리를 욕심낸 설수련의 음모.

북해빙궁으로 흘러들어 간 혈교의 자금.

아무리 생각해도 수상한 중원 무림인들의 북해빙궁 습격 사건.

'돈만 흘러들어 갔을 리 없어. 혈교의 무공이나 기물도 빙궁에 흘러들어 갔을 거야. 어쩌면 사람도.'

혈교가 수십 년 동안 야금야금 영향력을 넓혔다면, 지금쯤 북해빙궁이 혈교의 동맹이 되었다고 해도 이상하지 않았다.

하지만…….

'아무리 혈교라고 해도, 북해빙궁 같은 큰 세력을 쉽게 삼키지는 못해.'

북해빙궁은 무척이나 폐쇄적인 문화를 가진 곳이다.

오래된 전통을 무시하기란 쉽지 않을 것이다.

설령 그들이 혈교의 동맹이 되었다고 해도, 그 안에는 분명 반발하는 사람들이 있을 것이다.

예를 들면, 은사부의 가문인 은씨 가문이라든가.

'은휘령이 다음 대 궁주가 되었다면…….'

확인해 볼 가치는 있다.

"어쨌든 직접 가서 확인해 봐야겠군."

백수룡의 중얼거림에, 설신우가 걱정을 담아 말했다.

"북해는 외인을 환영하지 않았습니다. 봉문까지 한 상황이니, 문을 열어 주기는커녕 죽이려 할지도 모릅니다."

"그거라면……."

그때까지 조용히 듣고 있던 창룡신검이 의견을 제시했다.

[네가 신우로 변장하고 간다면 어떻겠느냐?]

백수룡은 빙백신공을 익혔다. 설신우도 빙백신공을 중반까지 익혔으니, 외모만 비슷하게 변장한다면 충분히 속일 수 있을 터였다.

우우웅!

은근히 칭찬을 바라는지 창룡신검이 부르르 떨렸다.

"좋은 생각이긴 한데……."

"안 됩니다."

설신우가 단호하게 고개를 저었다.

"저는 빙궁에서 도망친 죄인입니다. 돌아가면 곧바로 감옥에 갇힐 겁니다."

창룡신검이 축 늘어졌다. 백수룡은 검신을 툭툭 두드리며 피식 웃었다.

"그것과 비슷하지만 더 좋은 방법이 있는데."

[더 좋은 방법?]

도망쳤던 죄인이 돌아온다면 감옥에 갇히겠지만, 그가 남긴 유일한 핏줄이라면 어떨까?

백수룡은 설가의 적통이자 한때 소궁주 후보였던 사내를 바라보며 말했다.

"제가 당신의 아들로 변장하는 겁니다."

그것도 빙백신공을 아주 높은 경지까지 익힌 청년고수라면.

설가에서 꽤나 환대해 주지 않을까?

346화

전해 주십시오

“아들이라니……. 저는 혼인을 한 적도 없습니다.”

설신우가 당황한 표정으로 말했다.

갑자기 자신의 아들로 변장하겠다는 백수룡의 말을 이해하지 못한 것이다.

“어차피 빙궁은 모르지 않습니까. 설 대협에게 아들이 있는지 없는지.”

백수룡이 어깨를 으쓱이며 말하자, 비로소 그 뜻을 이해한 설신우가 헛웃음을 흘렸다.

“허…….”

“한번 들어 보십시오.”

삼십여 년 전, 소궁주 경쟁에서 패배한 설신우는 어린 나이에 북해빙궁에서 도망쳤다.

그 후 중원에서 여인을 만나 아들을 낳았으나, 몸이 약했던 아내는 산고를 이기지 못해 일찍 죽고, 본인도 가문을 배신했다는 죄책감으로 마음에 큰 병을 얻었다.

결국 오십이 넘은 나이에 수명이 얼마 남지 않은 것을 깨달은 설신우는, 하나뿐인 아들에게 유언을 남긴다.

—북해빙궁으로 돌아가 용서를 구하고, 너는 앞으로 설가의 사람으로 살아가거라.

"어떻습니까? 충분히 가능한 이야기 아닙니까?"
"……저는 죽은 사람이어야 하는 겁니까?"
"그편이 저들의 동정심을 사기에 더 좋을 테니까요."

[사도(邪道)로다! 천하의 패륜아가 따로 없도다!]

창룡신검이 탄식을 금치 못했으나, 백수룡은 코웃음을 쳤다.
"뭘 모르는 소리. 그렇게 해야 설 대협도 마음이 더 편하지 않겠습니까?"
"그건……."
설신우는 부정하지 못했다. 실제로 그는 북해빙궁에 자신이 소식이 전해지는 것이 부담스러웠다.
백수룡이 설신우에게 물었다.
"혹시 북해빙궁은 죽은 사람의 자식에게까지 연좌제를 적용합니까?"
설신우는 고개를 저었다.
"아닙니다. 제가 기억하는 고모님이라면……, 오히려 제 아들을 환대해 줄 겁니다."
설수련은 궁주 자리를 차지하기 위해 손에 숱한 피를 묻힌 철혈의 여인이었지만, 가문과 혈육만큼은 끔찍이 아끼는 인물이었다.
"그럼 됐네요. 설 대협의 가족관계에 대해서 알려 주십시오. 제대로 알고 가야 실수를 안 할 테니까요."
백수룡의 머릿속에서는 실시간으로 빙궁 잠입 계획이 세워지고 있었다. 아직은 뼈대에 불과했지만, 점점 살을 붙여 나갈 계획이었다.

"……."

그러나 설신우는 쉽게 대답하지 못하고 망설였다.

가문에서 도망친 것은 사실이지만, 그렇다고 가문을 배신하는 데 마음이 편할 리는 없었다.

설신우가 망설이는 기색을 느낀 백수룡이 미간을 찌푸렸다.

"이제 와서 혈교와 손을 잡은 가문을 두둔할 셈입니까?"

"그건 아닙니다……. 다만 한 가지만 묻고 싶습니다."

"말씀하십시오."

"빙궁에 가서 무엇을 하시려는 겁니까?"

설신우는 두려운 얼굴로 눈앞의 청년을 바라봤다.

청룡신협 백수룡.

그의 검이 이미 혈교의 장로를 둘이나 베었다고 들었다.

혈교와 손을 잡은 설가 역시, 그의 검에 피를 흘리게 될지도 모른다.

아니, 반드시 흘리게 될 것이다.

'청룡신협을 돕는 것이, 내 손으로 가문의 혈족들을 죽이는 것과 무엇이 다르단 말인가.'

설신우가 망설일 수밖에 없는 이유였다.

"설 대협."

백수룡도 설신우의 표정에서 두려움과 망설임을 읽었다. 그가 나직한 목소리로 말을 이었다.

"내 스승이신 빙월신녀께서 혈교와 설가의 음모에 희생되었습니다. 나는 제자로서 마땅히 복수를 할 생각입니다."

"역시……."

"하지만 복수가 목적의 전부는 아닙니다."

어설픈 거짓말은 하지 않을 생각이었다.

백수룡은 설신우의 눈을 똑바로 바라보며, 자신이 빙궁에 가서 하려는 일을 명확히 말했다.

"지금은 설가와 혈교가 동맹일지 모르지만, 언제까지 혈교가 빙궁을 내버려 둘 것 같습니까? 놈들은 결국 북해빙궁을 모조리 집어삼키려고 할 것입니다."

어쩌면 이미 늦었을지도 모른다.

백수룡은 그런 말은 하지 않았다.

눈으로 직접 확인해 보기 전까지는 모르는 일이니까.

"더 늦기 전에 바로잡아야 합니다. 썩은 부분을 도려내고, 북해빙궁을 원래 모습으로 돌려놔야 합니다."

"더 늦기 전에……."

북해빙궁은 은사부의 고향이다.

백수룡은 그곳을 혈교가 더럽히게 내버려 둘 생각이 없었다.

"설 대협이 무슨 걱정을 하시는지도 압니다. 설가가 많은 피를 흘릴까 봐 두려우신 거죠?"

"……솔직히 그렇습니다."

백수룡은 창룡신검을 빼 들어 바닥에 꽂았다.

절세의 보검은 별다른 힘을 주지 않았음에도 쉽게 바닥을 파고들었다.

"약속드리겠습니다. 제 검은 스승의 일과 직접 관계된 자들, 그리고 저를 해치려는 자들에게만 겨눠질 것입니다. 그 외에는 북해빙궁의 결정에 맡기겠습니다."

그것이 백수룡이 할 수 있는 최대한의 양보였다.

우우웅!

[나 또한 청룡신협을 지켜볼 것이니, 너무 염려하지 않아도 된다.]

창룡신검도 함께 설득에 나섰다. 설신우는 부끄러움에 고개를 숙였다.

'청룡신협의 말이 맞다.'

이번이 설가의 잘못을 바로잡고, 북해빙궁을 예전으로 되돌릴 수 있는 마지막 기회일지도 모른다.

"……알겠습니다. 전부 말씀드리겠습니다."

눈빛을 굳힌 설신우는 자신의 가족관계, 설씨 가문의 비밀, 북해빙궁의 문화, 그 외에 신경 써야 할 것들을 가르쳐 주었다.

백수룡은 그 모든 것을 빠르게 습득했다.

배우는 속도가 너무 빨라서, 가르치는 설신우가 미처 따라가지 못할 지경이었다.

"익숙해지게 연습할 겸, 아버지라고 불러봐도 되겠습니까?"

"……편한 대로 하십시오."

팔자에도 없는 아들이 생긴 설신우는 심란한 표정으로 고개를 끄덕였다.

◆ ◈ ◆

"……그럼 저는 이만 물러가겠습니다."

[돌아가서 편히 쉬거라.]

"수고하셨습니다."

설신우는 초췌해진 얼굴로 관주실을 나섰다.

그의 기척이 완전히 사라질 때까지 기다린 백수룡이 중얼거렸다.

"정보는 이 정도면 충분해. 문제는 변장인데……."

인피면구로는 눈썰미가 좋은 고수들을 속일 수 없다.

과한 역골공도 마찬가지다.

웬만한 자들은 속일 수 있겠지만, 북해빙궁주 수준의 고수를 만나게 된다면 그 역시 들통날 가능성이 있었다.

사실 얼굴은 큰 문제가 아니었다.

다행히 설신우가 상당한 미중년인 덕분이었다.

"기본적으로 일맥상통하는 얼굴이니, 근육을 살짝만 움직이면 비슷해질 것 같은데……."

백수룡은 관주실 한편에 있는 동경 앞에 서서, 미세하게 역골공을 사용했다.

동경 속에 비치는 눈매를 조금 더 날카롭게 교정하고, 자연스럽게 올라가 있던 입꼬리를 일자로 내렸다. 턱 근육을 조금 더 각지게 만들어 인상을 강하게 만들었다.

잠시 후, 설신우와 닮은 냉막한 인상의 청년이 동경 너머에 서 있었다.

"어때? 비슷해 보여?"

[그럴듯하구나.]

얼굴은 해결되었다. 하지만 아직 문제가 남아 있었다.

"문제는 머리색이란 말이지."

북해빙궁 특유의 백발은 평범한 흰머리가 아니다.

윤기가 흐르는 백발은 염색약 따위로는 흉내가 불가능했다. 북해의 핏줄에, 빙백신공이 더해져서 나타나는 현상이었다.

물론 백수룡도 빙백신공을 익혔지만, 성질이 더욱 강한 역천신공을 익힌 탓에 머리색은 변하지 않았다.

그러나 이 고민은 창룡신검이 해결해 주었다.

[내가 술법사라는 사실을 잊은 것 같구나.]

창룡신검이 신령스러운 기운을 내뿜으며 진동하자, 백수룡의 머리카락이 끝에서부터 백발로 물들기 시작했다.

스스스슷…….

잠시 후, 동경에 비친 자신을 본 백수룡은 감탄을 금치 못했다.

"감쪽같은데?"

[술법과 무공은 궤가 다르니, 천하의 어떤 고수도 네 머리색이 가짜임을 눈치채지 못할 것이다.]

우우우웅!

은근한 자부심이 느껴지는 진동에, 백수룡은 창룡신검의 검신을 가볍게 쓸어 주었다.

"너 정말 대단한 검이었구나?"

[말하지 않았더냐. 너에게 큰 도움이 될 것이라고. 이것이 다가 아니다.]

"이것 말고도 더 있다고?"

백수룡은 창룡신검이 칭찬에 은근히 약하다는 사실을 간파했다. 예상대로 창룡신검은 자신이 사용할 수 있는 술법을 줄줄이 말했다.

[……또한 축지술(縮地術)을 걸어 주면, 빙궁에 도착하는 시간을 오 분지

일로 줄일 수 있을 것이다.]

듣던 중 반가운 소리였다. 안 그래도 방학이 끝나기 전에 청룡학관으로 돌아갈 수 있을지 걱정하던 차였는데.

걱정을 한시름 덜어낸 백수룡이 웃으며 말했다.

"그럼 오늘은 푹 쉬고 내일 출발하자고."

다음 날, 백수룡은 북해빙궁을 향해 출발했다.

◆ ◈ ◆

휘이이이잉.

삭풍이 몰아치는 대지.

휘날리는 눈보라 때문에 시야 확보가 쉽지 않다.

숨을 내뱉을 때마다 새하얀 입김이 흘러나오고, 잠시만 서 있어도 어깨 위에 눈이 소복이 쌓이는 날씨.

"후우……."

성벽 위.

북해빙궁의 위사들은 털옷을 단단히 여미고, 입김에 손을 비벼 가며 최대한 온기를 유지하려 애쓰고 있었다.

북해는 일 년 내내 눈보라가 그치지 않는 혹한의 땅.

지평선 너머에서 누군가가 나타나는 일은 좀처럼 없다.

그럼에도 위사들은 본연의 임무를 게을리하지 않았다. 빙궁의 규율은 그만큼 엄격했다.

"어?"

위사 중 눈이 밝은 이가 먼저 평소와는 다른 이질적인 것을 발견했다.

지평선 너머에서 무언가가 빠르게 다가오고 있음을 확인한 그가 위사조장에게 보고했다.

"사람입니다!"

수하의 보고에 위사조장이 고개를 갸웃거렸다.

"교에서 보낸 상단인가? 오늘은 오는 날이 아닌데……."

"아닙니다. 단 한 명입니다."

"한 명?"

북해빙궁의 무사들도 밖에 나갈 때는 최소 삼인 일조를 이룬다.

북해의 환경은 그만큼 가혹하고, 조금만 방심해도 길을 잃기 십상이기 때문이다.

그런데 혼자서 이곳을 찾아왔다고?

"속도가 상당히 빠릅니다! 금방 도착할 것 같습니다."

"……나도 보고 있다."

거리가 있어서 얼굴은 아직 보이지 않았다.

하지만 상대의 머리색만큼은 확실히 구분할 수 있었다.

"본궁의 사람이로군."

새하얀 무복에 눈부신 백발을 휘날리며 달려오는데, 그 속도가 어마어마했다. 금세 이곳에 닿을 듯했다.

"너는 서둘러 안에 보고하라!"

"예!"

위사조장은 숨을 들이마셨다가, 다가오는 자를 향해 소리쳤다.

"멈추시오!"

잠시 후, 달려오던 자의 속도가 줄어들었다.

위사조장은 비로소 상대의 모습을 제대로 살필 수 있었다.

얼음을 깎아 만든 듯한 미공자였다.

서늘한 눈매와 창백한 피부, 일자로 꾹 다문 입매는 북해빙궁의 고귀한 핏줄임을 증명하는 듯했다.

사박, 사박.

눈 위를 걷는데 등 뒤로 발자국이 남지 않았다. 답설무흔(踏雪無痕)의 경지. 몰아치는 눈보라 속에서는 중심을 잡는 것만도 쉽지 않건만, 사내는 평지를 걷는 듯 가벼운 걸음이었다.

"누구……십니까?"

위사조장의 입에서 절로 존대가 흘러나왔다.

상대의 몸짓 하나, 가벼운 걸음에도 귀티가 흘렀다. 척 보아도 신분이 범상치 않은 귀공자임에 틀림없었다.

'세 가문의 장성한 자식들 중에 저런 분이 있던가? 아니, 있다면 내가 모를 리 없지. 저 사내의 기도는 소궁주님과 비교해도…….'

위사조장이 혼란스러운 표정으로 사내를 바라볼 때였다.

"고모할머님께 전해 주십시오."

자리에 멈춰선 사내가 천천히 뒷짐을 지더니, 고개를 들어 성벽 위의 위사조장을 바라보았다.

"설가의 적통, 설신우의 아들 설룡휘가 왔다고 말입니다."

사내의 긴 속눈썹에는 하얀 서리가 맺혀 있었다.

347화

북해빙궁(1)

북해빙궁의 궁주전.

평범한 신분으로는 드나들 수조차 없는 그곳에서, 한 여인이 언성을 높이고 있었다.

"궁주. 아직도 결정을 내리지 못한 것이오?"

웅혼한 공력이 담긴 목소리에 궁주전의 높은 천장이 진동했다.

감히 궁주를 아랫사람처럼 대하는 여인의 언행을 지적하려던 무인들조차, 그녀의 막대한 공력에 경악해 입술만 잘근 깨물 뿐이었다.

"이리 우유부단해서야. 조만간 교의 사절단이 올 것이오. 그것이 사실상 최후통첩이라는 것을 정녕 모른단 말이오?"

궁주전 안에는 북해빙궁에서 내로라하는 고수들, 각 가문을 대표하는 원로들이 대부분 모여 있었다.

그러나 지금 언성을 높이는 여인은 그중에서도 특출난 존재감을 지니고 있었다.

북해의 무인들이 흔히 입은 두꺼운 털옷 대신, 화려한 붉은 궁장(宮裝)을 차려입은 여인.

빙백무후 설수련.

북해빙궁의 전대 궁주로서, 피비린내 나는 내전 끝에 스스로 옥좌에 오른 인물이었다.

'폐관 수련 이후로 더 강해졌다더니. 늙기는커녕 더 젊어졌구나.'

'이제 누가 있어 저 여인을 막을 수 있을지…….'

'정녕 본궁이 설가의 손에 넘어가는 것인가?'

북해빙궁에는 그녀에게 불만을 가진 무인이 적지 않았으나, 감히 겉으로 그런 기색을 드러내는 자는 없었다.

타고난 기개가 바위 같은 몇 명을 제외한다면 말이다.

"전대 궁주께서는 목소리를 낮추십시오. 이 자리에 있는 무인들 중에 귀머거리는 없습니다."

웬만한 사내보다 큰 키에, 목덜미에서 찰랑거리는 칼단발.

북방의 대장군을 연상시키는 은발청안의 여인.

현 북해빙궁주 은휘령이 옥좌에 앉아 설수련을 내려다보며 위엄있게 말했다.

그러나 그녀를 올려보는 설수련의 입꼬리는 부드러운 호를 그렸다. 마치 가소롭다는 듯이.

"귀머거리가 아닌데도 말귀를 알아듣지 못하니, 내 목소리가 저절로 높아지는 것이 아니겠소?"

"본궁의 운명이 걸린 일을 어찌 쉽게 결정한단 말입니까."

"때를 놓치면 땅을 치고 후회할 것이오. 교의 제안이 우리에게 얼마나 큰 이득이 될지 생각하셔야지."

"전대 궁주께서는 본궁이 혈교의 명령을 받드는 조직인 것처럼 말씀하시는군요."

"현 궁주께서 이처럼 내게 편견을 가지고 있으니, 옳은 판단을 내리지 못하는 것이 아니오?"

전 궁주와 현 궁주.

북해빙궁에서 가장 강한 두 여인의 눈빛이 허공에서 사납게 부딪쳤다. 둘 다 한 치의 물러섬도 없었다.

그러나 궁주전에는 두 사람만 있는 것이 아니었다.

"중원 무림은 평화에 찌들어 있습니다. 감히 본궁의 무인들을 막아서지 못할 것입니다."

"교에서 저희에게 중원의 비옥한 땅을 약속했습니다. 이 혹독한 땅을 벗어날 기회입니다."

"그동안 교에서 받은 지원을 생각하면 제안을 무시하기는……."

설수련의 뒤에 서 있는 자들이 은휘령을 압박한다.

각각 한 가문을 대표하는 고수들일진대, 전대 궁주의 옆에 찰싹 달라붙어서 혀를 놀리는 모습이 간신배들을 방불케 했다.

'저들에게는 누가 궁주란 말인가.'

은휘령은 조용히 이를 악물었다.

전대 궁주인 설수련으로부터 궁주직을 넘겨받은 지 올해로 스무 해가 지났다.

그러나 설수련은 권력을 내려놓지 않았다.

북해빙궁에는 공식적으로 태상궁주라는 직위가 없음에도 불구하고, 그녀는 태상궁주라 불리며 상왕(上王)처럼 군림하고 있었다.

은휘령은 자신의 자리가 한없이 초라하게 느껴졌다. 참담한 기분이었다.

그러나, 그녀는 부러질지언정 결코 꺾이지 않는 굳강한 성격의 소유자였다.

"중원 무림을 침공하는 것은 쉽게 결정할 일이 아닙니다. 북해빙궁의 명운이 걸린 일이니만큼, 최대한 신중하게 결정할 것입니다."

은휘령의 전신에서 빙백신공의 한기가 일어나 시끄럽게 떠드는 자들의 입을 다물게 만들었다.

"이런 답답한!"

설수련의 몸에서도 한기가 피어올랐다. 북해의 추위에 익숙한 북해빙궁의 고수들조차 어깨를 바르르 떨 정도의 막강한 한기였다.

쩌적, 쩌저저적!

설수련과 은휘령이 일으킨 한기가 중간에서 부딪치며 공기가 얼어붙었다. 은휘령의 눈꼬리가 사납게 치켜 올라갔다. 그녀가 자리에서 벌떡 일어났다.

"……반란이라도 일으킬 생각입니까?"

북해빙궁에서 궁주의 권위는 절대적이다.

수십 년 전 빙월신녀와 함께 빙백환이 사라진 이후로 권위가 많이 추락했으나, 여전히 전통을 따르는 많은 가문이 궁주에게 충성했다.

때문에 아무리 전대 궁주라고 해도, 대놓고 궁주에게 맞설 수는 없었다. 그랬다간 북해빙궁이 또다시 내전에 휩싸일 테니까. 설수련도 그것은 원치 않았다.

설수련이 기세를 누그러뜨리며 살포시 웃었다.

"반란이라니. 답답한 마음에 나도 모르게 기세가 일어난 것이니, 궁주는 너무 예민하게 반응하지 마시오."

"……."

예전 같았으면 저런 행동조차 용납하지 않고 벌했겠지만, 은휘령은 무섭게 쏘아보는 것 이상의 행동은 하지 않았다.

그만큼 현재 북해빙궁에서 설가의 위세는 대단했다.

설수련은 궁주전에 모인 이들을 둘러보았다.

마치 자신이 이곳의 주인인 것처럼.

"삼십오 년 전, 중원의 무인들이 본궁을 습격한 날을 모두 기억할 것이오. 궁주도 당시에 동생을 잃지 않았소?"

은휘령이 무겁게 고개를 끄덕였다.

"기억합니다. 어찌 잊을 수 잊겠습니까."

당시 소궁주 후보들 중에서도 여러 명이 죽었다.

은휘령은 천운으로 적의 공격에서 살아남아 소궁주가 되었으나, 그녀의 어린 동생은 실종되었다.

'하연아…….'

동생의 시체라도 찾기 위해 눈을 파헤치고 다녔던 기억이 지금도 선명했다.

"우리는 많은 형제를 잃었소. 내전으로 약해져 있던 본궁에, 중원의 가증스러운 무인들이 보물을 탈취하기 위해 침략했지."

복면을 쓴 흑의인들이 북해빙궁을 습격했던 날.

당시 궁주였던 설수련은 빙궁의 정예 무인들을 이끌고 침략자들을 모두 격퇴했다.

하지만 북해빙궁은 큰 피해를 입었고, 중원 무림에 대한 증오가 생기는 계기가 되었다.

"예전부터 중원은 우리를 오랑캐로 취급하였소. 척박한 땅에서 살아간다고 하여 우리를 미개하다 여겼고, 자신들보다 열등한 종자로 보았지."

설수련의 말은 빙궁 무인들의 분노를 자극했다. 과거에 혈육을 잃은 이들의 눈이 붉게 충혈되었다.

"놈들에게서 핏값을 받아 낼 때입니다!"

"중원 놈들에게 북해의 무인들이 얼마나 강한지 보여 주어야 합니다!"

"궁주님! 결단을 내려 주십시오!"

설수련을 따르는 주전파가 궁주전에 있는 인원의 절반이 훌쩍 넘었다. 궁주에게도 부담이 되는 숫자였다.

"……혈교는 위험한 무리입니다."

그 말에 설수련이 피식 웃었다.

"그것도 중원 무림의 평가일 뿐이지. 우리는 이미 오래전부터 교의 지원을 받았소. 하지만 그들은 우리에게 어떤 것도 요구하지 않았지. 개종을 요구하지도, 북해의 무공이나 보물을 달라고 하지도 않았단 말이오."

"……."

모두 사실이었다.

비록 혈교가 지원한 자금 대부분이 설가로 흘러 들어가긴 했지만, 봉문한 북해빙궁이 어려운 시기를 극복한 데는 분명 혈교의 도움이 있었다.

"궁주. 교에서 무언가를 요구한 것은 이번이 처음이오. 그들이 중원을 침공할 때 동맹으로서 함께하는 것!"

중원인들이 알게 되면 경악할 이야기.

단일 세력으로는 구파일방이나 오대세가보다 크다고 평가받는 북해빙궁이었다.

그런 그들이 오랜 봉문을 풀고 혈교와 함께 중원을 침공한다?

무림에 두 가지 재앙이 동시에 떨어진다는 말과 다름이 없었다.

"교는 우리에게 중원의 북쪽 땅을 약속했소. 북해보다 훨씬 비옥하고 기름진 땅. 우리가 승리한다면, 더 이상 이 혹독한 땅에서 살아갈 필요가 없소. 궁주. 결단을 내리시오."

북해빙궁의 참전 여부를 최종 결정하기 위한 회의.

전 궁주인 설수련을 위시한 주전파는 참전을 주장했고, 현 궁주인 은휘령은 보수적인 입장이었다.

"반대로 패배한다면, 본궁은 모든 것을 잃게 될 겁니다."

그 답답한 대답에 설수련은 혀를 찼다. 이미 몇 번이나 반복된 대화였다.

"이토록 소심한 줄 알았으면 그대에게 궁주직을 물려주지 않았을 텐데……."

쿠웅!

묵직한 진각과 함께, 백발백염의 노인이 앞으로 한 걸음 나섰다. 그의 전신에 서릿발 같은 기세가 흘렀다.

"아무리 전 궁주라 하여도, 그 이상의 무례는 용납할 수 없소이다!"

대장로 한송백.

한씨 가문의 가주로, 이곳에서 두 여인 다음으로 큰 발언권을 가진 인물이었다.

이십 년 전 설수련이 궁주직을 은휘령에게 넘겨줄 수밖에 없었던 이유도, 한송백을 중심으로 전통을 중시하는 빙궁의 원로들이 압박을 가했기 때문이었다. 당시에는 설가의 위세가 지금만큼 크지 않았다.

'눈엣가시 같은 인간.'

설화련은 한송백에게 눈을 흘겼다. 그러나 그녀의 입매는 여전히 웃고 있었다.

"대장로. 손자의 지병에는 차도가 있나요?"

"……그대가 신경 쓸 일이 아니오. 이 자리에서 나올 이야기도 아니고."

하얀 눈썹을 꿈틀거리는 한송백의 얼굴에 수심이 엿보였다. 설화련은 그 모습을 놓치지 않았다.

'저 늙은이도 조만간 무너지겠구나.'

여전히 고집을 부리며 은휘령에게 힘을 실어 주고 있지만, 그것도 오래 가지 못할 것이다.

설가, 은가, 한가.

북해에서 가장 세력이 큰 세 가문의 균형은 무너진 지 오래였다.

이제 설가의 힘은 은가, 한가를 합친 것을 능가했다.

'언제든 힘으로 찍어누를 수 있지만, 최대한 북해의 전력을 보존하고 싶어서 참아 주고 있는 것일 뿐이란다.'

은휘령과 한송백을 바라보는 설수련의 입매에 맺힌 미소가 더욱 짙어졌다.

"참으로 곤란하군요. 궁주와 대장로가 자꾸 이런 식으로 나온다면……."

설수련이 다시금 저들을 압박하려 할 때였다.

"태상궁주님!"

궁주전 밖에서 설수련을 찾는 급박한 목소리가 들려 왔다. 그녀의 고운 아미가 찌푸려졌다.

잠시 후, 궁주전의 문이 열리고 설가의 무인이 들어와 무릎을 꿇었다.

"회의 중에 무슨 일이냐?"

"죄송합니다. 잠시 나와 보셔야 할 것 같습니다."

"네 눈엔 지금 이 자리가 무슨 자린지 보이지 않느냐?"

"그것이……."

입술을 달싹이며 전음을 보내려는 설가의 무인에게, 은휘령이 엄중한 목소리로 경고했다.

"궁주전에서, 그것도 궁주 앞에서 전음을 나눈다라……. 이것을 나에 대한 모욕으로 받아들여도 되겠나?"

은휘령의 싸늘한 목소리에 설가의 무인의 얼굴이 창백해졌다. 설수련이 짜증 섞인 표정으로 말했다.

"괜찮으니 말해 보거라."

"설룡휘라는 자가 태상궁주님을 찾아왔습니다."

"……누구?"

처음 듣는 이름에 설수련이 고개를 갸웃거렸다.

그러나 이어진 무인의 설명에 그녀의 표정이 딱딱하게 굳었다.

"본인이 설신우의 아들이라고 합니다. 저희가 보기에도 본궁의 핏줄이 맞는 것 같습니다."

"설신우……."

설수련은 오래전에 가문에서 도망친 조카를 떠올렸다.

후계자 경쟁에서 패배한 날, 야반도주를 선택한 한심하고 멍청한 녀석.

'그 아이의 아들이 나를 찾아왔다고? 이제 와서?'

당혹스럽기는 했으나, 회의를 중단할 만큼 중요한 사안은 아니었다.

"일단 본가에 데려가서 기다리라고 전해라. 회의가 끝난 후 내가 직접 확인해 볼 테니……."

"저, 그것이……. 지금 소궁주님과 시비가 붙었습니다."

"설무걸 그 망종 같은 놈이!"

일순간 설수련이 살기를 드러내며 버럭 소리를 질렀다.

설가의 무인이 덜덜 떨며 말을 이었다.

"성벽 밖에서 소란이 일어나자, 소궁주님께서 직접 확인해 보겠다고 나서신 모양입니다. 그 과정에서 말다툼이 생겨서……."

"하아. 사고를 쳐서 근신을 명한 지 얼마나 되었다고 또……."

소궁주 설무걸.

설가의 후기지수로, 무공에 대한 재능은 발군이지만 그 성정이 안하무인인 것으로 유명했다.

'신우의 아들이라 주장하는 자가 크게 다쳤을 수도 있겠군.'

그자가 조카의 아들인지는 확실하지 않았다. 설수련은 그리 순진한 여인이 아니었다.

하지만 소궁주의 행실은 중요한 문제였다.

그렇지 않아도 소궁주의 행실에 대한 말이 많았다. 설무걸은 그녀의 눈에도 지나치게 자유분방하고 오만한 성향이 있었다.

"……알았다."

한숨을 내쉰 설수련이 은휘령을 돌아보며 말했다.

"궁주. 이 사안은 조만간 다시 이야기하지요."

몸을 돌린 설수련은 곧장 궁주전을 빠져나갔다. 궁주의 허락도 받지 않았으나, 누구도 그 태도를 지적하지 못했다.

"궁주님. 저희도 나가 보지요."

"예."

은휘령도 한송백과 함께 밖으로 나왔다.

벌써 소문이 퍼졌는지, 이미 많은 북해의 무인들이 성벽 위에 몰려들어서 바깥을 구경하고 있었다.

"어찌 저럴 수가……!"

"우리가 헛것을 보는 게 아니지?"

북해빙궁에서 보기 힘든 소란이었다. 웅성거리는 무인들의 목소리에 당혹스러운 감정이 가득했다. 은휘령은 지면을 박차고 높이 도약했다.

휘익!

단숨에 인파를 넘어선 그녀는 빙궁의 가장 높은 첨탑 위에 사뿐히 내려섰다.

그리고 도저히 믿기 힘든 광경을 목도했다.

"이 무슨……."

그녀가 보게 된 것은, 일방적으로 두들겨 맞고 있는 북해빙궁의 소궁주였다.

348화

북해빙궁(2)

설무걸은 자신을 추종하는 패거리들과 함께 음주가무를 즐기고 있었다.

"하하하! 오늘도 코가 삐뚤어질 때까지 마셔 보자고!"

한동안 근신하라는 설수련의 엄명이 있었지만, 설가의 적통이자 북해빙궁의 소궁주에겐 고모할머님의 귀찮은 잔소리에 불과했다.

올해 스물다섯.

발군의 재능으로 일찌감치 소궁주 자리를 확정한 설무걸은, 또래에서는 당해낼 자가 없는 고수였다.

"본 공자에게는 이 북해가 너무 좁아. 언젠가는 중원에 가서 위명을 떨쳐야겠어."

설무걸은 북해의 차가운 달을 바라보며 탄식했다. 그를 중심으로 정자에 둘러앉은 남녀가 술잔을 비우고 있었다.

설무걸은 어려서부터 오만방자했다. 툭하면 싸움을 벌이고, 자신보다 약한 무인을 얕잡아 보았으며, 술과 여자를 탐했다.

나이가 들면 좀 나아지겠거니 하는 가문 어른들의 기대와 달리, 설가의 위세를 등에 업고 부리는 패악질이 날로 심해져 원성이 높아지고 있었다.

보통은 빙백신공의 경지가 오를수록 냉철해져야 마땅하건만, 수백 년에 걸쳐 이어진 빙궁의 무공조차 그 성정을 바꾸지 못하니, 그 또한 기이한 일이었다.

"형님이라면 반드시 중원에서도 이름을 떨치실 겁니다."

"가실 때 저희도 데려가 주실 거죠?"

소궁주 곁에 있으면 뭐라도 떨어질까 따라다니는 사내들과 여인들이 열심히 비위를 맞췄다. 설무걸은 그들의 속셈을 뻔히 알면서도 함께 어울렸다.

"비실비실한 중원 놈들이 내 일장이나 견딜 수 있겠어?"

피식 웃은 설무걸이 가볍게 오른손을 뻗자, 구석에서 떨떠름한 표정을 짓고 있던 청년이 날아가 연못에 빠졌다. 마지못해 술자리에 끌려 나온 무인이었다.

"콜록! 콜록!"

북해의 추위는 빙궁의 무인들에게도 가혹하다. 연못에서 겨우 빠져나온 무인의 입술이 하얗게 질렸다.

설무걸이 그에게 술을 따라주며 웃었다.

"표정이 왜 그래? 술맛이 별로야?"

"아, 아닙니다……."

히죽 웃은 설무걸이 주변을 둘러보자, 겁먹은 얼굴들이 시선을 피하는 게 보였다. 하나같이 한심한 녀석들이었다.

"하암. 따분하군."

하품을 하는 설무걸의 눈에, 빙궁의 성문을 지켜야 할 위사가 바쁘게 뛰어가는 모습이 들어왔다.

설무걸은 그를 향해 냅다 소리쳤다.

“어이! 어디 가는 중이야? 밖에 무슨 일이라도 났어?”

설무걸의 목소리를 들은 위사가 멈춰 섰다.

그의 표정에 ‘잘못 걸렸다.’라는 낭패의 기색이 완연했다.

“소, 소궁주님…….”

“귓구멍이 막혔나? 빨리 대답 안 해?”

설무걸이 미간을 사납게 찌푸리자, 위사가 급히 예를 취했다.

저 망종에게 잘못 걸리면 며칠은 정양해야 할 정도로 얻어맞는 게 예사였으므로.

“성벽 밖에 설가의 핏줄이라고 주장하는 사내가 나타났습니다.”

“뭐라고?”

위사는 설룡휘라는 자에게 들은 이야기를 그대로 전했다.

“그러니까, 수십 년 전에 도망친 겁쟁이의 자식이 찾아왔다?”

설무걸의 입매가 비틀리며 호선을 그렸다.

그 눈은 새로운 장난감을 발견한 악동의 눈이었다.

“이거 재미있겠는데?”

자리에서 일어난 설무걸은 경공을 펼쳤다.

휘이익!

순식간에 성을 가로질러 위로 성벽을 오르자, 소궁주를 발견한 위사조장이 급히 예를 취하며 허리를 굽혔다.

“소궁주님!”

“본가의 핏줄이라는 자가 나타났다며? 어디 보자……. 호오.”

설무걸의 눈이 크게 뜨였다.

과연 한눈에 보아도 북해의 핏줄임을 알 수 있는 외모였다.

서늘한 인상과 일자로 꾹 다문 입매.

저 백발은 북해빙궁에서도 귀족이라 불리는 세 가문에서나 볼 수 있는 특징이었다.

"새끼. 재수 없게 생겼네."

자신을 올려보는 눈빛이 건방진 것이 제법 신선했다. 또래에게선 한 번도 느껴 본 적 없는 시선이었다.

"어이. 너 이름이 뭐라고?"

"설룡휘라 말했을 텐데. 그대는 누구지?"

"그대?"

킥킥 웃은 설무걸은 누가 말리기도 전에 성벽 아래로 뛰어내렸다.

콰아앙!

포탄이라도 떨어진 듯 설무걸이 뛰어내린 자리에 큰 소음이 일었고, 눈발이 사방으로 휘날렸다.

일부러 천근추의 수법을 사용해 눈발을 거세게 일으켰다.

이 시건방진 녀석에게 눈보라를 뒤집어씌워 망신을 줄 의도였다.

그런데…….

"피했어?"

마치 눈보라가 스스로 설룡휘를 피해 가는 것처럼 보였다. 보법의 수준이 상당하지 않고서야 불가능한 기예였다.

설무걸의 입매가 더욱 비틀렸다.

"과연. 본 공자 앞에서 싸가지가 없게 굴 만해."

"귀하의 이름은?"

"설무걸. 북해빙궁의 소궁주다."

깜짝 놀라리라 예상했는데, 설룡휘는 무덤덤한 표정으로 다시 물었다.

"아버님의 함자는?"

"신 자, 철 자를 쓰신다만 그건 왜 묻지?"

설신철이라……. 숙부님의 아들이었군. 그렇게 중얼거린 설룡휘가 고개를 끄덕이며 다시 물었다.

"올해 나이가 어떻게 되지?"

"스물다섯인데 왜?"
"난 스물여덟이다."
"어쩌라고? 그리고 이 새끼가 왜 갑자기 반말이야?"
황당해하는 설무걸에게, 설룡휘는 당연하지 않냐는 눈빛으로 말했다.
"내가 너의 사촌 형이기 때문이지. 내 아버님의 함자는 설 신 자, 우 자를 쓰신다. 네게는 백부님이 되신다."
"뭣……. 푸하하하!"
설무걸은 갑자기 나타나 사촌 형임을 자처하는 상대를 보며 폭소를 터트렸다.
그러다 돌연 정색하며 말했다.
"살다 보니 별 희한한 개소리를 다 듣는군."
외모나 분위기, 느껴지는 무공의 성질로 보아, 설룡휘라는 자는 북해빙궁의 핏줄이 거의 확실했다.
하지만 그래서 어쩌라는 것인가?
"네가 내 사촌 형이라고? 설령 맞다고 해도, 그게 뭐 어쨌다는 거지?"
설무걸의 두 눈에 살기가 맺혔다.
"건방도 정도껏 떨어야지. 그래 봤자 도망자의 자식인 주제에."
휘이이이잉!
설무걸을 중심으로 북풍한설이 매섭게 몰아치고, 두 손에는 새하얀 기류가 뒤덮였다.
빙백신공의 경지가 상당한 수준에 이르렀음을 보여 주는 방증.
그러나 정면에서 그 기세를 받아 내는 설룡휘의 표정은 여전히 무심했다. 붓으로 그린 듯한 눈썹만 한번 꿈틀거릴 뿐이었다.
"방금 내 아버지를 모욕했나?"
"그렇다면 어쩔래, 이 새끼야."
"……사과하도록."

설무걸에게 설룡휘는 새로운 장난감 그 이상은 아니었다. 그가 킥킥 웃으며 말했다.

"사과? 받고 싶으면 나한테 이겨 봐. 그럼 얼마든지 사과하지. 깍듯하게 형님이라고도 불러줄게. 응?"

말도 안 되는 소리였다.

설무걸은 북해빙궁의 소궁주였다.

즉, 또래에서 무공이 가장 강하다는 의미였다.

게다가 소궁주가 된 이후로는 완전한 빙백신공을 전수받기 시작해, 그의 무공은 이제 또래를 넘어 빙궁의 원로들과 비교해야 할 수준이었다.

"하필이면 소궁주한테 걸리다니……."

"이러다 큰일을 치르게 생겼군."

"서둘러 태상궁주님께 알려라! 소궁주님을 막을 수 있는 건 그분뿐이야!"

성벽 위에서 지켜보고 있던 위사들, 모여들기 시작한 무인들이 안타까운 시선으로 설룡휘를 바라봤다.

"보이나?"

설무걸은 많은 사람의 시선을 받는 것을 즐겼다.

모두가 보는 자리에서, 설가의 새 식구를 길들이는 것도 재미있을 것 같았다.

그러나 설룡휘는 무덤덤한 표정으로 공력을 끌어올릴 뿐이었다.

"시작해도 되겠나?"

"하하하! 물론이지! 선수를 양보해 줄 테니 언제든지 네가 하고 싶을 때……!"

퍼억!

설무걸의 얼굴이 옆으로 돌아갔다. 놀란 그의 눈동자가 번쩍 뜨였다.

'언제?'

뭉친 눈덩이가 설무걸의 뺨을 타고 흘러내렸다. 설룡휘가 발밑의 눈을 차서 얼굴에 맞춘 것이다.

만약 날아온 것이 눈덩이가 아니라 암기였다면……. 상상하는 것만으로도 모골이 송연해졌다.

"이……. 비겁한 새끼가……."

설무걸은 뺨에 묻은 눈을 손으로 털어내고 설룡휘를 노려봤다.

잠시 방심했을 뿐이다. 설마 발로 눈을 차서 날릴 줄은 예상치 못했다.

"감히 내가 말하고 있는데 기습을 해!"

설룡휘는 한심하다는 표정으로 부들거리는 설무걸을 바라봤다.

"상대의 수준도 파악할 줄 모르는 너 같은 애송이가."

설룡휘의 일자로 굳은 입꼬리가 아주 미세하게 올라갔다. 북해의 얼음보다 차가운 조소였다.

"정말 북해빙궁의 소궁주인가?"

"이 새끼가……."

설무걸의 얼굴이 분노로 악귀처럼 일그러졌다. 그가 살기를 피워올리며 설룡휘에게 쇄도했다.

"뒤지려고!"

쩌저적!

주변의 공기가 얼어붙었다. 눈 위를 미끄러지듯 쇄도한 설무걸의 일장이 설룡휘의 심장을 노렸다. 명백한 살초였다.

퍼어엉!

그러나 설무걸의 공격은 간단히 빗나갔다. 마치 스스로 허공을 때린 것 같았다. 설룡휘의 모습은 흔적조차 없었다.

"뭐야? 어디로 갔어!"

두리번거리는 설무걸의 등 뒤에서, 설룡휘의 서늘한 목소리가 들려왔다.

"손윗사람으로서 너에게 가르침을 내리마."

"닥치지 못……!"

빠악!

검집째로 휘두른 창룡신검이 설무걸의 옆구리를 때렸다. 끔찍한 통증에, 설무걸의 눈이 튀어나올 듯 커졌다. 뼈에 금이 간 듯했다.

"끄아악!"

분노에 눈이 먼 설무걸은 고통을 무시하며 몸을 비틀었다. 쌍장에 휘감긴 빙백신공의 새하얀 기류가 사방에서 폭발했다.

퍼버버벙!

그러나 그중 설룡휘에게 닿는 것은 하나도 없었다. 전부 귀신같은 몸놀림으로 피해내는데, 성벽 위의 구경꾼들에게서 감탄사가 연이어 터져나왔다.

"북해에서 이런 말이 어울릴지 모르겠지만……."

"죽여 버린다!"

"온실 속에서 자란 애송이로군."

무심한 표정으로 읊조린 설룡휘는 검을 휘둘렀다.

그의 검에 새겨진 한빙기는 설무걸보다 옅었지만, 훨씬 더 예리했다. 검봉이 설무걸의 어설픈 방어를 뚫고 명치를 찔렀다.

"커헉!"

허리를 꺾는 설무걸의 얼굴 앞으로 무릎이 솟구쳤다.

빠악!

코피를 줄줄 흘리며 주춤주춤 물러나는 얼굴에 처음으로 공포가 어렸다.

"이, 이 새끼가……!"

"아직도 정신을 못 차렸군."

무심한 목소리가 설무걸에게는 사신의 음성처럼 들렸다.

이어진 것은 비무가 아니라 일방적이고 압도적인 구타였다.

설무걸의 전신에 멍이 들고, 얼굴은 퉁퉁 부었다. 뼈에도 몇 군데나 금이 갔다.

"그, 그, 그만……."

결국 고통이 자존심을 눌렀다. 설무걸의 입에서 항복 선언이 흘러나왔다. 개미만 한 목소리였다.

"사과. 그리고 호칭."

잠시 검을 멈춘 설룡휘가 그를 똑바로 바라보며 나직이 말했다. 완전히 하수를 바라보는 눈빛이었다.

"크으윽. 이 개새끼가 진짜……!"

설무걸의 표정이 굴욕으로 일그러졌다. 눈이 반쯤 뒤집혔다. 그의 몸에서 그 전과는 차원이 다른 살기가 폭발하려는 순간이었다.

"이게 무슨 짓이냐!"

쩌렁쩌렁한 일갈이 설무걸의 살기를 지우고, 두 사람 사이에 붉은 궁장의 여인이 내려섰다.

휘리릭!

거대한 존재감이 일대의 공기를 짓누르는 듯했다.

설룡휘, 아니 그를 연기 중인 백수룡의 시선이 설수련을 응시했다.

'이제야 왔군.'

백수룡은 그녀가 자신을 지켜보고 있었다는 걸 알고 있었다.

자신의 종손(從孫)이 구타를 당하는데도 나서지 않은 이유도 짐작이 됐다.

'나를 충분히 살펴보고 싶었던 거겠지. 진짜 설가의 핏줄인지 아닌지. 이제야 대충 판단이 된 건가?'

속내는 복잡했지만, 겉으로 드러난 설룡휘의 표정은 여전히 무심했다.

설수련은 눈을 무시무시하게 치켜뜨고 설룡휘를 노려봤다.

"본궁의 소궁주를 이리 만들다니. 이러고도 네가 살기를 바라느냐?"

"손윗사람으로서 버릇을 가르쳤을 뿐입니다."

"……손윗사람이라니?"

처음 듣는 이야기라는 듯 의아한 표정을 짓는 설수련.

역시나 뱃속에 능구렁이가 든 노괴다웠다.

검을 거둔 설룡휘는 그녀에게 포권을 취했다.

"고모할머님께 인사드립니다. 설신우의 아들, 설룡휘입니다."

"네가…… 신우의 아들이라고?"

"예."

놀란 표정으로 백수룡의 얼굴과 머리색을 꼼꼼히 살핀다. 뿐만 아니라 노골적인 공력의 기파가 전신을 훑어내린다.

[걱정 마라. 술법을 알아보진 못할 테니.]

'걱정 안 해.'

설수련은 강했다. 피부를 건드리는 기파만으로도 느낄 수 있었다. 중원 무림에서도 보기 드문 초고수였다.

하지만 백수룡은 그녀를 속일 자신이 있었다. 충분한 정보와 창룡신검의 도움, 스스로의 능력을 믿었다.

설수련이 의심을 거두지 않은 표정으로 물었다.

"어떻게 내가 누구인지 바로 알아보았느냐?"

"……아버님에게 많은 말씀을 들었습니다. 또한, 이만큼 강대한 기파를 가진 여인이 북해에 또 누가 있겠습니까."

정중하면서도 상대를 치켜세우는 언변.

그 대답에 설수련의 입꼬리가 희미하게나마 올라갔다.

'북해의 사내답지 않게 말을 잘하는 것이, 신우 그 아이와 닮았군.'

아직 확실한 것은 아니다.

그러나 외모도, 기질도, 귀한 가문에서 태어나 물려받은 태생적인 품격까지.

설가의 핏줄은 결코 아무나 흉내 낼 수 없는 것이었다.

'빙백신공을 익혔어. 경지는 그리 높지 않아. 고작해야 중반부까지밖에 익히지 않은 것 같은데……. 무걸이를 압도했다 이거지?'

심지어 천재적인 무재를 타고났다는 말이 아닌가.

보고도 믿기지 않았다.

다른 가문의 아이라고 해도 탐이 날 인재였다.

이 아이가 정말로 설가의 핏줄이라면?

의심을 완전히 지운 것은 아니지만, 설수련의 마음이 설룡휘라는 인물에게 호의적으로 기울었다.

"신우 그 아이가…… 내 얘기를 자주 했단 말이냐?"

"가문을 등진 것을 돌아가실 때까지 후회하셨습니다."

"죽었다는 말이구나……."

설수련의 표정에 만감이 교차하는 듯했다. 성벽 위에 몰려든 구경꾼들을 바라본 그녀가 말했다.

"일단 함께 가문으로 가자꾸나. 보는 눈이 많다."

그녀는 고개를 돌려 차가운 눈으로 설무걸을 쏘아봤다.

"너도 따라오너라."

"예……."

고개를 푹 숙인 설무걸이 이를 악물며 대답했다.

설수련이 두 사람과 함께 가문으로 돌아가려고 할 때였다.

"본궁에서 도망친 죄인의 자식이 돌아왔다고 하던데. 마땅히 집법전으로 먼저 가야 하는 것이 아닙니까?"

닫혀 있던 성문이 활짝 열리고, 은휘령이 한송백과 함께 모습을 드러냈다.
그 순간, 백수룡과 은휘령의 눈이 마주쳤다.
극히 짧은 순간이었지만, 백수룡은 묘한 기시감이 들었다.
'뭐지?'
그러나 생각을 길게 이어 나가지는 못했다. 설수련이 그의 앞을 막아서며 무시무시한 기세를 뿜어낸 것이다.
"죄인이라니! 감히 누가 설가의 핏줄을 함부로 핍박한단 말인가!"
설수련의 전신에서 광폭한 기파가 번져 나갔다. 바닥에 쌓인 눈이 허공으로 치솟아 눈보라를 만들고, 주변의 온도가 급격히 내려갔다.
"……!!"
"……!!"
그녀의 무력시위에 성벽 위의 무인들이 모두 경악했다. 표정이 변하지 않은 자는 은휘령과 한송백 정도였다.
은휘령이 싸늘한 어조로 말했다.
"전 궁주께선 본궁의 절차를 무시하시겠다는 겁니까?"
"본궁이 연좌제를 적용하지 않거늘, 어찌 집법전으로 데려간단 말이오?"
"그자가 정말 북해의 핏줄인지 확인하는 것이 우선입니다. 본궁의 집법전이 해야 할 일입니다."
은휘령이 정론을 내세웠으나, 설수련이 코웃음을 쳤다.
"그 점은 본가에서 먼저 사정을 파악한 후에 집법전으로 보낼 것이니, 걱정하지 않으셔도 되오. 더 이상 양보할 수 없으니 그리 아시오. 가자."
"이보시오!"
대장로 한송백이 소리쳐 불렀으나, 설수련은 그 말을 무시한 채 두 사람을 데리고 성안으로 들어갔다.
설가의 위세가 얼마나 높은지 보여 주는 광경이었으나, 다들 그러려니 여길 뿐이었다.

"설룡휘라……."

"엄청난 걸 봐 버렸군."

"본궁이 어찌 되려고……."

다만 모두의 눈과 머리에, 설룡휘라는 이름이 확실히 각인된 것만은 분명했다.

349화

북해빙궁(3)

백수룡은 설수련의 뒤를 따라 걸으며 자연스럽게 주변을 구경했다.

[다들 힐끔힐끔 너를 쳐다보는구나.]

'신기하기도 하겠지. 지금쯤 소문이 다 퍼졌을 테니까.'

그 옆에는 엉망진창이 된 설무결이 고개를 푹 숙인 채 함께 걷고 있었는데, 힐끔거리는 시선들이 설무결과 설룡휘를 번갈아 보면서 수군대고 있었다.

"죽고 싶어? 뭘 봐!"

그 소리를 들었는지, 고개를 든 설무결이 사납게 으르렁거리자 황급히 눈을 돌리는 사람들.

앞서가던 설수련이 고개를 돌려 싸늘한 눈으로 설무결을 바라봤다.

"뭘 잘했다고 성을 내는 게냐."

"고모할머님……."

"그 입 다물거라. 내 손으로 찢어 놓기 전에."

"……죄송합니다."

입술을 깨문 설무걸이 고개를 푹 숙였다.

많은 사람들이 보는 앞에서 큰 망신을 당했다.

아무리 설수련이 소궁주인 자신을 아낀다고 해도, 더 이상 밉보였다간 정말 입이 찢어질지도 모른다.

"……."

그 와중에도 백수룡은 무심한 표정으로 천천히 주변을 구경했다. 마치 두 사람의 대화가 자신과는 무관한 일인 것처럼. 낯선 땅임에도 걸음걸이가 여유롭고 기품이 흘렀다.

'혈교의 자금이 설가로 흘러들어 왔다더니. 제대로 호의호식했구나.'

북해에서 가장 높은 위세를 대변하듯, 설가의 혈족들이 모여 사는 지역은 부유했다. 건물을 지어 올린 자재부터 다른 곳과 확연히 차이가 날 정도였다.

건물 대부분이 최근에 지어진 것이었고, 높이도 전체적으로 높았다. 곳곳에 중원의 양식이 섞여 있었다.

[불온한 기운이 느껴진다.]

'마공의 흔적이 있어.'

겉으로 드러난 설룡휘의 표정은 무심했지만, 그 머릿속은 주변의 정보를 취합하고 분석하느라 바빴다.

'혈교와 거래를 한 정도가 아니라……. 이곳이 혈교 지부라 해도 믿겠군.'

거리를 오가는 자들 중에서도 혈교의 무공을 익힌 자들이 더러 있었다. 그들의 걸음걸이만 보아도 알 수 있었다.

티 나지 않게 빙궁의 무공에 적당히 섞은 듯하지만, 백수룡의 눈을 속일 수는 없었다.

잠시 후, 세 사람은 설가의 중심부로 들어왔다.

북해빙궁 안의 또 다른 궁처럼 보이는 커다란 건물.

설가의 직계들이 머무는 거처였다.

"무걸. 너는 네 방에 가서 열흘간 근신하거라. 한 번만 더 무단외출을 하면, 그땐 정말 각오해야 할 것이야."

"……예."

설수련의 매서운 눈빛에, 설무걸은 군말하지 않고 포권을 취했다. 그리고 힐긋 설룡휘를 노려보았다.

설룡휘는 무심한 표정으로 혀를 찼다.

"여전히 손윗사람에게 버릇이 없군. 무공도 모자란 녀석이 예의범절까지 모자라니, 너는 앞으로도 가르침이 필요하겠다."

"너 이 새끼……!"

"어허! 둘 다 그만하지 못하겠느냐!"

설수련의 엄한 눈초리에 둘 다 입을 다물었다. 하지만 일방적으로 손해를 본 것은 설무걸이었다.

이를 부득부득 간 설무걸은 몸을 홱 돌려 자신의 방으로 돌아갔다.

'아쉽군. 눈이 완전히 돌아간 모습을 보고 싶었는데.'

설무걸도 마공을 익혔을지도 모른다. 그걸 확인할 수만 있다면, 아주 큰 패를 손에 쥘 수 있을 것이다.

백수룡은 아쉬움에 속으로 입맛을 다셨지만, 기회는 오늘만 있는 것이 아니었다.

설룡휘라는 이름을 쓰는 동안, 설가와 혈교의 관계를 낱낱이 파헤칠 테니까.

"너는 내 방으로 가자꾸나."

"예."

잠시 후, 백수룡은 차분한 시선으로 마주 앉은 설수련을 응시했다.

그들 앞에는 김이 모락모락 피어오르는 찻잔이 놓여 있었다. 둘 사이에 묘한 긴장감이 흘렀다.

'은사부를 혈교에 팔아넘긴 자.'

여든이 넘은 나이임에도 불구하고 설수련의 얼굴에선 주름 하나 찾을 수 없었다. 고강한 무공으로 세월을 멈춰 세운 듯했다.

"무공을 익혔다고 해도 북해의 추위가 익숙하진 않을 터. 차가워진 몸을 따뜻하게 해 줄 것이다."

"……감사히 마시겠습니다."

속에서 분노가 치밀었으나, 백수룡은 설수련이 내준 차를 마시며 마음을 안정시켰다.

'경거망동해선 안 돼.'

이 자리에서 설수련을 기습한다 해도 일격에 목을 날릴 수 있는 가능성은 낮다. 여유로운 표정과 달리, 설수련은 자신의 일거수일투족을 경계하고 있기 때문이었다.

기습에 실패한 즉시 설가의 무인들이 몰려올 것이고, 이후엔 일이 아무리 좋게 풀려도 북해빙궁이 내전에 휩싸이게 될 것이다.

"네 아버지에 대해 말해 보겠느냐?"

우아한 몸짓으로 차를 마시면서, 설수련은 설신우에 대해 물었다.

'검증이로군.'

설룡휘가 정말 설가의 핏줄이 맞는지 확인해 볼 심산일 터였다.

반쯤 비운 찻잔을 내려놓은 백수룡이 입을 열었다.

"불과 석 달 전까지, 저는 제 혈통이 북해에서 가장 고귀한 가문에 닿아 있다는 것을 모르고 있었습니다."

백수룡은 이곳에 오기 전에 미리 짜 둔 사연을 말했다.

최대한 덤덤하게, 북해의 사내다운 냉막한 표정으로, 가문에서 도망친 설신우의 일생을 일목요연하게 설명했다.

본인에게 직접 확인한 것이니 오류가 있을 리 없었다. 의혹에 차 있던 설수련의 눈빛이 점점 아련해졌다.

“……아버님은 돌아가시기 전에 저에게 유언을 남기셨습니다.”

“어떤 유언이었느냐?”

“북해빙궁으로 돌아가 대신 용서를 구하고, 너는 앞으로 설가의 사람으로 살아가거라.”

“…….”

무거운 침묵이 흘렀다.

긴 손가락으로 찻잔을 만지작거리던 설수련이 천천히 입을 열었다.

“네 얼굴이 그 아이를 많이 닮았구나. 북해의 사내치고도 서늘한 눈매에, 이지적인 외모, 말투 또한 그 아이와 닮은 듯해.”

‘그야 충분히 연구했으니까.’

설신우의 외모뿐만 아니라 말투, 행동, 사소한 몸의 움직임까지.

설령 그에게 진짜 아들이 있다고 해도, 지금의 설룡휘보다 닮지는 않았을 것이다.

“어려서부터 아버지를 닮았단 이야기를 많이 들었습니다.”

[참으로 뻔뻔하기 짝이 없도다…….]

탄식하는 창룡신검의 목소리를 한 귀로 흘리며, 백수룡은 설신우를 닮은 얼굴로 미소를 지어 보였다.

설수련의 표정이 전보다 확연히 부드러워진 것이 보였다.

“고모할머님이라 부르거라.”

“예. 고모할머님.”

—고모님은 혈육을 끔찍이 아끼십니다.

설신우가 해 준 말이 떠올랐다.

북해빙궁의 주인이 되기 위해 기꺼이 혈교와 손을 잡은 여인.

이 야망 가득한 여인의 목적은, 설가를 북해빙궁의 영원한 왕족으로 만드는 것이었다.

"실로 기쁜 날이구나. 너를 환영하는 연회를 열어야겠다. 오늘 가문의 식구들과 인사를 나누도록 하자꾸나."

"예."

수십 년 전 가문을 등진 조카의 아들이 가문으로 돌아왔다.

심지어 이토록 헌앙하고 무공마저 고강한 청년이라니, 가문의 최고 어른으로서 기꺼울 수밖에 없었다.

하지만 지적할 것은 지적하고 넘어가야 했다.

"무걸이는 너와 피를 나눈 혈육이다. 설령 그 아이가 먼저 무례하게 굴었다 해도, 조금 전 너의 손속은 지나쳤다. 다시 만나면 사과하거라."

그러나 설룡휘는 고개를 저었다.

"손윗사람으로서 해야 할 일을 했을 뿐입니다. 녀석이 먼저 사과하지 않는다면, 제 태도 또한 달라지지 않을 겁니다."

표정 하나 변하지 않는 단호한 대답에, 설수련의 입가에 짓궂은 미소가 맺혔다.

"그 아이가 본궁의 소궁주인데도 말이냐? 훗날 그 아이가 궁주가 되면, 너의 입장도 난처해질 텐데?"

그러나 이 질문이야말로 백수룡이 기다렸던 질문이었다. 반쯤은 유도한 것이기도 했다.

-고모님은 야망이 큰 사람을 좋아합니다. 성정이 심약했던 제게 가장 아쉬워하셨던 부분이지요.

설신우가 알려 준 설수련의 성격.

그렇다면 그녀의 마음에 드는 방법은 간단했다.

바로 야망을 보여 주는 것.

"아버지에게 듣기로, 북해에서는 가장 뛰어난 후기지수가 소궁주가 된다고 들었습니다."

"……그래서?"

"저는 설무걸보다 무공도 뛰어나고, 단언컨대 다른 모든 부분에서 뛰어납니다."

"허……."

무표정한 얼굴로 말하는데, 도무지 잘난 척으로 보이지 않았다.

실제로도 무공으로 설무걸을 압도했고, 기질적으로도 더 북해의 귀족다웠다.

가문의 위세를 믿고 오만방자하게 구는 설무걸과는 자연히 비교될 수밖에 없었다.

"지금 네가 무슨 말을 하고 있는지 아느냐?"

"고모할머님은 제가 소궁주에 어울리지 않는다고 생각하십니까?"

설룡휘의 당돌한 질문에, 설수련은 그만 웃음을 터트렸다.

"하하하하! 정말로 당돌하구나. 너는 오늘 북해에 도착했다. 그런데 감히 소궁주의 자리를 탐하는 것이냐?"

"……."

"허! 눈빛을 보니 농이 아닌 듯하군."

이미 결정된 소궁주 자리를 탐하다니.

빙궁의 오랜 전통을 완전히 무시하는 일이다.

자칫하면 반란으로도 비칠 수 있는 발언이었다.

"네가 설가의 핏줄이 아니었다면 경을 쳤을 것이다."

"정말로 불가능합니까?"

"이미 늦었다. 소궁주는 이미 정해졌으니……."

설수련은 말끝을 흐렸다.

포기하라는 말이 쉽게 나오지 않은 탓이었다.

이미 선례가 있기도 했다.

'나 또한 그랬지.'

북해빙궁의 오랜 전통은 자신의 대에서 이미 한번 깨어진 적이 있었다.

빙월신녀 은예린의 실종.

이후 벌어진 피비린내 나는 후계자 다툼 끝에, 설수련은 직접 옥좌에 올랐다.

비록 피치 못할 상황이었다곤 하지만, 한 번 무너진 전통은 언제든 또 무너질 수 있는 법이었다.

'허어. 왜 이제야 이런 잠룡이 나타났단 말인가.'

설수련은 북해빙궁을 영원히 설가의 것으로 만들기 위해서라면 무슨 짓이든 할 수 있는 여인이었다.

그리고 이왕이면 더 단단한 반석 위에 왕좌를 세우고 싶은 마음이 드는 게 당연했다.

그녀는 묘한 표정으로 설룡휘를 바라봤다.

"……너와는 할 이야기가 아주 많을 듯하구나. 이 이야기는 시간을 두고 천천히 나눠 보자꾸나."

"예. 고모할머님."

설수련이 흐뭇하게 웃었다.

"네 성정이 아주 마음에 든다. 신우 그 아이는 유한 성격이었거늘."

"성격은 어머니를 닮은 모양입니다."

"그래? 네 어머니에 대해서도 이야기해 보려무나."

두 사람은 밤이 깊어지도록 이야기를 나눴다.

서로에 대해 파악하는 시간.

그렇게 대화가 충분히 무르익었을 때였다.

설수련이 묘한 표정으로 입을 열었다.

"아무래도 사람 속은 알 길이 없으니, 한동안은 너에게 간단한 금제를 가하고자 한다. 그러니 이해하려무나."

처음 만난 종손에게 친근하게 대해 준 것에는 다 이유가 있었던 것이다.

'어쩐지 너무 쉽게 믿어 주더라니.'

목줄을 거절하면 의심이 커질 터, 백수룡은 은근한 불쾌감을 드러내며 말했다.

"어떤 금제입니까?"

"이미 가했느니라."

"……예?"

설수련은 턱짓으로 탁자 위의 찻잔을 가리켰다.

"네가 마신 차. 그 안에 독이 들어 있었다."

"독, 이라니……."

설룡휘의 표정이 미묘하게 일그러졌다. 종손의 당황한 표정을 본 설수련이 깔깔 웃었다.

"왜? 상상도 못 했느냐?"

"……."

설룡휘가 입술을 꽉 깨물었다. 치미는 감정을 숨기는 것이 역력했다. 설수련의 웃음이 더욱 짙어졌다.

"당황스러울 테지. 두렵기도 할 테고. 보통 독이 아니란다. 무음, 무미, 무취인 데다 해독하기도 거의 불가능한 극독이지."

"……무슨 독입니까?"

설수련이 회심의 미소를 지으며 말했다.

"혈교에서 가장 지독한, 독마가 직접 만든 독이란다."

콰직!

독마라는 말을 듣는 순간, 설룡휘는 입술이 피가 나도록 질끈 깨물었다. 그렇지 않았다면 감정을 드러내고야 말았을 것이다.

그 모습에 놀란 설수련이 눈을 동그랗게 떴다.

"많이 놀랐나 보구나. 너무 걱정할 것 없다. 해약을 주기적으로 복용하면 아무 문제가 없는 독이다."

"독마의 독……. 큽……!"

설수련이 품에서 해약 한 알을 꺼내 백수룡에게 건넸다.

"내 농이 지나쳤구나. 독이 발작하기 전에 먹거라."

"……감사합니다."

겨우 감정을 수습한 백수룡이 해약을 받아 삼켰다.

그러나 그의 표정이 일그러졌던 것은 설수련이 생각하는 이유가 아니었다.

'어쩐지 속이 좀 더부룩하더라니.'

자신에게 금제랍시고 독, 그것도 독마가 만든 독을 먹이다니.

북해에 온 이후로, 표정 관리가 제일 안 된 순간이었다.

'하마터면 웃을 뻔했잖아.'

독마의 독은 백수룡의 몸 안에 흡수된 지 오래였다.

350화

검증된 방법

새벽이 다 되어서야 설룡휘는 자신의 방을 안내받았다.

"이 방을 쓰시면 됩니다."

수십 명이 써도 될 만큼 큰 방, 어느 것 하나 귀해 보이지 않은 물건이 없었다. 주인이 손님을 얼마나 귀하게 여기는지 말해 주는 듯했다.

"필요한 것이 있으실 땐 언제든지 종을 흔드시면 됩니다."

"알겠다."

"혹 목욕 시중이 필요하시면……."

"필요 없으니 물러가거라."

시비가 공손히 허리를 숙이고 물러났다.

설룡휘는 잠시 방 안을 둘러보다가 침상에 걸터앉았다. 엿듣는 기척은 없었다.

"후우……. 진이 다 빠지는군."

방금 전까지 연회에 참석하고 온 참이었다.

설수련에게 설가의 어른들을 한 명씩 소개받으며 눈도장을 찍고, 그들 앞에서 설룡휘를 연기해야 했다.

순간의 실수가 끔찍한 결과로 이어질 수도 있는 상황.
아무리 백수룡이라도 긴장을 놓을 수 없었다.
"그래도 꽤 유익하긴 했어."
백수룡은 뻣뻣해진 목을 좌우로 풀었다.
냉담하게 굳어 있던 입매에 가벼운 미소가 맺혔다. 표정이 바뀐 것만으로도 인상이 크게 변했다.

[……연기를 잘도 하더구나. 나는 몇 번이나 조마조마하였거늘.]

침상 한쪽에 올려 둔 창룡신검이 부르르 떨었다. 그녀의 목소리가 백수룡의 머릿속에 울려 퍼졌다.
백수룡이 피식 웃으며 말했다.
"그거? 방법이 다 있지."
사람의 기질은 바꾸기 쉬운 것이 아니다. 타고난 성정과 자라난 환경에 큰 영향을 받기 때문이다.
주변을 늘 관찰하고 분석하는 백수룡의 성격은, 무심하고 담대한 설룡휘와는 크게 달랐다.
그럼에도 백수룡은 무리 없이 설룡휘를 연기할 수 있었다.
여기엔 한 가지 비법이 있었다.
"아는 사람 중에 설룡휘와 딱 맞는 성격이 하나 있거든."
차갑고, 무심하고, 필요한 말만 하며, 미간을 좁히는 것 외에는 표정 변화가 거의 없는 사내.
"그 녀석이라면 어떻게 말하고 행동할까 생각하면서 연기했지."
무림 최고의 명문가라고 할 수 있는 남궁세가의 삼공자.
평소 남궁수를 눈여겨본 백수룡이었기에, 그를 흉내 내는 것은 어렵지 않았다.

'그 자식. 원수를 갚겠다고 또 이상한 짓을 하고 있진 않겠지?'

잠시 남궁수를 떠올린 백수룡은 고개를 저어 잡생각을 털어냈다.

"아무튼, 오늘 보니 설가에서 설수련의 권력은 절대적이야."

[나도 그리 보았다.]

밤이 깊은 시간이었는데도 불구하고, 설수련이 설룡휘를 환영하는 연회를 열자 설가의 주요 인물들이 빠짐없이 모두 참가했다.

-신우의 아들이다. 앞으로 무걸을 대하듯 대하거라.

그녀의 한마디로 설룡휘의 신분이 결정되었다. 반발하는 사람은 없었다.

설수련과 동년배로 보이는 설가의 원로들조차 설룡휘를 살갑게 대했다.

오히려 그들이 더 설수련의 눈치를 보는 듯했다.

"그중에 마공을 익힌 자들이 있었어."

설가의 수뇌부 중 일부에게서 마공을 연성한 흔적이 느껴졌다.

나름대로 숨기고 있었지만, 다른 사람은 몰라도 백수룡의 눈을 속이는 것은 불가능했다.

[어리석도다. 혈교와 거래한 것만으론 부족했단 말인가…….]

청룡신검이 안타까운 목소리로 중얼거렸다.

권력을 손에 넣기 위해 소궁주를 함정에 빠뜨린 것도 모자라, 손대선 안 될 마공까지 익히다니. 그녀는 무인들의 어리석음이 이해되지 않았다.

"인간의 욕심에는 끝이 없으니까."

백수룡은 전생에 마공을 익힌 무인들을 수없이 보았다. 정신력이 굳건한 자들도 마공의 유혹을 뿌리치는 경우는 흔치 않았다. 그리고 그들의 최후는 대부분 비참했다.

백수룡은 고급스럽게 꾸며진 방 안을 둘러보며 중얼거렸다.

"내 눈에는, 이곳은 이미 혈교나 다름없어 보여."

설수련은 북해빙궁의 주인이 되기 위해 혈교와 손을 잡았겠지만, 이대로 시간이 흐르면 결국 혈교가 북해빙궁을 집어삼키게 될 것이다.

[그래서, 어찌할 생각이더냐?]

"썩은 부분은 전부 도려내야지. 설수련, 설무걸, 마공을 익힌 설가의 고수들. 혈교와 관련된 자들 전부. 다 쳐내면 얼마나 남을지 모르겠지만…… 그래도 해야지."

백수룡의 눈이 차갑게 가라앉았다.

단순히 복수만이 목적이 아니다.

부활하는 혈교를 막지 않으면, 이번 생에도 자신의 주변 사람들이 고통받게 될 것이다.

"아까 연회장에서 있었던 일. 전부 기억해 뒀지?"

[물론이다. 눈을 감아 보거라.]

화아아악!

창룡신검이 술법을 펼치자, 연회장에서 보았던 광경이 백수룡의 눈앞에 다시 한번 재현되었다.

[네 의지대로 시점을 조정할 수 있을 것이다. 방법은…….]

'알고 있어.'

꿈을 여러 번 다루다 보니 익숙해졌다. 백수룡은 술법 속에 펼쳐진 연회장을 가로질러 설수련에게 다가갔다.

설수련은 얼굴이 말상인 중년 사내와 대화를 나누고 있었는데, 사내는 다소 초조한 표정이었다.

—조만간 본교의 사절단이 도착할 것입니다. 답변은 준비된 것입니까?

—계속 궁주를 압박하고 있으니, 조바심 내지 마시오.

—만약 빙궁이 본교와 함께하지 않겠다는 결정을 내린다면…….

—그럴 리 없다고 말하지 않았소. 날 못 믿는 게요?

—……아닙니다. 다만 은휘령의 고집이 워낙에 세다 보니…….

—염려할 바가 못 되오. 북해의 무인들은 교와 함께 중원으로 진격할 것이오. 내가 친히 그들을 이끌 것이오.

—……태상궁주님만 믿겠습니다.

연회 중에는 여기저기 인사를 하러 다니느라, 설수련을 시야에서 놓칠 수밖에 없었다.

그 대신, 백수룡은 창룡신검에게 연회장 안에서 있었던 일을 모두 술법으로 기록해 달라고 부탁해 두었다.

—외람되지만, 설룡휘라는 공자는 설가의 핏줄이 확실합니까?

—확실하오. 내 혈육이오.

—저 공자가 빙궁과 본교의 관계를 알면, 문제를 일으키진 않을지…….

걱정스러운 표정을 짓는 사내에게, 설수련이 화사하게 웃었다.

―그 부분은 교에서 준 귀한 차를 마시게 했으니, 걱정할 것 없소.
―……그렇다면 안심입니다.
―당신은 걱정이 너무 많아서 탈이오. 내가 어련히 했을까 봐.
―하하…….

백수룡은 설수련과 대화 중인 말상 사내의 얼굴을 자세히 기억해 두었다.
'혈교에서 심어 둔 놈이군.'
설가에 적어도 한 명 정도는 있을 거라고 예상했다.
혈교가 그만한 자금과 물자를 지원해 주면서 그냥 구경만 하고 있을 리 없으니까.

―교의 분위기는 요즘 어떻소? 근래에 좋지 않은 소식이 간간이 들리던데.
―사소한 잡음일 뿐이지요. 대계를 준비하는 데 문제는 없습니다.

두 사람의 대화에선 더 이상 건질 것이 없었다.
정말 중요한 이야기는 전음으로 나누거나, 장소를 옮겨 따로 이야기했을 것이다.
백수룡은 그들 외에도 연회장 안에 있는 다른 사람들의 대화, 행동을 모두 세세히 살폈다.
덕분에 연회장에 직접 있을 때는 보지 못한 것들도 볼 수 있었다.
'좋아. 이 정도면 됐어.'

잠시 후, 술법에서 깨어난 백수룡은 천천히 눈을 떴다.
그런데 그의 눈을 본 창룡신검이 부르르 떨며 기함했다.

[네 눈빛이…… 사악하게 빛나고 있도다!]

백수룡이 씨익 웃으며 말했다.
"앞으로 어떻게 할지 결정했거든."
수십 년간 북해에 군림해 온 설가를 어떻게 무너뜨릴지, 그 계획이 머릿속에 구체적으로 떠올랐다.

◆ ◈ ◆

설룡휘가 북해빙궁에 도착한 지 닷새가 지났다.
그 시간 동안, 설룡휘는 두루두루 여러 사람을 만나며 친교를 맺었다.
처음에는 설룡휘를 경계하던 이들도 조금씩 마음을 풀었다.
"설룡휘 그 친구. 예의가 참으로 바르지 않습니까?"
"저도 어제 대화를 좀 나눠 봤습니다. 무척 인상 깊더군요."
"실로 본가의 홍복입니다."
"조금 늦게 온 것이 아쉽긴 합니다만……."
"그토록 고강한 무공에 올바른 품행마저 갖췄으니……. 충분히 소궁주가 되었을 그릇인데……."
몇몇은 선을 넘은 발언을 하다가 주변의 눈총을 받았다.
"쉿! 소궁주 귀에 들어가면 어쩌려고 그런 말을 하는 게요."
"제, 제가 실언을 했습니다. 못 들은 것으로 해 주십시오."
"근신 중인 소궁주가 이를 갈고 있다는 풍문이 있습니다."
"흡……!"

그러나 여론은 점점 더 설룡휘에게 유리하게 흘렀다.

특히 그동안 설무걸에게 핍박받아 온 젊은 무인들은 불만이 많았다.

“설룡휘 형님이 소궁주였다면 더 좋았을 텐데…….”

“이건 불합리합니다. 둘이 소궁주 자리를 놓고 비무라도 해야 하는 것 아닙니까?”

“설무걸이 잘도 받아들이겠다. 결과가 뻔한데…….”

정작 설룡휘 본인은 설수련에게 했던 것처럼 대놓고 소궁주 자리에 욕심을 드러내지 않았다.

하지만 눈치가 빠른 자들은 설가의 후계자 구도에 심상치 않은 기류가 흐름을 눈치채기 시작했다.

‘전례가 있으니, 못할 것도 없긴 하지.’

‘태상궁주께서 마음만 먹으신다면야…….’

생각지도 못했던 잠룡의 등장으로 설가가 크게 술렁이기 시작했다.

자신의 방에서 근신 중인 설무걸의 귀에도 이런 기류가 전해졌다.

“감히 그 새끼가!”

설무걸은 심복들에게 그 사실을 보고받았지만, 하필이면 근신 중이라 함부로 밖에 나갈 수도 없는 상황이었다.

마음 같아선 당장 뛰쳐나가서 설룡휘를 죽여 버리고 싶었지만, 또 근신을 어기면 결코 가만두지 않겠다는 설수련의 엄명 탓에 이러지도 저러지도 못했다.

“가문에 그딴 소문이 도는데, 고모할머님은 구경만 하고 있단 말이야?”

“……별다른 말씀은 없으셨습니다.”

설수련은 떠도는 소문을 듣고도 아무런 반응도 보이지 않았다. 오히려 조용히 방관하면서 소문을 더욱 부풀렸다.

‘이번 기회에 무걸 그 아이가 정신을 차린다면 좋은 것이고, 끝내 정신을 차리지 못한다면…….’

설수련의 입가에 웃음이 맺혔다. 그녀는 선택만 하면 되는 입장이었다.

그러나 가문의 홍복이라 여겼던 설룡휘가 설가에 재앙을 가져올 줄은, 설수련은 감히 상상도 하지 못했다.

그 시각, 설룡휘는 연회에서 설수련과 밀담을 나눴던 말상의 사내와 만나고 있었다.

"만나 뵙게 되어 영광입니다. 설룡휘입니다."

"……마중천입니다. 공자께서 저를 만나고 싶어 하셨다고요?"

마중천은 의아한 표정으로 설룡휘를 바라봤다.

갑자기 설가에 나타나 후계 구도를 위협하고 있는 청년.

그 비범함도 놀랍지만, 이렇게 자신을 은밀히 불러낸 것은 전혀 예상치 못한 일이었다.

설룡휘가 덤덤히 고개를 끄덕였다.

"예. 조용한 자리에서 따로 만나 뵙고 싶었습니다."

"이유를 여쭙겠습니다."

두 사람은 설가의 영역 밖에서 약속을 잡고 은밀한 만남을 가졌다. 설룡휘의 요청이었다.

"평소 혈교에 관심이 많았습니다."

"호오……."

마중천은 흥미롭다는 표정으로 설룡휘를 바라봤다.

벌써 자신과 설수련의 관계를 눈치챘단 말인가?

북해빙궁에 도착한 것이 고작 며칠 전인데, 대단한 수완이었다.

'친분을 만들어 둬서 나쁠 것은 없겠지.'

설무걸이 팽당한다면 다음 소궁주가 될 수도 있는 인물이었다.

북해빙궁은 훗날 혈교에 흡수되겠지만, 그전까지는 충분히 써먹을 말로 괜찮아 보였다.

"공자께서 본교의 어떤 부분에 관심이 있으십니까?"

"어떻게 해야 박멸할 수 있을까, 그 부분에 관심을 가지고 있습니다."

"……예?"

잘못 들었나 싶어 되물은 순간, 설룡휘가 벼락처럼 손을 뻗어 마중천의 목을 움켜쥐었다.

"커, 커헉! 이게 무슨 짓이냐……!"

눈을 부릅뜬 마중천이 분노한 얼굴로 설룡휘를 노려봤다.

"무슨 일인지 상황 파악이 안 돼?"

설룡휘의 입매가 뒤틀리며 호선을 그렸다. 무표정하다는 소문이 무색한, 불온함이 넘실대는 미소였다.

"나, 날 건드리면 후회할 것이다. 무슨 목적인지 모르겠으나, 감히 본교에……."

그 순간.

설룡휘의 백발이 끝에서부터 붉게 물들기 시작했다.

스스스슷…….

이내 완전히 적발로 물든 머리카락이 허공에 나부끼고, 보석 같은 적안이 마중천을 빤히 응시했다.

"여, 여, 역천, 신……!"

경악으로 부릅떠진 마중천의 눈에 근원적인 두려움이 깃들었다. 이빨이 제멋대로 딱딱 부딪치고, 온몸이 덜덜 떨렸다.

"내가 누구인 것 같으냐?"

백수룡은 마중천의 목을 움켜쥐고 있던 손을 놓았다.

그러자 스스로 무릎을 꿇은 마중천이 머리를 바닥에 찍었다.

쿠웅!

미리 기막을 쳐 두지 않았다면 그 소리가 바깥까지 울렸을 것이다. 마중천이 이마에서 피를 철철 흘리며 외쳤다.

"본교의 존귀하신 분을 뵙습니다!"

이미 여러 차례 검증된 방법.

역천신공을 드러낸 백수룡 앞에, 마중천은 납작 엎드려 고개를 조아렸다.

'혈교도들한텐 역시 이 방법이 잘 통한다니까.'

351화

내가 아까 뭐라고 했는지 기억나나?

백수룡은 바닥에 납작 엎드린 마중천의 뒤통수를 바라봤다.

'이자는 어디까지 알고 있을까.'

마중천에게 역천신공을 드러낸 것은 백수룡의 노림수였다.

그는 독마가 죽어 가며 알려 준 정보를 떠올렸다.

'혈교에서 여러 후보들에게 역천신공을 익히게 하고 있다고 했지. 경쟁을 시켜서 그중 한 명을 혈마로 만들기 위해.'

미친 짓이라고 생각하지만, 덕분에 백수룡에게는 한 가지 이점이 생겼다.

바로 그 후보들 중 한 명으로 정체를 위장할 수 있다는 것.

지금껏 백수룡이 역천신공을 쓰는 모습을 보고도 살아 돌아간 자는 흑야마제뿐인데, 그때도 백수룡은 복면을 쓰고 있었다.

즉, 역천신공을 쓴다고 해서 백수룡의 정체가 탄로 날 염려는 없었다.

"존귀하신 분이시여……."

존귀하신 분.

아마 역천신공을 익힌 교주 후보들을 그렇게 부르는 모양이었다.

'후보의 존재를 알고, 무공이 별로 강하지 않은 걸 보면……. 비마각 소

속일 확률이 가장 높겠군.'

비마각(秘魔閣)은 혈교의 정보 조직으로, 중원 전체에 세작을 퍼트리고 정보를 취합, 관리하는 조직이었다.

과거 혈교의 이장로였던 마뇌가 비마각의 각주이기도 했다.

"……."

백수룡이 고요히 침묵하자, 마중천은 감히 고개를 들지 못하고 몸을 떨었다.

그는 갑자기 나타난 교주 후보 때문에 크게 혼란스러웠다.

설룡휘가 교에서 보낸 사람이었다는 것인가?

어째서 이런 위장을…….

그 순간, 백수룡이 침묵을 깨고 입을 열었다.

"소속과 직책을 말하라."

마중천이 두려움에 질린 목소리로 대답했다. 묻지도 않은 것까지 줄줄 내뱉었다.

"비마각(秘魔閣) 십칠대주입니다. 빙궁에 파견된 것은 십 년 전으로……."

예상대로 마중천은 비마각 소속이었다.

비마각 휘하에 있는 스무 대대의 책임자 중 하나로, 고위직은 아니지만 낮은 위치도 아니었다.

자기소개를 마친 마중천이 조심스럽게 고개를 들며 말했다.

"헌데, 존귀하신 분께선 이곳에 어쩐 일로……."

쾅!

백수룡은 마중천의 머리를 밟아 바닥에 내리찍었다. 그의 머리 위에서 스산한 목소리가 울려 퍼졌다.

"누가 너에게 질문을 허락했나."

"……죄송합니다. 부디 용서를……."

바닥에 짓눌린 마중천이 고통스러운 신음을 흘렸다. 역천신공의 기운이 그의 전신을 옭아맸다. 거미줄에 걸린 나방이 된 심정이었다.

"네 하찮은 두뇌로 추측해 보아라. 내가 왜 여기에 왔는지. 맞춘다면 발을 치울 것이고, 맞추지 못한다면 쓸모없는 어깨 위 장식을 으깰 것이다."

"……!"

오만하기 짝이 없는 말투.

철저한 강자존(强者尊)인 혈교에서 태어나고 자란 자의 거침없는 행동.

혈교에서는 강자가 약자를 억압하고, 그 생사여탈권을 쥐는 것은 당연한 일이었다.

"발이 점점 무거워지는군."

"자, 잠시만……. 끄으윽!"

마중천은 머리가 짓눌리는 고통을 참으며 필사적으로 머리를 굴렸다. 그의 손가락이 바닥을 긁어댔다.

교의 영광을 위한 순교가 아닌, 이런 개죽음은 사양이었다.

잠시 후, 그가 힘겹게 말했다.

"혹시 사도께서 보내신 것이 아닌지……."

"……."

사도라는 말에 백수룡의 표정이 잠시 굳었다.

전생의 제자들.

이제는 혈교의 중추에 선 그들을 떠올리면, 지금도 마음 한구석에 있는 상처가 헤집어지는 기분이었다.

"……운이 좋구나."

백수룡이 발을 치우자 마중천은 저도 모르게 안도의 한숨을 쉬었다.

그러나 아직 긴장을 풀기에 일렀다. 시험은 아직 끝나지 않았다.

"사도가 왜 나를 보내셨다고 생각하지?"

"……빙궁 쪽의 일 처리가 늦어져서, 사도께서 존귀하신 분께 직접 확인해 보라고 명하신 것이 아닌가 사료됩니다."

마중천은 백수룡의 눈치를 살피면서, 머리를 쥐어 짜내 생각해 낸 답을 말했다.

"흐음. 어깨 위의 그것이 장식은 아니었구나."

"소, 송구합니다……."

마중천은 식은땀을 삘삘 흘렸다.

교에서 장로들을 여럿 보았고, 다른 후보들도 보았지만, 이토록 존재감이 거대한 사내는 처음이었다.

'보통 분이 아니구나. 교에서도 아주 귀한……. 어쩌면 당대 교주님에 가장 가까운 분일지도.'

절로 경외하는 마음이 든 마중천이 공손히 고개를 조아렸다.

그 탓에 백수룡의 입꼬리가 희미하게 올라가는 것은 보지 못했다.

'알아서 상상하게 만드니까 편하네.'

[어찌 이렇게 교활할 수가…….]

백수룡도 여러 번 비슷한 일을 겪다 보니 이제 요령이 생겼다.

역천신공으로 상대에게 겁을 줘 스스로 생각해서 대답하게 한 후, 못마땅한 얼굴로 고개를 끄덕여 주면 끝인 것이다.

백수룡은 마중천이 계속 착각하도록 유도하면서 말했다.

"네 생각이 얼추 맞다. 사도가 나를 보냈으니, 조용히 북해빙궁을 살피라 하였다."

"……!"

사도에게조차 경어를 쓰지 않는 오만한 말투. 마중천의 착각은 더욱 커졌다.

"자, 말해 보아라. 이곳의 무엇이 가장 큰 문제인가?"

"……은휘령입니다. 그것이 계속 참전에 반대를 하는 바람에……."

북해빙궁의 현 궁주의 이름이 나왔다.

백수룡은 자연스럽게 질문을 던졌다.

"빙궁의 현 궁주가 본교에 적대적이란 말인가?"

"그렇습니다."

백수룡은 그 대답으로 적어도 한 가지는 확실하게 알 수 있었다.

'은사부의 후손은 믿어도 되겠군.'

내심 빙궁의 다른 가문들도 설가처럼 혈교에 협조적이면 어쩌나 하는 걱정이 있었는데, 마중천의 대답이 가려운 곳을 긁어 주었다.

"또한 대장로 한송백도 문제입니다. 은가와 한가가 힘을 합쳐 설가를 견제하고 있는 상황입니다. 그래도 설가가 더 큰 세력이긴 합니다만, 두 가문의 영향력도 아직 무시할 수 없는 터라……."

"한심하군."

"소, 송구합니다."

고개를 푹 숙인 마중천이 조심스럽게 말을 이었다.

"대계를 이룬 후에는 둘 다 치워 버릴 계획입니다. 설수련과 이미 이야기가 끝났으니 염려하지 않으셔도 됩니다."

누구 마음대로?

북해에서 치워지는 것은 설수련과 그녀를 따르는 설가의 수뇌부가 될 것이다.

"다른 가문들의 동향은 어떻지?"

"세 가문 외에는 크게 신경 쓸 필요가 없긴 합니다만……."

마중천은 북해빙궁 내 주요 가문들의 동향과 정치적인 구도에 대해서 설명했다.

설가에 며칠 머무는 것만으로는 절대로 알 수 없었을 고급 정보였다.

'이제 누가 아군이고 적군인지 구분할 수 있겠어.'

백수룡은 마중천이 알려 주는 정보들을 머릿속에 정리하며 물었다.

"며칠 전 연회에서 보니, 설수련에게 대화의 주도권을 완전히 빼앗겼더군."

한심하다는 듯 바라보는 눈빛에, 마중천의 얼굴이 붉어졌다.

"송구합니다. 설수련이 워낙에 만만한 여인이 아닌지라……."

자신의 야망을 위해 혈교에 빙월신녀를 팔아넘기고, 내전 끝에 기어이 궁주 자리를 차지한 철혈의 여인.

설수련은 비마각의 각주가 감당하기엔 버거운 상대였다.

"내게도 금제랍시고 독마의 독을 먹이려 하더군."

"해, 해약을 당장……."

"필요 없다. 애초에 내겐 통하지 않았으니."

가볍게 툭 내뱉은 말에, 마중천의 눈이 부릅떠졌다.

"벌써 만독불침의 경지를……!"

정확히는 천독불침 수준이고, 독마의 독에 특히 강한 것이지만, 백수룡은 마중천이 멋대로 오해하도록 내버려 두었다.

"본교에서 설수련에게 독을 제공하고 있나?"

"예. 설수련은 그 독을 정적을 제거하고, 협박하고, 주로 다른 가문을 지배하는 데 쓰고 있습니다."

백수룡은 그럴 줄 알았다는 듯 고개를 끄덕였다.

'역시. 나한테만 독을 썼을 리 없지.'

자신의 야망을 이루기 위해선 뭐든지 할 수 있는 여인.

혈육이라고 믿는 설룡휘에게도 독을 쓸 정도인데, 다른 가문의 무인들에게는 가차 없이 독을 쓰고도 남을 것이다.

"최근에는 대장로 한송백의 손자도 설수련이 쓴 독에 중독되었습니다. 본인은 아직 병으로 알고 있지만……."

한씨 가문은 설가, 은가와 함께 북해에서 가장 큰 가문이었다.

대장로 한송백이 고집스레 설가에 대항하며 버티고 있지만, 마중천은 조만간 그들도 설수련에게 무릎을 꿇을 것이라고 했다.

"그렇게 되면 은가는 고립무원의 상황이 됩니다. 은휘령은 허수아비나 다름없는 궁주가 될 겁니다."

독뿐만이 아니었다. 설수련은 협박, 무력, 경제적 압박, 할 수 있는 수단은 모두 동원해 수십 년 동안 설가의 세력을 키웠다.

이미 북해의 절반이 넘는 가문이 설가를 주인처럼 모시는 상황.

들을수록 북해에서 설가를 치는 것은 불가능해 보였지만, 백수룡은 끈질기게 질문을 이어 나갔다.

"마지막으로 한 가지 더 묻지."

"하문하십시오."

"삼십오 년 전, 중원의 무림인들이 북해빙궁에 침입했다고 들었다."

백수룡은 설신우에게 들었던 말을 떠올렸다.

-그날, 빙궁의 많은 고수들이 죽었습니다. 그중에는 저와 같은 소궁주 후보들도 있었습니다. 또한 어린아이들이 납치되기도 했습니다…… 그 습격을 막아 낸 후 빙궁은 하나로 단결할 수 있었습니다.

그 말을 들었을 때 느꼈던 위화감의 정체.

마중천이라면 정확하게 알고 있을 거라는 확신이 들었다.

"그 습격. 설수련과 본교가 함께 꾸민 짓인가?"

물어보면서도 반쯤은 아니길 빌었다.

아무리 그래도 그렇게까지 타락한 인간은 아니길.

그러나 마중천은 오히려 의아하다는 표정으로 되물었다.

"모르셨습니까?"

"……."

"당시 설수련은 정치적으로 위기에 시달리고 있었습니다. 다른 가문들의 견제와 압박이 날로 심해졌지요. 그래서 본교에 도움을 청한 것입니다."

설수련은, 설신우가 알고 있던 것보다 훨씬 더 끔찍한 짓을 저질렀다.

"변장한 본교의 고수들이 빙궁에 침입해 설수련의 정적들, 다른 가문의 소궁주 후보들을 제거했습니다. 의심을 피하기 위해 설가의 무인도 일부 죽이긴 했지요. 평소 설수련에게 반감이 있던 자들 위주로……."

자신에 반대하는 세력을 숙청하기 위해, 외세를 끌어들여 북해를 피로 물들였다.

이 사실이 알려진다면, 설수련은 결코 용서받을 수 없을 것이다.

"마침 당시 본교에도 실험체가 필요하던 시기였습니다."

"실험체?"

정말 모르냐는 듯, 마중천이 고개를 갸웃거리며 말했다.

"……본교에 있는 빙백신공을 연구하는 데 쓰일 실험체가 부족했습니다. 마침 북해의 어린 것들은 빙백신공을 익히기 좋은 체질이니, 서로 상부상조하는 거래였지요."

백수룡은 이를 악물었다.

납치된 어린아이들이 좁은 공간에 갇혀 억지로 무공을 익히는 모습이 머릿속에 저절로 상상되었다.

"미친 새끼들이 진짜……."

가짜 빙백신공을 만든 장본인이기에, 백수룡은 누구보다 그 부작용을 잘 알고 있었다.

악인곡에서 만난 구음마녀의 얼굴이 떠올랐다.

평생 광증에 시달리고, 끝내 스스로 죽음을 택한 여인.

그녀가 남긴 빙정 덕분에 백수룡은 빙백신공에 입문할 수 있었다.

혈교는 지금까지 얼마나 많은 구음마녀를 만들어 낸 것일까.

"존귀하신 분이시여?"

마중천은 험악하게 일그러진 백수룡의 표정을 보고, 이해가 안 간다는 듯한 표정을 지었다.

"당신께서도 본교에서 개량한 빙백신공을 익히셨을 텐데……. 어째서 그 사실을 모르시는지……?"

무례한 질문임을 알면서도 물어볼 수밖에 없었다.

머릿속에서 해선 안 될 의심이 조금씩 자라나고 있었으니까.

"그래. 계속 감추긴 어렵겠지."

백수룡이 한숨을 내쉬며 말했다.

"내가 아까 뭐라고 했는지 기억나나?"

"언제를 말씀하시는 건지……."

백수룡은 손을 뻗어 마중천의 목을 움켜쥐었다. 마중천은 저항하지 않고 멍하니 그 손을 바라봤다.

"아까 이렇게 네 목을 잡고 말이야."

"……."

백수룡이 적발적안으로 변하는 걸 보곤 너무 놀란 나머지 잊어버렸던 말.

마중천은 그 말을 기억해 내곤 멍하니 중얼거렸다.

"……어떻게 해야 혈교를 박멸할 수 있을까, 그 부분에 관심이 있다고……."

"맞아. 그랬지."

"서, 설마……."

경악으로 부릅떠진 눈.

마중천은 믿을 수 없다는 표정으로 백수룡을 바라봤다.

"말도 안 돼. 어, 어째서, 당신 같은 분이 본교를……!"

우득!

마중천은 죽는 순간까지 그 이유를 알지 못했다. 목이 꺾인 시신이 바닥에 축 늘어졌다.

[……이제 어찌할 셈이냐?]

창룡신검의 물음에, 백수룡은 가라앉은 표정으로 대답했다.

"진실을 전부 알았으니, 궁주를 만나러 가야지."

352화

내 목적은

마중천을 죽였다.

'역천신공을 본 자를 살려 두는 모험을 할 수는 없어.'

놈은 혈교 본단과 수시로 연락을 주고받는 비마각의 대주였다. 오랫동안 속이는 것은 어차피 불가능한 일. 필요한 정보를 얻어 낸 후 죽이는 것이 최선이었다.

백수룡은 마중천의 시체를 완전히 소각한 후 설가로 돌아왔다. 며칠 새 익숙해진 얼굴들이 그에게 반갑다는 듯 아는 체를 했다.

그러나 설가의 무인들을 바라보는 설룡휘의 눈빛은 전보다 더 차갑게 가라앉아 있었다.

'시간이 많지 않아. 속전속결로 간다.'

길어도 사흘이면 마중천이 사라진 것을 설수련이 알게 될 것이다. 그 전에 궁주를 만나 진실을 알리고, 설가를 치도록 설득해야 한다.

[헌데 왜 설가로 돌아온 것이냐? 궁주를 만나러 간다고 하지 않았더냐?]

'무작정 찾아간다고 만나 줄 리 없으니까. 설수련도 분명 이상하게 생각할 거고.'

백수룡은 설가에 있는 내내 설수련이 붙인 사람들이 자신을 감시하는 것을 알고 있었다.

마중천을 만날 때는 미리 따돌리긴 했지만, 그 사실조차 설수련에게 보고되었을 것이다.

'내가 감시를 피해 자리를 비웠다는 사실이 설수련에게 전해졌을 거야. 마중천을 만났다는 것까진 모르겠지만.'

마찬가지로 북해빙궁주를 찾아간다면 그 사실이 일 각도 지나지 않아 설수련에게 보고될 것이다.

어쩌면 그 자리에서 나눈 대화 내용까지 모두 전해질지도 모른다.

'궁주 곁에 사람을 붙여 놓지 않았을 리 없으니까.'

북해에서 설수련의 권력이라면 충분히 가능한 일. 그녀가 모르게 궁주를 만나는 것은 불가능했다.

[허면 궁주와는 어찌 접촉하려고?]

설수련의 방으로 향하는 길. 백수룡은 걸으면서 창룡신검의 검파를 가볍게 툭툭 두드렸다.

'보면 알아.'

방 문 앞을 지키는 설가의 위사들이 설룡휘를 멈춰 세웠다.

"멈추십시오."

"공자님. 무슨 일이십니까."

그들의 표정에 경계심은 없었다. 다만 너무 늦은 시간이라 난감함이 어려 있을 뿐이었다.

'마공을 익힌 놈들.'

설수련의 호위를 하는 자들이 마공을 익혔다?

이걸 어떻게 해석해야 할까.

백수룡은 끓어오르는 분노를 삼키며 무심한 표정으로 포권을 취했다. 간결한 동작에도 기품이 흘렀다.

"고모할머님께 설룡휘가 찾아왔다고 전해 주십시오."

아무리 설룡휘가 설가의 적통을 이었다고 해도, 함부로 야밤에 가문의 최고 어른을 찾아오는 것은 무례였다.

그러나 그는 아무렇지도 않게 설수련을 찾아왔다.

그리고 예상대로, 설수련은 기다렸다는 듯 설룡휘의 방문을 허락했다.

"들어오시랍니다."

안으로 들어가자 화려한 실내가 보였다.

설룡휘의 방도 충분히 화려하지만, 이곳에 비하면 아무것도 아니었다.

방 안의 어느 것 하나 귀해 보이지 않은 물건이 없었고, 사치스러울 정도로 보석이 가득했다.

아직 북해빙궁의 궁주전을 본 적은 없지만, 이곳보다 화려하지는 않을 것이 분명했다.

"고모할머님을 뵙습니다."

설수련은 넓고 푹신한 침상 위에 반쯤 누워 있었다. 몸에 걸친 것은 얇은 비단옷 하나뿐이었다.

아무리 가문의 어른이라고 해도 다 큰 사내 앞에서 보일 행동은 아니었으나, 그녀는 별로 개의치 않아 보였다.

"침소에 막 들려던 참에 네가 온 것이니, 내 옷차림을 탓하지 말거라."

"너무 늦은 시간에 찾아뵈었다면, 내일 다시 오겠습니다."

"아니다. 마침 심심하기도 하니 말동무나 해 주려무나."

설수련은 곰방대를 물었다.

후욱. 희뿌연 연기가 그녀의 주변을 안개처럼 휘감았다.

"요즘 사방에서 네 이야기가 들리더구나. 그것도 전부 칭찬뿐이란다."

"다행히 가문의 어른들이 좋게 봐주신 것 같습니다."

"가문의 젊은이들이 너를 더 좋아하는 듯하던데?"

"젊은이들이야 늘 새로운 것에 흥미를 가지는 법이지요."

무덤덤하면서도 능청스러운 대답에, 설수련의 눈웃음이 짙어졌다.

"누가 들으면 너는 칠십쯤 먹은 줄 알겠구나. 내 또래와 이야기를 하는 것이 아닌가 헷갈릴 지경이야."

다탁 위에 있던 찻잔이 둥실 떠올라 설룡휘에게 날아왔다.

능숙한 허공섭물의 경지.

설룡휘는 조용히 찻잔을 받아들었다. 차를 한 모금 마신 후 입을 열었다.

"다들 저와 무걸이의 후계자 경쟁에 관심이 많은 모양입니다. 고모할머님의 눈치를 보더군요."

"내 눈치를?"

"저의 능력과 별개로, 고모할머님의 선택이 가장 중요하니 말입니다."

감히 누구도 설수련에게 하지 못하는 말.

하지만 설룡휘는 눈 하나 깜짝하지 않고 설수련을 똑바로 보며 말했다.

설수련은 그 사실이 무척이나 흥미로웠다.

'북해에서 내 위치를 아직 잘 모르기 때문인가, 아니면 타고난 기질이 고고한 용과 같아서인지.'

종손의 다소 건방진 모습마저도, 설수련에게는 젊은이의 패기로 보였다.

설룡휘는 분명 그녀가 생각하던 이상적인 후계자였다.

너무 딱 맞아서 의심스러울 정도로 말이다.

설수련의 입가에 묘한 미소가 맺혔다.

"네 언행이 당돌하고 오만하다. 허나 한편으로는 기껍구나. 사내라면

응당 그만한 야망은 있어야지."

능력이 부족한 것도 아니고.

설수련은 그렇게 생각하며 따뜻하게 데운 술을 마셨다. 북해에서 누릴 수 있는 최고의 사치 중 하나였으나, 그녀에겐 일상일 따름이었다.

"그래서, 이 시간에 내게 소궁주를 시켜 달라고 떼를 쓰러 찾아온 것이냐?"

"한 가지 부탁드릴 것이 있습니다."

"부탁이라……."

순간 설수련의 눈이 가늘어졌다.

저 입에서 부탁이라는 말이 나올 줄은 몰랐기 때문이었다.

'정말로 소궁주 자리를 달라고 떼를 쓰러 온 것은 아닐 테지?'

그와 비슷한 의미의 말이라도 나온다면, 설룡휘에게 크게 실망할 것 같았다.

"해 보거라."

그러나 설룡휘의 부탁은 그녀가 전혀 생각해 보지 못한 것이었다.

"궁주님을 만나 뵙고 싶습니다."

"……은휘령을?"

처음으로 설수련의 미간이 구겨졌다.

은휘령이 소궁주였던 시절부터 두 사람은 사이가 좋지 않았다.

북해빙궁 전통의 방식대로 뽑힌 소궁주이기에 어쩔 수 없이 인정할 수밖에 없었지만, 설수련이 원했던 후계자가 아니었기 때문이었다.

'본가의 아이들이 은휘령의 자질을 절반만 따라갔어도, 지금쯤 본가가 북해의 주인이 되고도 남았을 테지.'

이견의 여지가 없는 압도적인 재능.

당시 설수련의 지원을 받은 설가의 아이들은 전부 은휘령 앞에서 빛이 바랬다.

이십 년 전 궁주직을 물려준 이후로, 은휘령은 설수련의 뜻에 사사건건 방해하는 방해물에 불과했다. 이제는 한 줌밖에 안 되는 세력을 가지고도 말이다.

'그 계집은 은예린을 떠올리게 해. 뛰어난 재능도, 건방진 성격도. 한 줌밖에 안 되는 세력을 가지고 고고한 척하는 것도.'

외모는 그리 닮지 않았는데도 불구하고, 은휘령은 은예린과 닮았다.

은씨 가문 특유의 고고함이 느껴져서일까. 그래서 설수련은 예전부터 은가를 좋아하지 않았다.

그런데 설룡휘가 궁주를 만나고 싶다고 말하고 있었다. 이해가 잘되지 않았다.

"은휘령은 왜 만나고 싶은 것이냐?"

"북해의 무인으로서 마땅히 궁주께 인사를 드려야 하지 않겠습니까. 이미 꽤 늦었다고 생각합니다."

"네 목적이 그것이 아닌 것을 안다."

처음으로 설수련의 목소리가 냉엄했다. 주변의 온도가 삽시간에 내려간 듯했다.

쩌저적…….

찻물 위에 서리가 맺혔다. 설룡휘는 들고 있던 찻잔을 탁자에 내려놓으며 말했다.

"궁주께 지금의 소궁주를 어떻게 생각하시는지 물어볼 생각입니다. 보다 더 나은 후보가 있다면 바꿀 의향이 있으신지, 직접 보여 드리고 싶습니다."

설수련의 얼굴이 기이하게 일그러졌다.

웃는 것도 화내는 것도 아닌 그런 미묘한 표정.

"네가 은휘령을 설득하겠다……. 이 말이더냐?"

"예."

덤덤한 표정으로 야망을 드러내는 종손을 보며, 설수련은 더 이상 웃음을 참지 못했다.

"아하하하하!"

고개를 한껏 치켜들고 터트린 앙천대소(仰天大笑)에, 지진이라도 일어난 듯 방 안의 가구들이 요동쳤다.

잠시 후 겨우 웃음을 멈춘 설수련이 말했다.

"오늘 내 눈을 피해서 무언가를 꾸미고 온 것처럼 말이지?"

"……."

"흐음. 맞구나. 반쯤은 짐작해서 찔러 본 것인데."

설수련.

역시 만만치 않은 여인이었다.

백수룡은 당황한 기색을 굳이 숨기지 않았다. 그가 착 가라앉은 목소리로 말했다.

"……알고 계실지도 모른다고 생각했습니다."

"무슨 꿍꿍이인지는 묻지 않으마. 네 노력이 가상하니 그 정도는 모른 척해 줘야지."

"……."

설룡휘의 금이 간 표정을 본 설수련은 승자의 미소를 지었다.

"퍽 재미있구나. 북해에서 스스로 영향력을 넓히겠다 이거지. 내 선택 없이, 스스로 소궁주가 될 수 있다고 생각하느냐?"

"제 나름대로 최선을 다할 뿐입니다."

설수련이 침상에서 몸을 일으켰다. 미끄러지듯 다가온 그녀가 손끝으로 설룡휘의 뺨을 쓰다듬었다.

후욱. 곰방대에서 뿜어낸 연기가 두 사람 사이의 공간을 희뿌옇게 물들였다.

"볼수록 어린 시절의 나를 떠오르게 하는구나."

"……고모할머님에 비하면 아직 한참 부족합니다."

"벌써 나와 견주려고 하면 곤란하지. 가문의 핏덩이를 정적으로 만들 순 없지 않겠니?"

그러면서 묘하게 웃는데, 섬뜩하고 서늘한 기파가 피부를 쓸어내렸다. 전신의 솜털이 곤두섰다.

'이 여자. 타고난 성정이 사파로군.'

괜히 혈교와 손을 잡은 것이 아니었다.

혈교에서 태어났다면 분명 대단한 마두가 되었을 것이다.

지금도 그와 크게 다른 것 같지는 않지만.

"당돌한 것은 좋지만 한 가지는 명심하거라. 북해에서는 어딜 가더라도 내 눈을 피할 수 없단다."

"……명심하겠습니다."

아무리 날뛰어도 결국 내 손바닥 안이라는 것을 알라는 경고.

그러나 달리 말하면, 손바닥 안에서는 아무리 날뛰어도 된다는 이야기이기도 했다.

설수련이 기분 좋게 웃으며 말했다.

"내 자리를 마련해 보마. 은휘령을 네 능력으로 설득해 보거라. 네가 정말로 그만한 일을 해낼 수 있다면……."

설수련의 입가에 위험해 보이는 미소가 맺혔다.

"북해빙궁의 전통이 또 한 번 깨질지도 모르지."

"……감사합니다."

"피곤하구나. 내일 다시 기별할 테니, 오늘은 이만 물러가거라."

포권을 취한 설룡휘는 뒷걸음질로 천천히 물러났다.

그러나 그가 설수련의 방을 나서며 돌아선 순간, 일자로 굳어 있던 그의 입가에도 서늘한 미소가 맺혔다.

'지금은 내가 당신 손바닥 위에 있는 줄 알겠지만, 곧 그 손바닥이 찢어

지게 될 거야.'

다음 날, 백수룡은 북해빙궁의 궁주를 만날 수 있었다.

◆ ◈ ◆

북해빙궁의 궁주전.

비록 설수련의 방에 비하면 오래되고 을씨년스러운 느낌이 들지만, 절로 어깨가 움츠러들 만큼 삼엄한 분위기 하나만은 북해에서 가장 존귀한 자에게 마땅히 어울렸다.

옥좌에 앉은 은휘령은 엄정한 눈으로 아래를 내려보았다.

"설신우의 아들 설룡휘가 북해의 주인을 알현합니다."

북해빙궁의 예법대로 한쪽 무릎을 꿇은 청년.

최근의 소문은 익히 들었다.

설무걸을 박살 내는 모습은 직접 보기까지 했으니, 그 무공이 비범하단 것은 이미 알고 있었다.

"나를 만나고 싶어 했다고?"

그녀의 옆에는 한송백도 함께 자리하고 있었다.

설룡휘가 고개를 들어 두 사람을 보았다.

그런데 들었던 것과 인상이 꽤나 다른 것이 아닌가?

사내가 묘한 웃음을 흘리는 모습이 발칙하기까지 했다.

"마침 두 분이 함께 계시니 잘되었군요."

"잘되었다?"

"한송백 장로님도 뵙고 싶었습니다. 두 분께 긴히 의논드릴 일이 있어서."

한송백은 묘하게 뻔뻔하게 들리는 말투에 하얀 눈썹을 꿈틀댔다.

"의논이라. 어디 말이나 해 보거라."

"주변을 물려 주시겠습니까?"

궁주전 안에는 궁주를 지키는 호위무사들이 있었다.

그 안에 설수련의 사람이 있어도 이상하지 않기에, 그들을 모두 물려 달라고 요구했다.

"건방진! 누가 설가의 핏줄 아니랄까 봐 오만방자하기 짝이 없구나!"

설룡휘의 요구에 대장로 한송백이 일갈했다.

은은한 살기마저 드러내는 그를, 은휘령이 제지했다.

"한번 들어나 보도록 하지요. 모두 나가 있도록 하라."

궁주의 명령에 호위무사들이 물러났다.

몇몇은 순간 난감한 표정을 지었고, 백수룡은 그들의 얼굴을 모두 기억해 두었다.

"네 목적이 무엇이냐? 전 궁주가 나를 설득해 혈교와 손을 잡게 하라더냐? 아니면 나를 암살하라더냐?"

싸아아아아.

은휘령의 몸에서 무시무시한 냉기가 흘러나왔다. 작정한 듯 그녀의 몸에서 서릿발 같은 위엄이 뿜어졌다.

"말해 보아라. 만약 네 목적이 나를 모욕하는 것이라면, 아무리 전 궁주의 총애를 받는다 하더라도 이곳에서 성히 나가지 못할 것이다."

그녀의 몸에서 일으킨 기세가 공간을 짓눌렀다. 설룡휘의 옷 위로 새하얀 서리가 맺혔다.

'궁주의 무공이 생각 이상이로군.'

북해빙궁은 예전부터 중원의 구파일방과 비견되어 왔다.

즉, 궁주의 무공은 구파일방의 장문인급이라고 보아야 했다.

그러나 그 기세를 정면으로 받아 내는 설룡휘의 얼굴에는 오히려 미소가 맺혔다.

"일단 오해부터 풀어야겠군요."

설룡휘는 두 사람이 보는 앞에서 천천히 소매를 걷었다.

"무슨 짓을……."

그 모습을 가만히 지켜보던 은휘령과 한송백의 눈이 서서히 부릅떠졌다.

우우우웅!

설룡휘의 두 손목에서 진동하는 한 쌍의 팔찌.

그들이 북해빙궁의 신물을 어찌 알아보지 못하겠는가.

"빙백환!"

"어떻게 그것을……!"

두 사람이 넋이 나간 표정으로 빙백환을 바라봤다.

육십 년 전 사라진 북해의 신물이 이렇게 갑자기 나타난단 말인가.

설룡휘가 자리에서 일어나며 말했다.

"제 목적이 뭐냐고 물었습니까?"

매섭게 올라갔던 눈꼬리가 내려가고, 일자로 굳었던 입매가 미세하게 올라갔다. 그것만으로도 인상이 크게 바뀌었다.

백수룡이 은사부의 후손을 똑바로 바라보며 말했다.

"내 목적은 설수련을 죽이고, 북해빙궁을 원래대로 돌려놓는 것이오."

353화

아무래도

"방금 뭐라고……."

"……설수련을 죽인다?"

은휘령과 한송백은 부릅뜬 눈으로 설룡휘를 바라봤다.

북해에서 태어난, 그것도 설가의 핏줄이라면 감히 설수련에게 그토록 불경한 말을 내뱉을 수 없었다.

만약 누가 듣기라도 했다면?

'호위들을 물리자마자 기막을 펼쳤기에 망정이지…….'

속으로야 얼마든지 설수련을 욕할 수 있겠지만, 다른 사람 앞에서 죽이겠다고 말하는 것은 차원이 다른 문제였다.

아무리 은휘령과 설수련의 사이가 나쁘다고 해도 절대 해서는 안 될 말인 것이다.

"너는…… 북해의 사람이 아니구나."

은휘령은 직감적으로 눈앞의 사내가 북해의 핏줄이 아니라는 사실을 깨달았다.

순간 백수룡의 입매가 호선을 그렸다. 궁주를 대하는 그의 말투가 자연스럽게 변해 있었다.

"맞소. 나는 북해의 핏줄도 아니고, 설가 출신은 더더욱 아니오. 하지만 빙백신공을 익혔고, 빙궁의 신물인 빙백환을 가지고 왔지. 당신과 독대할 자격은 충분하다고 생각하는데."

"이놈! 무슨 꿍꿍이로 본궁에 잠입했느냐!"

노성을 터트린 대장로 한송백이 경공을 펼쳐 백수룡의 뒤쪽으로 돌아갔다.

섣불리 출수하는 대신, 도망치지 못하도록 우선 퇴로를 가로막은 것이다.

북해빙궁의 신물인 빙백환을 본 것도 엄청난 충격이었지만, 당장은 신물을 들고 나타난 인물의 정체가 더욱 수상쩍었다.

"네 정체를 밝히거라."

은휘령의 몸에서도 그전과 비교도 되지 않을 만큼 막강한 기파가 뿜어졌다.

콰콰콰콰콰!

궁주전 안에 눈보라가 세차게 몰아쳤다.

앞에는 북해빙궁의 궁주. 뒤에는 대장로가 형형한 눈으로 노려보고 있었다.

북해에서 세 손가락 안에 드는 강자들에게 앞뒤로 포위된 상황.

그러나 백수룡은 북풍한설의 한가운데서도 꼿꼿이 서 있었다.

"육십여 년 전, 설수련은 내 스승이신 빙월신녀 은예린을 속여 혈교가 판 함정으로 유인했소."

"……!!"

"……!!"

그렇게 시작된 이야기.

백수룡은 차분한 목소리로 빙월신녀가 혈교에 잡힌 이후에 어떤 일이 있었는지 설명했다.

'은사부. 약간의 거짓말은 이해해 주시오. 내 전생의 일까지 말했다간 아무래도 믿지 않을 테니.'

빙월신녀에게서 무공을 배운 부분은 그럴듯하게 꾸며 낼 수밖에 없었다.

간신히 혈교를 탈출한 빙월신녀는 복수를 꿈꿨으나 모든 무공을 잃었고, 삶이 얼마 남지 않았음을 깨닫고 자신의 무공을 정리해 비급을 만들었다. 그리고 언젠가 은신처를 찾아올 후인에게 복수와 유언을 맡겼다는 이야기.

"……나는 우연히 스승께서 남기신 비급과 일기를 발견했고, 그분이 남기신 유언과 복수를 이행하기로 다짐했소. 이곳에 오기 전에 스승의 옛 정인을 먼저 찾았는데……."

백수룡은 섬서에서 문율을 만난 이야기, 그리고 현무학관에서 설신우를 만나게 된 과정도 설명했다.

"……그렇게 나는 설가가 혈교와 손을 잡았음을 알게 되었고, 설룡휘라는 인물로 변장해 이곳을 찾아오게 되었소."

백수룡의 긴 이야기가 끝났다.

무겁게 침묵하던 은휘령은 천천히 기세를 거둬들였다.

그러나 의혹의 시선을 완전히 거두지는 않았다.

"……네 말을 온전히 믿기는 어렵다."

"빙백환을 보여 준 것으로는 부족하다는 거요?"

"더 보여 줄 것이 있느냐?"

고개를 끄덕인 백수룡은 빙백신공을 끌어올렸다.

지금껏 남들 앞에서 적당히 드러내던 수준이 아닌, 검노로부터 은사부의 제자로 인정받게 해 준 빙월신녀의 신공이었다.

콰콰콰콰콰!

눈보라가 백수룡을 중심으로 휘몰아쳤다.

대대로 북해빙궁의 후계자에게 전해지는 완전한 빙백신공.

그 이상의 무언가가 느껴지는 무공에, 은휘령의 눈이 더할 수 없이 커졌다.

"그 신공은……!"

"비슷하지만 조금 다르오. 빙월신녀만의 빙백신공이니까."

기운을 가라앉힌 백수룡은 말문을 잃은 은휘령을 똑바로 바라보며 말했다.

"미리 못 박아 두는데, 나는 북해빙궁의 권력에는 관심 없소. 내가 원하는 것은 스승의 명예를 회복하고, 그 원수를 갚는 것뿐이오."

"……."

침묵하는 은휘령의 눈에는 혼란이 가득했다.

갑자기 나타나 스스로를 수십 년 전 실종된 빙월신녀의 제자라고 주장하는 청년.

'덥석 믿는 것이 더 이상한 일이지.'

아무리 백수룡이 빙백환을 가지고 있고, 빙백신공을 익혔다고 해도 믿기가 쉽지 않을 것이다.

빙월신녀가 혈교가 판 함정에 빠졌다면, 함께 사라졌던 빙백환 또한 혈교가 보관하고 있었을 거라는 추론이 충분히 가능할 테니까.

'실제로 빙백환 하나는 음양마존이 보관하고 있었지.'

때문에 백수룡은 자신의 말을 믿어 달라고 재촉하지 않았다. 혼자서 생각을 정리할 시간이 필요할 테니 말이다.

"한 가지만 더 말하지. 내가 설수련이나 혈교에서 보낸 자라면, 번거롭게 왜 이런 짓을 하겠소? 가만히 있으면 두 가문은 알아서 무너질 거고, 북해는 곧 설가 천하가 될 텐데."

그 말에 은휘령의 눈이 사납게 치켜뜨였다.

"혀를 함부로 놀리고도 이곳에서 무사히 나갈 수 있을 성싶더냐?"

"걱정 마시오. 어떤 상황에서도 내 한 몸 내뺄 자신은 있으니."

백수룡은 피식 웃었다.

은휘령이 매서운 눈으로 백수룡을 노려볼 때였다.

"아마도……. 저 사내의 말은 전부 사실일 겁니다."

한송백의 탄식이었다.

백발백염의 노인은 회한이 깃든 얼굴로 한숨을 쉬며 천장을 바라보았다.

"문율이라는 이름. 오래전에 들어 본 기억이 있습니다."

한송백은 은예린, 설수련과 동시대에 태어난 무인이었다.

"저희 셋은…… 한때 친우였습니다."

뛰어난 무재를 가지고 태어났지만, 압도적인 한 명 때문에 일찌감치 소궁주 경쟁을 단념해야 했던 두 사람.

당시 한송백은 소궁주 자리를 빠르게 단념했다. 하지만 경쟁심이 강한 설수련은 포기하지 않고 끝까지 은예린과 경쟁했다.

결국 은예린이 소궁주로 확정되었을 때, 설수련은 분함에 눈물을 흘리면서도 은예린을 축하해 주었다.

이후에도 세 사람은 종종 어울리거나 서신을 주고받았고, 문율이란 사내에 대해서도 그때 알았다.

아마 설수련 역시 문율이란 사내에 대해 알고 있을 것이다. 그럼 설수련이 그 정보를 이용해 은예린을 함정에 빠뜨린 것이 아귀가 들어맞는다.

"그때 단념한 줄 알았건만……. 뒤에서 그런 흉계를 꾸몄을 줄이야."

명백한 증거는 없다.

하지만 한송백은 오래전부터, 은예린의 실종이 설수련과 관련돼 있지 않을까 의심해 왔다.

그리고 이번에 백수룡의 말을 들으면서 확신하게 되었다.

한송백은 단호한 표정으로 은휘령을 바라봤다.

"궁주. 설수련은 그러고도 남을 인물입니다. 이미 수십 년간 겪어 오지 않았습니까."

"정녕 그자가……!"

은휘령의 두 눈에서 새하얀 불꽃이 치솟는 듯했다.

한송백과 마찬가지로 은휘령도 오랜 의혹을 품고 있었다.

빙월신녀가 실종된 후, 이득을 본 사람은 설수련과 설가뿐이었으니까.

백수룡의 증언은 두 사람의 의심을 확신으로 만들었을 뿐이다.

'다행이군.'

백수룡 입장에서는 생각보다 일이 쉽게 풀린 셈이었다.

은휘령이 끝까지 믿지 않았다면, 설득이 쉽지 않았을 테니 말이다.

"그렇다면, 네가 내 고모님의 제자라는 것이구나."

은휘령은 경계심이 다소 누그러든 눈빛으로 백수룡을 바라봤다. 백수룡은 흠칫 놀라 뒤로 한 걸음 물러났다.

"다시 말하지만, 나는 소궁주 자리에 관심 없소. 지금 쓴 감투도 너무 많거든. 그러니 딴 사람 알아보시오."

"……누가 시켜 준다더냐?"

"아니면 됐고."

은휘령은 어이가 없다는 표정으로 백수룡을 바라봤다.

이후의 이야기는 빠르게 진행되었다.

은휘령은 설수련을 처단하고, 설가의 썩은 부분을 도려내는 것에 동의했다.

"외세를 끌어들여 권력을 차지한 배신자, 아니 반역자다. 결코 용납할 수 없다."

문제는 방식이었다.

설수련은 북해빙궁에서 가장 큰 가문의 수장이었다.

뿐만 아니라 북해에는 설가를 추종하는 가문이 수두룩했다.

전체로 따지면, 설가를 따르는 세력이 전체의 칠 할이 넘었다.

"정면승부는 무리다. 승산을 논하려면 기습을…… 왜 그리 내 얼굴을 보는 것이지?"

은휘령은 아까부터 자신을 빤히 바라보는 백수룡의 시선에 불쾌감을 드러냈다.

이야기를 나누는 동안, 백수룡은 그녀의 얼굴을 뚫어지게 바라보았다.

"……역시 닮았어."

"닮다니?"

처음 은휘령을 보았을 때 느꼈던 기시감.

백수룡은 이 기회에 그것을 확인해 보고 싶었다.

"사실 아까 하지 않은 말이 있소. 이곳에 오기 전에 마중천을 죽여서 알아낸 정보인데."

"……죽였다고? 혈교의 인물을 말이냐?"

"중요한 건 그게 아니고."

대수롭지 않게 어깨를 으쓱인 백수룡이 말을 이었다.

"삼십오 년 전, 중원 무인들이 북해빙궁에 숨어들어 혈사를 일으켰다고 들었소."

그 말에 은휘령의 눈에 은은한 살기가 돌았다. 그녀가 고개를 끄덕이며 말했다.

"그날, 북해의 많은 이들이 가족과 친우를 잃었다. 나 역시 어린 동생을 잃었지."

은하연.

당시 은휘령의 막냇동생은 고작 열 살에 불과했다.

시체라도 찾을 수 있을까 싶어 눈밭을 파헤쳤지만, 끝내 흔적도 찾지 못했다.

은휘령이 아픈 과거를 떠올리는데, 백수룡이 낮은 목소리로 말했다.

"그건 중원 무림인들의 짓이 아니오. 혈교의 짓이었지."

"……뭐라?"

"그리고 그걸 사주한 건 설수련이었소."

백수룡은 마중천에게 들은 이야기를 은휘령에게 그대로 전했다. 그녀의 얼굴이 점점 악귀처럼 일그러졌다.

"죽여 버리겠다……!"

전과 비교할 수 없을 만큼 농도 짙은 살기가 흘러나왔다.

당장 설수련을 죽이러 가겠다는 은휘령을 한송백이 간신히 뜯어말렸다.

"궁주! 진정하시오! 지금 설가로 쳐들어가면 그대로 내전이오!"

"끄으윽……!"

이를 악물고 분노를 삼키는 은휘령의 두 눈에 핏발이 섰다. 손톱이 파고든 손바닥에서 핏물이 뚝뚝 떨어졌다.

그런데 그 모습을 지켜보는 백수룡의 반응이 묘했다.

"역시……."

"역시라니? 뭐가 더 있는 게냐?"

한송백의 질문에, 백수룡은 허탈하다는 표정으로 중얼거렸다.

"인연이 이렇게 이어지기도 하는군."

백수룡은 악인곡에서 구음마녀에게 들었던 이야기를 떠올렸다.

―……혈교의 시설에서 강제로 무공을 배워야 했어. 내 또래의 아이들, 여민의 엄마도 그곳에서 만났지.

어릴 적 엄마를 잃고 고아가 된 여민의 이야기.

—돌아가신 엄마가 그랬어요. 빙공을 익히면 자신처럼 단명할 거라고.

마중천에게 들은 혈교의 용서할 수 없는 짓거리.

—마침 본교에도 실험체가 필요하던 시기였습니다. 북해의 어린 것들은 빙백신공을 익히기 좋은 체질이니, 서로 상부상조하는 거래였지요.

머릿속에서 세 사람의 이야기가 조합되어, 한 가지 결론에 이르렀다.

"궁주. 아무래도 내 제자 중 한 명이 당신 조카인 것 같소."

"뭐, 라고……?"

더 이상 어떤 일에도 놀라지 않으리라 생각했던 은휘령의 표정이 한순간에 무너지고 말았다.

◆ ◈ ◆

쩌저쩍! 퍼어엉!

잘게 부서진 얼음알갱이가 사방으로 흩날렸다.

스스로 만들어 낸 옅은 눈보라 속에서 유영하는 긴 팔다리는 무희를 떠올리게 했다. 위지열이 만들어 준 부채를 휘두를 때마다 냉기가 사방에 뿌려졌다.

이제는 완전히 새하얗게 물든 머리카락에 햇빛이 올올이 반짝였다.

"……그만."

주인이 자리를 비운 백룡장.

서리애는 백수룡의 부탁으로 여민에게 빙공을 가르치고 있었다.

그러나 그녀는 이 아이를 어떻게 가르쳐야 할지 도통 감을 잡지 못하고 있었다.

"정말로 빙공을 배운 게 반년도 안 됐다고?"

"네. 몇 달 안 됐는데요?"

"말이 안 되는데……."

오다가다 보았을 때는 그리 큰 관심이 가지 않던 아이였다.

헌원강, 위지천에 비하면 여민의 존재감은 미약했으니까.

하지만 여민이 본격적으로 빙공을 익힌 지 넉 달도 되지 않았다는 것을 알게 된 순간, 서리애는 경악할 수밖에 없었다.

'이 애는 천재야.'

서리애는 현 북해빙궁주의 이름을 떠올렸다.

은휘령.

소궁주 경쟁을 벌였던 시절, 압도적인 재능과 기량으로 다른 후보들을 절망에 빠트렸던 은씨 가문의 천재.

지금 여민의 모습은 은휘령을 떠올리게 하고 있었다.

그러고 보니…… 닮았다.

"선생님? 아까부터 왜 말이 없으세요?"

"잠깐 이리 와 보렴."

서리애는 여민에게 다가가 손을 뻗어 머리카락을 만졌다. 여민은 잠시 움찔했다가, 그냥 내버려 두었다.

북해의 사람들만이 구별할 수 있는 특유의 백발.

처음에는 오랜만이라 긴가민가했지만, 이제는 확신할 수 있었다.

"혹시 너희 부모님 중에 은씨가 계시니?"

"네?"

여민은 놀라서 눈을 동그랗게 떴다.

그녀는 쉽게 자기 이야기를 꺼내는 성격이 아니고, 백수룡도 타인의 과거를 캐묻는 성격이 아니었다.

그래서 엄마의 이름은 백수룡에게도 말한 적이 없었는데.

"선생님이 그걸 어떻게 아세요?"

청룡학관 이 학년 여민.

그녀는 자신이 북해의 가장 고귀한 혈통임을 알게 되었다.

354화

기대되는구나

"내게, 조카가 있다고……?"

은휘령은 얼이 빠진 얼굴로 백수룡을 바라봤다.

평소 얼음장 같기로 유명한 그녀의 얼굴에, 오늘만큼 많은 감정을 드러낸 것은 궁주가 된 이후로 처음이었다.

백수룡이 고개를 끄덕였다.

"청룡학관 이 학년, 이름은 여민이오. 처음 봤을 때부터 닮았다고 생각했는데……."

백수룡은 악인곡에서 구음마녀를 만났던 일을 이야기했다.

혈교의 실험체였다가 겨우 탈출한 구음마녀가 어떤 일을 겪었는지, 어린아이들을 납치한 혈교가 무슨 짓을 했는지, 구음마녀에게 들은 그대로 가감 없이 전했다.

"천인공노할 짓을……!"

"이런 찢어 죽일 놈들!"

이야기가 계속될수록 은휘령과 한송백의 표정이 분노로 일그러졌다. 백수룡은 덤덤히 이야기를 계속했다.

"혈교는 북해의 어린아이들을 납치해 실험체로 쓴 거요. 내 생각엔 그곳에 궁주의 동생…… 이름이?"

"……은하연."

"은하연도 있었을 거요. 구음마녀와 함께 혈교를 탈출했고, 헤어진 후에 딸을 낳은 거겠지."

생각해 보니, 그 당시 아이들의 탈출을 도운 자가 있다고 벽안귀에게 들었던 기억이 났다.

―입가에 지렁이 같은 흉터가 있는 소년이었다. 혈교를 굉장히 증오하던……. 나는 혹시 네가 아닐까 생각했다.

―난 아니야. 누군지 나도 궁금하군.

악인곡을 떠나기 전, 벽안귀와 단둘이 잠시 나눴던 대화.

한동안 잊고 지내다 문득 그 소년의 이야기가 떠올랐다.

'언젠가 만날 수 있을지도 모르지. 살아 있다면.'

백수룡은 그 소년에 대한 생각을 길게 이어 가지 않았다. 지금은 그보다 더 중요한 일이 있으니까.

은휘령이 복잡한 표정으로 물었다.

"그 아이가 정말 내 조카라고 확신할 수 있느냐?"

"우연히 닮은 것일 수도 있겠지. 하지만 맞을 거요. 당신 조카가 아니라고 해도, 북해의 핏줄인 것만큼은 확신할 수 있소."

"그, 그럼 하연이는 지금 딸과 함께 살고 있는 것이냐?"

"……안타깝지만 여민은 어머니가 십 년도 전에 죽었다고 했소."

입술을 꽉 깨문 은휘령이 이해할 수 없다는 표정으로 중얼거렸다.

"살아서 도망쳤다면 고향으로 돌아왔어야지, 어째서 객지에서 딸을 낳아 기르다 죽었단 말인가."

"……그런 자세한 사정까진 모르겠군. 나중에 조카를 만나면 직접 물어보시오."

백수룡은 작게 한숨을 내쉬며 말했다.

그는 제자들에게 굳이 과거사를 먼저 묻지 않는 성격이었다.

스스로가 말할 수 없는 사연을 품고 있기에, 다른 사람에게 과거를 묻는 것 역시 조심스러웠다.

하지만 이럴 줄 알았으면 조금 더 물어볼걸, 하고 작은 후회가 되었다.

'더 빨리 알았다면, 여민을 이곳에 데려올 수 있었을 텐데.'

"여민, 여민이라……."

은휘령은 그 이름을 몇 번이고 되뇌었다.

어린 나이에 납치돼 죽은 줄로만 알았던 어린 동생이, 세상에 혈육을 남기고 떠났다니.

믿기 힘든 이야기였다.

하지만 이 기적 같은 이야기를 한번 믿어 보고 싶은 것이 은휘령의 솔직한 심정이었다.

"청룡학관의 학생이라고 했느냐?"

"이번 일이 잘 마무리되면, 겨울방학 때 제자를 데려오겠소."

"……그 전에 내가 그 아이를 보러 갈 수도 있다."

"그것도 좋지. 이제 우리가 지금 해야 할 일에 집중합시다."

은휘령은 고개를 끄덕였다.

배신자 설수련을 처단하고 북해빙궁을 원래 모습으로 돌려놓는 것.

그것이 선행되어야만, 당당하게 조카의 얼굴을 마주할 수 있을 것이다.

백수룡, 은휘령, 한송백은 머리를 맞대고 설수련을 처단할 방법을 강구했다.

"혈교의 사절은 정확히 언제 도착하오?"

"닷새 후에 도착할 것이라는 연통이 왔다."

"……우리에게 시간이 많지 않다는 뜻이군."

백수룡의 미간이 가늘게 좁혀졌다.

혈교의 사절이 도착하면, 주도권은 완전히 설가에게로 넘어갈 것이다.

그 전에 설수련을 죽이고, 혼란에 빠진 북해빙궁을 수습해 혈교의 사절을 맞이해야 한다.

당연히 쉬운 일일 리 없었다.

"전면전으로 가면 필패입니다."

한송백이 한숨을 내쉬며 말했다.

설가의 영역은 북해빙궁 안에 있는 또 다른 성이나 다름이 없었다.

이쪽에서 먼저 쳐들어간다는 것은 어불성설.

특히 설수련의 주변에는 항상 수십 명의 무인이 호위하고 있고, 방 안에도 그림자 속에 호위가 몸을 숨기고 있었다.

또한 설수련도 북해에서 첫손에 꼽을 만큼의 초고수였기에, 양측이 정면으로 충돌하면 얼마나 많은 피가 흐를지 짐작조차 되지 않았다.

"설수련을 설가 밖으로 끌어낼 수만 있어도 방법이 생길 텐데……."

백수룡이 턱을 만지며 중얼거릴 때였다.

"단 한 번, 설수련을 밖으로 끌어낼 기회가 있다."

은휘령이었다.

그녀가 궁주전 안을 둘러보며 말을 이었다.

"사흘 후 이곳에서 대회의가 열릴 것이다. 북해를 대표하는 가문의 원로들, 고수들이 모두 모여서 중원 침공을 결정하는 마지막 자리가 되겠지."

며칠 전 설룡휘가 나타나면서 흐지부지되었던 회의.

그 후로도 설수련은 계속해서 은휘령을 압박했지만, 은휘령은 끝까지 버티면서 결정을 미뤄 왔다.

그것이 마지막 기회로 돌아온 것이다.

백수룡이 눈을 빛내며 말했다.

"그날이 설수련을 칠 절호의 기회겠군."

"또한 유일한 기회겠지."

눈이 마주친 두 사람이 고개를 끄덕였다.

설수련과 설가의 원로들을 궁주전 안에 가둔다.

밖에서 문을 걸어 잠그면, 이 안에서 설수련과 그녀를 따르는 고수들만 상대하면 된다.

백수룡이 궁주전의 정문을 돌아보며 말했다.

"저 문, 얼마나 버틸 수 있소?"

"적어도 일 각의 시간은 벌 수 있을 것이다."

"그 안에 끝장을 봐야겠군."

설수련과 설가의 원로들을 쳐낸다면, 설가의 거대한 세력도 결국 오합지졸로 전락할 것이다.

하지만 모든 문제가 해결된 것은 아니었다.

"문제는 설가를 따르는 가문들입니다."

한송백이 침중한 목소리로 말을 이었다.

"본궁에 설가를 따르는 가문이 칠 할에 가깝습니다. 대회의날 이 안에 그들도 있을 텐데, 그들이 설가 편을 들면 저희가 크게 불리해집니다."

"설수련이 지금까지 한 짓을 알리고 협조를 구한다면?"

백수룡의 말에, 한송백은 어두운 표정으로 고개를 저었다.

"어려울 걸세. 명백한 증거가 없지 않나. 게다가 저들 중에는 길게는 수십 년 가까이 설가에 충성한 가문들도 있으니."

"음……."

잠시 생각하던 백수룡이 물었다.

"대장로. 한 가지만 묻겠소. 설수련에게 충성하는 가문들. 그들 대부분이 진심으로 충성하는 거요?"

한송백은 결코 아니라며 고개를 저었다.

"그럴 리가 있겠나. 그들 중 절반은 회유와 협박에 강요된 충성일세. 하지만 그들의 마음을 돌리기란 거의 불가능할 게야……."

노인의 얼굴에 짙은 그늘이 졌다.

"설수련은 돈으로 다른 가문을 회유하고, 그걸로 안 되면 독을 써서 가문의 후계자들을 중독시켰네. 그리고 좋은 약이 있다며 해약으로 충성을 요구하지. ……내 손자에게 한 것처럼 말이야. 이 역시 다들 알고 있지만 증거를 잡지 못해 쉬쉬하고 있을 뿐일세."

"독……?"

독이라는 말을 듣는 순간, 백수룡의 눈에 이채가 스쳤다.

하지만 한송백은 그 모습을 미처 보지 못했다.

어린 나이에 독에 중독돼 침상에 누워 있는 손자의 얼굴이 어른거려서였다.

'미안하구나. 이 매정한 할애비를 원망하거라.'

가문의 원망을 받아도 할 수 없었다.

한송백은 도저히, 북해빙궁을 혈교에 팔아넘기는 짓은 할 수 없었다.

하지만 다른 가문들은 대부분 후계자를 지키는 쪽을 선택했다.

이 문제가 해결되지 않는 한, 자식이 볼모로 잡힌 가문들은 대회의에서 설가의 편을 들 수밖에 없으리라.

그런데.

"독이 문제라면 내가 해결할 수 있을 것 같소."

"뭐라?"

백수룡의 입가에 자신만만한 미소가 맺혀 있는 것이 아닌가.

"독, 주화입마, 망나니 갱생 치료. 그게 내 전문이거든."

"무슨 소리를……."

"독에 중독된 아이들. 내가 전부 해독해 주겠다고 전하시오. 물론 우리 쪽에 붙는다는 조건하에."

"……!!"

한송백이 눈을 부릅떴다. 얼마나 당황했는지 말을 더듬었다.

"저, 정녕 그게 가능하단 말인가?"

"이미 설수련은 나를 중독시키려고 했소. 하지만 실패했지. 내겐 혈교의 독이 안 통하거든."

뿐만 아니라 남의 몸에 있는 독기를 뽑아내는 것도 가능했다.

이미 개방 방주를 치료한 전적이 있지 않던가.

덕분에 거지들의 형제 소리도 듣게 되었다.

'설마 여기서도 비슷한 일이 있진 않겠지?'

그때 한송백이 덥석 백수룡의 손을 붙잡았다. 노인의 눈이 붉게 충혈됐다.

"그게 정말인가? 정말이라면 내 이 은혜는 반드시……!"

"됐으니 넣어 두시오. 아직 못 받은 은혜도 여기저기 많이 밀려 있거든. 노인네들한테까지 형제 소리 듣고 싶지도 않고."

도통 무슨 말인지 잘 모르겠지만, 한송백은 무작정 고개를 끄덕였다.

"알겠네! 내 그리하지!"

"그 문제만 해결되면, 설가 외의 가문은 신경 쓸 필요 없는 거요?"

백수룡이 은휘령을 돌아보며 묻자, 그녀가 고개를 끄덕였다.

"몇몇 가문은 여전히 설가에 충성하겠지만, 문제가 될 정도는 아닐 것이다."

희박했던 승산이 크게 올라간 느낌이었다.

은휘령과 한송백의 두 뺨에 홍조가 피어났다.

하지만 백수룡은 그들에게 경계심을 늦추지 말라고 경고했다.

"설가를 상대하는 것만으로도 쉽지 않을 거요. 마공을 익힌 놈들도 적지 않으니까."

"마공이라니?"

"몰랐소? 원로들 중 태반이 마공을 익혔더군. 궁지에 몰리면 분명 마공을 사용할 거요."

은휘령의 눈에 스산한 살기가 감돌았다.

"북해의 자존심마저 모두 갖다 버렸구나. 결코 용서해선 안 될 자들이다."

우우우웅!

주인의 격렬한 분노에, 은휘령의 허리춤에 매달린 빙백신검이 부르르 떨었다.

빙백환과 함께 북해빙궁에 내려오는 양대 신물.

은휘령은 검파에 손을 올리며 선조들에게 맹세하듯 말했다.

"반역자 설수련은 본 궁주가 직접 처단할 것이다."

그녀의 전신에서 서릿발 같은 위엄이 뿜어졌다.

"그럼 나는 설무걸과 마공을 익힌 놈들부터 처리하지."

빙백신검의 기운에 반응하듯, 백수룡의 손목에서 빙백환이 하얀빛을 뿜어냈다.

"저는 은밀히 다른 가문의 원로들과 접촉해 보겠습니다."

한송백은 감격에 겨운 표정으로 두 사람을 번갈아 바라봤다.

계획의 큰 틀은 세워졌다.

나머지는 세부적인 조율뿐이었다.

세 사람은 밤이 깊어지도록 대화를 나누며 계획을 검토했다.

북해빙궁의 운명을 뒤바꿀 계획을.

설수련의 방.

밤늦은 시각까지 기다린 그녀는 설룡휘가 돌아왔다는 말을 듣자마자 불러들였다.

"늦었구나. 궁주와 이야기는 잘 되었느냐?"

"예."

설룡휘는 냉막한 인상으로 고개를 끄덕였다.

여전히 무슨 생각을 하는지 알 수 없는 얼굴.

설수련은 흥미롭다는 표정으로 물었다.

"궁주를 만나자마자 호위를 모두 쫓아냈다고 들었다. 거기서 내 흉이라도 본 게냐?"

"그럴 리가 있겠습니까."

설룡휘의 입가에 가느다란 미소가 맺혔다.

한 번도 본 적 없던 종손의 미소에, 설수련의 표정도 묘하게 변했다.

"네 표정을 보아하니 결과가 좋았나 보구나. 그만 애닳게 하고 말해 보거라. 무슨 이야기를 했더냐?"

설룡휘는 느릿하게 입을 열었다.

"사흘 후 대회의에, 저도 참석하기로 하였습니다."

"그 자리에 너를? 어째서?"

설수련은 의아한 듯 고개를 갸웃거렸다.

물론 사흘 후 대회의는 아주 중요한 자리다.

하지만 설룡휘는 그 자리에 참석할 이유가 없었다.

가문의 원로도 아니고, 의견을 낼 만한 위치도 아니기 때문이다.

하지만 이어진 설룡휘의 말에, 설수련은 잠이 확 달아나는 것을 느꼈다.

"그 자리에서, 궁주께서 소궁주에 대한 자격시험을 다시 하겠다고 선언하실 겁니다."

"……방금 뭐라 했느냐?"

설룡휘는 같은 말을 또박또박 한 번 더 말했고, 잠시 침묵하던 설수련은 벌떡 일어나며 종손에게 다가왔다.

"아하하하! 네가 정말 걸물이긴 한 모양이구나! 그 은휘령을 설득해 내다니! 설마 거짓은 아닐 테지?"

설룡휘는 대답 대신 의미심장하게 웃었다.

설수련은 감탄을 금치 못하며 종손을 바라보았다.

그녀의 손가락이 설룡휘의 뺨을 천천히 쓸어내렸다.

"참으로 대단하다. 정말 대단해. 우리 가문의 보배가 왜 이제야 나타났을까……."

그녀의 상상 속에서, 설가는 이미 북해의 영원한 왕족으로 군림하고 있었다.

자신의 대에서 북해는 온전히 설가의 것이 될 것이다.

그리고 혈교와 함께 중원을 침략해, 저 비옥한 땅과 재물을 가지게 될 것이다.

"후후후. 사흘 후가 무척이나 기대되는구나."

"저도 그렇습니다. 고모할머님."

마주 보는 두 사람의 입가에 닮은 미소가 맺혔다.

355화

보이는 족족

사흘.

대회의까지 남은 시간 동안 설룡휘는 북해빙궁의 여러 가문을 방문했다.

"벌써부터 아랫것들의 마음을 얻어 두려는 것이냐?"

설수련은 그것이 설룡휘가 소궁주가 되기 전에 지지기반을 확보하기 위한 행동이라 생각했는지, 기특하다며 직접 자리를 마련해 주기까지 했다.

하지만 실상은 그녀가 생각했던 것과 전혀 다른 일이 벌어지고 있었다.

"할아버님……."

몇 달째 침상에 누워 식음을 전폐하다시피 했던 한씨 가문의 후계자가 자리를 털고 일어났다.

소년은 창백한 얼굴로 방긋 웃어 보였다.

"저 이제 하나도 안 아파요."

"현이야!"

한송백은 어린 손자를 와락 끌어안았다.

정말로 기적이 일어났다.

독에 중독되어 나날이 쇠약해져 가던 소년을 지켜보는 할아버지의 마음이 어땠겠는가.

몇 번이고 설수련을 찾아가 무릎을 꿇고 해약을 달라고 부탁할까 고민했었다.

몇 달, 아니 열흘만 더 지났어도 그리했을지 모른다.

"이제 아무것도 걱정할 것 없다. 다시는 아플 일이 없을 것이야."

"네……. 저 조금 더 잘래요."

독은 해독되었지만 체력이 약해진 것은 어쩔 수 없었다.

한송백은 새근새근 잠든 소년을 침상에 바로 눕히고, 고개를 돌려 설룡휘를 돌아봤다.

노인의 눈가에 눈물이 그렁그렁했다. 두 눈은 굳은 다짐을 보여 주고 있었다.

"고맙네. 내 이 은혜는 죽어서도 잊지 않을 것이야."

"나중에 이상한 거로 갚지만 마시오."

설룡휘는 피식 웃으며 고개를 끄덕였다.

직접 기적을 목격한 한송백은 은밀히 다른 가문의 원로들과도 접촉했다.

설수련이 쓴 독에 후계자들을 볼모로 잡힌 가문들.

그 탓에 어쩔 수 없이 설가에 충성을 맹세하고, 분루를 삼켜야만 했던 사람들이 적지 않았다.

"독, 독을 해독할 수 있다니? 정말입니까?"

"그게 사실이라면……."

"내 무엇이든 하겠소!"

한송백은 그들에게 한 가지 약조를 얻어 냈다.

"단, 자네들은 우리와 함께해 주어야겠네."

수십 년간 북해에 군림해 온 설가에 대한 불만은 이미 팽배해져 있었다.

설가를 친다는 말에 놀라기도 잠시, 다들 고민 끝에 계획에 동참하기로 결정했다.

"……알겠습니다."

"그리하지요!"

"사흘 후 대회의……. 기억하겠습니다."

이 모든 것이 설수련의 눈을 피해 벌어지고 있었다.

설룡휘는 가문을 돌며 독을 치료하고, 감사 인사를 받고, 계획에 동참하기로 한 원로들과 잠시 대화를 나눴다.

[저들 중에 배신자가 있다면 어쩌려고?]

창룡신검의 우려 섞인 말에 백수룡은 어깨를 으쓱였다.

'대장로가 믿을 만한 사람에게만 접촉했다고 했어. 그 부분은 믿는 수밖에 없지.'

애초에 완벽한 계획이란 있을 수 없었다.

어느 정도는 위험요소를 안고 갈 수밖에 없었다.

그런데, 그 말을 기다렸다는 듯 창룡신검이 검신을 부르르 떨었다.

[그래서 술법을 걸어 두었다.]

'무슨 술법?'

[만약 저들 중 누군가가 설가의 인물과 접촉한다면 내가 먼저 알게 되어 있다. 그 즉시 너에게 알려 주마.]

"너……."

백수룡은 감탄한 얼굴로 창룡신검을 바라봤다. 주변에 듣는 귀가 있어서 차마 말로 하지는 못했지만.

'진짜 쓸모가 많은 검이구나?'

[말하지 않았더냐. 너는 나를 조금 더 존경할 필요가 있다고.]

우쭐한 듯한 말투. 백수룡이 창룡신검의 검신을 쓸어 주자, 기분이 좋은 듯 창룡신검이 부르르 떨었다.

독을 모두 치료한 후에는 은휘령을 찾아갔다.

은휘령은 자신의 거처에서 두문불출하며, 스스로의 무공을 돌아보는 시간을 갖고 있었다.

그녀는 무릎 위에 검을 올려 두고 명상 중이었는데, 그 모습이 마치 큰 전쟁을 앞둔 장수를 보는 듯했다.

똑똑.

백수룡이 문을 두드리고 안으로 들어오자, 가부좌를 틀고 앉아 있던 은휘령이 눈을 떴다.

"……이렇게 함부로 만나러 와도 되는 것이냐?"

"이제 나를 완전히 믿는 눈치라 괜찮소. 그리고 공주에게 꼭 보여 줄 것이 있기도 하고."

"내게 보여 줄 것?"

백수룡은 거침없이 검을 뽑아 들었다.

순간 움찔한 은휘령은 빙백신검의 검파에 손을 얹었으나, 이내 자신을 공격하려는 것이 아님을 깨닫고 손을 멈췄다.

"무슨……."

"잘 보시오."

백수룡은 은휘령이 보는 앞에서 신월빙백무를 펼쳤다.

달빛 아래는 아니었지만 그가 펼치는 검무는 은휘령의 넋을 빼앗기에 충분했다.

검으로 일으킨 바람이 북풍(北風)을 불러오고, 몸을 휘감은 새하얀 기류가 몸짓에 따라 흩어져 한설(寒雪)을 만들었다. 그를 중심으로 수많은 얼음 알갱이들이 소용돌이쳤다.

신월빙백무의 모든 동작을 펼친 후, 백수룡은 천천히 납검했다.

"신월빙백무. 빙월신녀께서 말년에 창안하신 빙백신공의 오의요."

"……."

빙백신공의 성취만을 놓고 보면, 은휘령이나 설수련이 백수룡보다 더 뛰어났다.

하나의 무공을 수련한 기간이 수십 년 이상 차이나기 때문이었다.

그럼에도 백수룡은 은휘령에게 신월빙백무를 보여 주었다.

그녀의 눈에는 미숙해 보일 수도 있지만, 반대로 그 미숙함 속에서 충분히 오의를 찾아낼 수 있을 고수이기에.

짧지 않은 침묵 후, 은휘령이 입을 열었다.

"……크게 다르지는 않구나."

"빙백신공은 이미 완전무결한 무공이라고 하셨지. 달라진 것은 자신의 심상이라고 하셨소. 차가움 속에 한 줄기 따뜻함을 담으면, 지금까지 익혔던 무공이 달라 보일 거라고."

"심상이라……."

무언가 깨닫는 바가 있는 듯, 몇 번 되뇌던 은휘령이 눈을 감았다.

우우웅!

그녀의 무릎 위에 놓인 빙백신검이 작게 진동했다.

[신검이구나. 주인의 의지에 반응하는 걸 보니.]

질 수 없다는 듯 창룡신검도 부르르 검신을 떨었다. 그 모습을 본 백수룡이 작게 한숨을 쉬었다.

잠시 후, 눈을 뜬 은휘령이 입을 열었다.

"대대로 빙백신검은 궁주에게, 빙백환은 소궁주에게 전해졌다. 초대 궁주께서 그렇게 결정하여 나누셨지. 하지만 두 신물은 함께 있을 때 가장 큰 효용을 발휘한다."

"……빙백환을 달라는 거요?"

백수룡이 눈살을 찌푸리며 묻자, 은휘령은 고개를 저었다.

"내게는 그것을 달라고 요구할 자격이 없다. 다만, 잠시 빌려줄 수 있겠느냐?"

은휘령은 백수룡이 묻기 전에 그 이유를 덧붙였다.

"분하지만 내 무공은 설수련보다 반 수 정도 처진다."

"……."

백수룡도 짐작하고 있었다.

그래서 신월빙백무를 은휘령에게 보여 준 것이기도 했다.

싸움이 시작되기 전에, 그녀가 작은 깨달음이라도 얻기를 바라는 마음에.

"허나 그 반역자만큼은 꼭 내 손으로 처단하고 싶구나. 선조의 복수를 하고, 북해의 지엄한 율법을 바로 세울 것이다. 이 땅에 감히 혈교의 주구들이 침범할 수 없음을 천명할 것이다."

휘이잉.

흘러들어온 바람에 은휘령의 칼단발이 흔들렸다. 그녀의 두 눈에서는 굳건한 의지가 느껴졌다.

"……알겠소. 빌려드리지."

백수룡은 빙백환을 풀어 은휘령에게 건넸다. 그녀는 그것을 조심스럽게 자신의 손목에 채웠다.

우우우우우웅!

빙백신검과 빙백환이 공명하며 눈처럼 새하얀 기운이 일어났다. 일순간 은휘령의 전신에 하얀 서리로 된 갑주가 둘린 듯했다.

그 기운은 천천히 은휘령의 몸속으로 가라앉았다.

"후우우……."

기운을 갈무리한 은휘령이 호흡을 정리했다. 그리고 그녀는 묘한 시선으로 백수룡을 바라봤다.

"그리고 한 가지 더 묻고 싶은데……."

"난 소궁주 안 할 거요."

"정말 관심이 없느냐?"

백수룡은 딱 잘라서 거절했다.

북해빙궁의 소궁주라니.

지금 가지고 있는 감투만 해도 감당이 안 될 지경이었다.

"나중에 당신 조카한테나 제안해 보시오. 그 녀석이라면 잘 어울릴 것 같은데."

여민을 말하는 것이었다. 그러나 은휘령은 냉랭한 표정으로 대답했다.

"그 아이가 정말 내 조카라고 해도, 수준이 미치지 못한다면 소궁주가 될 수 없다."

수준이라는 말에 백수룡이 피식 웃었다.

훗날 은휘령이 여민을 만난다면, 분명히 깜짝 놀랄 테니까.

"재능이라면 걱정할 것 없소. 빙공에 한해서라면…… 나나 당신보다도 더 뛰어나니까."

"진심으로 하는 말이냐?"

"물론이지. 누구 제잔데."

"그 아이에 대해, 조금 더 이야기해 줄 수 있겠느냐?"

"어린 시절은 나도 잘 모르오. 지금은…… 아, 돈을 좀 많이 밝히는 편인데.”

“도, 돈을?”

대화를 나누다 보니 어느덧 해가 지고 있었다.

백수룡은 자리를 털고 일어났다.

“너무 오래 있으면 설수련이 의심할지도 모르니, 이만 가 보겠소.”

“드디어 내일이구나.”

백수룡을 배웅하는 은휘령의 표정은 덤덤했다.

어떤 결과가 나오든, 이미 각오를 마쳤기 때문이었다.

북해빙궁의 운명을 결정지을 대회의날이 밝았다.

아침 일찍, 궁주전의 문이 열렸다.

그곳으로 속속들이 가문의 원로들이 모여들었다.

“태상궁주님께서 오셨습니다!”

그 한마디에 먼저 와 착석해 있던 무인들 대부분이 자리에서 일어났다.

쿠웅!

문이 활짝 열리고 설수련이 안으로 걸음을 내디뎠다.

평소에도 화려한 옷을 좋아하지만, 오늘은 그야말로 치장에 한껏 멋을 냈다.

설수련의 뒤로, 설가의 원로 고수들이 날개처럼 펼쳐져서 따라왔다. 하나같이 안광이 형형했다. 그 숫자가 서른이 넘었다.

‘토론이 아니라 무력시위를 하러 온 자들 같군.’

그만큼 설가의 위세가 대단했다. 무인들이 내뿜는 기세가 궁주전 안의 분위기를 무겁게 짓눌렀다. 기선제압이었다.

주변을 슥 둘러본 설수련이 말했다.

"모두 앉으세요."
누가 이곳의 주인인지 모르는 오만한 언행.
옥좌에 앉은 은휘령의 눈썹이 꿈틀댔으나, 별다른 말은 하지 않았다.
이 자리에, 설가와 그들을 따르는 가문의 무인들이 절반이 훌쩍 넘었다.
북해에서 가장 강한 무인들이 모두 모여 있다고 해도 과언이 아닌 상황.
"설룡휘……."
살기가 담긴 나직한 목소리가 울려 퍼졌다.
북해빙궁의 소궁주 설무걸.
중요한 자리이니만큼, 오랜 근신을 깨고 이 자리에 참석했다.
뿌드득.
설무걸의 시선은 설수련 옆에 있는 설룡휘에게 고정돼 있었다.
궁주전에 모인 모두가 설무걸의 살기를 느낄 정도였다.
"중요한 자리이거늘. 자중하지 못하겠느냐."
"……."
설수련의 싸늘한 말에 설무걸이 고개를 푹 숙였다. 그러나 이를 악문 모습은 화를 간신히 삭이고 있음이 분명해 보였다.
"다 모인 듯하니, 회의를 시작하겠소."
은휘령의 선언으로 대회의가 시작되었다.
예상했던 대로, 설수련은 시작부터 궁주를 몰아붙였다.
"긴말하지 않겠소. 저번에도 이것이 최후통첩이라고 말씀드렸소. 만약 본궁이 동맹을 거절한다면, 혈교는 본궁도 적으로 돌릴 것이오."
"본궁이 혈교가 두려워서 동맹을 맺어야 한다는 말입니까?"
"궁주. 현실을 직시하시오. 혈교는 홀로 중원과 싸울 수 있는 세력이오. 우리가 돕는다면 승산은 더욱 확실해지고, 우리는 중원의 비옥한 땅과 수많은 재물을 얻게 될 것이오. 우리 후손들은 더 이상 이 가혹한 환경에서 자라지 않아도 된다는 말이외다."

조곤조곤한 목소리에 천장을 뒤흔드는 막대한 내공이 실려 있었다.
설수련은 빠르게 승부수를 던졌다.
"궁주가 끝내 옳은 결정을 내리지 못한다면, 나는 내 가문과 나를 따르는 사람들만이라도 데리고 혈교에 협력할 것이오."
"……."
북해빙궁이 둘로 분열될 수도 있다는 협박 어린 경고.
설수련은 이 말에 은휘령이 분노와 수치심으로 붉게 물들리라 생각했다. 대노하여 검을 뽑아 들지도 모른다고.
그렇다고 해도, 감히 휘두르지는 못할 것이다.
북해는 이미 설가의 지배를 받고 있으므로.
은휘령이 할 수 있는 일은 무력하게 옥좌에 앉아, 분한 얼굴로 패배를 받아들이는 것뿐이었다.
'어디 끝까지 발악해 보거라.'
그런데.
"……그렇군요. 전 궁주의 말씀은 잘 알겠습니다."
어째서 저토록 덤덤한 것인가?
전혀 예상하지 못한 반응에 설수련은 내심 당황했다.
'드디어 포기한 것인가?'
그럴 수도 있다고 생각했다. 은휘령은 더 이상 물러날 곳이 없고, 그렇다면 빠르게 현실과 타협하는 것이 최선일 테니까.
자신이 알고 있던 은휘령의 성격과는 다르지만, 저 얼굴은 모든 것을 내려놓은 얼굴이었다.
그때, 은휘령이 말했다.
"……본궁의 미래를 이끌어나갈 젊은이들의 의견도 듣고 싶은데, 전 궁주님의 의견은 어떻습니까?"
"젊은이?"

약속이라도 한 듯 두 사람의 시선이 자연스럽게 설룡휘에게 향했다. 설무걸이 그 모습을 보고 이를 빠득빠득 갈았다.

설룡휘가 자연스럽게 앞으로 나서서 포권을 취했다.

"본궁과 혈교의 동맹에 대해, 허락해 주신다면 제 의견을 몇 마디 드리고자 합니다."

모두의 시선이 그에게 집중되었다.

공손하면서도 당당한 태도. 설수련은 그 모습이 아주 흡족해서 웃었다.

"그래. 젊은이들의 의견도 중요하지. 편하게 말해 보거라."

"보이는 족족 박멸해야 합니다."

달칵.

밖에서 문을 걸어 잠그는 소리가 들렸다.

그러나 설룡휘의 존재감 탓에 아무도 그것을 신경 쓰지 못했다.

"……뭐?"

이해할 수 없는 말에 설수련은 물론이고 설가의 원로들까지 고개를 갸웃거렸다.

설룡휘는 표정 변화 하나 없이 그들을 바라보며 말을 이었다.

"육십 년 전 놈들은 북해빙궁의 소궁주를 납치해 모진 고문을 했고, 삼십오 년 전에는 정체를 숨기고 본궁을 습격해 어린아이들을 납치했습니다."

"너, 무슨 소리를……."

설수련은 부릅뜨진 눈으로 설룡휘를 바라봤다.

가문의 반석이 되리라 믿었던 종손의 입가에, 어째서 비릿한 조소가 맺혀 있단 말인가!

"그리고 이 모든 일의 공범이 전대 궁주, 바로 저기 있는 설수련입니다."

"……대체 무슨 미친 소리를 하는 게냐!"

설수련이 버럭 소리를 질렀다. 동시에 그녀의 몸에서 무시무시한 기세가 피어올랐다.

그러나 그녀는 미처 눈치채지 못했다.

설룡휘가 충격적인 말로 시간을 버는 동안, 그들을 포위하는 진형이 완성되었다는 것을.

“혈교의 주구들을 참하라!”

포효와 함께 은휘령은 곧바로 설수련을 덮쳤다. 빙백신검이 지나간 자리에 하얀 서리가 꼬리처럼 남겨졌다.

쩌저적!

그것을 신호로 북해빙궁의 무인들이 설가를 향해 출수했다.

냉기가 휘몰아치고 칼날이 솟구쳤다. 비명과 고함이 난무했다. 핏물이 순식간에 얼어붙었다. 궁주전은 순식간에 아수라장으로 변했다.

“설룡휘!”

흰자위가 시커멓게 변한 설무걸이 이 모든 것의 원흉인 설룡휘를 향해 달려들었다.

“죽여 주마!”

이 순간만을 기다렸다는 듯, 그의 전신에서 시커먼 마기가 흘러넘쳤다.

“무걸! 멈추거라!”

뒤에서 설수련이 소리쳤으나 설무걸은 듣지 못했다.

그 순간 설무걸의 눈에는 오로지 설룡휘의 얼굴만 보였다.

‘죽인다! 감히 내 자리를 빼앗으려는 놈!’

몰래 익힌 마공의 마기가 골수까지 침범했다. 설룡휘의 존재로 인해 화를 다스리지 못했고, 결국 이성을 잃고 폭주했다.

“크하하하하!”

마공에 몸을 맡긴 설무걸은 가공할 속도로 설룡휘에게 달려들었다. 그전에 비해 두 배는 빨라진 듯했다. 지금이라면 무엇이든 할 수 있을 것 같은 전능감이 온몸에 충만했다.

"죽어라!"

순식간에 가까워지는 거리.

그러나 설룡휘는 무심한 눈으로 설무결을 바라볼 뿐이었다.

"이딴 것도 소궁주라고."

그는 애초에 설무결 따위에게 관심이 없었다.

지나가는 길에 거치적거리는 것이 있으니 치우고 지날 뿐.

두 사람의 신형이 교차하며 검광이 번뜩였고.

뒤늦게.

푸화아아악!

설무결의 목에서 핏물이 솟구쳤다. 머리를 잃은 육신이 힘없이 바닥으로 쓰러졌다.

356화

상성의 우위

은휘령의 급습을 막아 내는 와중에도, 설수련은 설무걸의 움직임을 의식하고 있었다.

"무걸! 돌아오거라!"

어려서부터 안하무인인 성정에, 무공의 재능도 썩 눈에 차지 않는 아이였다. 그래도 가문의 적통이자 혈육이었다. 그 외엔 마땅한 대체재도 없었다.

설무걸에게 마공을 익히게 한 이유도 그래서였다. 완벽한 승계를 위해. 다른 가문에서 소궁주가 나오는 일은 더 이상 없어야 했기에.

'멍청한 녀석!'

필요에 의해 익히되 깊게 빠지지는 말라고 그토록 경고했건만, 설무걸은 결국 그 유혹을 이기지 못하고 마공을 탐닉했다.

그 결과가 저것이었다.

푸화아악!

설무걸의 목이 베이는 순간, 설수련은 손해를 감수하고 고개를 돌렸다. 이성보다 본능에 이끌린 행동이었다.

"……."

공교롭게도 설무결과 눈이 마주쳤다. 목이 잘린 종손의 마지막 표정은 마치 그녀를 원망하는 듯했다.

툭.

잘린 머리가 바닥을 구르고, 생기를 잃은 육신이 힘없이 무너져 내린다.

설수련에게는 그 모든 것이 비현실적으로 느리게 보였다. 그 너머에서 설룡휘가 싸늘한 조소를 보내고 있었다.

'어째서? 네가 왜?'

그 순간, 목덜미까지 다가온 칼날이 그녀를 현실로 끌어냈다. 정신과 별개로 본능에 따라 손을 움직였다.

쩌어엉!

빙백신검을 쳐 낸 손바닥이 찢어질 듯 얼얼했다. 은휘령이 냉엄한 얼굴로 칼날을 겨누고 있었다.

"반역자여. 억울해하는 얼굴이 우습구나. 응당 받아야 했을 천벌을 오늘에서야 받았을 뿐인데."

"……누가 감히 날 벌한단 말이냐."

설수련의 얼굴 위로 살얼음이 낀 듯 싸늘했다.

한계를 넘어선 분노는 뜨겁게 타오르는 대신 차갑게 얼어붙었다.

동시에 그녀의 붉은 궁장이 터질 듯이 부풀어 올랐다.

콰콰콰콰콰콰!

휘몰아치는 공력의 파동이 작은 태풍을 만들어 냈다. 설수련의 두 눈에서 백색 안광이 폭발했다.

"내가 바로 북해의 하늘이거늘!"

빙백무후 설수련.

전대 북해빙궁의 주인이 북해의 한파를 전신에 둘렀다.

스스로를 북해의 하늘이라고 칭하는 말이 오만으로 여겨지지 않았다. 그 기세가 실로 파괴적이었다.

우우우우웅!

그에 맞서는 은휘령의 몸에서도 못지않은 기세가 피어났다. 빙백신검과 빙백환이 그녀의 빙백신공에 공명해 힘을 보탰다.

새하얀 호신강기를 갑옷처럼 두른 은휘령이 크게 위엄을 떨쳤다.

"북해의 율법에 따라 너의 목을 치고, 흐트러진 본궁의 기강을 바로 세울 것이다."

"참으로 하찮구나. 그 어렸던 계집아이가 머리가 좀 컸다고 내 앞에서 율법을 운운하다니."

설수련의 입가에 비웃음이 맺혔다. 그녀의 두 손에 얼음으로 벼린 듯한 강기가 맺혔다.

"네가 누구에게 빙백신공을 배웠는지 잊었더냐?"

콰앙!

바닥을 박찬 설수련이 곧바로 은휘령에게 쇄도했다. 은휘령도 물러서지 않고 빙백신검을 휘둘렀다.

쩌저저저정!

궁주전을 뒤흔드는 폭음에 천장이 무너질 듯 흔들렸다. 그들이 충돌할 때마다 막대한 충격파가 파도처럼 번져 나갔다.

수세에 몰린 은휘령의 미간에 깊은 주름이 파였다. 설수련의 공격에서 상상 이상의 힘이 느껴진 탓이었다. 일단 방어에 전념했다.

'반 수 차이라고 생각했거늘…….'

실제로 붙어 보니 그 이상의 격차였다. 빙백신검과 빙백환의 도움이 없었다면, 승부가 금세 기울었을지도 모른다는 생각이 들었다.

설수련의 눈에도 이채가 스쳤다.

"빙백환을 찾았구나. 네 조잡한 빙백신공에도 어설프게 변화가 있는 듯

하고. 고작 그걸 믿고 날 제거할 계획을 세운 것이냐?"

"……."

비록 백수룡에게 뒤통수를 맞긴 했지만, 설수련은 모략과 권모술수, 그리고 본신의 실력으로 지금의 자리에 오른 여인이었다.

독사 같은 눈으로 주변을 힐긋거리며 자신이 처한 상황을 파악했다. 그녀의 시선이 설룡휘에게 멈췄다.

"……설룡휘. 아니, 이제는 그 이름이 맞는지조차 모르겠구나."

설무걸을 일검에 베어 낸 후, 설룡휘는 조용히 전황을 살피고 있었다. 그 표정은 여전히 읽기 힘들었다.

'내가 저 녀석을 너무 쉽게 믿었던가?'

그렇지 않다.

처음 만난 날, 독을 먹여서 목줄을 채웠다.

그것으로는 부족해 감시의 눈을 붙였고, 수시로 불러 시험했다.

하지만 설룡휘는 단 한 번도 허점을 드러내지 않았다.

야망 가득한 설가의 적통.

북해에 자신의 왕국을 세우는 데 반석으로 쓰리라 여겼는데.

"……곱게 죽이지 않을 것이다."

그를 노려보는 설수련의 표정이 차분하게 가라앉았지만, 그 눈에는 광기가 넘실댔다. 비릿하게 올라간 입꼬리가 고혹적이기까지 했다.

은휘령이 막아서지 않았다면, 당장 설룡휘에게 달려들어 사지를 찢었을 것이다.

"반역자여. 어딜 보는가. 네 목을 벨 사람은 여기에 있다."

빙백신검이 빛살처럼 공간을 갈랐다. 검신을 뒤덮은 검강이 허공에 하얀 꼬리를 남겼다.

설수련도 그 공격을 경시하지 못하고 공력을 더욱 끌어올렸다. 그녀의 손에 맺힌 수강이 더욱 부풀었다.

콰콰콰콰쾅!

충돌의 여파로 뒤로 물러난 두 여인의 시선이 허공에서 사납게 얽혔다.

설수련이 손톱을 매의 발톱처럼 모으며 음산하게 웃었다.

"은가의 여식들은 하나같이 눈빛이 사납지. 오래전부터 그 눈알을 파내 버리고 싶었단다."

"처음으로 서로에 대한 의견이 일치하는군."

피차 더 이상의 탐색전은 불필요했다. 서로의 역량을 충분히 가늠했고, 남은 것은 전력을 다해 서로의 목숨을 취하는 것뿐이었다.

"오너라. 이 자리에서 북해의 하늘을 가리자꾸나!"

두 여인은 동시에 전력으로 공력을 끌어올렸다.

콰콰콰콰콰콰!

콰콰콰콰콰콰!

반경 십여 장 안에 무시무시한 눈보라가 몰아쳤다.

극성에 이른 빙백신공은 자연재해를 일으킨다고 해도 과언이 아니었다.

작은 얼음알갱이부터 주먹만 한 크기의 우박이 곳곳에서 충돌하며 부서졌다.

북해에서 가장 강한 두 무인이 만들어 낸 극한(極寒)의 영역에, 북해빙궁의 고수들도 감히 가까이 접근하지 못했다. 근처에 있던 무인 하나가 순식간에 동상처럼 얼어붙었다.

"십 장 밖으로 물러나라!"

"휘말리지 마라!"

대장로 한송백과 설가의 원로원주가 동시에 소리쳤다.

두 노인을 중심으로 양측의 고수들이 맞붙었다.

하나같이 북해의 무공을 익힌 무인들.

서로의 무공에 대해 너무나 잘 알고 있었다.

그 때문에 처음 기습을 제외하곤, 쉽게 승부가 나지 않은 채 곳곳에서 치열한 접전이 벌어지고 있었다.

"반역도들은 무릎을 꿇어라!"

"한가의 늙은이가 노망이 났구나! 빙궁의 진정한 주인도 알아보지 못하고!"

한송백과 설가의 원로원주가 쌍장을 휘두르며 맹렬하게 부딪쳤다. 한송백이 조금씩 이득을 취하곤 있었지만, 쉽게 승기를 가져오지는 못했다.

다른 곳도 상황은 비슷했다. 숫자는 현 궁주 측이 조금 더 많았지만, 설가의 무인들은 둥글게 진형을 짜고 공세를 잘 견뎌 냈다.

[나서지 않을 셈이냐?]

'일단은.'

백수룡은 몰아치는 눈보라를 노려봤다.

한 치 앞도 보이지 않는 수준이었지만, 그는 미약하게 혈마안을 사용해 그 안을 꿰뚫어 보았다.

'설수련의 무공…….'

설수련이 빙백신공을 펼치는 모습을 보는 것은 이번이 처음이었다.

그런데, 보자마자 무언가 이상하다고 느꼈다.

익숙하고도 불길한 기분이 드는 것은 왜일까?

"설마……."

어떤 가정을 떠올린 백수룡의 눈이 크게 뜨였을 때였다.

몰아치는 눈보라를 뚫고, 설수련의 목소리가 쩌렁쩌렁하게 울려 퍼졌다.

"본가의 무인들은 들어라! 지금부터 진신절기의 금제를 푸는 것을 허락하겠다!"

그 말이 끝나기 무섭게, 설가 무인들의 몸에서 마기가 흘러나오기 시작했다.

"크르르르……."

"크히히히……."

설가는 수십 년 전부터 혈교에서 지원해 준 영약을 먹고, 무공을 교류했다.

그중에는 혈교에서 보내 준 마공들도 있었다.

처음에는 마공이기에 꺼렸지만, 강해지고자 하는 무인의 욕심은 결국 하나둘 마공에 손을 대도록 만들었다.

"뭐, 뭐냐?"

"이놈들! 사술을……."

"조심하십시오!"

설가 무인들의 눈이 붉게 충혈되고, 핏줄이 도드라졌다. 전신이 시커멓게 변하거나 근육이 비대해지는 경우도 있었다.

까앙!

칼날이 들어가지 않을 만큼 피부가 단단해지고, 내력이 폭증했다. 마인으로 변한 자들은 더 이상 어떤 고통도 느끼지 못했다.

단숨에 전황을 바꿔 놓기에 충분한 변화.

상황이 급변하기 시작했다.

"크하하하! 전부 죽여라!"

마공을 사용한 설가의 원로원주가 한송백을 압도했다.

다섯 합 만에 승기를 빼앗고, 열 합 만에 한송백의 가슴에 일장을 적중시켰다. 조금 전까지 밀리고 있던 양상과는 천지 차이였다.

"커헉!"

피를 뿜으며 날아간 한송백이 겨우 중심을 잡고 멈춰 섰다. 그러나 창백해진 안색은 내상이 적지 않음을 증명했다. 그가 노한 얼굴로 외쳤다.

"이놈! 더러운 마공을 익히다니!"

"크히히. 멍청한 늙은이야. 무공에 더럽고 깨끗하고가 어디 있단 말이냐?"

원로원주가 히죽 웃으며 쇄도했다. 어느새 길게 자라난 손톱이 검게 물들었다. 그 위로 빙백신공의 냉기와 마공의 마기가 뒤섞여 만들어진 회색빛 기운이 사납게 일렁였다.

한송백은 자신의 죽음을 직감했다. 몇 번은 막아 낼 수 있겠지만, 얼마 버티지 못할 것이다.

'현아.'

주마등처럼 손자의 얼굴이 어른거렸다. 이제 겨우 독을 몰아냈는데, 건강해지는 모습을 보지 못하게 되었구나.

"……네놈의 팔 하나는 가져가야겠다."

한송백은 이를 악물고 상대를 노려봤다. 마인이 된 원로원주가 폭소하며 손톱을 휘둘렀다.

"어림도 없는 소리! 널 죽이고 네놈의 손자까지……."

그 순간, 원로원주의 손톱이 손가락과 함께 싹둑 잘려나갔다.

"끄아아아악!"

비명을 지르며 괴로워하는 원로원주.

그 앞에 나타난 백수룡은 무심한 얼굴로 상대를 바라봤다.

"혈교 새끼들. 아주 작정하고 빙궁을 마굴로 만들 생각이었군."

"끄아아악! 죽여 버리겠……!"

원로원주가 이를 갈며 백수룡을 노려봤다.

그 순간, 그는 백수룡의 시뻘건 눈동자와 정면으로 눈이 마주쳤다.

혈마안.

모든 마공 위에 군림하는 역천신공의 기운을 눈에 집중시키자, 원로원주의 눈에 극심한 공포가 깃들었다.

"으, 으, 으어어……."

원로원주의 몸이 사시나무 떨듯 덜덜 떨렸다. 자신의 의지가 아니었다. 마공을 익힌 자의 숙명이었다.

피식.

백수룡의 입가에 가느다란 미소가 맺혔다.

"내 앞에서 마공을 사용해?"

백수룡은 적발적안으로 변하지 않고도 역천신공을 펼칠 수 있었다.

지금까지 그러지 않은 이유는, 적발적안을 보여 주는 것이 상대에게 더 압도적인 위압감을 줄수 있기 때문이었다.

'이 정도 상대한테는 혈마안으로 충분하지.'

완벽한 상성의 우위.

오히려 적들이 마공을 쓰는 것이 백수룡에게는 더 유리했다.

어지간한 마공으로는, 역천신공의 경지가 팔성에 이른 백수룡을 똑바로 바라보기도 힘든 탓이었다.

스걱!

설가의 원로원주는 백수룡이 평범하게 휘두른 일검을 막지 못했다.

북해의 무공으로 싸웠다면 적어도 십여 합은 싸울 수 있었겠지만, 지금은 천적을 앞에 둔 짐승처럼 아무것도 못 하고 목이 잘렸다.

"대장로. 부상자들을 수습하시오."

"……어? 아, 알겠네."

앞으로 나선 백수룡은 마인이 된 설가의 무인들을 베어 넘기기 시작했다.

촤악! 서걱! 푸욱!

눈이 마주친 마인들이 모두 그 자리에서 몸이 굳어 버렸다.

찰나의 빈틈이면 충분했다. 백수룡은 적들을 추수하듯 베어 넘겼다.

가볍게 휘두른 검에 목이 떨어지고, 팔다리가 분리되었다. 심지어 스스로 무릎을 꿇는 자도 있었다.

보고 있어도 믿기 힘든 광경이었다.

"무슨 이런 일이……."

한송백과 북해빙궁의 무인들은 넋이 나간 얼굴로, 마인들을 손쉽게 베어 넘기는 백수룡의 모습을 바라봤다.

357화

곱게 죽지 못할 테니까

"놈과 눈을 마주치지 마라! 괴이한 사술을 쓴다!"

백수룡에게 속수무책으로 당하던 설가의 무인들 중 한 명이 소리쳤다. 제법 눈썰미가 좋은 자였다.

"사술?"

백수룡의 입가에 비웃음이 맺혔다.

사술 따위가 아니다. 거역할 수 없는 존재 앞에서 저절로 몸이 굳어 버리는 것일 뿐.

까앙!

처음으로 검이 막혔으나, 백수룡은 개의치 않았다.

저들이 역천신공에 저항한다 해도, 그의 무공은 적을 압도하기에 충분했으니까.

"놈! 더 이상 멋대로 날뛰지 못할 것이다!"

백수룡은 기세등등하게 외치는 상대의 검을 위로 쳐올렸다. 당황하는 상대의 얼굴이 보였다. 몸이 굳을까 봐 감히 눈을 마주치지도 못하면서, 허겁지겁 물러나며 마구 검을 휘두른다.

백수룡이 그런 느린 공격에 맞을 리 없었다.
휘익!
검날이 옆 얼굴을 스친다. 백수룡은 상대의 간격 안으로 파고들었다. 창룡신검이 만들어 낸 은빛 궤적이 상대의 가슴을 갈랐다.
"안, 돼……!"
상대의 눈은 겨우 그 궤적을 쫓았으나, 몸은 제때 반응하지 못했다.
푸화아악!
고꾸라지는 적의 몸에서 피가 분수처럼 치솟았다. 그러나 전신에 냉기를 두른 덕에, 백수룡의 몸에 닿는 피는 없었다.
후두둑…….
후두둑…….
허공에서 얼어붙은 핏물이 붉은 얼음 조각으로 변해 바닥에 떨어진다.
백수룡은 무심한 얼굴로 다음 상대를 찾아 몸을 돌렸다. 설가의 무인들이 눈에 독기를 품고 그에게 덤벼들었다.
"이놈! 무후께서 거둬 준 은혜도 모르고!"
"가문을 배신한단 말이냐!"
"설신우의 자식이라고 했을 때 알아봤어야 했거늘!"
저들은 여전히 백수룡을 설룡휘라고 믿고 있었다. 백수룡은 굳이 그 오해를 풀어주지 않았다.
'그렇게 생각하는 편이 더 고통스러울 테니까.'
은사부는 과거를 잊고 현재에서 행복을 찾으라고 했다.
하지만 백수룡은 도저히 그럴 수 없었다.
'노력해 본다고 했지, 반드시 그렇게 할 거란 약속은 안 했잖소.'
은사부를 함정에 빠뜨리고 그 대가로 권세를 누려온 자들이다. 백수룡의 검은 그들에게 일말의 자비도 없었다.
창룡신검이 휘둘러질 때마다 비명이 터지고, 팔다리가 분리된다. 백수룡에겐 그 소리가 감미롭게 들렸다.

어느새 입가에는 비릿한 미소가, 두 눈에는 혈광이 어린다. 무아지경에 빠져 적들을 난도질했다. 발밑에 피 웅덩이가 고여 철벅거렸다.

[진정하거라!]

창룡신검의 현기가 담긴 일성(一聲)이 아니었다면, 한참은 더 핏빛 검무를 추었을 것이다.

"……후우."

우뚝 멈춰선 백수룡은 검을 내렸다. 겁에 질린 설가의 무인들이 한군데에 뭉쳐 있는 모습이 보였다.

"괴, 괴물……."

"대체 우리한테 왜 이러는 것이냐……."

백수룡은 그들을 빤히 바라보다 돌아섰다. 흥분이 조금 과했다. 은사부의 진짜 원수는 저들이 아닌 것을.

"대장로. 나머지는 맡기겠소."

부상자들을 수습한 한송백이 무인들을 이끌고 다시 싸움에 참여했다.

"혈교와 붙어먹은 반역자들을 처단하라!"

백수룡의 뒤에서 한송백과 그를 따르는 무인들이 함성을 내지르며 달려나갔다.

설가의 무인들이 마공을 사용하는 모습까지 보았다. 북해빙궁의 무인들의 손속에도 망설임이 완전히 사라졌다.

"……끝났군."

상황이 대충 정리되는 모습을 보며 백수룡은 검에 맺힌 핏물을 바닥에 털어냈다. 한송백에게 전음을 보내는 것도 잊지 않았다.

[전부 죽이지는 마시오. 설가가 마공을 익혔다는 증거가 필요하니까. 나중에 심문도 해야 하고.]

[걱정 말게.]

미미하게 고개를 끄덕인 한송백이 내공을 담아 외쳤다.

"반역도들은 무릎을 꿇어라!"

설가의 원로들이 하나둘 무기를 바닥에 떨어뜨리고 무릎을 꿇었다.

이미 승부가 완전히 기운 싸움이었다.

극렬하게 저항하던 대부분이 백수룡에게 죽었고, 그 외 잔당들은 빙궁의 무인들이 처리하는 데 무리가 없었다.

남은 자들이 할 수 있는 선택은 죽음 아니면 항복뿐이었다.

"모두 포박하라!"

한송백이 포로들을 포박하는 동안, 백수룡은 고개를 돌려 눈보라 속에서 충돌하는 두 절세고수를 바라봤다.

콰콰콰콰콰콰!

저곳만 완전히 다른 세상이었다.

두 사람이 보여 주는 신위는, 중원에서 십존이라 추앙받는 무인들에 비해서도 크게 손색이 없었다.

넓은 궁주전의 절반이 폐허가 되었다. 한 번씩 눈보라를 뚫고 튀어나오는 강기의 파편이 할퀴고 간 영향이었다. 천장은 아직 무너지지 않은 게 이상할 정도였다.

쿠구구궁……!

이미 궁주전에서 벌어진 싸움이 바깥에도 알려졌을 것이다. 실제로 문밖에선 몰려온 자들의 기척이 느껴졌다.

백수룡은 한송백에게 가서 말했다.

"대장로는 이제 밖으로 나가서 상황을 수습해 주시오."

엄청난 반발이 따르겠지만, 설가의 수뇌부가 모조리 죽거나 포박당했으니, 무력을 동원하면 큰 어려움 없이 수습이 가능할 것이다.

한송백은 고개를 끄덕였다. 그러나 은휘령이 걱정되는지, 그의 시선이 연신 눈보라 속을 향했다.

"궁주님은……."

은휘령은 자신이 직접 설수련을 처단하고 싶어 했다. 다른 사람의 도움은 바라지 않을 것이다.

게다가 돕고 싶다고 도울 수 있는 상황도 아니었다.

"저 눈보라 속에서 제대로 싸울 수는 있겠소?"

"……힘들겠지."

한송백은 솔직하게 대답했다.

극에 이른 빙백신공과 빙백신공이 부딪쳐 거대한 상승작용을 만들어 낸 것이 저 눈보라였다.

'완전한 빙백신공을 익혔다면 모를까. 빙공의 고수들도 저 안에서는 반 각도 버티지 못할 것이다.'

저 안으로 들어간다고 해도 버티는 것이 고작일 것이다. 도움이 되기는커녕, 방해만 하지 않아도 다행이었다.

현실을 인정한 한송백이 한숨을 내쉬었다.

그가 백수룡에게 물었다.

"자네는 어찌할 것인가?"

"나는 여기 남겠소."

한송백은 설룡휘가 얼마나 고수인지 알고 있었다.

북해빙궁에서 설룡휘의 진짜 정체를 아는 사람은 은휘령과 한송백뿐이었다.

'청룡신협이라 했지.'

중원에서 수천 리나 떨어진 북해에는 중원의 고수들에 대한 소문이 잘 닿지 않는다.

그럼에도 청룡신협에 대해서는 들어 보았다.

현 중원에서 가장 강한 열 명의 고수.

젊은 나이에 그 말석에 이름을 올렸고, 혈교의 주적으로 하루가 다르게 명성을 높여 가고 있다고 들었다.

그런데 그가 사실은 빙월신녀의 후계자이며, 빙백신공을 익혔을 줄이야.

'예린. 너는 대단한 제자를 남겼구나.'

그는 옛 친우의 제자를 진지한 표정으로 바라봤다.

"궁주를 부탁하네."

잠시 후, 한송백을 필두로 북해의 무인들, 포로가 된 설가의 무인들 모두가 궁주전을 빠져나갔다.

문밖에서 잠시 소란이 있었지만, 한송백의 호통에 빠르게 상황이 정리되었다.

[같이 가지 않아도 괜찮겠느냐? 네가 설득한다면 설가의 반발이 훨씬 적을 텐데.]

창룡신검의 물음에 백수룡은 고개를 저었다.

'당장이야 그렇겠지만, 설룡휘가 가짜라는 건 결국 모두에게 알려질 거야.'

나중에 또 큰 혼란을 겪느니, 처음부터 제대로 수습하는 것이 낫다. 이제부터는 북해빙궁의 사람들끼리 해결해야 할 일이었다.

"그리고 그것보다는…… 저쪽이 훨씬 더 중요하니까."

설수련과 은휘령의 싸움은 점점 흉험해지고 있었다.

눈보라가 점점 거세져, 이제는 혈마안으로도 두 사람의 형체만 흐릿하게 보일 정도였다.

백수룡은 눈을 가늘게 뜨고 설수련의 움직임을 자세히 살폈다.

"……확실해."

설수련의 무공을 보면서 느꼈던 위화감의 정체.

이제는 확신할 수 있었다.

설수련의 움직임에 '신월빙백무'가 녹아 있다는 것을.

까득…….

어떤 과정을 거쳤는지는 모른다. 혈교에 남긴 빙백신공을 혈교가 설수련에게 공유했는지, 아니면 실험체들이 익힌 무공을 보고 스스로 깨우친 것인지.

"……은사부를 혈교에 팔아넘겼으면서, 은사부가 남긴 무공을 배웠다 이거지?"

설수련은 애초에 제대로 된 빙백신공을 익혔을 테니, 부작용 없이 신월빙백무를 습득할 수 있었을 것이다.

그것이 비록 완전한 신월빙백무는 아니라 하더라도 말이다.

"궁주의 손에 죽는 게 좋을 거야. 내 차례까지 오게 되면."

너무 화가 나면 오히려 감정이 가라앉는 것일까.

백수룡은 검파에 손을 올리고 조용히 설수련을 노려봤다.

"곱게 죽지 못할 테니까."

◆ ◈ ◆

콰콰콰콰콰콰!

광풍이 몰아친다. 사방으로 휘날리는 눈발은 하나하나가 암기에 가까웠다. 천 년을 버텨 온 바위라 해도 이 안에서는 잘게 분해될 터였다.

"신물의 힘을 빌려도 고작 이 정도더냐?"

"노괴야. 오만을 떨기에는 네 행색이 초라하다."

설수련과 은휘령.

두 사람의 옷은 넝마가 된 지 오래였다. 두툼한 털옷과 화려한 궁장은 더 이상 형체를 알아보기 힘들었다. 찢기고 베인 상처가 그 자리를 대신했다. 얼어붙은 핏자국이 문신처럼 남았다.

그럼에도 두 사람의 기세는 전혀 줄어들지 않았다.

백색 안광을 폭사시키며, 눈보라의 중심에서 바람을 타고 날아다니며 연신 충돌했다.

콰콰콰콰쾅!

천신들의 싸움을 보는 듯했다. 눈보라 속에서 백색의 강기가 충돌할 때마다 천둥이 울렸다. 충돌 지점마다 용오름이 생겨나 수십 개의 소용돌이가 두 사람을 둘러쌌다.

타인의 접근을 허용하지 않는 초고수들의 영역.

오랜 시간 서로에게 살기를 키워 온 두 사람은 생사결 내내 설전을 멈추지 않았다.

"은가 아해야. 기물의 도움을 받아 내게 대적하는 네 모습이 하찮구나."

"설가의 노괴만 할까. 네가 끼니때마다 챙겨 먹은 영약으로 이 안을 가득 채울 수도 있을 텐데."

내공의 절대량과 노련함은 설수련이 앞섰으나, 초식의 정교함과 굳건한 의지는 은휘령이 앞섰다. 북해빙궁의 신물들도 그녀에게 힘을 보탰다.

콰아앙! 콰아앙!

폭음이 울릴 때마다 대기가 요동쳤다. 두 사람은 서로에게 온전히 집중했다. 잠시라도 한눈을 팔면 사지 중 하나가 날아갈 것이다.

"뿌득……."

설수련은 시간이 지날수록 낭패감을 느꼈다.

은휘령은 생각했던 것보다 훨씬 더 고강했다. 지금까지 무위를 숨기고 있었던 것이 틀림없었다.

'이럴 수는 없다.'

게다가 초고수의 이른 기감은 싫어도 주변의 상황을 인식하게 만들었다. 익숙한 기척들이 줄어들고 있었다. 설가의 무인들이 죽어 가고 있다는 이야기였다.

"거의 다 이루었거늘……!"

설수련의 두 눈에서 실핏줄이 터졌다. 그녀는 지금도 이 상황이 믿기지 않았다.

북해빙궁의 옥좌가 바로 앞에 있었다. 어쩔 수 없이 한번 내려왔으나, 자신은 결코 내려왔다고 생각해 보지 않았던, 영원불변할 설가만의 왕국이!

"설가의 노괴여. 네 망집(妄執)으로 인해 수많은 이들의 눈에 피눈물이 흘렀다. 지옥에 가서 그 죗값을 치르도록 하라."

"닥치거라!"

설수련은 쌍장을 휘두르며 은휘령에게 돌진했다.

정면 대결로는, 은휘령은 상대도 되지 않았다.

그럼에도 은휘령은 그 공격을 피하지 않고 마주 검을 휘둘렀다.

쩌어엉!!!

휘청이며 물러서는 은휘령을 설수련이 따라붙으며 거칠게 몰아붙였다.

그 순간, 검을 쥐지 않은 은휘령의 왼손 손목에서 빙백환이 미끄러지듯 빠져나왔다. 맹렬하게 회전하며 날아가는 빙백환은 천하의 어떤 암기보다 날카로웠다.

사악!

빙백환이 설수련의 오른쪽 눈을 스치고 지나갔다. 찰나에 벌어진 일. 은휘령의 승부수였다.

"꺄아아아악!"

찢어질 듯한 비명이 터졌다.

설수련의 한쪽 눈에서 피눈물이 줄줄 흘렀다. 그녀는 빙백신장을 사방으로 마구 펼치며 급히 뒤로 물러났다.

단순히 눈 하나를 잃은 것이 아니었다. 상처로 막대한 냉기가 스며들어 시신경을 파괴하고 몸 안으로 파고들었다. 내상까지 입히는 치명적인 한 수였다.

"끄아아악! 이 찢어 죽일 은가의 계집이!"

괴성을 지르는 설수련을 향해, 은휘령이 창백해진 표정으로 저벅저벅 걸어갔다. 그녀 또한 내상이 적지 않았다.

"무릎을 꿇고 모두가 보는 앞에서 네 죄를 인정하라. 그리하면 유언 정도는 남기도록 해 주겠다."

"이 건방진 것이……!"

푸화아아악!

설수련의 무복이 터질 듯이 부풀어 올랐다.

전과 비교할 수 없이 강대해진 공력이 사방으로 뻗어 나갔다.

"오냐. 네 목을 들고 은가로 직접 찾아가마."

설수련은 거슬리는 오른쪽 눈알을 스스로 뽑아 버렸다. 그러곤 히죽 웃었다. 산발이 된 머리가 허공에 미친 듯이 나부꼈다.

"육십 년 전에 씨를 말려 버렸어야 했거늘……. 오늘이라도 그리해야겠다."

"아직도 이런 힘이……."

그 모습을 본 은휘령이 눈을 부릅떴다. 상식을 벗어난 일. 설수련은 제대로 서 있기도 힘들어야 정상이었다.

설마?

"북해빙궁의 궁주였던 자가 마공을 익혔단 말인가? 정녕 자존심마저 버렸는가!”

“……건방지게, 누구에게 훈계를 하는 것이냐.”

삽시간에 짓쳐든 설수련의 일장이 은휘령의 심장을 노렸다.

은휘령은 빙백신검을 들어 급히 막았으나, 막대한 공력이 담긴 일격을 제대로 막아 내진 못했다.

콰아아아아앙!

십 장을 넘게 튕겨 날아간 은휘령은 벽에 부딪히고서야 멈췄다. 그녀가 무릎을 꿇고 울컥 피를 토했다.

“커헉…….”

눈보라가 서서히 그치고, 머리가 산발이 된 설수련이 그 안에서 걸어 나왔다. 스스로 뽑아낸 눈구멍에서 피를 뚝뚝 흘리면서.

“……아직 늦지 않았다. 내 말을 거역하는 것들을 모두 다 죽이고, 북해의 질서를 바로잡을 것이다.”

“아니, 이미 늦었어.”

백수룡이 그 앞을 가로막았다.

그를 본 설수련의 얼굴이 흉신악살처럼 일그러졌다. 두 손에 맺힌 백색 수강이 몹시 흉험했다.

“이노옴! 네 정체가 무엇이더냐!”

설룡휘의 얼굴 근육이 미세하게 움직였다.

원래 얼굴로 돌아온 백수룡이 싸늘하게 웃었다.

“잘 들어. 널 지옥으로 보낼 사람은.”

백수룡은 검을 들어 설수련을 겨눴다. 동시에 그의 전신에서 가공할 기세가 피어났다.

“빙월신녀 은예린의 제자, 백수룡이다.”

설수련의 하나뿐인 눈이 찢어질 듯 부릅떠졌다.

358화

해 볼까?

텅 빈 눈구멍에서 흘러내리던 핏물은 순식간에 얼어붙었지만, 그 흔적은 얼굴에 고스란히 남았다.

설수련은 흡사 피에 젖은 마귀의 형상으로 말했다.

"……은예린의 제자라고?"

수십 년 전에 죽은 망령의 이름이 왜 여기서 나온단 말인가?

설수련이 권력을 차지하는 데 있어 가장 큰 방해물이었던 존재.

경악스러운 재능을 타고났으면서 아무런 야망도 없고, 고작 사내에게 홀려 행복을 찾았다는 서신이나 보내오던 머저리.

그래서 치워 버렸다.

무능한 궁주가 될 것이 뻔한 은예린보다, 자신이 궁주가 되는 것이 북해빙궁을 위해서도 더 나은 결정이라 여겼으니까.

혈교의 제안이 왔을 때, 설수련은 조금도 망설이지 않고 붓을 들었다.

예린. 문득 너의 정인이 몸이 약하다는 이야기가 떠올라서 이 서신을 써. 내가 아는 사람에게 듣기로, 생사신의의 거처에 대한 풍문이 있어서……

단 한 번도 후회한 적 없었다.

설수련은 과거로 돌아간다고 해도 똑같은 선택을 할 것이다.

헌데.

"……대체 무슨 헛소리를 하는 것이냐."

육십 년의 세월이 지나, 은예린의 제자를 자처하는 자가 눈앞에 나타났다.

도망친 설가의 핏줄을 연기해 자신을 기만하고, 설가가 수십 년 동안 이룩해 놓은 모든 것을 무너뜨린 자.

놈이 은예린을 언급했다.

설수련은 악귀처럼 일그러진 얼굴로 백수룡을 노려봤다. 그녀의 전신에서 흉흉한 기세가 피어올랐다.

"은예린은 혈교에서 죽었다. 탈출하려고 발버둥 쳤지만 결국 죽었어. 그런데 어떻게 제자를 키운단 말이냐!"

"……그래. 전부 알고 있었단 말이군."

백수룡은 서늘하게 웃으며, 검으로 설수련의 미간을 똑바로 겨눴다. 그의 눈에 진득한 살기가 가득했다.

"네가 믿든 안 믿든 상관 없어. 나는 은예린의 제자이며, 스승의 핏값을 받으러 왔다. 설수련. 세상에서 가장 비참하게 죽여 주마."

그 순간, 돌연 설수련이 광소를 터트렸다.

"아하하하……!"

그녀의 시야에 바닥에 널브러진 시체들이 보였다.

대부분이 설가의 원로들.

가문의 수뇌부가 몰살당했다.

수십 년 동안 이룩한 것들이 이토록 허망하게 무너지다니.

텅 빈 눈구멍에서 다시금 핏물이 콸콸 흘러내렸다.

설수련이 킬킬 웃으며 말했다.

"네 말이 사실이라면, 그년은 죽어서까지 나를 괴롭힌다는 말이구나?"

광기가 골수를 침식한다.

사실, 설수련은 오래전부터 광인이었다.

스스로의 야망에 잡아먹힌 광인.

이제 더 이상 그것을 숨기지 않아도 될 뿐이었다.

츠츠츠츳…….

가라앉았던 눈송이가 허공으로 떠오르며, 그쳤던 눈보라가 다시 불기 시작했다. 북해의 삭풍이 칼날처럼 사방을 할퀴어댔다.

"은예린을 내 손으로 직접 죽이지 못해서 아쉬웠거늘, 오늘 그 제자에게 한을 풀어야겠다."

설수련의 몸이 허공으로 떠올랐다.

빙백신공의 냉기 위로 마공의 마기가 섞여들었다. 혼탁한 잿빛 기운이 그녀의 전신을 휘감았다.

그 모습을 본 창룡신검이 백수룡에게 조심하라며 경고했다.

[저자의 몸 상태가 정상이 아니다. 기의 흐름이 무척 거칠고 괴이하구나.]

'폭혈마공을 썼어.'

백수룡은 설수련이 익힌 마공을 알아보았다.

폭혈마공.

짧은 시간 동안 막대한 공력을 얻는 대신, 그 대가로 평생 쌓아 온 내공과 수명의 상당 부분을 잃는 위험한 마공. 혈교에서도 거의 사장된 무공이었다.

"죽어라."

낮게 뇌까린 설수련이 손을 휘저었다. 그녀의 손에서 쏟아진 강기가 세 줄기로 갈라져서 백수룡의 전신을 노렸다.

쩌저저저정!

창룡신검을 타고 손아귀에 전해지는 반동에 백수룡은 이를 악물었다. 일격 일격이 바위를 먼지로 만들 정도로 파괴적이었다.

'강해.'

유형화된 강기를 채찍처럼 다룬다. 처음에는 세 가닥이던 것이 여섯, 일곱, 여덟까지 늘어났다.

말 그대로 팔방에서 몰아치는 공격에 정신을 차리기 힘들 지경이었다. 백수룡은 제자리에서 몸을 회전시키며 끊임없이 공격을 쳐 냈다.

"아하하하! 정말 은예린의 제자가 맞느냐? 제대로 배운 것이 없어 보이는구나."

위에서 조롱 어린 목소리가 들려온다. 백수룡의 눈썹이 크게 꿈틀댔다.

"내 스승의 무공을 훔쳐 익힌 주제에 말이 많네."

번쩍 고개를 치켜든 백수룡의 두 눈이 완전한 핏빛으로 물들었다.

키이잉!

설수련의 공격에 잠시 빈틈이 생겼다.

그 즉시 백수룡은 신형을 허공으로 뽑아 올렸다. 창룡신검이 순식간에 설수련의 목 앞에 도달했다.

그러나 그 순간, 굳은 줄 알았던 설수련의 입매가 그림 같은 호선을 그렸다.

"그 눈…… 매혹적이구나. 뽑아서 전리품으로 삼아야겠다."

콰아아앙!

거대한 충격파와 함께 백수룡이 뒤로 튕겨 나갔다. 그의 얼굴에 낭패한 기색이 비쳤다.

'큰 효과가 없을 거라곤 예상했지만…….'

역천신공의 위압감은 설수련에게 별다른 영향을 미치지 못했다.

마공에 앞서 빙백신공을 깊이 익힌 데다가, 그녀의 무공 수위가 십존에 버금갈 만큼 뛰어난 탓이었다.

그럼에도 설수련의 눈썹이 미미하게 떨렸다.

"네게서 풍기는 기운이 아주 불쾌하구나. 날 내려보는 듯해."

설수련의 의지에 따라, 흩어져 있던 여덟 줄기의 강기가 하나로 뭉쳐 백수룡을 내리찍었다.

콰콰콰콰쾅!

바닥에 거대한 구덩이가 파였다. 거듭된 충격에 궁주전의 벽에 간 금이 무서운 속도로 퍼져 나갔다. 천장에서는 돌가루가 우수수 쏟아졌다.

"아하하하! 쥐새끼처럼 잘도 도망다니는구나!"

설수련이 광소를 터트리며 사방으로 강기의 채찍을 휘둘렀다. 여덟 줄기의 강기가 수십, 수백의 궤적을 만들었다. 하나하나가 벼락처럼 빨랐다.

백수룡은 신기에 가까운 움직임으로 대부분의 공격을 막거나 피해 냈지만, 설수련에게 가까이 접근하는 것은 불가능했다.

독마와 싸울 때보다 더 지독한 싸움이었다.

한 번의 실수, 찰나의 망설임이 목숨을 앗아갈 수 있었다. 백수룡은 입가에 흐르는 피를 손등으로 닦았다.

[일단은 물러나는 것이 좋겠다.]

창룡신검의 제안이었다.

한쪽 눈을 잃었다는 것을 믿을 수 없을 정도로, 설수련은 전보다 더 강력한 무위를 보였다.

[결코 오래 갈 힘이 아니다. 내버려 두면 스스로 무너질 것이다.]

설수련은 본래도 십존에 버금가는 고수였다. 그런 고수가 생을 통째로 불태우며 싸우고 있었다. 정면승부는 미련한 짓이었다.

[잠시 물러섰다가 그 이후에 도모하는 것이 현명하다.]

백수룡도 알고 있었다. 그러나 그는 고개를 저었다.
"굳이 그럴 필요 없어."

[……다른 방법이 있는 것이냐?]

창룡신검은 백수룡이 또 어떤 꾀를 내려나 보다 하고 생각했다.
그러나 백수룡은 피식 웃었다.
자신이라고 항상 계략을 준비해 두는 것은 아니다.
때로는 가장 단순한 방법이 정답일 때가 있다.
"힘으로 찍어 누르면 돼."
츠츠츠츳…….
술법으로 물들인 백발이 역천의 기운을 이겨내지 못하고 끝에서부터 붉게 물들었다. 백수룡이 호흡을 길게 내뱉었다.
"후우우……."
머리색이 변하지 않도록 제어할 수도 있었지만, 백수룡은 그냥 내버려 두었다. 그곳에 쓰이는 티끌만 한 심력조차 온전히 집중해야 했기에.
독마와 생사결을 펼친 이후로 처음으로, 백수룡은 역천신공을 전력으로 끌어올렸다. 몸 안에서 들끓는 파멸적인 힘이 느껴졌다. 전보다 더 강해진 듯했다.

[그 이상 역천의 힘을 끌어쓰면 네 육체에 부담이……!]

"전에 한두 번은 무리해도 버틸 수 있다고 했잖아?"

[그건 만약을 위한 보험이라고 하지 않았더냐!]

"오늘이 그 만약이야. 여기서 내가 물러나면 북해빙궁은 쑥대밭이 돼."

스스슷……. 붉게 물들던 머리카락이 중간쯤에서 멈추었다.

백수룡의 왼손에는 빙백신공의 새하얀 기운이, 오른손의 창룡신검에는 역천신공의 붉은 기운이 일렁였다.

"아까부터 무어라 혼잣말을 지껄이는 게냐!"

설수련이 깔깔 웃으며 강기의 채찍을 내리쳤다. 백수룡은 아래로 늘어뜨렸던 검을 무심히 치켜올렸다.

콰드드득!

여덟 줄기의 강기가 모조리 짓이겨졌다. 부릅뜬 설수련의 눈에 당혹스러움이 묻어났다. 그녀는 본능적인 판단으로 뒤로 크게 물러났다.

'말도 안 되는!'

설수련은 급히 공력을 끌어모아 다시 강기를 만들어 냈다. 잿빛 강기로 이루어진 채찍들이 여덟 마리의 뱀처럼 그녀를 호위했다.

"할 줄 아는 게 그것뿐인가?"

뒤에서 들려오는 스산한 목소리. 설수련이 몸을 회전시키며 강기를 쏟아냈다. 여덟 마리의 뱀이 동시에 이빨을 드러냈다.

서걱!

일격에 절반이 넘는 뱀이 머리를 잃었다. 단숨에 방어를 뚫고 들어온 백수룡의 왼손이 설수련의 오른손을 노렸다. 금나수였다.

"저리 꺼지지 못하겠느냐!"

설수련은 손가락을 구부려 조법의 형태로 펼쳤다. 그녀의 손톱에 잿빛 강기가 길게 자라났다.

맨손박투는 설수련이 가장 좋아하는 싸움이었다. 그녀는 어려서부터 병장기보다 권장법을 즐겼다.

파바바바박!

그러나 백수룡과 손을 섞을수록, 설수련은 자신의 투로가 뻔히 읽힌다는 사실을 깨달았다. 그녀의 눈이 경악으로 물들었다.

"어떻게, 내 투로를……."

"훔쳐 배운 신월빙백무 말이지?"

설수련은 빙월신녀가 남긴 신월빙백무를 훔쳐 배웠다.

그러나, 그 무공을 빙월신녀와 함께 만들다시피 한 사람이 백수룡이었다.

공력만 대등하게 받쳐 준다면, 완벽하게 압도할 수 있었다.

콰직! 콰지직!

우선 설수련의 손가락을 모조리 부러뜨렸다.

우드득!

그다음은 손목을 부러뜨렸다. 설수련의 얼굴이 고통으로 일그러지는 것이 보였다.

거기서 끝내지 않았다. 왼팔을 아예 쓸 수 없도록, 뼈마디를 모조리 박살 냈다.

"아아아악!"

분노에 찬 비명이 울려 퍼졌다. 왼팔을 잃은 설수련의 눈빛이 일순간 악독하게 빛났다. 백수룡은 심상치 않은 낌새를 눈치채고 물러섰다.

퍼어어어엉!

왼팔이 암기처럼 폭발하며 수십 조각의 뼈마디가 백수룡이 있던 공간을 휩쓸었다.

"……제대로 미쳤군. 자기 팔을 터트리다니."

하지만 팔을 희생한 덕분에 시간을 벌었다.

설수련은 그 틈에 경공을 펼쳐 거리를 벌렸다.

그녀의 시선이 혼절해 있는 은휘령을 향했다.

정확히는 그녀의 곁에 떨어져 있는 북해빙궁의 신물들이 목표였다.

'저것만 있으면!'

빙백신검과 빙백환.

자신보다 하수인 은휘령은 북해의 신물의 힘을 빌려 자신과 팽팽히 맞섰다.

'내가 바로 진정한 북해의 주인이다. 내게 더 큰 힘을 빌려줄 것이야!'

설수련은 허공섭물로 빙백신검과 빙백환을 끌어당겼다.

허공으로 떠오른 신물들이 설수련을 향해 일직선으로 날아왔다.

그 순간.

"한번 해 볼까? 저 녀석들이 누굴 선택하는지."

날아오던 빙백신검과 빙백환이 돌연 허공에서 멈췄다.

백수룡이 반대편에서 똑같이 허공섭물을 펼친 것이다.

부르르르……!

허공에서 몸을 떨던 신물들이 서서히 한쪽으로 움직이기 시작했다.

바로 백수룡이 있는 방향이었다.

설수련의 표정이 점점 절망으로 물들었다.

"어째서, 어째서……!"

당기는 힘이 더 강해서가 아니었다. 북해빙궁의 신물들은 스스로 백수룡을 선택했다. 신물들이 내뿜는 기운이 설수련의 기운을 밀어냈다.

우우우우우웅!

우우우우우웅!

우우우우우웅!

백수룡의 전신에 신령스러운 흰빛이 흘렀다. 그의 왼손에는 빙백신검이, 양손의 손목에는 빙백환이 새하얀 빛을 뿜어냈다.

저벅, 저벅.

백수룡은 망연자실한 표정으로 서 있는 설수련을 향해 걸어가며 사납게 웃었다.

"눈 하나, 팔 하나. 그래도 아직 많이 남았네."

359화

적어도 나는

콰아아앙!

폭음과 함께 설가의 정문이 박살 났다.

북해빙궁 안에 자신들의 성을 지어 놓은 오만함.

그 상징이나 다름없는 정문이 산산조각이 나고, 부서진 잔해 너머에서 한송백과 그를 따르는 무인들이 들이닥쳤다.

"무, 무슨 일인가!"

"적습? 대체 누가……."

"태상궁주님께 어서 알려라!"

하필이면 가문의 원로들이 대부분 대회의에 참석하느라 자리를 비운 상황.

우왕좌왕하던 설가의 무인들은 침입자들의 정체를 깨닫고 몸이 굳어 버렸다.

대회의장에 있어야 할 여러 가문의 원로들, 북해의 이름난 고수들이 왜 이곳에 있단 말인가?

"모두 무기를 버리고 무릎을 꿇어라!"

대장로 한송백의 내공이 실린 음성이 쩌렁쩌렁하게 울려 퍼졌다. 피에 물든 그의 수염이 부르르 떨렸다.

"대장로! 감히 이러고도 무사할 성싶은가!"

설가에 남아 있던 무인들 중 연배가 높아 보이는 중년의 사내가 앞으로 나섰다. 그가 매서운 눈으로 대장로와 그 뒤편의 무인들을 노려봤다.

"이것은 반역이다! 태상궁주께서 돌아오시면 너희들을 모조리 도륙할……."

퍼어엉!

일장을 맞고 날아간 사내는 건물 벽을 부수고 들어갔다. 그리고 다시는 몸을 일으키지 못했다.

한송백은 살기충천한 눈으로 설가의 무인들을 노려봤다.

"반역이라 했느냐? 진짜 반역도들이 이곳에 있거늘!"

비로소 설가 무인들의 눈에 두려움이 떠올랐다.

한송백은 반대편에 대치한 설가의 무인들에게 마지막 기회를 주었다.

"설가 내에 혈교의 마공을 익힌 자들이 있다. 궁주께서 북해의 율법에 따라 그들을 잡아 벌하겠다 명하셨으니, 설씨 성을 쓰는 자들은 무릎을 꿇고 궁주령을 받들라!"

"무, 무슨……."

"마공이라니요! 본가가 아무리 교와 친밀한 관계라곤 해도……."

"말도 안 되는 음해요!"

마공이라는 말에 대부분은 크게 반발했지만, 그중 일부 무인들은 눈빛이 크게 흔들렸다.

한송백이 엄중한 표정으로 그들에게 경고했다.

"양자택일하라. 순순히 조사를 받지 않는 자들은, 이 자리에서 즉결처분할 것이다."

"……!"

수십 년 동안 무소불위의 권세를 누려 온 설씨 가문.

그러나 가문의 수뇌부가 대부분 자리를 비운 상황에서, 대장로를 위시한 북해빙궁의 정예가 쳐들어왔다.

남아 있는 자들이 할 수 있는 선택은 많지 않았다.

털썩. 털썩.

무기를 버리고 순순히 무릎을 꿇든가. 아니면…….

"죽여라!"

눈빛을 주고받은 자들이 일제히 대장로에게 덤벼들었다. 그들의 몸에서 시커먼 마기가 넘실댔다.

그러나 궁주전에서 싸웠던 자들에 비하면 설가에 남은 자들은 그리 강하지 않았다.

대장로와 그를 따르는 고수들은 어렵지 않게 마공을 익힌 자들을 쓰러뜨렸다.

적도들을 모두 제압한 한송백이 다시 외쳤다.

"마지막으로 말한다! 무릎을 꿇어라! 명을 거부하는 자는 모두 참할 것이다!"

털썩. 털썩. 털썩.

전의를 상실한 설가의 무인들은 전원 무릎을 꿇었다.

한송백이 무인들을 이끌고 설가를 제압하는 데 걸린 시간은 채 반 시진도 되지 않았다.

그러나 설가의 무인들은 여전히 현실을 인정하지 않았다.

'잠시뿐이다. 주제도 모르는 놈들. 감히 여기가 어디라고……!'

'본가가 왜 이런 꼴을 당해야 하지?'

'태상궁주께서 돌아오시면 너희 모두 죽은 목숨이야!'

모두가 설수련이 자신들을 구하러 올 거라고 믿었다.

설씨 성을 쓰는 자들의 머릿속에서, 빙백무후의 패배는 상상조차 할 수 없는 일이었으니까.

그러나 멀지 않은 곳에서, 그들이 상상할 수 없는 일이 실제로 벌어지고 있었다.

쿠르르르릉……!

묵직하게 대지를 울리는 진동이었다. 거대한 기의 충격파가 바람을 타고 전해졌다. 모두의 고개가 같은 방향으로 돌아갔다.

잠시 후, 누군가가 넋이 나간 표정으로 중얼거렸다.

"궁주전이…… 무너진다."

수백 년간 자리를 지켜 온 북해빙궁의 궁주전이 무너질 듯 흔들리고 있었다.

쩌저저저저적…….

외벽에 거미줄 같은 금이 사방으로 뻗어 나가더니, 이내 순식간에 걷잡을 수 없이 커졌다.

북해의 삭풍을 견뎌 온 두꺼운 벽도 두 절세고수의 충돌은 견뎌 내지 못한 것이다.

결국.

콰콰콰콰콰콰쾅!

북해빙궁의 역사와 함께 한 건물이 굉음을 일으키며 무너져 내렸다.

모두가 허망한 얼굴로 그 모습을 지켜볼 때였다.

"저기 누가 있다!"

안개처럼 피어오른 분진 속에서, 누군가의 신형이 하늘로 솟구쳤다.

내공으로 안력을 돋운 고수들은 흐릿하게나마 그 형체를 분간할 수 있었다.

바람에 휘날리는 붉은 궁장.

북해에서 저러한 옷차림을 할 수 있는 사람은 단 한 명이었다.

"태상궁주께서 나오셨다!"

"……설수련이라고?"

설가와 설가가 아닌 자들의 반응이 판이하게 갈렸다.

설가의 무인들은 반항적인 눈으로 자신들을 포박한 자들을 노려보는 한편, 한송백을 비롯한 무인들은 두려움을 감추지 못했다.

그 순간, 또 다른 신형이 폐허 위로 솟구쳤다.

"저건 누구지?"

"두 명이오! 한 사람이 다른 한 명을 안고 있는 듯한데……."

"설마?"

두 사람을 알아본 것은 한송백을 포함해 극히 소수였다. 한송백의 표정이 일순간 어두워졌다.

'궁주께서…… 패하셨구나.'

백수룡이 은휘령을 안고 있었다. 그는 바닥에 은휘령을 내려놓더니, 곧바로 설수련을 쫓았다.

휘이이익!

두 사람의 신형이 순식간에 시야에서 멀어졌다. 흐릿한 잔상만 보일 정도로 빠른 속도였다.

그들의 모습은 순식간에 북해빙궁의 영역 바깥, 눈보라가 몰아치는 대지로 사라졌다.

"반드시, 반드시 잡아야 하네."

한송백은 두 사람이 사라진 방향을 바라보며 주먹을 꽉 움켜쥐었다.

◆ ◈ ◆

콰콰콰콰콰콰!

눈보라가 사납게 몰아친다.

빙백신공으로 만들어 낸 광경이 아닌, 자연에서 불어닥치는 거센 눈보라였다.

"허억……. 허억……."

얼마나 도망쳤을까.

설수련은 방향을 완전히 잃었다.

평소 같았으면 아무렇지도 않을 혹한의 추위에 몸이 움츠러들고, 거센 바람에 몸이 휘청이기도 했다.

"끄윽……."

시야도 명확하지 않았다. 은휘령에게 오른쪽 눈을 잃었고, 백수룡에게 두 팔을 모두 잃었다. 하나 남은 왼눈도 성에가 낀 듯 뿌옇게 보였다.

두 다리는 몸에 붙어만 있을 뿐, 감각이 거의 없었다. 한쪽은 발목 아래가 없었다. 지혈을 했음에도 상처에서 피가 뚝뚝 흘러내렸다.

등 뒤로 하얀 눈 위에 핏자국이 길게 남았으나, 신경 쓸 여력조차 없었다. 이미 온몸이 피투성이였다.

털썩.

결국 무릎을 꿇었다. 허벅지 아래로 감각이 느껴지지 않았다. 설수련은 혀를 깨물어 핏물을 삼켰다.

"내가 이렇게 죽을 것 같으냐……."

지금 설수련의 머릿속에는 살아남아야 한다는 생각뿐이었다.

설령 혈가의 핏줄이 모두 죽어도 상관없다.

새로운 가문을 만들면 그만이니까.

하지만 '나'는 죽어서는 안 된다.

"……내가 북해의 하늘이자, 북해빙궁의 진정한 주인이다……."

혈교를 찾아가 복수를 부탁할 것이다.

오늘 본 것을 그들에게 알리고, 북해빙궁의 약점도 전부 알릴 것이다.

거래에 필요하다면, 그들이 그토록 요구했던 완전한 빙백신공의 구결도 넘겨줄 작정이었다.

"백수룡, 백수룡이라고 했지. 백수룡……."

설수련은 원수의 이름을 잊지 않기 위해 끊임없이 중얼거렸다.

가증스러운 은예린의 제자.

훗날 돌아와 오늘 당한 수모를 수십, 수백 배로 갚아 줄 것이다.

은휘령 그 계집도 불에 태워 죽일 것이다.

"크흐흐……."

달콤한 복수를 상상하며 고통을 이겨냈다. 다시 몸을 일으켰다. 발목이 잘린 다리를 질질 끌며 계속 움직였다.

그때였다.

위이이잉!

귓가에 벌새가 날아다니는 듯한 소리가 들렸다.

빙백환이 날아오는 소리다.

수백 년 동안 북해를 지켜온 신물이 이제는 괴물처럼 느껴졌다. 한쪽 발목을 자른 것도 저것이었다.

"저리, 저리 가라!"

설수련은 겁먹은 짐승처럼 뛰기 시작했다. 그러나 그 몸으로 제대로 뛸 수 있을 리 만무했다.

털썩.

바닥을 구른 설수련은 고개를 홱 돌렸다. 눈보라를 뚫고 빙백환 두 개가 자신을 추격해 오는 것이 보였다.

"저리 가! 저리 가란 말이다!"

빙백환.

한때는 너무나 갖고 싶었던 물건이었다.

은예린이 소궁주가 되었을 때, 전대 궁주에게 빙백환을 받는 것을 보고 어찌나 부러웠는지 모른다. 죽여서 빼앗고 싶다는 생각이 들 정도였다.

날아오는 두 개의 빙백환이 은예린의 치켜뜬 눈처럼 보였다. 설수련의 망상이었다.

"이 망령아! 쫓아오지 마라! 죽고 나서도 왜 나를 괴롭히느냐!"

설수련은 멀쩡한 발로 눈을 차 빙백환에게 뿌렸다. 그리고 돌아서서 마구 달렸다. 달리다 넘어지면 기고, 경사가 높은 곳에서는 아예 몸을 굴렸다.

어느새 빙백환의 소리가 사라졌다.

겨우 따돌린 것인가.

설수련은 안도의 한숨을 쉬었다.

"조금만, 조금만 더 가면……."

몸이 점점 따뜻해지고 있었다. 남쪽으로 제대로 가고 있는 것이 틀림없었다.

설수련의 눈에 조금씩 희망이 비칠 때였다.

"정말로 도망칠 수 있을 줄 알았나?"

불과 몇십 걸음 앞에, 적발과 백발이 기묘하게 어우러진 사내가 그림처럼 서 있었다.

마치 기다리고 있었던 것처럼.

그를 본 설수련이 멍한 얼굴로 중얼거렸다.

"네가 어떻게 여기……."

백수룡은 설수련이 도망치는 몇 시진 동안 품어왔던 희망을 단숨에 산산조각냈다.

"미안한데, 일부러 놔준 거야."

"아아아아악! 죽여 버리겠다!"

설수련이 발작적으로 소리치며 백수룡에게 덤벼들었다.

그러나 두 팔을 잃은 그녀의 공격은 아무런 위협도 되지 못했다.

짜악!

따귀 한 방에 설수련의 몸이 날아갔다. 백수룡은 바닥에 누운 설수련을 향해 걸어갔다.

"고작 내게 며칠 속은 게 억울한가? 은사부는 너에게 속아 십 년이 넘도록 고통받았다. 좁은 뇌옥에서, 헤어진 정인을 죽을 때까지 그리워하면서."

"대체 이제 와서! 이제 와서 나보고 어쩌라는 것이냐!"

설수련은 바락바락 소리를 질렀다.

백수룡은 무심한 눈으로 그 모습을 내려봤다. 그는 큰 기대를 하지 않고 말했다.

"은사부에게 진심으로 사죄해라. 그럼 예정보다 빨리 죽여 주마."

"사죄……?"

황망한 표정을 짓던 설수련이 광소를 터트렸다.

"하하하하하!"

어디에 그런 힘이 남았는지, 그 목소리에 주변의 눈송이가 일제히 떠오를 정도였다.

"그래. 내가 은예린을 함정으로 유인해 혈교에 팔아넘겼다. 그게 뭐 어쨌다는 것이냐?"

설수련의 두 눈에 광기가 가득했다.

유일하게 멀쩡한 혀에서 저주의 말이 흘러나왔다. 생에 미련을 완전히 버린 후였다.

"인간은 누구나 죄를 저지르면서 산다. 무인은 더욱 그렇지. 애초에 타인을 해치고, 망가뜨리고, 죽이는 법을 갈고닦는 자들이 무인 아닌가? 그게 무인의 숙명이거늘, 이제 와서 후회라도 하란 것이냐?"

말도 안 되는 궤변.

그러나 백수룡은 가만히 그 말을 들어주었다.

"무인의 숙명이라고?"

“너는 나와 다를 것 같으냐? 네게도 언젠가, 과거에 저지른 죄의 업보가 찾아올 것이다.”

우우우웅!

빙백환이 맹렬히 진동했다. 주인을 대신해 분노하는 듯했다.

하지만 정작 백수룡의 표정에는 변화가 없었다.

오히려 그는 순순히 인정했다.

“……그렇겠지. 내게도 너 못지않은 큰 죄가 있으니.”

백수룡은 죽어가는 설수련을 보며 한 사람을 떠올렸다.

‘이호.’

빙백신공을 가르친 옛 제자의 얼굴이 떠올랐다.

아니, 사실은 북해빙궁에 온 이후로 계속 그 녀석을 떠올렸다. 그럴 수밖에 없었다.

“……그 죄가 언젠가 나를 죽이려고 할 수도 있겠지.”

“그 모습을 직접 보지 못해 안타깝구나…….”

푸욱!

빙백신검이 설수련의 단전을 꿰뚫고, 얼음에 깊이 박혔다.

단전이 깨진 고통에 설수련의 얼굴이 참혹하게 일그러졌다.

“……지옥, 에서 두고 보마. 과연 네가 그때도, 잘난 척을 할 수 있을지…….”

백수룡은 천천히 죽어가는 설수련을 무심하게 내려봤다.

“적어도, 나는 너처럼 도망가진 않을 거다.”

휘이이잉.

몹시 차갑고도 쓸쓸한 바람이 그의 곁을 스쳐 갔다.

360화

북해빙궁의 결정

"후우우……."

백수룡은 호흡을 깊게 들이마셨다 내뱉기를 반복했다. 가부좌를 틀고 앉은 그의 주변으로 새하얀 서리가 맺혔다. 방 안이 온통 새하얗게 물들었다.

쩌저적…….

운기조식을 하는 동안 몸 위로 신령스러운 흰빛이 끊임없이 흘렀다. 손목에 찬 빙백환이 은은하게 빛났는데, 신물답게 주인의 몸 안에 도는 기의 순환을 돕고 있었다.

잠시 후, 운기조식을 마친 백수룡이 눈을 떴다.

그의 두 눈에서 백색 안광이 번뜩였다가 서서히 가라앉았다.

[날뛰던 기운이 이제야 진정된 것 같구나.]

무릎 위에 올려 둔 창룡신검이 부르르 떨었다.

염려가 한가득 느껴지는 청아한 목소리에, 백수룡은 다소 창백한 얼굴로 웃으며 검신을 툭툭 쳤다.

"얼마나 걸렸어?"

[꼬박 두 시진을 넘겼다.]

설수련과의 싸움에서 입은 내상이 적지 않았다.

무리해서 역천신공을 끌어다 썼고, 설수련이 내뿜는 냉기에 견디기 위해 빙백신공도 함께 운용했다.

당연히 반동이 찾아왔다. 첫날에는 거의 앓아누웠을 정도였으니까.

사흘째인 지금에야 어느 정도 추스를 수 있었다.

[몸 상태는 어떻느냐?]

"거의 괜찮아졌어."

백수룡은 자리에서 일어났다.

고개를 돌려 바라본 동경 속에는 여전히 설룡휘가 있었다.

날카로운 눈매와 딱딱한 인상.

더 이상 설룡휘의 얼굴로 있을 이유는 없었지만, 백수룡의 모습이 더 큰 혼란을 야기할 것 같아 그냥 두었다.

'보다 보니 전생의 나랑 좀 닮은 것 같기도 하고.'

[양심이 없도다. 내 너의 전생을 보았다만, 그 얼굴은 결코 지금처럼 잘생겼다고는 할 수 없었거늘.]

"……인상이 닮았다고, 인상이. 그리고 누가 멋대로 생각 읽으래?"

백수룡은 중지를 엄지에 걸어 창룡신검의 검신을 딱! 하고 때렸다. 물론 그런다고 검이 아파할 리 없었다.
오히려 창룡신검은 진지하게 경고했다.

[이번에는 몸이 버텼지만, 다음에도 버틸 수 있다곤 장담할 수 없다.]

"잔소리는 됐어. 내 몸은 내가 가장 잘 알아."

[잘 아는 만큼 아슬아슬한 지경까지 무리하는 것 같아서 하는 말이다.]

틀린 말도 아니었기에 백수룡은 어깨만 으쓱였다.
그가 침상 맡에 벗어놓은 장포를 걸치자, 창룡신검이 의아한 목소리로 물었다.

[어딜 가려는 것이냐?]

"내상도 나았으니 슬슬 돌아가야지. 그 전에 궁주부터 좀 만나고."

[며칠 더 쉬어도 될 것을…….]

벌써 설수련이 죽은 날로부터 사흘이 지났다.
북해빙궁은 여전히 혼란에 빠져 있었다.
수십 년 동안 권세를 누려왔던 설가가 하루아침에 무너지고, 태상궁주로 군림하던 설수련이 죽었다.
그로 인해 발생한 혼란과 공백은 며칠 만에 수습될 수 있는 것이 아니었다.
"소궁주님을 뵙습니다!"

"소, 소궁주님을 뵙습니다!"

"소궁주님!"

백수룡이 밖으로 나오자, 그와 마주친 무인들이 하나같이 극상의 예를 취했다.

하지만 인사를 받는 백수룡의 미간은 영 못마땅하다는 듯 찌푸려졌다.

사람들이 자신을 부르는 호칭 때문이었다.

백수룡이 한숨을 푹푹 내쉬었다.

"저 소궁주 아니니까 그렇게 부르지 말라니까요."

"죄, 죄송합니다 소궁주님!"

……이런 식이었다.

도망치는 설수련을 쫓아가던 모습을 여러 사람에게 보인 것이 문제였다.

나중에 돌아와서 은휘령이 거의 다 죽여 놓은 설수련을 쫓아가 죽이기만 한 것이라고 해명해 보았지만, 그 말을 곧이곧대로 믿는 사람은 아무도 없었다.

빙월신녀의 제자이자 빙백환의 주인.

그 사실까지 밝혀지면서, 설룡휘의 지위는 굳이 말하지 않아도 자연스럽게 소궁주로 굳어졌다.

"내가 왜 소궁주야? 말도 안 되는 소리를."

혼자 열심히 부정해 보았지만, 은휘령을 만나러 가는 길에 만난 대부분의 사람이 백수룡을 소궁주라고 불렀다.

한 명 한 명 붙잡아서 아니라고 설명하는 것도 우스운 일이라, 나중에는 한숨만 푹푹 쉬었다.

[전부 자업자득이니라.]

은근히 약 올리는 듯한 말투에, 백수룡은 중지 탄지공으로 창룡신검을 쥐어박았다.

[몇 번이나 말했지만, 너는 나를 더 존중할 필요가 있다……!]

티격태격하다 보니 어느새 목적지에 도착했다.

얼마 전까지 설수련의 방이었던 곳.

무너진 궁주전을 대신해, 이곳이 은휘령의 임시 거처로 쓰이고 있었다.

"소궁주님께서 오셨습니다!"

"아니라니까……."

백수룡이 한숨을 내쉬며 안으로 들어서자, 다른 사람들이 눈치껏 자리를 비켜 주었다.

궁주와 소궁주 둘이서 편하게 이야기하라는 배려였다.

"왜 다들 나를 소궁주라고 못 불러서 안달인 거요?"

백수룡이 한숨을 내쉬며 오면서 겪은 일을 설명하자, 은휘령이 초췌해진 얼굴로 웃었다.

"그야 네가 충분한 자격을 갖췄기 때문이지."

사흘 동안 내상을 치료하기 위해 거의 두문불출한 백수룡이었다.

북해빙궁 내에서 도는 이런저런 이야기들을 모를 법도 했다.

"아무리 그래도 이건 좀 심하지 않소?"

"마땅히 부를 호칭이 없는 것도 사실이다. 설가가 망한 마당에, 너를 설가의 후계자로 취급할 수도 없는 노릇이고."

그러면서 은휘령은 은근히 물었다.

"소궁주 자리가 부담스럽다면, 장로나 호법은 어떤가?"

"그것도 썩……."

백수룡은 처음에는 그것도 거절하려고 했지만, 생각해 보니 적당한 감투 정도는 있어서 나쁠 것이 없었다.

"혹시 책임질 일은 없고 명예와 권력만 누릴 수 있는 꽤 높은 지위는 없소?"

그 뻔뻔함에 창룡신검이 깊게 탄식했다.

[너는 언젠가 천벌을 받을 것이다…….]

'어차피 역천의 운명이거든.'

창룡신검을 꿀 먹은 벙어리로 만든 백수룡은 당당히 요구하는 눈빛으로 은휘령을 바라봤다.

잠시 당황한 표정으로 그를 바라보던 은휘령이 고개를 끄덕였다.

"……태상호법 자리가 있다. 평소에는 할 일이 없는 명예직이니, 너에게 부담이 갈 일은 없을 것이다."

보통은 자리에서 물러난 전대 궁주가 태상호법이 되는 것이 관례라고 했다.

권력을 내려놓겠다는 상징적인 의미인데, 설수련이 그것을 거부하며 스스로를 태상궁주라 칭한 탓에 태상호법도 오랫동안 공석이었다.

"궁주를 제외하면 누구에게도 하대할 수 있는 위치다. 뭐, 지금도 네 언행이 그리 다르진 않다만……."

"좋소. 그걸로 합시다."

그렇게, 백수룡은 북해빙궁의 소궁주 대신 태상호법이 되었다.

연배를 생각하면 지나치게 파격적인 인사였으나, 지금 북해빙궁에는 은휘령의 결정을 반대할 사람이 존재하지 않았다.

따로 거창한 임명식은 하지 않고, 다음날 조용히 공표하기로 했다.

"헌데 뭘 그렇게 보고 계셨소?"

백수룡은 은휘령이 살피고 있던 서류를 슥 둘러보며 물었다.

곳곳에 혈교라는 단어가 보이는 게, 한눈에 봐도 평범한 서류는 아니었다.

"……지난 수십 년 동안, 설수련이 혈교와 주고받은 서신들이다. 이 방과 연결된 비밀 통로에서 찾아냈지."

설수련이 혈교와 손을 잡아 빙월신녀를 함정에 빠뜨리고, 자신의 권력을 위해 북해빙궁을 피로 물들였던 수십 년 전의 사건들.

처음에는 믿지 않으려 했던 설가의 무인들도, 실제 증거가 속속들이 드러나자 죄인처럼 고개를 숙였다.

은휘령은 그중 하나의 서류를 손으로 짚었다.

"삼십오 년 전, 혈교가 본궁에서 납치한 아이들 명단에 하연이가 있었다."

은하연.

은휘령의 동생이자 여민의 친모.

그 이름이 적혀 있다는 것은, 백수룡의 추측이었던 것이 전부 사실로 밝혀진 셈이었다.

"……동생 일은 정말 유감이오."

"차라리 이렇게라도 알게 되었으니 다행이라고 생각한다."

은휘령은 손가락으로 동생의 이름을 조심스럽게 쓰다듬었다.

"그래도 그 아이가 어른이 될 때까지는 살아 있었으며, 딸을 낳았다는 것도 알게 되었으니까."

"……."

동생은 죽었지만, 동생이 남긴 혈육은 세상에 남았다.

바로 청룡학관에.

은휘령은 서류에서 고개를 들어 백수룡을 바라봤다.

"잠깐 나가서 걷겠느냐?"

"그럽시다."

두 사람은 밖으로 나와서 북해빙궁의 높은 성벽 위로 올라갔다.

휘이이이잉.

북해의 매서운 바람에 머리카락이 마구 흩날렸다.

두 사람은 성벽 위에 나란히 서서, 잠시 동안 말없이 북해의 새하얀 풍경을 눈에 담았다.

'내상이 나 못지않게 심할 텐데.'

백수룡은 은휘령의 옆모습을 힐긋 바라봤다.

그토록 큰일을 겪었음에도, 그녀는 바위처럼 단단해 보였다.

잠시 고민하던 백수룡은 지나가듯 물었다.

"궁주. 내 제안은 생각해 보셨소?"

"……무림맹과의 동맹 말인가?"

"압박하는 것은 아니오. 북해빙궁은 이번 일로 큰 피해를 입었으니, 내부를 수습할 시간이 필요하겠지."

당장 해결해야 할 일들을 생각하는 것만으로도 은휘령은 머릿속이 터질 만큼 복잡할 것이다.

하지만 그것 때문에 머지않은 미래에 닥쳐올 위협에 대비하지 않을 수는 없었다.

"혈교의 위협은 계속될 거요. 이제 북해빙궁과 혈교는 원수나 다름없게 되었으니 더욱 그럴 테지. 그러니 무림맹과 공식적으로 동맹을 맺는다면, 서로를 지켜 주는 든든한 방패 역할을 할 수 있을 것이오."

"……."

잠시 침묵하던 은휘령은, 대답 대신 백수룡에게 질문을 던졌다.

"설수련의 마지막 모습은 어땠느냐?"

"비참하고 쓸쓸했소. 아무도 모르는 곳에서 고통스럽게 죽어 갔지. 저 표정을 보면 알겠지만."

백수룡은 설수련의 수급을 베어 북해빙궁으로 가져왔다.
그 머리는 설가의 정문에 효시되어 있었다.
북해빙궁을 배신한 자의 말로.
그 이름은 앞으로도 영원히 변절자로 기억될 터였다.
"……날짜가 되었지만 혈교의 사절은 오지 않았다. 대신, 성벽에 이것이 붙어 있더군."
은휘령이 품에서 무언가를 꺼내 백수룡에게 건넸다.
사람의 피로 쓴 서한이었다.

이번에는 그냥 돌아가지. 다음에 올 땐 칼을 챙겨서 올 것이다.

혈교가 남긴 것이었다. 백수룡의 표정이 딱딱하게 굳었다.
"놈들이 이곳에서 있었던 일을 알아챈 거요?"
"혼란을 틈타 몇 명이 도주했다. 아마 혈교의 사절과 만났을 테지."
설수련이 죽었다.
그것이 의미하는 바는 명백하니, 혈교의 사절에겐 더 이상 북해빙궁을 방문할 이유가 없었을 것이다.
은휘령은 백수룡에게 돌려받은 혈교의 서한을 노려봤다. 그 눈빛이 무척이나 스산했다.
"지난 수십 년 동안 혈교 때문에 그토록 많은 피를 흘렸는데도, 놈들은 여전히 우리의 피를 원하는구나."
쩌저저적!
손에 쥐고 있던 서한이 순식간에 얼어붙더니 결국 산산조각났다.
은휘령은 그것을 바람에 날려 보냈다.
그리고 엄중한 목소리로 말했다.
"북해빙궁은 오랜 봉문을 풀고, 혈교에 그간 빚진 핏값을 모두 받아

낼 것이다. 북해의 자식들이여!"

점점 커지기 시작한 목소리는, 나중에는 내공을 담은 외침이 되어 북해빙궁 전체에 울려 퍼졌다.

은휘령은 한 번 더 외쳤다.

"북해의 자식들이여!"

깜짝 놀란 빙궁의 무인들이 일제히 성벽 위를 올려보았다.

그들의 눈에 전신에 눈보라를 휘감은 궁주의 모습이 보였다.

"나는 우리의 부모, 아들딸, 형제자매를 납치해 간 자들에게서 핏값을 받아 내고자 한다. 너희는 나를 따르겠는가?"

"……!!"

"……!!"

설수련과 혈교가 저지른 모든 짓이 밝혀진 지금, 모두의 가슴에는 커다란 분노가 쌓여 있었다.

북해빙궁의 무인들은 감정 표현이 적은 것이 특징이다.

그렇다고 그들에게 감정이 없는 것은 아니다.

평소 차가운 이성으로 절제하고 억눌러 온 감정일수록, 폭발하는 순간 그 무엇보다 뜨겁게 타오른다.

"따르겠습니다!"

"혈교에 죽음을!

"북해빙궁에 영광을!"

무인들의 함성이 북해의 하늘을 울렸다.

몇 번이고, 몇 번이고.

은휘령은 백수룡을 돌아봤다. 그 눈은 다가올 전쟁을 각오하고 있었다.

"네 제안을 받아들이마. 무림맹에 동맹을 제안하는 서한을 보낼 것이다."

361화

좀 바쁘게

다음 날.

백수룡은 아침 일찍 북해빙궁을 떠날 계획이었지만, 정문을 나서지 못하고 곤란한 표정을 지었다.

"아니……. 이렇게 많이는 못 가져간다니까요?"

그의 앞에는 북해빙궁의 무인들이 가져온 선물들이 산더미처럼 쌓여 있었다.

"아버지의 진짜 원수를 알게 해 주셔서 감사합니다."

"제 딸을 치료해 주신 은혜는 평생 잊지 않겠습니다."

"별것 아니지만 받아 주십시오. 저희 가문의 가보인데……."

북해에서만 구할 수 있는 영약이며 보석, 털옷, 말린 생선까지.

백수룡이 떠난다는 이야기를 듣고, 늦기 전에 감사 인사를 전하겠다며 찾아온 사람들이 가져온 선물들.

[북해의 날씨는 추울지 몰라도, 북해의 인심은 그 어느 곳보다 따뜻하구나.]

'혼자 속 편한 소리 하네. 이거 들고 가야 하는 사람은 나거든?'

고마운 마음과 별개로, 부피가 큰 물건들, 부담스러운 물건은 전부 거절했다.

그럼에도 남은 선물이 한 수레는 될 것 같았다.

결국 등에 멜 커다란 행낭을 새로 구해야 했다.

"무슨 보부상도 아니고……."

커다란 등딱지를 멘 거북이 같은 모양새가 된 백수룡이 한숨을 쉬었다.

그 모습을 본 은휘령이 새어 나오려는 웃음을 참으며 말했다.

"다들 고마운 마음이 커서 그런 것이니 이해해다오."

"이해는 하는데……."

말을 흐리던 백수룡은 결국 피식 웃고 말았다.

북해빙궁. 은사부의 고향.

비록 본인은 이곳을 그리 좋아하지 않았지만, 이곳에는 여전히 그녀를 기억하는 사람들, 그녀의 혈육들이 남아 있었다.

백수룡은 그들을 둘러보며 생각했다.

'무림맹과의 동맹으로 폐쇄적인 문화가 점점 바뀔 수도 있겠지. 그리고 만약 나중에 여민이 궁주가 되면……'

지금 생각하기엔 너무 먼 미래였다. 백수룡은 고개를 절레절레 저었다.

"이제 정말 가 보겠소. 시간 맞춰 돌아가려면 제법 촉박해서."

"……조카에게 안부 전해다오."

"가족이 생긴 걸 알면 분명 좋아할 거요."

씩 웃은 백수룡은 몰려온 무인들에게도 가볍게 포권을 취한 후 경공을 펼쳤다.

휘이익!

순식간에 북해빙궁이 멀어졌다. 뒤에서 들려오던 감사하다, 은혜는 잊지 않겠다, 나중에 다시 뵙겠다, 등등의 말소리도 금방 사라졌다.

[떠나올 때 본 이들의 표정이 밝더구나.]

뺨에 닿는 눈송이가 차갑게 느껴지지 않았다. 기분이 좋을 정도로 시원했다. 백수룡이 웃으며 말했다.

"오랫동안 설가에 억압받다가 자유를 되찾은 덕분이겠지."

동의한다는 듯 창룡신검이 부르르 떨었다.

그러곤 묘한 말을 내뱉었다.

[……역천의 운명이, 꼭 나쁜 것만은 아닐지도 모르겠구나.]

"뭔 소리야?"

천리를 보는 눈으로도 역천의 운명은 읽을 수 없다.

그 말인즉슨, 운명을 타고난 자는 다른 이들의 운명까지도 바꿀 힘을 가지고 있다는 의미이기도 했다.

[네가 또 어떤 이들의 운명을 바꿔 나갈지, 곁에서 계속 지켜보는 것에도 큰 의미가…….]

따악!

백수룡의 중지 탄지공이 창룡신검의 검집을 때렸다.

"됐고, 축지술법이나 걸어 줘. 여기저기 들르려면 시간 없으니까."

[몇 번이나 말했지만, 너는 나를 존중할 필요가……!]

백수룡은 북해빙궁까지 왔던 길을 반대로 짚어 갔다.

개학까지 남은 시간이 촉박했지만, 바로 청룡학관으로 가지는 않았다.

우선 섬서에 도착하자마자 현무학관으로 향했다.

초췌한 안색의 설신우가 백수룡을 기다리고 있었다.

백수룡은 그에게 빙궁에서 있었던 일을 간략하게 설명했다.

"결국 그렇게 되었군요……."

설신우는 죄책감으로 괴로워하면서도, 진작 바로 잡았어야 할 일이었다며 한숨을 쉬었다.

"차마 고맙다는 말은 못 하겠습니다."

"이해합니다."

긴 대화는 나누지 않았다. 백수룡은 설신우에게 북해빙궁이 그를 용서했노라는 말을 전해 주고 돌아섰다.

현무학관을 나선 후에는 풍월화공의 장원을 찾아갔다.

"누구…… 설마?"

검노가 눈썹을 꿈틀댔다.

처음에는 바뀐 머리색과 얼굴을 알아보지 못했지만, 이내 익숙한 기도를 느끼곤 백수룡임을 알아본 것이다.

백수룡이 씩 웃으며 말했다.

"얼마 안 됐는데 무척 오랜만에 뵙는 것 같군요. 안에 풍월화공도 계십니까?"

"……안에 있네. 자네를 보면 또 난리가 나겠군."

백수룡이 왔다는 소식에 풍월화공이 버선발로 뛰어나왔다.

그는 백수룡을 보자마자 눈을 부릅떴다.

"자네, 머리색이……!"

"아, 이거요."

백수룡은 여전히 백발인 머리카락을 만지작거리며 말했다.

"술법으로 바꾼 건데, 급하게 오느라 바꾸는 걸 깜빡했습니다. 지금이라도 풀어 달라고……."

"안 돼! 풀지 말게!"

빽 소리를 지른 풍월화공의 귓가에 청아한 음성이 들렸다.

[춘삼아. 활기가 넘치는 성격은 여전하구나.]

"대체 어떤 놈이 그 금기된 이름을……!"

고리눈을 뜨고 주변을 둘러보던 풍월화공은 이내 백수룡의 허리춤, 창룡신검에서 느껴지는 익숙한 기운에 입을 떡 벌렸다.

"스, 스승님?"

[춘삼아. 오랜만이구나.]

"어째서 스승님이 그런 곳에……."

[이곳에 서서 할 만한 이야기는 아닌 것 같구나.]

"그 모습으론 어디 앉지도 못하실 것 같습니다만……."

[스승을 놀리는 게냐?]

퍼뜩 정신을 차린 풍월화공이 헛기침을 하곤 백수룡에게 말했다.

"흠흠. 일단 안으로 들어오게. 스승님. 안으로 모시겠습니다."

백수룡은 두 사람에게도 북해빙궁에서 있었던 일을 간략하게 설명했다.

은사부의 친우였던 두 노인은 과거 설수련의 만행에 분노하다가, 백수룡이 설수련의 목을 베었다는 부분에서는 주먹을 불끈 쥐었다.

그리고 북해빙궁의 태상호법이 되었다는 부분에서는, 둘 다 황당하다는 표정으로 백수룡을 바라봤다.

"자네는 그 짧은 시간에 대체 뭘 하고 다닌 건가?"

"……믿기 힘들지만, 자네 말이니 전부 사실이겠지."

세 사람은 한동안 이야기를 나누었다.

하룻밤 자고 가라는 풍월화공의 제안에 백수룡은 고개를 저었다.

"죄송하지만 서둘러 가 봐야 합니다. 들러야 할 곳이 한 군데 더 있어서요."

"그럼 오래 붙잡지 않을 테니, 밥이라도 한 끼 먹고 가게나."

"밥 정도라면야……."

풍월화공의 표정이 이상하게 간절하기도 했고, 마침 출출했기에 백수룡은 밥을 먹고 가기로 했다.

그런데 잠시 후, 풍월화공은 만찬이 차려진 식탁 위에서 젓가락 대신 붓을 드는 것이 아닌가?

"……뭐하십니까?"

"자네는 신경 쓰지 말고 밥이나 먹게."

검노가 옆에서 풍월화공의 붓을 홱 빼앗고는 핀잔을 주었다.

"이놈아. 손님 불편하게 밥상머리에서 뭐 하는 짓이냐."

그러자 풍월화공이 당과를 빼앗긴 어린애처럼 흥분해서 떼를 썼다.

"내 붓 내놔라, 이놈아! 봐라! 백발이 아니냐! 백발이! 이걸 보고도 어떻게 안 그릴 수 있단 말이냐!"

"……주접이군, 주접이야."

[춘삼아. 내 너를 이리 부끄럽게 가르치지 않았거늘…….]

결국, 풍월화공이 그림을 한 장 더 완성한 후에야 백수룡은 그곳을 떠날 수 있었다.

"그럼 언젠가 나중에 또 뵙겠습니다."

"조심히 가게! 얼굴 간수 잘하고!"

섬서를 떠난 백수룡은 무림맹이 있는 호북 무한에 도착했다. 그 전에 머리색은 원래대로 바꾸었다.

"무림맹 총사범 백수룡이오."

백수룡은 도시에 들어서자마자 신분을 밝혔다.

무림맹을 떠나기 전에 류설이 발급해 준 맹원패를 보여 주자, 성문 앞에서 신원 조회를 하던 병사들의 눈이 휘둥그레졌다.

"처, 청룡신협?"

백수룡이 섬서를 거쳐 북해빙궁까지 다녀오는 동안, 청룡신협의 명성은 그 끝을 모르고 올라갔다.

"청룡신협이라고?"

"혈교 장로를 둘이나 죽였다는 그 청룡신협 말이오?"

"실제로 본 사람들은 옥면신룡이라고도 부르던데……."

"허어! 어쩐지 멀리서부터 범상치 않아 보이더라니."

수군거림은 백수룡이 도시 안으로 들어서자 더욱 심해졌다. 순식간에 도시 전체에 소문이 퍼진 것이다.

"청룡신협! 그대에게 비무를 신청하겠소!"

"본가에 초대하고 싶습니다. 부디 담소를 나눌 수 있는 영광을……."

"당신을 사모해요!"

사방에서 어마어마하게 많은 관심이 쏟아지는 터라, 백수룡은 도망치듯 경공을 펼쳐 인근에서 가장 높은 건물로 뛰어올랐다.

"예전에는 이 정도까진 아니었는데……."

등줄기에 식은땀이 맺힐 정도였다.

청룡신협이 나타났다는 소식에 도시 전체가 들끓었는데, 여기에 가장 큰 역할을 한 것은 이번에도 개방도들이었다.

"거지들의 형제! 청룡신협이 무한에 돌아왔소이다!"

"무림맹을 구한 영웅! 거지들과 밥그릇을 나누고 한 이불을 덮는 사내!"

"명예 개방도! 명예로운 개방도!"

저것은 욕인가 칭찬인가.

백수룡은 동네방네 쏘다니며 자신에 대한 온갖 소문을 퍼트리는 거지들을 노려보며 치를 떨었다.

"저 거지새끼들을 진짜……."

[형제 중에 개방도가 있었더냐?]

"말이 되는 소리를 해."

한숨을 내쉰 백수룡은 곧바로 무림맹으로 향했다.

수많은 무인들이 그를 찾기 위해 눈에 불을 켰으나, 그의 경공을 따라잡을 수 있는 사람은 없었다.

휘익!

그가 무림맹 정문 앞에 내려서자, 바짝 긴장한 표정으로 대기하고 있던 위사들이 동시에 포권을 취했다.

"총사범을 뵙습니다!"

예전에 문을 부수고 들어간 전적이 있기에, 그 후로 무림맹의 위사들은 청룡신협의 얼굴을 달달 외웠다.

백수룡은 군기가 바짝 든 위사들을 지나쳐 무림맹 안으로 들어갔다.

그리고, 그곳에서 예상치 못했던 상대와 조우했다.

"……백수룡."

"남궁수?"

날카로운 눈매와 서늘한 인상.

높낮이가 거의 일정한 무덤덤한 목소리.

설룡휘를 연기할 때 참고하긴 했지만, 역시 원조는 달랐다.

백수룡이 눈을 동그랗게 뜨고 물었다.

"네가 왜 아직도 여기에 있어? 남궁세가에 안 갔어?"

"……미아를 가문에 데려다주고 다시 이곳으로 왔다."

"왜? 설마 나랑 같이 돌아가려고 기다린 거냐?"

백수룡이 설마 하는 표정으로 묻자, 남궁수의 눈썹이 크게 꿈틀거렸다.

"헛소리를."

어처구니가 없다는 듯 한숨을 내쉰 남궁수가 말을 이었다.

"뇌룡검 제갈선 대협께 배움을 청하기 위해서다."

제갈세가주 제갈선은 수십 년 전부터 뇌기무공의 고수로 유명했다.

남궁수는 방학 동안 그와 교류하면서 천뢰검법을 더욱 발전시키고 있었다.

"근데 왜 제갈세가가 아니라 무림맹에 있어?"

"무림맹에서 내게 맹원들의 교육을 부탁했다. 그래서 하루에 두 시진씩 봐주고 있는 중이다."

자세히 보니, 남궁수 뒤편에 탈진해 널브러진 무인들이 보였다.

"하여튼 누가 강사 아니랄까 봐……."

"너야말로 그 꼴은 뭐지?"

커다란 등딱지 같은 행낭을 메고 온 백수룡의 모습에, 남궁수의 미간이 찌푸려졌다.

"부업으로 보부상이라도 시작했나?"

"……그런 게 있어."

설명하자면 너무 길었다. 그리고 적당한 자리도 아니었다.

"자세한 이야기는 나중에 하자고. 일단 무림맹에 중요한 서한을 전달해야 하거든."

남궁수는 순순히 고개를 끄덕이며 자리를 비켜 주었다.

"그러지. 어차피 돌아가는 길에도 시간은 많을 테니."

돌아가는 길이라니?

역시 같이 가자는 말이 아닌가.

백수룡은 영 찝찝한 표정으로 남궁수를 바라봤다.

딱히 싫은 건 아니지만……. 묘하게 잡혀 가는 기분이었다.

"제갈소영 선생도 함께 갈 거다."

"알았어. 이따가 보자고."

남궁수와 짧은 재회를 마친 백수룡은 곧바로 맹주실을 찾아갔다. 맹주 대리 류설을 만나 북해빙궁의 서한을 전달할 계획이었다.

그런데 그곳에서, 예상치 못했던 두 번째 사람이 그를 기다리고 있었다.

"으하하하! 이게 누군가! 만나는 족족 혈교도들의 목을 자르고 다니는 무림의 영웅이 아닌가!"

권왕 야율황.

천하에서 가장 강한 주먹을 가진 사내가 활짝 웃으며 백수룡을 맞이했다.

임시로 그 자리를 차지하고 있었던 류설은 그 뒤편에서 떨떠름한 표정으로 백수룡에게 눈인사를 했다.

"맹주님? 돌아오셨습니까?"

"며칠 전에 일정을 다 마치고 돌아왔네. 자네가 왔다는 소식은 방금 들었고. 할 이야기가 아주 많을 것 같군. 거기 앉게나."

백수룡은 맹주가 권한 자리에 앉았다.

"헌데……."

백수룡을 바라보는 맹주의 눈빛이 묘하게 빛났다.

"자네는 볼 때마다 더 강해지는군. 이제는 말석 정도가 아니라……."

백수룡이 기겁해서 맹주의 말을 끊었다.

"제발 그 입 좀 단속해 주십시오. 맹주님 한마디 때문에 얼마나 고생했는지 압니까?"

지금도 날파리가 이렇게 많이 꼬이는데, 얼마나 더 많아지게 하려고.

백수룡의 매서운 눈빛을 본 맹주가 킥킥 웃었다.

"알겠네. 하여튼 자네가 무림맹을 다시 찾은 이유가 있을 것 같은데. 현무학관 소식인가?"

"그 이상입니다."

백수룡이 가져온 소식은, 이 능글맞은 무림맹주조차 경악하게 하기에 충분했다.

"북해빙궁이 봉문을 풀었다고?"

"그들이 맹과 동맹을 맺고 싶어 해?!"

"혈교가 수십 년 전부터 북해빙궁과 접촉했었다니!"

하나같이 믿기 힘든 이야기들.

자리에서 벌떡 일어난 무림맹주는 어안이 벙벙한 표정으로 백수룡을 바라봤다.

"자네, 그동안 도대체 뭘 하고 다닌 건가?"

백수룡은 그제야 묵직한 행낭을 바닥에 내려놓으며 말했다.

"좀 바쁘게 돌아다녔습니다."

362화

왜 이리 시끄러워?

백수룡이 이야기를 끝내고 자리에서 일어났을 땐, 창밖이 제법 어둑어둑해져 있었다.

충격적인 이야기를 한 번에 너무 많이 들은 탓인지 표정이 복잡해진 맹주가 물었다.

"바로 떠날 생각인가?"

"예."

"저녁이라도 먹고 가게. 못 나눈 이야기도 좀 더 하고……."

그러나 백수룡은 단호한 표정으로 고개를 저었다.

"여기 오기 전에도 한번 그랬다가 몇 시진을 붙잡혀 있었습니다. 자세한 내용은 건네드린 서한에도 있으니, 북해빙궁에 직접 문의해 보십시오."

"무림맹주가 부탁하는데 이럴 건가?"

"맹주님이 저 대신 청룡학관에서 수업해 주실 것도 아니잖습니까."

"끄응……."

한 대 쥐어박고 싶을 정도로 얄미운 대답이었지만, 맹주는 차마 그러지 못했다.

북해빙궁과 혈교가 동맹을 맺는 것을 막고, 오히려 그들의 동맹 제안을 이끌어낸 공적. 그것만으로도 백수룡은 무림의 영웅 소리를 듣기에 충분했다.

혈교와 북해빙궁이 동시에 전쟁을 일으켰다면 어땠을지, 상상하는 것만으로도 끔찍했다.

"……자네가 혈교의 위협을 막은 것이 벌써 몇 번째인지 모르겠군. 이 정도면 정말 전생에 악연이라도 있는 것이 아닌가 싶어."

맹주의 말에 백수룡이 피식 웃었다. 소 뒷걸음치다 쥐를 잡은 격이었기 때문이었다.

"그러게요. 전생의 악연인가 봅니다."

곧바로 총군사를 불러 회의를 해야겠다는 맹주를 대신해, 류설이 백수룡을 무림맹 정문까지 배웅했다.

"맹주님이 돌아온 후엔 어땠어?"

"말도 마. 저 영감탱이가 돌아오자마자 얼마나 지랄을 해대던지. 대가리에 땜통 생길 뻔했어."

류설은 맹주실에서 멀어지자마자 험담을 쏟아냈다.

자유분방하고 거친 언행은 여전했으며, 환영마안은 다시 안대로 가리고 있었다.

피식 웃은 백수룡은 궁금했던 것을 물었다.

"모용준은 어떻게 됐어?"

"……."

맹주 앞에서는 일부러 묻지 않았다.

누구보다 혈교를 증오하는 맹주의 성격을 알기 때문이었다.

무림맹의 간부 중 한 명이 배신했다는 것을 알았다면, 그 성격상 쉽게 넘어가지 않았을 것이다.

아무리 백수룡과 개방 방주가 선처를 부탁했더라도 말이다.

'최악의 경우에는 단전을 폐하고 사지근맥을 끊어서 뇌옥에 가뒀겠지.'

다행히 생각 외로 일이 잘 풀린 모양인지, 류설의 표정은 나쁘지 않았다. 작게 한숨을 내쉬며 말했다.

"말단 무인으로 강등시키고, 전쟁이 일어나면 백의종군하기로 했어. 맹주 영감이 노발대발하긴 했는데, 후배가 선처를 부탁했다는 얘기를 듣고 많이 봐준 거야."

"다행이네."

물론 그 전에 맹주의 주먹에 모용준은 초죽음이 되었지만, 류설이 항명을 각오하고 바락바락 대들어서 모용준을 지켜 냈다.

"……까짓거 병신 되면 내가 시종으로 삼아서 평생 데리고 살려고 했는데, 새끼. 친구 잘 둔 덕이지."

툴툴거리는 말투에 염려가 가득했다.

그 모습에 문득 은사부와 문율이 떠오른 백수룡이 장난스럽게 웃었다.

"혼인하게 되면 연통해. 꼭 참석할 테니까."

"콜록! 뭐, 뭐래 이 자식이?"

사레가 들린 듯 헛기침을 하는 류설의 모습을 보며 백수룡은 큭큭 웃었다.

무림맹 정문에서 류설과 헤어진 백수룡은 곧바로 제갈세가로 향했다.

그곳에도 반가운 얼굴들이 그를 기다리고 있었다.

"오라버니!"

"……왔군."

반가움이 얼굴에 가득한 제갈소영과 시큰둥한 표정의 남궁수.

제갈세가주와도 간단하게 인사를 나눈 후, 세 사람은 주거니 받거니 술잔을 나누며 쌓인 회포를 풀었다.

"정말 북해빙궁에 다녀오셨다고요?"

"많이도 쏘다녔군."

몇 달 동안 쌓인 이야기는 밤을 새워도 모자랄 정도였다.

'둘 다 강해졌네.'

남궁수와 제갈소영도 각자 충실한 시간을 보낸 듯했다. 전과 달라진 두 사람의 기도가 그것을 증명했다.

두 사람의 술잔을 채워 주던 백수룡이 피식 웃었다. 동료들을 보니 자연스레 제자들에게도 생각이 미쳤다.

"청룡학관 꼬맹이들 보고 싶네."

"저도요! 빨리 다시 수업하고 싶어요!"

"방학 동안 내준 과제는 제대로 해 왔을지 모르겠군."

두 사람도 고개를 끄덕였다.

그리고 다음 날 아침 일찍, 세 사람은 청룡학관을 향해 출발했다.

◆ ◈ ◆

요 며칠 동안, 여민은 바깥에서 인기척이 느껴질 때마다 대문 쪽으로 고개를 돌렸다.

'누가 돌아왔나?'

하지만 막상 나가 보면 대부분은 그냥 주변을 기웃거리는 자들이거나, 청룡신협의 명성을 듣고 찾아온 뜨내기들이었다.

"선생님 안 계세요."

"저기, 잠깐만……."

콰앙!

웬만한 뜨내기는 여민 혼자서도 쫓아낼 수 있었다.

간혹 감당하기 힘든 진상이 찾아오면, 매극렴에게 찾아가면 금방 와서 쫓아내 주었다. 서리애가 있을 땐 서리애가 해결해 주기도 했다.

그러나 오늘은 아무도 없었다. 여민은 뚱한 표정으로 대문을 바라보며 중얼거렸다.

"내일모레가 개학인데 왜 아무도 안 와?"

넓은 집에서 혼자 지내는 게 좋았던 것도 처음 며칠뿐.

백룡장은 혼자 지내기엔 너무 컸다.

물론 하루의 대부분은 수련을 하느라 바빴지만, 서리애마저 돌아간 저녁에는 혼자 저녁을 먹으며 문밖을 바라보는 것이 습관이 되었다.

"……설마 이 바보들. 개학이 언제인지 모르는 거 아니야?"

충분히 가능한 일이었다.

뇌까지 근육으로 가득한 사내 둘과 검밖에 모르는 순진한 소녀.

그리고 그냥 바보 하나.

넷 다 개학 날을 잊고 무공을 수련하고 있다고 해도 이상하지 않았다.

"에이, 그래도 설마……."

그 정도까지 바보겠어?

선후배들에 대한 여민의 얕은 믿음이 흔들릴 때였다.

똑똑.

누군가가 문을 두드리는 소리에 여민의 눈이 동그랗게 떠졌다. 그 즉시 바닥을 박차며 경공을 펼쳤다.

휘이익!

새하얀 머리카락이 바람에 휘날렸다. 방학 전과 비교하면 일취월장한 경공으로 순식간에 문 앞에 도착한 여민이 문을 활짝 열었다. 익숙한 기척이 느껴졌기에 망설임이 없었다.

"그하하하하! 잘 있었냐!"

기름을 발라 넘긴 머리에, 한눈에 봐도 값비싼 비단옷을 차려입은 거인.

방학 동안 잘 먹었는지 거상웅은 신수가 훤해져 있었다. 그렇다고 살이 출렁이거나 하는 것은 아니었다. 전신이 커다란 바위처럼 단단해 보였다.

"뭐야. 상웅 선배였어요?"

"자식이. 그렇게 대놓고 실망한 얼굴을 하면 선배 상처받는다."

말과 달리 씨익 웃은 거상웅은 백룡장으로 성큼성큼 들어왔다.

그러나 안을 둘러보고는 곧 의아한 얼굴로 여민에게 물었다.

"나밖에 안 왔어? 이 자식들이 내일모레가 개학인데 어쩌려고……."

거상웅은 수염 하나 없이 매끈한 턱을 만지작거리며 한숨을 쉬었다.

일 학기 기말고사 시험 때 당소소에게 강제로 제모당하고 꾸며진 이후로, 거상웅은 그 모습이 마음에 들었는지 쭉 유지하고 다녔다.

하지만 여민이 보기엔 어디에도 수요가 없는 뚱뚱한 기생오라비에 불과할 뿐이었다.

"선배. 꼭 벼락출세해서 고향으로 돌아온 졸부 같아요."

"그하하하! 그건 네가 아직 나 같은 사내의 매력을 몰라서 그래."

"……그런 문제가 아닌데?"

"저녁은 먹었냐?"

여민은 고개를 저었다.

"아직이요. 선배는?"

"그럴 줄 알고 집에서 좀 싸 왔다. 같이 먹자!"

어디선가 군침 도는 냄새가 나더라니, 거상웅이 음식 바구니를 내밀며 씨익 웃었다.

한 사람이 늘어난 것만으로도 백룡장에 활기가 돌았다. 두 사람은 거상웅이 가져온 음식으로 저녁을 해결하며 쌓인 이야기를 나눴다.

"방학 동안 뭐 하고 지냈어요?"

"아버지를 따라서 상행에 나섰다. 고수가 되려면 강호 경험도 중요하다면서 끌려갔거든. 몇 번은 도적들을 만나기도 했는데……."

거상웅은 아버지인 금룡장주와 함께 상행에 나선 이야기를 실감 나게 해 주었다. 일부러 금룡상단임을 감추고 상행에 나선 일, 도적들을 만나서 죽을 뻔했던 일, 거상웅도 방학 동안 이런저런 일을 많이 겪은 모양이었다.

자기 이야기를 실컷 떠든 거상웅이 여민에게 물었다.

"그나저나 몰라보게 강해진 것 같은데? 솔직히 아까 보고 좀 놀랐다."

여민이 묘한 미소를 지으며 말했다.

"빙공을 본격적으로 익혔어요. 나 재능이 좀 있더라고요."

"호오……."

그렇게 둘이 회포를 풀고 있을 때, 또 한 사람, 아니 한 사람과 한 마리가 백룡장으로 들어왔다.

캬앗!

담벼락을 훌쩍 뛰어넘은 하얀 털뭉치가 두 사람을 향해 쇄도했다. 그 속도가 마치 한 자루 암기를 방불케 했다.

휘익!

순식간에 밥상 위로 올라간 은호가 커다란 고기에 찰싹 달라붙었다. 그리고 작은 이빨로 열심히 고기를 뜯었다.

찹찹찹.

"은호야!"

"이 녀석. 조금 자란 것 같다?"

두 사람의 눈에 반가움이 가득 담겼다.

둘의 손길이 머리와 등을 쓰다듬자, 고개를 치켜든 은호가 의기양양하게 가슴을 내밀고 포효했다.

캬앙!

그 뒤에서 야수혁이 피곤한 표정으로 털레털레 걸어왔다.

"선배들은 그 쬐깐한 털뭉치는 보이고 나는 안 보이슈?"

그제야 야수혁을 돌아보는 두 사람.

거상웅은 구릿빛으로 탄 야수혁을 보며 혀를 찼다. 못 본 새에 몸이 더 커진 듯했다.

"수혁아. 어찌 된 게 너는 더 까매졌냐?"

"맨날 산에서 뛰어다녔으니까 까매졌지. 선배는 왜 더 하얘졌수? 수련을 날로 한 거 아니오?"

"나는 주로 지붕 있는 곳에서 수련했다. 상행 때도 피부가 안 타도록 꼭 흑립을 썼지. 요즘엔 사내들도 피부 관리를 해야 해."

"사내가 피부 관리는 무슨……."

털썩.

거상웅의 맞은편에 앉은 야수혁이 맨손으로 상 위에 놓인 고기를 덥석 집어 먹었다. 하는 짓이 짐승인 은호랑 똑같았다.

따악!

젓부채로 야수혁의 손등을 때린 여민이 눈을 샐쭉하게 뜨며 말했다.

"젓가락으로 먹어. 방학 동안 어떻게 지냈어?"

"……산에서 죽어라 수련만 했지. 형님들이 어찌나 이것저것 캐물으면서 괴롭히던지. 그 인간들, 날 괴롭히는 재미로 사는 인간들이거든."

야수혁은 상상만 해도 끔찍하다는 듯 고개를 절레절레 저었다.

말은 그렇게 해도 수련의 효과는 확실해 보였다. 안 그래도 근육질이던 몸이 작은 근육까지 쩍쩍 갈라져 보였다.

"맞다. 양부가 선배들이랑 선생님을 언제 한번 초대하고 싶다던데."

야수혁의 말에 두 선배는 당황스럽다는 표정을 지었다.

"그래도 우리가 정파인데, 녹림에 막 초대 받아서 가도 되는 건가?"

"……그런데 우리가 정파이긴 해요?"

"일단 겉으로 보기에는……."

셋이 자신들의 정체성에 대한 해답을 찾지 못한 가운데, 위지천이 도착했다.

그런데 위지천의 상태가 조금 이상했다.

"……선배님들. 오랜만입니다."

이마에 붉은 영웅건을 두르고, 눈매는 치켜 올라가 있었다. 걸음에는 절도가 넘치고, 목소리는 고압적이었다.

상검연 합숙에서 계속 교관처럼 행동한 부작용이었다.

"천이 너 왜 그래?"

"뭐 잘못 먹었냐?"

"이게 갑자기 사춘기가 왔나."

하지만 그걸 가만히 내버려 둘 백룡장 식구들이 아니었다. 반항기를 맞이한 막냇동생을 발견한 형제들처럼 눈을 빛내며 달려들었다.

거상웅과 여민이 동시에 위지천의 볼을 찹쌀떡처럼 쭉쭉 잡아당기고, 야수혁이 붉은 영웅건을 홀라당 벗겼다.

"왜, 왜 이러십니까!"

당황한 위지천이 저항하려 했으나, 아무리 위지천이 군계일학이라도 백룡장에서 삼 대 일은 무리였다. 결국 위지천은 순식간에 원래 모습으로 돌아왔다.

"그, 그만! 죄송해요! 그만할게요! 아하하! 간지럽다고요! 항복! 항복!"

과몰입이 풀린 위지천은 다시 수줍고 소심한 소년으로 돌아왔다.

위지천에게서 상검연에서 있었던 일을 들은 세 사람은 폭소를 터트렸다.

"뭐? 네가 검술 교관을 했다고?"

"푸하하하!"

"걔들 다 멀쩡하긴 한 거지?"

넷이 모이자 금세 백룡장이 시끌벅적해졌다.

몇 달 동안 못 본 사이라는 것도 무색하게, 웃고 떠들다보니 시간이 금방 흘렀다.

그리고 그때, 멀리서부터 달려오는 기척이 느껴졌다. 다들 그 기척의 정체를 깨닫고 한숨을 쉬었다.

"저 자식. 요란하게도 오는군."

"아주 나 온다고 자랑을 해요."

"담 넘는 순간에 공격할까요?"

"일단 뭘 하려는지 한번 보자."

그때 담장 바깥에서 솟구친 신형이 담벼락을 딛더니, 그대로 폭발적으로 솟구쳐 한 번 더 뛰어올랐다.

휘리릭!

허공에서 몸을 회전시킨 신형이 백룡장의 가장 높은 전각의 지붕 위에 사뿐히 내려섰다.

툭.

뒷짐을 지고 발끝은 세운 모습으로 지붕 꼭대기에 섰다. 서늘한 밤바람에 방학 전보다 조금 자란 머리카락이 흩날렸다.

무게를 잔뜩 잡으며, 헌원강이 나직한 목소리로 입을 열었다.

"헌원세가의 자랑, 파천도 헌원강. 방학을 마치고 돌아왔습니다."

그 즉시 암기처럼 돌멩이들이 날아왔다. 동시에 아래에서 야유와 비난이 쏟아졌다.

"지랄이다 지랄이야."

"저 인간은 수치심도 없나 봐."

"부끄러우니까 당장 내려와!"

지상으로 훌쩍 뛰어내린 헌원강이 히죽 웃으며 선후배들에게 다가왔다. 그 뻔뻔함은 날이 갈수록 스승을 닮아 가고 있었다.

"다들 잘 있었어? 내가 마지막으로 온 거야?"

헌원강까지 모든 제자들이 백룡장에 모였다.

그리고 잠시 후.

"다들 돌아온 모양이구나."

반쯤 열려 있는 백룡장의 문으로, 반가운 얼굴이 한 명 더 들어섰다.

그 순간 모두가 자리에서 벌떡 일어났다.

"학생주임 선생님!"

매극렴이었다.

학생들을 한 명 한 명 둘러본 매극렴의 눈이 이채를 발했다.

"다들 방학을 허투루 보내지 않은 모양이구나."

저 나이대의 무인들은 하루가 다르게 성장한다지만, 백룡장의 제자들은 그것을 감안해도 한 명 한 명이 몰라볼 정도로 강해졌다.

'배운 것을 자신의 것으로 만들었구나.'

방학은 단순히 쉬는 기간이 아니다.

학기 동안에 배운 것을 혼자만의 시간 속에서 돌아보고, 되새기고, 완전하게 자신의 것으로 만드는 시간.

매극렴이 보기에, 이 아이들은 누구보다 방학을 잘 보낸 것 같았다.

당장 위지천만 봐도 그러했다. 소년이 눈을 초롱초롱하게 빛내며 매극렴에게 부탁했다.

"늦은 시간이지만 대련을 부탁드려도 될까요?"

"……좋지."

검을 좋아하는 노인과 소년이 달빛 아래에서 어우러졌다. 그 모습을 본 다른 학생들도 자극을 받았다.

"우리도 오랜만에 붙어 볼까?"

"선배. 한 수 부탁해요."

거상웅과 야수혁이 방학 동안 단련한 육체를 부딪치고, 여민과 헌원강은 날카롭게 다듬은 기예를 서로 겨뤘다.

보법을 밟는 소리와 무기를 부딪치는 소리로 시끌벅적해진 백룡장에, 가벼운 발걸음이 들어섰다.

"야밤에 왜 이리 시끄러워?"

"……!!"

그 목소리에 모두의 움직임이 멈추고, 고개가 동시에 홱 돌아갔다. 학생들의 얼굴에 같은 감정이 들어찼다.

"선생님!"

제자들이 활짝 웃으며 백수룡을 향해 달려갔다.

그 뒤에서는 매극렴이 따뜻하게 웃고 있었다.

백수룡도 그들을 마주 보며 웃었다.

"다녀왔다."

드디어 자신이 있어야 할 곳으로 돌아온 기분이었다.

363화

선물

늦은 시각까지 백룡장의 불은 꺼지지 않았다.

오랜만에 백수룡을 다시 만난 제자들은 쉴 새 없이 수다를 떨었다. 각자 방학 동안 어떤 수련을 했는지, 무슨 일이 있었는지, 누굴 만났고, 어딜 다녀왔는지 끝없이 떠들었다.

"우리 가문에서 연회를 열었는데, 글쎄 팽사혁 그 자식이 왔다니까요? 그래서 내가 그랬지. 어이 팽사혁. 까불지 말고 조용히 있다 꺼져라. 그러니까 그 자식이 나한테 쫄아서……."

한창 무용담을 늘어놓는 헌원강에게 선후배들의 야유가 쏟아졌다.

"딱 봐도 거짓말이네."

"하려면 좀 제대로 하든가."

"선배 상상 속 이야기 잘 들었수."

"아, 진짜라니까! 약간의 양념을 치긴 했지만……."

백수룡은 조용히 제자들의 이야기를 들어주었다.

하지만 제자들은 그런 백수룡을 내버려 두지 않았다.

다들 멀리 떨어져 있으면서도 청룡신협의 소문을 들었던 것이다.

"선생님이 무림맹에서 혈교 첩자를 잡았다면서요?"
"독에 당한 개방 방주님을 구했다는 게 사실이에요?"
"거지들이 은혜를 갚겠다고 선생님한테 매일 동냥해 온 밥을 가져다준다던데……."
"그 정도면 거지 왕초 아니냐고."
"개방에서는 은근히 청룡신개라고 부른다던데?"
벌써부터 스승을 놀릴 생각에 제자들의 입가에 짓궂은 미소가 걸렸다.
특히 헌원강은 먹이를 노리는 승냥이처럼 눈을 빛냈다.
"흐흐. 선생님……."
"또 까분다."
그걸 가만히 내버려 둘 백수룡이 아니었다.
따악!
헌원강의 정수리에 흑룡편이 벼락처럼 내리꽂혔다.
"끄악! 왜 나만 때려!"
정수리를 부여잡은 헌원강이 억울하단 얼굴로 항변했다.
백수룡은 그 이유를 아직도 몰랐냐는 표정으로 말했다.
"원강이 네가 손맛이 제일 좋거든."
"……백수룡 조지기 백오십팔 번이다! 방학 특훈의 성과를 보여 주자고!"
헌원강이 기세 좋게 외쳤지만 아무도 함께 덤벼 주지 않았다. 미래가 뻔히 보였기 때문이었다.
그리고 모두의 예상대로, 잠시 후 넝마가 된 헌원강이 바닥에 대자로 드러누웠다.
털썩.
"아깝다……. 이번에는 한 방 먹일 수 있었는데……."
"선생님은 제자리에서 한 발자국도 안 움직였는데 뭐가 아까워?"

한숨을 내쉰 여민이 첼부채를 들어 헌원강의 흙먼지를 대충 털어 주었다.

"맞다. 민아."

그 모습을 지켜보던 백수룡은 커다란 행낭 안에 따로 챙겨 둔 보따리를 꺼내 여민에게 건네며 씩 웃었다.

"이건 너희 이모가 보낸 선물이다."

"……이모요?"

백수룡은 자연스럽게 북해빙궁에 다녀온 이야기를 제자들에게 해 주었다. 모두의 눈이 점점 휘둥그레졌다.

"여민 선배 어머니가 북해빙궁 출신이었다고요?"

"축하한다. 가족을 찾다니!"

"허. 선배, 대단한 가문 출신이었군."

다들 가족을 찾은 여민을 진심으로 축하해 주었다.

여민은 현실감이 없는 얼굴로 은휘령이 보낸 선물을 바라봤다.

"……서리애 선생님한테 듣긴 했어요. 저희 엄마가 북해빙궁 사람일 거라고……."

보따리 안에는 빙공을 익힐 때 도움이 되는 영약과 은휘령이 직접 쓴 서신, 북해에서만 볼 수 있는 물건들이 들어 있었다.

"엄마는 그런 얘기를 한 번도 한 적 없었거든요. 그래서 가족 같은 건 없는 줄 알았는데……."

하얀 머리카락이 바람에 가볍게 흔들린다.

백수룡이 북해빙궁에서 보았던 많은 무인들과 같은 색.

그들이 여민을 보는 순간, 누구도 여민의 혈통을 부정하지 못할 것이다.

"궁주에게는 이 학기가 끝나면 보내겠다고 말했는데, 만약 네가 그 전에 북해에 가고 싶다면…… 그렇게 해도 된다."

백수룡은 여민이 당장 북해빙궁에 가겠다고 해도 막지 않을 생각이었다.

아무리 천무제가 중요해도, 가족보다 우선일 수는 없으니까.

그러나 여민은 일말의 고민도 않고 고개를 저었다.

“아니요.”

서리애를 통해서 엄마가 북해빙궁 사람이라는 것을 알게 되었다.

하지만 그때도 지금도, 여민의 생각에는 변함이 없었다.

“천무제가 끝난 다음에 갈래요. 당당하게 우승한 후에, 이모한테 가서 잔뜩 자랑할 거예요.”

여민의 대답에 백수룡뿐만 아니라 모두의 표정이 밝아졌다.

다만 헌원강은 혼자서 복잡한 표정이었다.

“북해빙궁이라니…….”

저 먼 북해빙궁이 고향이라니.

여민이 고향을 찾게 된 건 좋은데, 헌원세가에서 너무 먼 곳이 아닌가.

“너 졸업하면 북해빙궁에 가서 살 거야?”

“그야 모르지. 아직 가 본 적도 없는데.”

“끄응…….”

뭐 마려운 강아지 같은 표정을 짓는 헌원강을 뒤로하고, 백수룡이 여민에게 물었다.

“서리애 선생님은?”

“매일 아침에 오세요. 아마 내일도 오실 거예요.”

“그럼 좋은 소식은 내일 아침에 전해 드려야겠네.”

백수룡은 잊지 않고 북해빙궁에서 서리애의 사면도 받아 왔다. 이제 서리애는 원한다면 얼마든지 북해빙궁으로 돌아갈 수 있었다.

이야기를 나누다 보니 어느새 한 시진이 훌쩍 넘게 지났다. 백수룡은 제자들에게 이만 들어가서 자라고 말했다.

다들 더 놀고 싶어 하는 눈치였지만, 백수룡이 흑룡편으로 손바닥을 몇 번 두드리며 씩 웃자 불만이 쏙 들어갔다.

"내일부터 다시 새벽 훈련 시작인데, 감당할 수 있겠어?"

"드, 들어가요 지금!"

"훈훈한 건 이제 끝이구나……."

모두 방으로 들어간 것을 확인한 후, 백수룡도 자신의 방으로 들어가 짐을 대충 정리했다.

그때까지 조용히 있던 창룡신검이 말했다.

[좋은 아이들이구나.]

'착한 녀석들이지.'

창룡신검에 관한 건 일부러 이야기하지 않았다.

백룡장에 있는 제자들에게도, 무한에서부터 함께 온 남궁수와 제갈소영에게도.

창룡신검의 정체를 밝히면 현천신녀가 검에 깃든 이유도 설명해야 하는데, 백수룡은 역천의 운명에 대해서만은 아무에게도 말할 생각이 없었다.

간단히 짐을 정리한 백수룡은 행낭에서 길쭉한 목함을 꺼냈다. 이곳까지 가져오면서 가장 조심히 다룬 물건이었다.

[시간이 늦었는데, 내일 갖다 주어도 되지 않겠느냐?]

"아직 안 주무실걸. 내기라도 할 수 있어."

피식 웃은 백수룡은 백룡장을 나섰다. 그리고 곧바로 청룡학관에 있는 매극렴의 거처로 향했다.

예상대로 매극렴의 거처에는 불이 켜져 있었다. 백수룡은 문밖에서 인기척을 냈다.

"할아버님. 저 수룡입니다."

"들어오너라."

백수룡이 문을 열고 들어가자, 매극렴이 침의(寢衣) 차림으로 앉아 있었다.

"굳이 뭐 하러 왔느냐. 얼굴이야 내일 보아도 될 것을."

제자들과 편히 이야기를 나누라며 백룡장에서는 자리를 비켜 준 매극렴이었다. 그래서 많은 이야기를 나누지 못했다.

"혹시 주무시는 데 깨운 겁니까?"

"……이미 깨 버린 것을 어쩌겠느냐. 이왕 왔으니 담소나 좀 나누자꾸나."

말은 그렇게 하지만, 백수룡은 매극렴이 안 자고 있었다는 사실을 알고 있었다.

'솔직하지 못한 양반 같으니.'

자고 있었던 것치고는 침상 위의 이불이 펼치지도 않은 모양으로 반듯하게 접혀 있었다.

"방학 동안 어찌 지냈느냐? 내 간간이 들려오는 네 소문은 들었다만."

조손은 마주 앉아 이런저런 이야기를 나눴다.

찻잔을 홀짝이며 이야기를 듣던 매극렴이 손자의 얼굴을 보며 미간을 찌푸렸다.

"살이 좀 빠진 것 같구나."

"예? 저는 잘 모르겠는데……."

매극렴이 손을 뻗어 백수룡의 팔뚝을 이리저리 만져 보는데, 영 못마땅한지 미간이 찌푸려졌다.

"밥은 제대로 챙겨 먹은 게냐? 내가 지어 준 보약은?"

"그게……."

"이놈! 내 그럴 줄 알았다. 제대로 안 챙겨 먹었구나. 젊다고 영원히 팔팔할 줄 아는 게지!"

한참 잔소리를 쏟아내던 매극렴이 길게 한숨을 쉬었다.

그는 손자가 무리하는 것 같아서 항상 걱정이었다. 종종 병약했던 딸의 얼굴이 겹쳐 보여서 더욱 그러했다.

"네 부모들은 그렇게나 노는 걸 좋아했는데, 너는 누굴 닮았는지 소처럼 일만 하는구나."

"……할아버님을 닮아서 그런 건 아닐까요?"

"허! 말은 잘하는구나."

너털웃음을 터트리는 매극렴에게, 백수룡은 씩 웃으며 가져온 목함을 건넸다.

"사실은 할아버님께 드릴 선물이 있습니다."

"선물? 괜한 것을……."

매극렴은 투덜거리면서도 목함을 열었다. 그 안에는 단정하게 말아서 끈으로 묶어 둔 족자가 들어 있었다.

"웬 족자더냐?"

"한번 펼쳐 보십시오."

그저 가벼운 마음으로 족자를 펼친 순간, 매극렴은 숨을 멈췄다.

"……."

그대로 시간이 멈춰 버린 것 같았다.

하나의 화폭에 담긴 세 사람의 모습에 매극렴은 말문을 잃었다. 노인의 시선은 그중 딸의 얼굴에 못 박혀 움직이지 않았다.

족자를 든 손끝이 바르르 떨렸다. 문득 호흡이 잘되지 않았다. 뛰어난 경지를 이룬 무인으로서 있을 수 없는 일이었다.

이 순간, 매극렴은 어린아이의 주먹도 막아 내지 못할 만큼 무방비했다.

"……."

삼십 년 만에 본 딸의 얼굴이었다.

평생 꿈에서도 잊어 본 적 없는 얼굴이 화폭에 담겨 웃고 있었다.

매극렴은 떨리는 목소리로 간신히 입을 열었다.

"……이걸, 어떻게?"

"섬서에서 풍월화공이라는 분을 만났습니다."

백수룡은 덤덤히 풍월화공을 만난 이야기를 전했다.

그곳에서 젊은 시절의 부모님의 그림이 걸려 있는 것을 본 것, 그리고 풍월화공이 해 준 이야기도 전했다.

"새벽에 그냥 쳐들어와서 그려 달라고 했다지 뭡니까?"

그러자 매극렴의 얼굴에 웃는 것인지 우는 것인지 모를 표정이 생겼다.

"……그 아이라면 충분히 그러고도 남았을 것이다. 어려서도 어찌나 말썽꾸러기였는지, 또래 사내놈들 머리에 전부 땜빵을 만들고 다녔지."

매극렴의 표정이 점점 일그러지는 것을 본 백수룡이 자리에서 일어났다.

"할아버님. 시간이 많이 늦은 것 같습니다. 오늘은 이만 물러가겠습니다."

"……그래. 내일 보자꾸나."

매극렴은 간신히 대답했다. 그는 문을 나선 손자의 뒷모습이 점이 되어 작아질 때까지 지켜보았다.

"녀석. 눈치만 빨라서는."

그 순간, 충혈된 눈에서 참았던 눈물이 흘러내렸다.

매극렴은 가만히 서서 소리 없이 울었다.

주름진 뺨을 타고 굵은 눈물이 뚝뚝 떨어졌다.

"……다 늙어서 추태로군."

소매로 눈가를 닦아 낸 매극렴은 족자를 들어 한쪽 벽에 걸었다.
그리고 하염없이 딸의 얼굴을 바라보았다.
"……약빙아."
딸의 장례에 가지 못한 것은 노인의 가슴에 평생의 죄책감으로 남았다.
주변에서 딸의 장례에도 참석하지 않은 냉혈한이라고 수군거리는 것을 알고 있었다. 그럼에도 반박 한 번 하지 않았다.
심마가 두려워서 딸의 마지막도 지키지 못한 못난 아비가, 대체 무슨 변명을 할 수 있단 말인가.
그렇게 평생 죄인으로 살아갈 생각이었는데.
"좋아 보이는구나."
옆에 나란히 앉은 사위 녀석의 환한 웃음이 보였다. 이 순간만큼은 미워 보이지 않았다.
그 뒤에 서 있는 손자는 말할 것도 없었다. 매극렴에게 있어 세상에서 가장 귀한 보물이자, 딸이 남기고 간 선물이었다.
매극렴의 입가에 잔잔한 미소가 맺혔다.
"좋아 보인다. 행복해 보여."
화폭 속의 약빙은 어여쁘게 웃고 있었다.
자신이 세상에서 가장 행복한 여인이라고 말하는 듯했다.
매극렴은 손가락을 뻗어 조심스럽게 딸의 뺨에 가져다 댔다.
그저 종이일 뿐인데, 묘하게 따뜻한 온기가 느껴졌다.
그 온기에, 매극렴은 삼십 년 만에 용기를 낼 수 있었다.
"이 애비를…… 용서해 주겠느냐?"
따뜻하게 웃고 있는 딸의 미소가, 이미 오래전에 그리하였다고 말해주는 듯했다.

364화

당연한 걸 가지고

"왜, 왜……."

그는 울컥 피를 토하며 자신의 가슴에 칼을 꽂은 상대를 바라봤다.

살아날 가망이 없다는 것은 스스로가 가장 잘 알고 있었다.

하지만 그 이유라도 알고 싶었다.

자신이 왜 공격당한 것인지, 왜 이런 뒷골목에서 비참하게 죽어 가야 하는지…….

"억울해 마라."

다정한 목소리였다. 이어 섬세한 손길이 죽어 가는 자의 얼굴을 조심스레 쓸어내렸다. 피부결을 느끼듯 천천히 쓸어내리던 그가 다시 입을 열었다.

"너의 희생으로 본교는 한 발 더 영광에 가까워질 테니."

"혀, 혈교……!"

억울한 얼굴로 피거품을 내뱉던 이의 숨은 금방 끊어졌다.

살수는 죽은 자의 품을 뒤졌다. 신분을 증명하는 호패, 은전 조금, 다시는 쓸 일이 없을 금창약 따위가 나왔다.

"여기 있군."

청룡패.

청룡학관에 입관한 학생들과 강사들에게 주어지는 일종의 증명서.

그 뒷면에 적힌 이름을 확인한 살수, 천살은 뒤에 시립해 있는 부하에게 말했다.

"교에 알려라. 목표에 접근하겠다고."

"예."

부하가 떠난 후에도 천살은 바로 떠나지 않고 시신을 살폈다. 직접 근육과 뼈마디를 만져보고, 손바닥을 유심히 살폈다.

대상을 정하고 꽤 오랫동안 지켜보았으나, 이렇게 직접 손으로 만져보는 것은 달랐다.

집요하다 싶을 정도로 오랫동안 관찰한 후에야 천살은 자리에서 일어났다.

"아, 아아, 오랜만입니다. 잘 지내셨나요?"

연습하듯 벽에 대고 인사를 건네는 그는, 자신이 죽인 자의 얼굴을 한 채 조금 전과 다른 목소리를 내고 있었다.

◆ ◈ ◆

요즘 청룡학관 인근에 사는 주민들은 곧 이 학기가 시작될 거라 느끼고 있었다.

각자의 문파나 가문에서 방학을 보낸 학생들이 하나둘 돌아오고, 식자재를 비롯한 여러 물자가 청룡학관으로 들어가는 모습이 자주 보였다.

뿐만 아니라 무림맹의 무인들, 이름난 문파와 가문, 눈치 빠른 상인들이 청룡학관의 문턱이 닳도록 드나들었다. 덕분에 도시 전체에도 활기가 돌았다.

반년도 남지 않은 천무제에 대한 기대감도 크게 올라갔다. 객잔이며 요리점, 사람이 모이는 곳이면 올해 청룡학관은 다를 거라는 이야기를 떠들어 댔다. 천무제에 대한 언급 자체가 금기시되던 전과는 사뭇 달라진 풍경이었다.

무엇보다 새벽마다 백룡장에서 다시 울려 퍼지기 시작한 비명 소리를 듣고 있노라면, 청룡학관에 새로운 사건이 벌어지리란 강한 예감이 드는 것이었다.

"꾸에엑!"

괴상한 비명을 지르며 날아간 헌원강이 연무장 한복판에 대자로 철푸덕 뻗었다. 그리고 한동안 움직이지 않았다.

문밖으로 고개만 내민 제자들이 졸린 눈으로 헌원강을 바라봤다. 다들 자다가 깨서 그런지 눈을 반만 뜨고 있었다.

"……죽은 거 아니지?"

"저 정도로 죽기엔 원강 선배가 지금까지 맞아 온 역사가 너무 아깝죠."

"방금 머리부터 떨어지지 않았수?"

"저기서 더 바보가 되면 큰일인데……."

그때 멍하니 하늘을 올려다보던 헌원강이 허리를 튕기며 벌떡 일어났다.

한쪽 코에 흐르는 코피를 소매로 슥 닦아 낸 헌원강은 진심으로 분하다는 듯 강하게 발을 굴렀다.

"아오! 이번엔 진짜 한 방 먹일 수 있었는데!"

"흐아암……."

맞은편에서 백수룡이 하품을 하며 걸어 나왔다. 헐렁한 침의를 갈아입지도 않은 모습. 한 손에는 흑룡편이 들려 있었다.

"자식. 새벽부터 기운도 좋네."

먼저 천무제 대비 특훈을 시켜 달라고 한 사람은 헌원강이었다.

그래서 다른 제자들보다 반 시진 먼저 일어나라고 했다. 맞춤형 개인 대련을 해 주기로 한 것이다.

'팽사혁하고 싸우고 나서 많이 분했던 모양인데.'

처음에는 분이 풀릴 때까지만 잠깐 상대해 줄 생각이었다.

지금 짜여진 수련 일정을 소화하는 것만으로도 한계에 가깝게 몰아붙이는 수준이니까.

몇 번 무리하다가 스스로 못 버티고 나가떨어질 거라고 생각했다.

그런데 헌원강의 두 눈에서 투지가 사라질 기미가 보이지 않았다.

"이번에는 진짜 한 방 먹인다!"

바닥을 박찬 헌원강이 백수룡에게 달려들었다.

벌써 몇 번이나 나가떨어졌는데도 처음과 다름없는 제자의 눈빛을 보며, 백수룡은 흑룡편을 까닥였다.

포기하지 않는 모습에 대견해 할 만도 하건만, 그의 눈빛은 오히려 다소 차가웠다.

"아까부터 계속 똑같은 방식으로 덤비는데. 그게 무슨 의미가 있냐?"

헌원강은 대답 대신 전력을 다해 도를 휘둘렀다.

흑도가 새벽공기를 찢어발기며 검은 벼락처럼 떨어졌다. 그 끝에 지루한 듯 하품을 하는 백수룡의 얼굴이 있었다.

흑도가 백수룡의 얼굴에 거의 닿을 때쯤, 아래로 늘어져 있던 흑룡편이 솟구쳤다.

까가가각!

칼날이 흑룡편을 긁으며 불티가 튀었다. 헌원강의 공격을 옆으로 흘려낸 백수룡이 무심하게 말했다.

"다 했냐? 이젠 내 차례다."

"……!"

그 순간 백수룡의 몸에서 맹수와 같은 기세가 피어올랐다. 헌원강은 저도 모르게 뒤로 물러났다.

흑룡편이 수십 줄기의 궤적을 그리며 헌원강의 전신을 노렸다. 무기는 흑룡편이지만 펼치는 무공은 무겁고 사나운 도법이었다.

까가가강!

백수룡은 일부러 하북팽가의 도법과 비슷한 느낌을 흉내 내며 헌원강을 몰아붙였다.

"크윽……!"

헌원강은 이를 악물고 쉴새 없이 도를 휘둘렀다. 사방에서 몰아치는 공격에는 빈틈이 없었다. 정말로 도법의 고수와 싸우는 기분이었다.

"고작 이런 실력으로 팽사혁을 이기겠다고?"

"젠자앙!"

손발이 어지러워진 헌원강의 몸에 빈틈이 크게 생겼다. 백수룡은 그 빈틈을 놓치지 않고 안으로 파고들었다. 흑룡편의 길이가 흑도보다 짧아 간격을 좁히는 것이 유리했다.

"별것도 아닌 도발에 흥분하기는. 일단 머리 좀 식혀라."

백수룡은 이 일격으로 새벽 특훈을 끝낼 생각이었다.

그러나 아래에서 위로 치솟은 흑룡편이 헌원강의 턱을 아슬아슬하게 스쳤다.

"피해?"

백수룡이 조금 놀란 표정으로 헌원강을 바라봤다.

당연히, 방금 공격이 전력은 아니었다. 적당한 힘과 속도를 실어서 헌원강을 뻗게 만들 생각이었지, 제자를 죽일 작정은 아니었으니까.

하지만 헌원강은 이 순간만을 노리고 있었다.

"흐흐."

단순히 피한 것으로 끝이 아니었다.

백수룡이 안으로 파고드는 순간, 헌원강이 씩 웃으며 날카롭게 눈을 빛냈다.

그 눈을 본 순간 백수룡은 깨달았다.

'나를 가까이 끌어들이려고 일부러 빈틈을 보였구나.'

거리가 좁혀진 순간, 헌원강은 미련 없이 손에서 도를 놓으며 주먹을 말아쥐었다.

힘은 거상웅이나 야수혁에 미치지 못하지만, 몸의 탄력과 반응 속도, 동물적인 감각은 단연코 헌원강이 제자들 중에서 가장 뛰어났다.

여기에 체격 조건도 백수룡보다 좋으니, 근접박투로 끌고 가면 승산이 있다고 계산한 것이다. 정면승부로는 답이 없다고 판단되자 임기응변으로 떠올린 노림수였다.

"……제법인데? 이제 속임수도 쓸 줄 알고."

평소 같았으면 으스대며 되받아쳤을 헌원강은 호흡조차 아끼며 일권을 뻗었다. 주먹에 담긴 힘이 바위도 깨부술 기세였다.

상당한 위력이었지만, 백수룡은 당황하지 않고 두 손으로 부드럽게 원을 그리며 헌원강의 주먹을 옆으로 흘려보냈다.

"아직은 어림없다."

그런데 헐렁하고 얇은 침의를 입은 탓에, 소맷자락 일부가 헌원강의 공격에 휘말렸다.

찌이익.

한 방 먹이는 데는 실패했지만, 소매가 제법 많이 찢어졌다.

눈앞에서 그 모습을 본 헌원강의 눈이 믿을 수 없다는 듯 부릅떠졌다.

"……!!"

지켜보고 있던 다른 제자들도 마찬가지였다. 모두의 입이 떡 벌어졌다. 졸린 눈이 저절로 부릅떠지고 자리에서 벌떡 일어났다. 백수룡도 조금 당혹스러운 표정이 되었다.

선생님의 옷이 찢어졌다!

"봤어? 봤지! 내가 한 방 먹일 거라고 말했잖아!"

헌원강이 잔뜩 흥분한 얼굴로 선 · 후배들을 돌아보며 소리쳤다.

그러나 헌원강의 흥분은 오래가지 못했다.

"어딜 보냐. 특훈 아직 안 끝났다."

혀를 찬 백수룡은 헌원강의 팔을 잡아 끌어당겼다. 그는 "어어어." 하고 멍청한 소리를 내며 딸려오는 헌원강의 귓가에 대고 속삭였다.

"끝까지 집중해라. 그럼 진짜 한 방 먹였을지도 모르잖아?"

"자, 잠깐만……!"

빠악!

헌원강의 관자놀이에 백수룡의 팔꿈치가 꽂혔다. 헌원강은 그대로 의식을 잃고 쓰러졌다.

특훈을 끝낸 백수룡은 손을 탈탈 털었다.

그는 자신의 찢어진 소매를 바라보며 피식 웃었다.

그러곤 몸을 돌려 다른 제자들을 바라봤다.

"너희도 준비됐냐?"

어느새 몸을 풀어 둔 제자들은 눈을 반짝반짝 빛내며 고개를 끄덕였다.

다들 방금 헌원강이 한 것을 보고 호승심이 자극된 것이다. 제자들이 동시에 방에서 뛰쳐나오며 백수룡에게 덤벼들었다.

"한 수 부탁드립니다!"

마당에 먼지가 크게 피어오르고, 기합 소리가 백룡장 바깥까지 울려 퍼졌다.

재능도 있고 열정도 넘치는 아이들.

백수룡은 그런 제자들에게 아낌없이 가르침을 베풀었다.

"으아아!"

어느새 다시 정신을 차린 헌원강이 벌떡 일어나더니, 진형에 자연스럽게 합류하며 외쳤다.

"백수룡 조지기 백팔십팔십팔 번으로 간다!"

잠시 공격을 멈춘 백수룡이 의심스럽다는 듯 미간을 찌푸렸다.

"방금 십팔이 두 번 반복된 것 같은데?"

"문답무용! 죽여!"

"……이 새끼가?"

그러나 동시에 사방에서 몰아치는 매서운 공격을 보며, 백수룡은 이내 피식 웃었다.

"그래. 얼마든지 덤벼 봐라."

언젠가 이 녀석들의 합공이 버거워지는 날이 오길, 백수룡은 진심으로 기대하고 있었다.

백룡장에 한바탕 폭풍이 몰아친 후, 백수룡은 안으로 들어가 몸을 씻었다.

씻고 나오자 바닥에 널브러져 있던 제자들이 어느새 아침을 차려 놓고 있었다. 죽을 만큼 힘들어도 백수룡에게는 절대 조리 도구를 맡기지 않는 것이 백룡장의 암묵적인 규칙이었다.

빠르게 식사를 마친 백수룡이 자리에서 일어났다.

"나 먼저 출근한다."

"이렇게 일찍이요?"

평소에도 일찍 나가긴 했지만, 오늘은 그보다 반 시진은 이르게 출근한다는 말에 제자들이 고개를 갸웃거렸다.

백수룡은 흑룡편과 창룡신검, 그리고 품 안에 강의계획서를 챙기며 말했다.

"오늘 전체 회의가 있거든."

이 학기 개학 첫날.

강사들은 학생들보다 한 시진 먼저 청룡학관에 출근해, 회의를 통해 이런저런 사항을 최종적으로 결정할 예정이었다.

"이따 봬요!"

백룡장을 나선 백수룡은 익숙해진 길을 걸었다.

처음 청룡학관에 입사했을 때만 해도, 그는 대부분의 강사들은 물론 학생들에게도 눈총을 받는 임시 강사에 불과했다.

하지만 지금 백수룡의 위치는 완전히 달라져 있었다.

"형님!"

익숙한 목소리에 고개를 돌리자, 반가운 얼굴들이 이쪽으로 빠르게 걸어오고 있었다.

"잘 지내셨어요?"

"형님 소문이 가실 날이 없어서 그런지, 어제 본 것 같군요."

씩 웃으며 다가오는 두 사람은 악연호와 명일오였다.

자연스럽게 그들의 기도를 살핀 백수룡의 눈에 이채가 발했다. 둘 다 전과 비교하면 훨씬 날카롭게 벼려진 느낌이었다.

"악가에서 한 수련이 힘들긴 했나 보다?"

"말도 마십시오. 창왕께서 어찌나 엄격하시던지……."

명일오는 다시 생각해도 무섭다는 듯 몸을 부르르 떨었다. 악연호도 한숨을 내쉬며 고개를 끄덕였다.

백수룡은 그런 둘을 보며 피식 웃었다.

"너희는 방학 내내 붙어 있었냐?"

"거의 그렇다고 봐야죠. 며칠 각자 집에서 쉬었을 때를 빼면요."

"이제는 서로 눈빛만 봐도 무슨 말을 할지 알 지경이라니까요."

"……그건 좀 오래된 부부 같아서 징그러운데?"

두런두런 대화를 나누며 함께 걷자, 금세 청룡학관 정문에 도착했다.

그곳에는 익숙한 뒷모습이 대자보를 올려보고 있었다. 학생처럼 보이는 앳된 외모였지만, 그녀 또한 한층 성숙해진 기운을 풍겼다.

"어? 오라버니들!"

세 사람의 기척을 느낀 제갈소영이 뒤를 돌아보곤 활짝 웃었다.

그런데 그녀의 표정이 무척이나 밝아 보였다.

"뭘 보고 있었길래 그렇게 싱글벙글이야?"

"직접 보세요."

제갈소영이 웃으며 옆으로 비켜서자, 그녀가 가리고 있던 대자보의 내용이 눈에 들어왔다.

곧 세 남자의 눈이 커졌다.

청룡학관 신입 강사 정규직 전환 안내

지난 한 학기 동안 놀라운 성과를 보여 준 신입 강사 전원이 정규직으로 전환되었음을 알리며, 업무 평가를 통한 성적을 발표한다.

수석(首席) **백수룡**
차석(次席) **제갈소영**
삼석(三席) **악연호**

……중략……

오석(五席) **진의협**
육석(六席) **명일오**

……중략……

십석(十席) 곽두용

이하 열 명의 신입 강사 전원을 정식 강사로 임명한다.
-청룡학관주 노군상-

"정식 강사……!"

"발표가 오늘이었군!"

악연호, 제갈소영, 명일오.

백수룡뿐만 아니라 입사한 동기들 전원이 청룡학관의 정식 강사가 되었다.

그동안 그들이 보여 준 성과를 생각하면 놀랄 만한 일은 아니었지만, 기쁘고 뿌듯한 것은 사실이었다.

"형님! 형님이 수석이에요!"

"축하드립니다!"

"축하드려요!"

동기들은 백수룡보다 더 기뻐하고 축하해 주었다.

처음 입사했을 때, 백수룡은 열 명의 신입 강사들 중 열 번째였다.

하지만 지금, 그의 이름은 당당히 맨 위에 있었다.

백수룡은 피식 웃었다.

"뭐, 당연한 걸 가지고."

하지만 기분이 좋은 것은 사실인지, 기쁨을 감추지 못한 입꼬리가 꿈틀거렸다.

실제로 백수룡은 무림십존보다, 무림맹 총사범이나 북해빙궁의 태상호법보다, 강사로 인정받는 것이 훨씬 만족감이 높았다.

'아직 멀었지만.'

천무제까지 이제 반년도 남지 않았다.

그 안에 청룡학관의 전력을 천무제에 우승할 수 있을 정도로 끌어올리고, 혈교와의 전쟁도 준비해야 한다. 그야말로 할 일이 산더미처럼 많았다.

"자, 들어가자."

백수룡은 동기들과 함께 보무도 당당히 청룡학관으로 들어섰다.

이 학기의 첫 출근이었다.

365화

저 말입니까?

아직 해가 다 뜨지도 않은 이른 시간.

청룡학관은 새로운 학기의 첫날을 준비하기 위해 일찍 출근한 강사들과 일꾼들로 북적이고 있었다.

"이봐, 저기……."

"청룡신협이다!"

백수룡과 그의 동기들이 청룡학관에 들어서자 곧바로 수많은 시선이 쏠렸다. 그 시선은 대부분 백수룡을 향했다.

곧 기다렸다는 듯이 청룡학관의 선배 강사들이 다가와 먼저 인사를 건넸다. 하나같이 얼굴 가득 친근한 미소를 지으면서.

"백수룡 선생님. 오랜만입니다."

"무림맹에서 혈교 첩자를 잡으셨다는 소식 들었습니다."

"다들 정규직 강사가 된 걸 축하드립니다. 진작에 발표돼야 했는데……."

더 이상 청룡학관에 백수룡의 능력을 인정하지 않는 강사는 없었다. 처음에는 미심쩍게 보거나 못마땅해하던 시선들은 모조리 경탄과 부러움의 시선으로 바뀐 지 오래였다.

이들도 결국 무림인이었다.

무림맹주에게 직접 새로운 십존의 일원으로 인정받고, 무림맹 총사범 지위까지 얻은 초고수 앞에서 고개를 빳빳이 들고 선배 행세를 할 수 있는 자는 없었다.

'저 명성으로 신입 강사라니……. 잘 보이지 않으면 이제 우리가 쫓겨나갈 판인데.'

'혹시 예전에 밉보인 것은 없겠지?'

'지금이라도 어떻게든 연줄을 만들어 두어야 하는데.'

특히 과거에 백수룡을 못마땅하게 여기던 강사들은 이제 그의 눈치를 보느라 전전긍긍했다.

"예. 오랜만입니다."

백수룡은 그런 강사들의 인사를 대충 받아 주었다.

평소 행실이 떳떳한 강사라면 애초에 이렇게 몰려와 굽신거릴 이유가 없기에, 강사들을 바라보는 백수룡의 표정은 시큰둥했다. 능력도 없이 연줄이나 만들어 보려는 자들을 선배라는 이유로 존중해 줄 생각은 없었다.

"그런데 다들 안 바쁘십니까? 오늘 전체 회의가 있는 것으로 아는데요."

"그게……."

"크, 크흠!"

백수룡의 한마디에 말이라도 한마디 붙여 볼까 다가왔던 강사들이 좌우로 비켜서며 길이 열렸다. 백수룡은 느긋한 걸음으로 그 사이를 빠져나갔다. 창피를 당한 강사들은 속으로 화를 삭이며 얼굴을 붉게 물들였다.

"큽……."

"풋……."

백수룡과 함께 그들을 지나친 동기들은 웃음을 참지 못했다. 방금 굽

신대던 강사들 중에는 평소 선배랍시고 꼰대질을 서슴지 않던 자들이 대부분이었던 것이다.

“방금 말대꾸도 못 하고 비켜서는 거 봤어요?”

“형님. 이제 학관의 실세가 다 되셨네요.”

“앞으로 저희도 오라버니 덕 좀 보겠어요.”

백수룡은 동기들의 농담에 피식 웃었다.

말은 저렇게 하지만, 그는 동기들이 누구보다 열심히 노력해 왔음을 알고 있었다.

동기들이 전부 정규직으로 전환된 것은 백수룡과 친해서가 아니었다.

‘완전히 아니라고 할 수는 없지만.’

백수룡이 청룡신협이란 별호로 무림에 큰 명성을 떨치면서, 덩달아 청룡학관에 대한 관심과 지원금도 엄청나게 늘어났다.

내년 지원자가 몇 배로 늘어날 것이고, 자연스럽게 인력도 더 필요해질 것이다. 학관 측에서도 그걸 예상하고 신입 강사 전원을 정규직으로 전환했을 것이다.

그러니 동기들의 정규직 전환에 백수룡의 영향이 완전히 없다고 할 수는 없었다.

“알면 잘해라.”

피식 웃으며 농담을 건넨 백수룡은 중간에 동기들과 흩어졌다. 다들 소속된 부서가 달랐고, 회의까지는 아직 시간이 조금 남아 있었다.

백수룡은 매극렴을 찾아갔다. 그는 여전히 생활지도부 소속이었다.

매극렴은 마당에서 검술 수련을 하고 있었다. 거의 막바지인지 몰아치는 기세가 엄청났다.

후우우웅!

검을 따라 일어난 바람이 노인의 몸을 휘감는다. 마당에 떨어진 나뭇잎들이 돌개바람을 타고 허공으로 비산해 흩어졌다.

평소와 다름없는, 한 자루 날카로운 검과 같은 모습으로 펼쳐 내는 매극렴의 검로.

그러나 백수룡은 매극렴의 분위기가 어딘가 달라져 있음을 알 수 있었다.

'음?'

칼날 같았던 기도가 묘하게 부드럽게 변해 있었다.

작지만 커다란 변화.

특히 매극렴 같은 노고수에게는 흔치 않은 일이었다.

'설마…….'

매극렴은 딸과 의절한 후 오랫동안 심마를 겪었다.

시간이 흐르며 심마를 극복할 수 있었으나, 그 후유증은 오래된 지병처럼 남았다. 그것은 매극렴이 더 높은 경지로 나아가는 데 있어 큰 걸림돌이 되었다. 백수룡도 치료할 수 없는 병이었다.

하지만 지금의 매극렴은 달랐다.

무거웠던 마음을 훌훌 털어낸 듯 발놀림은 가볍기만 했고, 엄격하다는 느낌이 들 정도로 날카롭던 검로에는 그전까지 보지 못했던 부드러움이 깃들었다.

'벽을 넘었군.'

둑이 터지듯 한순간에 무공이 크게 발전하는 경우가 종종 있다.

매극렴은 검의 기예에 있어서만큼은 백수룡도 존경할 만한 경지를 이룬 달인이었다.

심마를 극복하기 위해 수십 년 동안 검기(劍技)를 갈고닦아 온 그가 지금보다 얼마나 더 강해질지, 백수룡도 쉬이 예상할 수 없었다.

"후우우……."

수련을 마무리하고 멈춰서서 호흡을 정리하는 매극렴에게, 백수룡이 입가에 미소를 띠며 다가갔다.

"할아버님. 축하드립니다."

"……축하는 무슨. 그리 대단한 것도 아니다."

피식 웃은 매극렴은 허리춤의 검집에 검을 집어넣었다. 철컥, 오늘따라 그 소리가 더욱 경쾌했다.

"늦겠구나. 어서 가자꾸나."

"예."

잠시 후, 조손은 함께 회의실로 들어갔다. 그 안에는 이미 꽤 많은 강사들이 모여 있었다.

"늦었군."

남궁수가 특유의 서늘한 표정으로 백수룡을 바라봤다.

변함없는 얼음 같은 표정과 완벽하게 정돈된 옷매무새. 매극렴과 조금 다른 의미에서 한 치의 흐트러짐도 없는 모습.

방학 동안 대체 무슨 수련을 했는지, 청룡학관 유일의 일타강사는 벼락을 담은 듯한 금안(金眼)과 범접하기 힘든 기운을 품고 돌아왔다.

남궁수와 눈을 마주한 대부분의 강사들은 슬그머니 시선을 피할 정도였다.

그런데 그 남궁수가 방금 백수룡을 노려보며 '늦었군.'이라고 시비를 걸었다?

다른 강사들이 보기에, 이것은 심상치 않은 신호로 보일 수밖에 없었다.

'이 학기 첫날부터 기 싸움인가?'

'하긴, 남궁 선생 입장에서는 승승장구하는 백 선생이 탐탁지 않을 테지.'

'한쪽은 차기 남궁세가주에 가장 유력한 사내, 한쪽은 십존이라니. 대체 어디로 줄을 서야 하나…….'

'남궁 선생도 너무하는군. 그래도 가문의 은인인데 저렇게 죽일 듯 노려보다니.'

대부분의 강사들은 방학 동안 둘 사이에 무슨 일이 있었는지 자세히는 알지 못했다.

그러니 겉으로 보이는 모습만 보고 오해할 수밖에 없었다.

지금도 남궁수는 평범하게 백수룡에게 말을 걸었을 뿐이지만, 남들 눈에는 금안으로 태워 죽일 듯이 노려보는 것처럼 보였으니까.

강사들이 쓸데없이 잔뜩 긴장한 그때.

"별로 늦지도 않았구만."

피식 웃은 백수룡이 자연스럽게 남궁수 옆자리에 앉는 것이 아닌가?

"……!"

"……!"

소리 없는 비명들이 회의실 안에 퍼져 나갔다.

저것은 청룡학관 유일의 일타강사에 대한 명백한 도발이 아닌가?

주변의 놀란 시선을 느낀 백수룡이 어깨를 으쓱이며 말했다.

"옆에 앉아도 되지?"

"우습군. 네가 언제부터 남의 허락을 받았다고."

냉기가 뚝뚝 떨어지는 목소리는 당장 꺼지라고 경고하는 듯했지만, 백수룡은 무시하고 계속 옆에 앉았다.

그 위험천만한 장면을 본 강사들은 바쁘게 눈빛을 교환하거나 전음을 나누었다.

[이러다가 사달 나는 것 아닙니까?]

[남궁수 선생님. 지금 엄청 참고 계신 것 같은데…….]

[말려야 합니다! 당장 칼부림이 일어나도 이상하지 않아요!]

다들 폭발할 것 같은 긴장감에 숨도 제대로 쉬지 못하는 가운데, 백수룡 옆에 앉은 매극렴만 고개를 갸웃거렸다.

언뜻 남궁수의 말투는 싸늘하기 짝이 없지만, 가까이에서 보면 딱히 화가 난 것처럼 보이지 않았기 때문이었다.

오히려 묘하게 둘이 친해 보이기까지 했다.

"……묘한 일이군."

다행히도 회의실 안의 터질 듯한 긴장감은 오래 가지 않았다.

청룡학관주 노군상이 부관주 곽철우와 함께 회의실에 들어선 것이다.

"다들 반갑구려."

푸근한 인상으로 강사들을 둘러본 노군상의 시선은 마지막에 나란히 앉은 백수룡과 남궁수에게 머물렀다. 그의 입가에 맺힌 미소가 더욱 짙어졌다.

"이 학기 학사 일정에 대해 몇 가지 공지해야 할 내용이 있어, 바쁘신 와중에 이렇게 모여 달라고 부탁드렸소이다."

강사들은 모두 고개를 끄덕였다. 그 와중에 절반 이상은 여전히 긴장한 표정으로 남궁수와 백수룡을 힐끗거렸다.

한동안 노군상의 이야기가 계속됐다.

"……그리고 올가을에 있을 청룡제, 수학여행은 각별히 주의해서 진행할 것이오. 혈교의 위협이 시시각각 다가오고 있으니 말이지."

"관주님. 수학여행은 취소하는 것이 안전하지 않겠습니까?"

"상황에 따라 그리해야 할 수도 있겠지. 하지만 혈교의 위협에 지레 겁먹을 필요도 없을 터. 일단은 예정대로 진행하고, 추후 상황을 지켜보도록 하겠소. 또한 오대학관 합동 수업에 대한 제안이 왔는데……."

이 학기에 있을 굵직한 학사 일정에 대해 이런저런 이야기들이 나왔다.

백수룡은 따로 발언을 하지 않고 조용히 경청했다.

그가 조금 지루하다는 생각이 들 때쯤, 노군상이 힘주어 말했다.

"그리고, 이 학기가 끝난 후에는 곧바로 천무제가 있소이다."

천무제.

올해는 그 말이 주는 느낌이 달랐다.

지난 십 년 동안 청룡학관은 종합 성적 꼴찌를 했지만, 이제는 다르다는 분위기가 강사들은 물론이고 학생들에게까지 퍼져 있었다.

"천무제 준비도 본격적으로 할 예정이오. 올해는 진행위원회도 작년보다 빨리 꾸릴까 하는데, 선생들의 의견은 어떻소?"

모두가 고개를 끄덕였다.

천무제에 대한 기대치가 높아진 만큼, 준비도 더 철저히 하는 것은 당연했다.

그러나 이어진 노군상의 발언은 누구도 예상치 못한 것이었다.

"백수룡 선생이 올해 천무제 진행위원장을 맡아 주었으면 하는데."

"……!"

순간 모두가 나란히 앉아 있는 남궁수와 백수룡을 바라봤다.

작년까지 천무제 진행위원장은 남궁수였다.

그런데 아무리 공이 많다고 해도, 백수룡이 자신의 자리를 빼앗는 것을 남궁수가 용납할까?

"저 말입니까?"

심지어 백수룡도 예상하지 못했는지 눈을 휘둥그레 뜨고 손가락으로 자신을 가리켰다. 미리 언질을 받지도 않은 모양이었다. 그리고 백수룡은 힐긋 남궁수를 쳐다봤다.

꿀꺽…….

다시 한번 회의실에 긴장감이 감도는 가운데, 조용히 듣고만 있던 매극렴이 손을 들고 발언했다.

"진행위원장은 남궁수 선생이 하는 게 낫지 않겠습니까? 백수룡 선생의 능력이 출중하고 청룡학관을 위해 세운 공이 많다고는 하나, 천무제에 참석하는 것은 이번이 처음입니다. 아직은 그만한 책임을 지기에는 이르다고 생각됩니다."

백수룡의 외조부인 매극렴이 그렇게 발언하자, 회의장에 약간은 안도

하는 분위기가 흘렀다.

이어서 부관주 곽철우도 자신의 의견을 말했다.

"저도 같은 생각입니다. 차라리 남궁수 선생이 진행위원장을 맡고, 백수룡 선생에게 부위원장을 맡기는 것이 어떨지요. 두 선생이 합심하면 올해 천무제에서 분명 좋은 성적을 거둘 것입니다."

나름의 타협안에 대부분의 강사들이 고개를 끄덕이는 가운데, 노군상은 묘한 미소를 지어 보였다.

"사실, 이것은 남궁수 선생이 직접 내게 제안한 것이오."

"예?"

"정말입니까?"

"어째서……."

다들 이해할 수 없다는 표정을 짓는 가운데, 남궁수가 자리에서 일어났다.

그가 번쩍이는 금안으로 좌중을 둘러보자, 웅성거림이 순식간에 가라앉았다. 남궁수는 특유의 서늘한 무표정으로 입을 열었다.

"다들 백수룡 선생이 입사 시험 때 했던 발언을 기억하실 겁니다."

남궁수는 바로 옆에 있는 백수룡에게 시선도 주지 않으며 말을 이었다.

"청룡학관을 천무제에서 우승시키겠다고 말했습니다. 당시에는 모두가 터무니없는 소리라고 생각했을 겁니다."

다들 조용히 고개를 끄덕였다.

불과 반 년 전만 해도 백수룡의 호언장담은 치기 어린 신입 강사의 헛소리로 치부되었다.

그리고 지금도, 청룡학관이 정말로 우승까지 가능하리라고 생각하는 사람은 거의 없었다.

"백수룡 선생님."

남궁수는 비로소 고개를 돌려 백수룡을 바라봤다.

그리고 남들이 보기에는 섬뜩하기 그지없는 미소를 지으며 말했다.

"본인이 한 말에 책임지길 바랍니다. 반드시 청룡학관을 천무제에서 우승시키십시오."

"……!"

그 말을 듣는 순간, 많은 강사들은 비슷한 생각을 했다.

'우승 못 하면 그 책임을 물어 실각시키겠다는 뜻이구나!'

'과연 남궁세가의 삼남으로 후계자 다툼에서 승리한 사내…….'

'남궁수 선생. 정말 무서운 사람이다.'

대부분의 강사들이 남궁수의 무서운 계략(?)에 몸을 부르르 떨었다.

그 서늘한 미소에서 신뢰를 발견한 것은 백수룡과 매극렴, 노군상 정도였다.

노군상이 껄껄 웃으며 물었다.

"백수룡 선생. 어떻게 하겠나? 물론 강요하는 것은 아닐세."

이번에는 모두의 시선이 백수룡에게 향했다.

이러니저러니 해도, 학관의 일타강사가 자신의 자리를 양보했다.

엄청난 기대와 부담감이 공존하는 자리.

만약 예상보다 못한 성적을 거둔다면, 그 책임과 비난은 모두 백수룡을 향할 것이다.

'반대로 성공한다면 그 영광도 백수룡 선생이 차지하게 되겠지만…….'

'현실적으로 우승은 힘들지. 거절하는 편이 나아.'

'승낙해서 좋을 게 하나도 없어.'

많은 이들이 비관적이었지만, 백수룡을 아는 사람들은 그의 대답을 이미 알고 있었다.

그가 실패를 두려워하기는커녕, 상정조차 하지 않는 사람이라는 것을 말이다.

"하겠습니다."

백수룡은 일말의 고민도 없이 자리에서 일어났다. 그는 회의실 안에 있는 강사들을 죽 둘러본 후, 마지막으로 자신에게 기회를 양보한 남궁수를 바라보며 씩 웃었다.

"맡겨 주십시오. 처음 약속한 대로, 청룡학관을 우승시켜 오겠습니다."

그렇게 백수룡은 천무제 진행위원장으로 발탁되었다.

366화

평화로운 일상에 찾아온

전체 회의가 끝난 후.

백수룡은 곧바로 남궁수의 사무실을 찾아갔다.

지난 몇 년간 천무제 진행위원장이었던 남궁수에게 인수인계 자료를 건네받기 위해서였다.

"……최근 삼 년간 천무제의 모든 대회 기록을 정리한 자료다. 청룡학관 외에도, 대회에 참가했던 오대학관 학생들의 명단, 그들의 특이 사항과 대회 기록을 적어 두었다."

쿵!

서류 더미가 든 목함을 꺼낸 남궁수가 그것을 책상 위에 올렸다. 청룡학관 제일의 일 중독자답게 남궁수가 모아 둔 자료의 양은 어마어마했다.

백수룡은 조금 질린 표정으로 그 서류 더미를 살펴보았다.

"이 정도면 삼 년이 아니라 삼십 년 치 자료라고 해도 믿겠는데?"

"그런 비효율적인 정리는 하지 않았다. 현재 오대학관 사 학년들이 일 학년이던 시기부터 지금까지, 실질적인 경쟁자들에 대한 정보만 취합했다."

"너도 진짜……."

고개를 절레절레 저은 백수룡은 손을 뻗어 서류 더미를 들춰 보았다.

가장 긴 것도 삼 년밖에 안 된 자료인데 종이가 전부 너덜너덜했다. 반면에 쌓인 먼지는 거의 찾아볼 수 없었다.

최근까지 남궁수가 이 서류를 종이가 닳도록 자주 들춰 보았다는 뜻이었다.

그게 무엇을 의미하는지 아는 백수룡은 고개를 들어 남궁수를 바라봤다.

"열심히 준비한 것 같은데, 진짜 내가 진행위원장을 맡아도 상관없겠어?"

"이제 와서 안 된다고 하면 물러날 건가?"

"그건 아니고."

씨익 웃은 백수룡은 서류가 든 목함을 통째로 자신 쪽으로 당겼다.

일 욕심이라면 백수룡도 절대 지지 않는 사람이었다. 남궁수가 만들어 둔 자료는 아주 귀하게 쓰일 계획이었다.

"양보해 줘서 고맙다는 말이지."

"고마워할 것 없다. 어차피 너에겐 개인적으로 갚아야 할 것도 있으니."

"뭘 또 갚아?"

순간 흠칫한 백수룡이 미간을 좁히며 남궁수를 바라봤다.

뭘 자꾸 갚는다는데, 백수룡은 그게 원수인지 은혜인지 도통 헷갈렸다. 물어보면 남궁수는 항상 의뭉스럽게 말끝을 흐리기만 했다.

"이번 기회에 확실하게 짚고 가자. 자꾸 갚는다는 게……."

"하지만 그것 때문만은 아니다."

백수룡의 말을 끊은 남궁수는 조금은 쓸쓸한 표정으로 말을 이었다.

"나는 지난 몇 년간 청룡학관을 바꾸지 못했다. 나름대로 최선을 다했지만 천무제에서의 성적도, 청룡학관이 가진 뿌리 깊은 패배의식도 여전히 그대로였다."

"치사한 놈……."
그런 말을 하면 물어볼 수가 없지 않나.
백수룡이 작게 한숨을 쉬는데, 남궁수는 물끄러미 서류 더미를 바라봤다.
"청룡학관 유일의 일타강사라는 말이 조롱처럼 들릴 때도 있었다. 나 혼자 노력해 봤자 아무것도 변하지 않았으니까. ……이직에 대한 고민도 했었지."
덤덤하게 말하고 있었지만, 그것은 남궁수가 처음으로 타인에게 드러낸 속내였다.
"하지만 너는 달랐다."
서류 더미에서 고개를 든 남궁수가 샛노란 금안으로 백수룡을 응시했다.
"짧은 시간에 많은 것을 바꾸었지. 천무제에 진행위원장 자리를 양보한 것은 그래서다. 네가 나보다 더 적합하니까."
"음. 알다시피 내가 좀 대단하긴 하지."
이제는 제법 익숙해진 백수룡의 뻔뻔한 대답에, 남궁수는 피식 웃었다.
"천무학관을 제외한 다른 오대학관과 청룡학관 학생들의 실력의 차이는 생각만큼 크지 않다. 문제는 천무제에만 참석하면 위축되는 분위기였지. 대진 운도 나빴다. 초반부터 천무학관과 유독 자주 부딪쳤으니."
"초반부터? 자세히 좀 얘기해 봐."
백수룡은 스윽 의자를 가져와 남궁수의 맞은편에 앉았다.
갑자기 두 사람만의 회의가 시작되었지만, 둘 다 아무렇지 않다는 듯 자연스러웠다. 그들은 마주 앉아 함께 서류를 살피면서 업무를 시작했다.
"진행위원회를 제대로 구성하는 것이 최우선이다."
"그건 생각해 둔 명단이 있어. 일단 부위원장에 남궁수, 그 밑에 풍진호, 그리고 내 동기들 중에서 몇 명……."
"시작부터 뻔뻔하기 짝이 없군. 나보고 네 밑에서 일하라는 건가."

"어차피 도와줄 생각이었잖아?"

"……고문(顧問) 위원 정도로 하지."

방학 동안에도 두 사람은 일과 관련된 이야기를 자주 나눴었다. 덕분에 이제는 일 이야기를 하는 것도 굉장히 자연스러웠다.

"천무제 출전 명단을 제출하는 것은 기말고사 이후다."

"급하게 뽑을 이유가 없다 이거군. 그럼 후보군을 선별하고 경쟁시키는 쪽으로 가는 게 낫겠는데?"

"그쪽이 좋을 것 같군. 작년이라면 참여율 자체가 저조할 테지만, 올해는 다를 테니……."

두 강사는 천무제뿐만 아니라 서로의 수업 내용에 대한 부분도 공유했다. 천무제 선발 명단을 꾸리는 것과 결코 무관하지 않기 때문이었다.

남궁수는 이 학기에도 많은 수업을 맡아 청룡학관 학생들의 전체적인 능력을 향상시키는 데 초점을 맞추기로 했다.

반면, 백수룡은 이 학기에도 단 하나의 수업만 맡아 집중할 생각이었다. 두 사람의 성향이 갈리는 부분이었다.

백수룡의 강의계획서를 읽어 본 남궁수가 미간을 살짝 찌푸렸다.

"수업명은 정말 이대로 쓸 건가?"

"왜? 무슨 문제라도 있어?"

"……무림맹에서 좋아할 것 같긴 하군."

두 사람이 자리에서 일어난 것은 한 시진이 훌쩍 지나서였다.

물론 그것도 할 이야기가 끝나서가 아니라, 이후에 있는 남궁수의 수업 때문이었다.

"난 이제 수업에 들어가야 한다. 계속 여기 있을 건가?"

"아니. 같이 나가자고."

두 사람은 함께 남궁수의 사무실을 나섰다.

"그런데……."

백수룡은 옆에서 나란히 걷고 있는 남궁수에게서 위압적인 기운을 느꼈다.

아까 전체 회의에서 대부분의 강사들은 남궁수와 눈도 제대로 마주치지 못했는데, 단순히 그의 금안 때문만은 아니었다.

공간 전체를 짓누르는, 스스로를 세상의 중심이자 제왕(帝王)이라고 주장하는 듯한 오만한 기세.

남궁수는 나름대로 갈무리를 하려고 한 모양이지만, 미처 숨기지 못한 기운이 은연중에 흘러나오고 있었다.

그 시선을 느낀 남궁수가 의아한 표정으로 물었다.

"더 할 말이라도 있나?"

백수룡은 굳이 빙빙 돌려서 묻지 않았다.

"새로운 무공을 익힌 것 같은데?"

남궁수도 그 사실을 부정하지 않고 고개를 끄덕였다.

"……본가에 잠시 들렀을 때, 가주께서 무공을 전수해 주셨다."

남궁세가주가 직접 전수한 무공.

그 말을 들으니 곧바로 어떤 무공일지 짐작 가는 것이 하나 있었다.

'제왕검형(帝王劍形)이라……. 천뢰검법과 어우러지면 가공할 위력이 나오겠군.'

제왕의 기운이 공간을 장악하고, 하늘의 벼락이 검에서 뿜어진다면, 천하에 그걸 피할 수 있는 무인이 몇이나 될까.

피식.

백수룡의 입가에 미소가 맺혔다.

"도무지 방심을 못 하겠네."

청룡학관의 원조 일타강사는 무섭게 강해지고 있었다.

마치 백수룡에게 쉽게 자리를 내어줄 수는 없다는 듯.

혹은 방심하면 언제든 다시 빼앗겠다는 듯이 말이다.

그리고 남궁수의 그런 모습은 백수룡의 승부욕을 자극하기에 충분했다. 두 사내의 눈빛이 허공에서 잠시 부딪쳤다.

"내일 또 보자고."

"그러지."

갈림길에서 멈춰선 두 사람은 짧게 인사를 나누고 반대 방향으로 발길을 돌렸다.

남궁수는 강의실을 향해 빠르게 발걸음을 옮겼고, 백수룡은 생활지도부로 향했다. 가서 남궁수에게 받아 온 서류를 좀 더 살펴볼 생각이었다.

"선생님 안녕하세요!"

"저 오늘 선생님 수업 수강 신청했어요!"

"나중에 저희 밥 사 주세요!"

대연무장을 가로지르는 백수룡에게 많은 학생들이 다가와 밝게 인사했다.

개학 첫날.

학생들의 표정은 대체로 들떠 보였다.

청룡학관의 위상이 전과 달라진 것을 가장 크게 체감한 것이 학생들이었다. 그들은 방학 동안 집에 다녀오면서 주변 사람들로부터 수많은 질문과 부러움의 시선을 받았다.

이러한 변화가 누구 때문인지는 모두가 알고 있었다.

"어어, 그래. 오랜만이다. 잘들 지냈냐?"

백수룡은 씩 웃으며 학생들의 인사를 받아 주었다.

그중에는 자주 본 얼굴들도 있었고, 용기를 내서 쭈뼛쭈뼛 말을 걸어오는 아이들도 있었다.

청룡학관의 평화로운 일상이자 풍경이었다.

그런데 그때, 백수룡은 자신을 은밀히 뒤따라 오는 기척을 느꼈다.

'살수?'

그러나 곧 백수룡은 뭔가 이상하다는 것을 깨달았다.

살수라기에는 느껴지는 시선에 담긴 감정이 살기와는 거리가 멀었다.

그보다는 더 섬뜩하고 끈적끈적한…….

이내 그 정체를 깨달은 백수룡이 제자리에서 멈춰서서 한숨을 쉬었다.

"당소소. 이리 나와라."

"……후후."

스르륵.

기둥 뒤편의 그림자에서 당소소가 음산한 미소를 지으며 나타났다. 방학 동안 은신술만 갈고닦은 게 아닌가 싶을 정도로 조용한 움직임이었다.

백수룡이 황당하다는 표정으로 물었다.

"왜 몰래 쫓아온 거야?"

당소소가 배시시 웃으며 말했다.

"다른 학생들과는 다르게 인사드리고 싶었거든요. 무공이 얼마나 발전했는지도 같이 보여 드리고 싶었고요."

확실히 조금 전 은신술만 봐도 움직임이 상당히 좋아졌다는 것을 알 수 있었다. 처음에는 살수인 줄 알았을 정도였으니까.

백수룡이 한숨을 내쉬며 고개를 끄덕였다.

"그래. 열심히 수련했구나. 조금만 더 하면 살수 해도 되겠다."

"암기술이랑 독공도 보여 드릴까요?"

눈을 초롱초롱하게 빛내는 당소소에게, 백수룡은 절레절레 고개를 저었다.

개학 첫날부터 청룡학관 한복판에서 독연이 터지고 암기가 날아다니게 했다간, 아무리 백수룡이라도 시말서를 피할 수 없었다.

"이따가 수업 시간에 보자. 내 수업 수강 신청했지?"

"물론이죠!"
오늘 오후에 백수룡의 수업이 있었다.
당소소뿐만 아니라 오랜만에 보는 학생들이 얼마나 발전했을지, 그때 확실하게 알 수 있을 터였다.
"알겠어요. 그럼 이따 수업 시간에 뵐게요."
돌아서려던 당소소가 뭔가 생각났다며 말했다.
"맞다. 정문 쪽에 선생님을 찾는 사람이 있던데요?"
"나를?"
당소소와 헤어진 백수룡은 빠르게 정문으로 걸음을 옮겼다.
곧 정문에서 험악한 인상의 사내가 정문을 지키는 위사들과 실랑이를 벌이는 모습을 볼 수 있었다.
"청룡신협하고 아는 사이라니까!"
"그래도 함부로 들어가면 안 된다고 하지 않았소!"
"급한 거라니까 그러네! 당신들 신입이지? 나 몇 달 전에도 여기 자주 왔었어!"
"일단 지금 확인 중이니……."
짧은 머리에 사나운 외모. 무복으로도 전신의 흉터를 다 가리지 못한 작은 키의 사내.
주변의 학생들이 슬금슬금 피하는 것이 보였다.
아무리 좋게 봐줘도 수금하러 온 사파의 마두로밖에 보이지 않는 인상.
하지만 백수룡은 한눈에 그를 알아보았다.
"철두?"
그는 갱생문의 문주인 철두였다.
백수룡의 부름에 철두가 이쪽을 돌아봤다. 그리고 위사들을 향해 버럭 소리쳤다.
"보쇼! 잘 아는 사이라니까!"

"흠흠……."

과거 남창의 뒷골목 왈패 무리에 불과했던 갱생문은 이제는 어엿한 문파로 자리를 잡아 가고 있었다.

백룡상단의 자금과 청천의 조력, 하오문의 지원이 더해진 결과였다.

그럼에도 갱생문의 문주인 철두는 외모 때문에 여전히 자주 오해받곤 했다.

철두가 백수룡에게 불만을 토해냈다.

"젠장. 몇 달 전만 해도 잘 들여보내 주더니 갑자기 왜 이러는 거요?"

"개학에 맞춰서 위사들을 새로 뽑았거든. 혈교 때문에 수상해 보이는 인물은 들여보내지 말라는 공문도 있었고."

철두에게는 미안하지만, 위사들 입장에서는 그를 그냥 들여보내 주는 것이 업무 태만이나 다름없었다.

백수룡이 철두를 보더니 피식 웃었다.

"제법 강해졌는데?"

"흐. 제법이라고 할 정도는 되나 보군."

놀라울 정도로 탄탄해진 몸만 보아도 알 수 있었다. 그동안 얼마나 뼈를 깎는 노력을 해 왔을지 말이다.

"그래서, 무슨 일이야?"

"좀 조용한 곳으로 갑시다."

인적이 드문 건물 뒤편에 와서야 철두는 품에서 조심스럽게 서찰을 꺼내 내밀었다.

"이거, 국숫집 할멈이 전해 주라고 하더군. 중요한 것이니 꼭 나더러 직접 갖다 주라고 했소."

"국숫집 노파가?"

국숫집 노파는 남창의 하오문 지부장을 말하는 것이었다.

서찰을 받아든 백수룡의 표정도 조금 진지해졌다. 봉인된 봉투의 겉면에 지급(至急)이라는 글자가 적혀 있었다.

"전달했으니 나는 이만 가 보겠소. 나중에 한번 들러서 애들 무공 좀 봐주시오."

"그래. 고맙다."

철두가 돌아간 후, 백수룡은 서찰의 봉인을 뜯고 내용물을 확인했다.

잠시 후 그의 표정이 딱딱하게 굳었다.

"……어르신."

서찰의 발신인은 혈교에 잠입한 위지열이었다.

367화

물론 성적도

위지열이 백룡장을 떠나기 전, 백수룡은 그에게 개방과 하오문을 통해 자신에게 연락할 방법을 알려 주었다.

둘 중 위지열이 선택한 쪽은 하오문이었다.

서찰은 손마디의 굳은살이 느껴지는 듯한 굵은 필체로 쓰여 있었다.

허 선생. 잘 지내고 있소?

첫 문장부터 뜬금없는 사람의 이름이 언급 되었다. 그러나 백수룡은 그것이 잘못 보내진 서찰이라고 생각하지 않았다.

허 선생.

위지열과 미리 정해 둔 수신인의 이름이기 때문이었다.

고향으로 돌아온 후에도, 그대와 종종 술잔을 기울이던 날이 그립구려. 오랜만에 안부가 궁금하여 붓을 들었소.

만약 혈교에서 중간에 이 서찰의 존재를 발견하더라도, 지인에게 보내는 평범한 내용이었다고 변명할 수 있도록.

나는 고향으로 돌아와 야장일을 계속하고 있소이다. 전에 말했을 게요. 내 고향은 아주 먼 곳이라오.

겉으로 보기에는 지인에게 보내는 평범한 안부 내용처럼 보였지만, 평범한 문장 사이사이에 암어로 이루어진 진짜 내용이 숨어 있었다.

혈교 잠입에 성공. 하지만 아직 교의 신뢰는 얻지 못함.

문장이 다소 어색했지만, 내용을 이해하기에는 아무런 문제도 없었다.

백수룡은 위장용으로 쓰인 부분을 걸어내며 그 사이사이에 암어로 적힌 내용을 빠르게 해석해 나갔다.

이동할 때는 눈을 가리고, 내부에서도 자유롭게 돌아다니지 못하는 상황. 그 탓에 아직 교의 정확한 본거지 위치는 파악하지 못함. 현재 계속 파악 중.

"어르신……."

백수룡은 작게 한숨을 쉬었다.

위지열은 원한다면 얼마든지 손자와 함께 안락한 노후를 보낼 수 있었다.

하지만 그는 다가올 혈교와의 전쟁에 대비해, 자신이 해야 할 일을 찾았다.

대부분의 시간 대장간에서 무기를 만들고 있음. 드물게 무기를 만들 철을 직접

봐야 한다는 핑계로 감시하에 외출 가능. 이 서찰도 그때 보낼 예정.

바로 혈교의 팔대 가문 중 하나였던 위지가의 가주라는 자신의 신분을 이용해, 혈교에 잠입하여 내부 정보를 빼내 전달하는 것.

발각되는 즉시 모진 고문 끝에 처형당할 수도 있는 위험한 일이었다. 하지만 위지열은 망설이지 않고 혈교에 투신했다.

혈교의 고위 인사들과도 몇 차례 접촉함. 아래에 지금까지 접촉한 고위 인사들의 명단과 정보를 적어 두겠음.

백수룡은 위지열이 백룡장을 떠나기 전에 했던 말을 떠올렸다.

–나는 천이의 행복을 지켜 주고 싶네. 그러기 위해서는 혈교와의 남은 인연을 정리해야겠지.

백수룡의 반대에도 불구하고 위지열은 고집을 부렸고, 기어이 혈교에 잠입하는 데 성공했다.

그리고 그가 목숨을 걸고 알아낸 귀한 정보들이 지금, 백수룡의 손에 전달되었다.

"……유용하게 잘 쓰겠습니다."

건조한 문체로 필요한 말만 서술하고 있지만, 백수룡은 그가 많은 고초를 겪었으리라 짐작할 수 있었다. 누구보다 혈교의 생리에 대해 잘 알기 때문이었다.

혈교는 무공이 약한 자는 살아남는 것조차 쉽지 않은 약육강식의 세계다.

과거 팔대 가문의 가주라고 해도, 무공이 특출나지 않은 위지열은 많은 모멸과 멸시를 견뎠을 것이다.

'떠나기 전에 화령신공을 건네드리긴 했지만…….'

아무리 백수룡이라도 위지열이 화령신공의 성취를 얼마나 이루었는지는 알 수 없으니, 혈교에 있는 그를 걱정할 수밖에 없었다.

"……최대한 빨리 그곳에서 나오실 수 있게 해 보겠습니다."

백수룡은 굳은 표정으로 서찰을 빠르게 읽어 내려갔다.

애초에 긴 내용도 아니어서, 금방 마지막 부분까지 읽을 수 있었다.

혈교의 고수가 자네를 노리고 있음. 살막으로 추정. 살수를 조심.

그 내용을 본 순간, 백수룡의 눈썹이 크게 꿈틀거렸다.

'살막이 날 노린다고?'

살막이 혈교에서 만든 조직이라는 것은 무림에 알려지지 않은 비밀이었지만, 백수룡은 예전부터 알고 있었던 사실이었다.

"살막이라……."

백수룡은 과거 공손수를 노렸던 살막의 살수를 떠올렸다.

이번에는 분명 그때보다 더 은밀하고 위험한 살수가 올 것이다.

모르고 있었다면 큰 낭패를 당할 뻔했다.

허 선생. 그럼 언젠가 되었든, 다음에 술 한잔할 수 있는 날을 기약하며 마치겠소.

천이에게, 이 할애비는 잘 지낸다고 안부 전해 주게.

서찰에 적힌 내용은 그것으로 끝이었다.

"꼭 전하겠습니다."

백수룡이 서찰을 접어서 품 안에 넣을 때였다.

우우웅!

허리춤의 창룡신검이 약하게 부르르 떨었다.

[……술법으로 살펴보았는데, 그 서찰이 가짜 같지는 않구나.]

청룡학관에 온 이후로는 병든 닭처럼 자주 잠들어 있던 창룡신검이, 살수가 백수룡을 노린다는 사실을 알고 깨어난 것이다.

백수룡이 신기하다는 표정으로 검을 바라보며 물었다.

"술법으로 그런 것도 알 수 있어?"

[직접 쓴 글에는 사람의 감정이 남아 있는 법이다. 그 서찰에 남아 있는 감정이 사악하지 않으니, 너를 속이려는 의도가 없는 것으로 보면 될 것이다.]

"즉, 어르신이 협박을 당해서 억지로 썼을 가능성도 없다는 말이지?"

백수룡은 애초에 그런 가능성은 생각하지 않았다.

위지열은 협박을 당한다고 손자에게 해가 될 만한 일을 할 사람이 아니었으니까.

그렇다고 창룡신검의 확인이 도움이 안 된 것은 아니었다.

위지열이 혈교에 정체를 들키지 않고 무사히 지내고 있다는 사실을 확인한 것과 마찬가지였으니까. 덕분에 좀 더 안심이 되었다.

[혈교의 살수가 너를 노린다는데, 어찌할 것이냐?]

"글쎄……."

백수룡은 말끝을 흐리며 잠시 생각에 잠겼다.

혈교가 자신을 노릴 거란 사실을 예상하지 못한 것은 아니었다.

혈교 입장에서 자신들의 계획을 몇 번이나 엎어버린 청룡신협을 처리하고 싶은 것은 당연하니까.

하지만 백수룡의 실력과 명성을 생각하면 아무나 보낼 수는 없을 터.

"……온다면 아마 살막에서 가장 뛰어난 살수가 오겠지."

백수룡은 살막에서 그런 살수를 부르는 호칭도 알고 있었다.

"천살이 움직이겠군."

무림에 알려진 살막의 살수 중 최고의 살수는 일살(一殺)이다.

하지만 그 위에 세상에 드러나지 않은 살수가 한 명 더 있으니, 혈교에서는 그를 천살(天殺)이라고 불렀다.

천살의 능력은 혈교의 장로급 고수도 암살할 수 있을 정도라는데, 백수룡도 소문만 들어봤을 뿐 직접 본 적은 없었다.

'놈이 날 죽이러 오는 건 상관없는데…….'

백수룡이 무엇을 걱정하는지 느낀 창룡신검이 말했다.

[백룡장에는 술법을 펼쳐 두마. 낯선 이가 침입하거나 흔적을 남기면 즉시 알게 될 것이다.]

백수룡이 피식 웃으며 창룡신검의 검신을 쓸어 주었다.

"넌 역시 쓸모가 많은 검이라니까."

[나를 조금 더 존중…… 되었다. 피곤하니 이만 쉬러 가마.]

창룡신검은 북해빙궁에서 돌아오는 길에 술법을 너무 많이 사용해 휴식이 필요하다고 했다. 요즘 대부분의 시간을 잠들어 있는 것도 그래서였다.

백수룡은 잘 자라며 검파를 툭툭 두드려 주었다.

"그래. 쉬고 있어."

잠시 후, 건물 뒤편에서 나온 백수룡은 전과 다름없는 표정으로 학생들의 인사를 받아 주었다.

그러나 주변을 둘러보는 백수룡의 눈은 전보다 서늘하게 빛나며, 청룡학관에 어울리지 않는 이질적인 존재를 찾았다.

"좋아. 어디 한번 숨바꼭질을 해 보자고."

◆ ◈ ◆

웅성웅성…….

청룡학관 대연무장에 많은 학생들이 모여 있었다. 얼핏 봐도 그 숫자가 백 명 가까이 되었다.

보통 대연무장은 학관의 공식 행사나 실기 시험, 혹은 합동 수업을 할 때 사용되는 장소였지만, 오늘은 단 하나의 수업에 대연무장이 통째로 배정되었다.

학생들도 이렇게 많은 인원이 모인 게 신기한지, 끼리끼리 모여서 떠들고 있었다.

"수강 신청 정원이 백 명이었다더니……."

"아무리 백수룡 선생님이라도 이 많은 애들을 다 가르치는 게 가능할까?"

"솔직히 너무 많은 것 같긴 해."

바로, 이 수업이 청룡신협 백수룡이 가르치는 이 학기의 유일한 수업이기 때문이었다.

수업이 시작되기까지 아직 일각 정도 남아 있었지만, 기대감이 매우 큰 수업답게 대부분의 학생들이 이미 대연무장에 도착해 있었다.

그때 연무장 한쪽이 술렁이기 시작했다. 누군가가 낮은 목소리로 소리쳤다.

"청룡오망이다!"

헌원강을 필두로 한 백룡장 제자들이 대연무장에 도착한 것이다.

먹잇감을 찾는 맹수 같은 눈빛으로 주위를 둘러보던 헌원강이 누군가를 발견하고 눈을 빛냈다.

"어이 독고!"

학생회 소속 학생들과 함께 모여 있던 독고준이 그 소리를 듣고 고개를 돌렸다.

"헌원강. 오랜만이군."

"역시 너도 이 수업 신청했냐?"

헌원강과 독고준.

청룡학관 삼 학년들 중에서도 손에 꼽히는 강자인 두 학생이 마주 서자, 장내에 묘한 긴장감이 흘렀다.

먼저 씨익 웃은 쪽은 헌원강이었다.

"방학 때 수련 열심히 했나 보다? 제법 강해진 것 같은데."

"……그건 내가 해야 할 말인 것 같은데."

독고준은 황당하다는 표정으로 대답했다.

불과 몇 달 전까지만 해도 두 사람의 실력에는 큰 차이가 있었다.

사고만 치고 다니던 망나니였던 헌원강과 다르게, 독고준은 어려서부터 기재 소리를 들어왔다.

반년 전이었다면, 열 번 대련을 하면 열 번 다 이길 자신이 있었다.

아니, 방학이 될 때까지만 해도 열 번에 일곱 번은 이길 자신이 있었다.

'하지만 지금은…….'

독고준은 솔직하게 인정할 수밖에 없었다.

이제는 직접 싸워 보지 않으면 모르겠다는 것을.

헌원강뿐만이 아니라, 그 곁에 함께 있는 청룡오망 모두에게 해당되는 말이었다.

"……확실히 강해졌군. 원강."

"으하하! 내가 얼마나 지옥 같은 수련을 했냐면……. 잠깐. 왜 너까지 원강이라고 부르는 건데?!"

거의 발작할 듯한 반응에 독고준은 묘한 웃음을 지었다.

"다들 그렇게 부르지 않나. 그래서 나도 그렇게 부르기로 했다."

그 태연한 대답에 헌원강이 입을 떡 벌리더니, 이내 한숨을 길게 내쉬었다.

"제기랄. 이제 내 이름 제대로 부르는 놈은 팽사혁 그 새끼밖에 없네."

"푸하하! 그 녀석도 천무학관으로 편입 안 했으면 원강이라고 불렀을 걸?"

거상웅이 껄껄 웃으며 헌원강의 등을 퍽퍽 치며 말했다.

그렇게 아는 학생들이 끼리끼리 모여서 떠들고 있을 때, 강사들이 나타났다.

"모두 조용!"

악연호, 명일오, 제갈소영, 곽두용.

백수룡과 남궁세가에서 신입 강사 연수를 함께했던 사인방이었다. 그들은 행낭을 하나씩 들고 있었다.

"어? 백수룡 선생님은요?"

"금방 오실 거다."

워낙에 규모가 큰 수업이기에, 백수룡은 동기 강사들에게 도움을 청했다. 아직 담당 수업이 많지 않은 동기들은 기꺼이 도움을 주기로 했다.

악연호가 내공을 담아 외쳤다.

"와서 이거 한 사람당 한 개씩 가져가라!"

그들이 가져온 행낭 안에는 일부터 십까지 숫자가 적힌 돌멩이가 들어 있었다.

"이게 뭔데요?"

"웬 돌멩이지?"

학생들은 의아해하면서도 강사들이 시킨 대로 돌멩이를 하나씩 가져갔다.

사(四)를 뽑은 헌원강이 알 것 같다며 씨익 웃었다. 그의 시선이 같은 숫자를 뽑은 몇 명을 향했다.

"딱 보니까 여기 숫자에 적힌 사람들끼리 대련을 하는 거네. 그리고 이긴 놈들끼리 계속 싸워서 올라가는 거지."

헌원강의 시선을 받은 학생들이 흠칫 어깨를 떨었다.

"내가 이런 수련 하루이틀 하는 게 아니거든."

헌원강은 자신과 같은 숫자를 뽑아 든 학생들을 보며 흐흐 웃었다. 그 중에는 선배들도 있었지만 아랑곳하지 않으며 공포 분위기를 조성했다.

"너넨 다 뒈졌다……."

그때 뒤에서 날아온 돌멩이가 헌원강의 뒤통수에 명중했다.

"크악! 어떤 새끼가……!"

"나다, 이 새끼야."

헌원강의 정수리에 검은 벼락이 내리꽂혔다.

빠악!

그대로 대자로 뻗은 헌원강 옆에 나타난 백수룡을 본 학생들이 눈을 휘둥그레 떴다.

"왜 애들한테 겁을 주고 그래?"

백수룡이 허공에 흑룡편을 탁, 하고 털자 학생들이 동시에 차려자세를 취했다.

"반갑다. 이번 학기 동안 '대혈교전(對血敎戰) 모의 전투' 수업을 맡은 백수룡이다."

"……."

백수룡은 기가 바짝 든 백 명이나 되는 수강생들을 흐뭇한 표정으로 둘러봤다.

지난 학기 '사파 무공의 이해와 실전 대비'는 열 명을 채우기도 힘들었는데, 이제는 백 명이 순식간에 모여들었다. 감회가 남다를 수밖에 없었다.

그런데 학생들의 시선 중 일부는 쓰러져서 미동도 하지 않는 헌원강을 향했다.

학생 중 한 명이 용기를 내서 물었다.

"주, 죽은 거 아니에요?"

"원강이는 신경 쓰지 마라. 쪽팔려서 못 일어나는 거니까."

"……."

그 소리에 슬그머니 자리에서 일어난 헌원강이 청룡오망이 모여 있는 곳으로 들어가 야수혁의 등 뒤에 숨었다.

그 모습을 힐긋 본 백수룡이 다시 학생들을 죽 둘러보며 말했다.

"다들 사전에 나눠 준 돌멩이를 하나씩 뽑았지?"

"예!"

"지금부터 같은 번호를 뽑은 사람끼리 모여라."

잠시 후, 같은 번호를 가진 열 개의 무리가 만들어졌다.

정말 같은 번호를 뽑은 사람끼리 싸우는 걸까?

다들 긴장한 표정으로 서로의 눈치를 볼 때였다.

"앞으로 자주 보게 될 얼굴들이니 다들 친하게 지내라."

"네?"

"무슨……."

"저희끼리 싸우는 거 아닌가요?"

학생들의 반응에 수룡은 무슨 소리냐는 듯한 표정을 지었다.

"싸우긴 왜 싸워? 아, 함께 싸우긴 하겠지. 같은 조니까."

"예……?"

"이 수업은 조별 수업이다."

백수룡은 아직 이해를 못 한 학생들에게 친절하게 설명해 주었다.

"물론 성적도 조별 과제로 평가할 거다."

368화

용서할 수 없어

"조장하실 분……?"

싸늘하다. 조원 중 누군가가 내뱉은 한마디에 급격한 적막이 내려앉는다.

그러나 물밑에서는 치열한 눈치싸움이 벌어지고 있었다. 무림인들의 기감은 평범한 사람의 몇 배에서 수십 배에 이른다. 서로를 힐긋거리는 시선이 살수의 비수처럼 은밀하다.

'조장이라…….'

'이 녀석들이 내 말을 들을까?'

'조장에겐 가산점이 있다고 했는데.'

무려 열 명이나 되는 조원을 통솔해야 하는 자리.

몇 명은 감투에 관심 없다는 듯 몸을 슬쩍 뒤로 뺀다.

머리 회전이 빠른 학생들은 조장이 되었을 경우의 득과 실을 계산하며 눈을 굴린다.

반면 단순히 과시욕을 채우기 위해 조장이 되고 싶어 하는 경우도 있었다.

각각의 생각과 판단을 마친 학생들이 침묵을 깨고 한 명씩 의견을 내기 시작했다.

"……그럼 제가 할까요?"

"선배님이 하시는 게 좋지 않을까요? 나이도 가장 많으시고 실력도 좋으실 것 같은데."

"아, 미안한데 나는 취업 준비 중이라……."

"제가 나이가 어려서 조장은 어렵겠지만, 부조장이라도 시켜 주시면 열심히 할게요!"

서로 원하는 것을 얻기 위한 치열한 암투와 신경전.

청룡학관 대연무장에 흩어진 열 개 조에서 벌어지고 있는 광경이었다.

"조별 과제라니……. 옛날 생각나네요."

강사들은 조금 떨어진 곳에서 학생들을 지켜보고 있었다.

불과 작년에 천무학관을 졸업한 제갈소영은 학생 시절이 생각나는지, 고개를 절레절레 저었다.

옆에 있던 악연호가 의아한 표정으로 물었다.

"천무학관도 저렇다고?"

"어디든 똑같죠. 저희 같은 경우에는 대부분 서로 조장하겠다고 난리였지만요. 조장 결정하려다가 피 본 적도 많아요."

"……역시 천무학관이라고 해야 하나."

그러나 청룡학관에서도 비슷한 일이 벌어지고 있었다.

수월하게 조장을 결정한 조가 있는 반면, 여러 명이 동시에 감투에 욕심을 내는 조도 있었다.

그리고 대화로는 좀처럼 결정이 안 나는 경우, 해결 방법은 대부분 한 가지로 귀결되었다.

채앵!

"나와라! 무림인의 방식으로 결정하지!"

"제 검에는 눈이 없으니 조심하시길."

연무장 한편에서 기합성이 터지고 먼지가 피어올랐다. 조장 자리를 걸고 비무가 벌어진 것이다.

"흐아압!"

"차하앗!"

그러나 강사들은 학생들이 비무 중에 다치지 않도록 지켜보기만 할 뿐, 끼어들지는 않았다.

백수룡이 학생들에게 알아서 조장을 정하라고 말한 후, 결정이 다 끝날 때까지는 관여하지 않기로 했기 때문이었다.

명일오가 걱정이 담긴 표정으로 백수룡에게 말했다.

"형님. 이대로 둬도 괜찮겠습니까? 몇 개 조는 벌써부터 불만이 쌓인 분위기인데……."

"내버려 둬."

팔짱을 낀 채 학생들을 지켜보는 백수룡의 입가에 조금은 씁쓸한 미소가 맺혔다.

"나중에 전장에서 겪는 것보단 차라리 지금 겪는 게 나을 테니까."

괜히 조별 수업을 결정한 것이 아니었다.

백수룡은 이번 수업에서 학생 개개인의 능력은 물론이고, 협동 능력, 단체 임무 수행 능력의 향상을 목표로 잡았다.

'훗날 전장에 나섰을 때 살아남을 수 있도록.'

청룡학관 안에서는 아무리 실수를 하고 시행착오를 겪어도 죽지 않는다.

하지만 진짜 전장에서는 사소한 실수 하나가 죽음으로 이어질 수도 있었다.

이기적인 지휘관.

명령에 복종하지 않는 부하.

칼 든 적보다 더 위험한 게으른 동료.

소통의 부재로 발생할 수 있는 온갖 위기 상황들.

이 수업은 그런 것들을 미리 연습하게 해 주려고 만든 것이기도 했다.

학생들을 바라보는 백수룡의 눈이 차분하게 가라앉았다.

"지금은 얼마든지 싸우고 부딪치라고 해. 그래서 훗날 생길 갈등에 대비할 수 있다면, 그것만으로도 가치가 있겠지."

"……."

그 말의 의미를 이해한 강사들이 말없이 무거운 표정으로 고개를 끄덕였다.

다들 알고 있는 것이다. 혈교의 위협이 나날이 커져 가고 있으며, 언젠가 저 아이들도 전장에 나서야 할 날이 올 수도 있다는 것을.

잠시 후, 대연무장에 몰아치던 분진이 모두 가라앉았다. 우여곡절 끝에 열 개 조의 조장이 모두 결정된 것이다.

조장들의 면면을 살핀 백수룡이 중얼거렸다.

"거의 예상대로네."

청룡오망은 대부분 각 조의 조장이 되었다.

백수룡의 제자라는 명성과 개개인의 뛰어난 무공을 생각하면 당연한 결과였다.

'유일하게 여민만 조장이 아니군.'

하지만 그것도 이상한 일은 아니었다.

여민이 속한 팔(八)조에는 누구보다 조장에 어울리는 녀석이 있었으니까.

"전체적인 균형을 생각하면, 몇 개 조는 재편성을 해야 할 것 같은데요."

"격차가 너무 많이 나면 다른 학생들이 의욕을 잃을 수도 있습니다."

"내가 보기엔 사조와 십조가 가장 문제 같은데……."

다른 강사들의 의견에도 일리가 있었지만, 백수룡은 일단은 그대로 가

보기로 했다.

의외의 조합에서 생각지도 못한 상승효과가 나올 수도 있는 법이니까.

"조장들은 앞으로 나오도록."

잠시 후, 조장들이 백수룡 앞에 모였다.

그들 대부분은 청룡학관 학생이라면 누구나 인정할 만한 강자들이었다.

하지만 백수룡은 개개인의 무공과 지휘관으로서의 역량이 같다고 생각하지 않았다.

'곧 너희가 가장 뼈저리게 느끼게 되겠지만.'

의미심장한 미소를 지은 백수룡이 앞에 모인 조장들에게 말했다.

"이 수업은 이름 그대로 혈교와 전쟁을 대비한 모의전으로 진행될 거다. 최대한 그런 일이 없으면 좋겠지만, 언젠가 너희도 혈교와의 전쟁에 투입될 가능성이 있다."

진지한 이야기에 조장들의 표정도 덩달아 굳었다. 뒤편에 모여 있는 다른 학생들도 마찬가지였다.

"일조부터 십조. 앞으로 이렇게 열 명씩 묶인 한 조가 수업의 기본 단위다. 수업 내용에 따라서 여러 개 조가 합쳐질 수도 있고, 조원 간 이동이 생길 수도 있다."

백수룡은 간략하게 수업의 방향과 목표에 대해 설명했다.

"일 학기 때 내 수업을 들어 본 녀석들은 알겠지만……. 내 수업은 꽤 힘들다. 각오하고 덤벼야 할 거야."

백수룡이 씨익 웃자 조장들 중 절반 이상이 경기를 일으키듯 몸을 떨었다.

직접 겪어 본 입장에서는 절대로 '꽤'라고 가볍게 말할 수 있는 수준이 아니기 때문이었다.

특히 청룡오망은 '어떻게 그런 사기를 칠 수 있냐'는 듯한 원망 어린 눈으로 백수룡을 바라봤다.

백수룡이 민망한 듯 작게 헛기침을 하며 말을 이었다.

"……크흠. 하지만 끝까지 따라오면 분명 얻는 게 많을 거다."

"둘 중 하나지. 죽거나 강해지거나……."

"차라리 죽는 게 낫겠다고 생각될 때쯤에 보면, 강해져 있더라고요."

"선생님. 조원들이 힘들다고 도망쳐서 결원이 생기면 어떡합니까?"

투덜거리는 야수혁과 옆 사람에게 속삭이는 위지천, 그리고 진지하게 묻는 거상웅의 머리 위로 흑룡편이 따다닥 내리꽂혔다.

어쩐 일인지 헌원강은 팔짱을 낀 채 근엄하게 서 있었다.

'웬일이래?'

그 모습을 힐긋 본 백수룡은 모든 조장들을 둘러보며 말했다.

"아무튼 다들 조원들 잘 챙겨라."

"예!"

조장들의 힘찬 대답에 백수룡은 만족스럽게 고개를 끄덕였다.

"오늘은 첫 수업이니 두 개 조씩 나와서 모의 전투를 할 거다. 첫날이니, 조원들끼리 합을 맞춰 봐야지."

첫 모의전.

서로의 실력을 확인하고, 앞으로의 가능성을 확인할 첫 번째 시험 무대였다.

"처음으로 나설 조 있나?"

망설이지 않고 가장 먼저 손을 번쩍 드는 두 명의 조장.

의욕이 넘치는 둘의 표정을 본 백수룡의 눈이 흥미롭다는 듯 빛났다.

"흐음. 이거 재미있겠군."

그들은 사(四)조장 헌원강과 오(五)조장 당소소였다.

◆❖◆

각 조별로 대진이 결정된 후, 일 각의 작전 회의 시간이 주어졌다.

"나한테 맡겨."

헌원강은 자신만만하게 말했다.

그가 속한 조의 전략은 간단했다.

헌원강이 상대 조의 조장이자 최고수인 당소소를 최대한 빨리 쓰러뜨리는 것.

그동안 다른 조원들의 역할은 상대를 견제하며 버티는 것이었다.

"무리하지 말고 버티기만 해. 당소소만 쓰러뜨리면 나머지는 별것 아니니까. 바로 쓸어버릴 수 있다고."

단순한 계획이었지만, 헌원강이라는 강력한 패를 보유한 입장에서는 충분히 시도해 볼 만한 작전이었다.

"……그렇게 하지."

"알겠어요."

조원들도 모두 조장의 계획에 찬성했다. 몇 명은 표정이 조금 시큰둥해 보였지만, 헌원강은 크게 신경 쓰지 않았다.

친분이 없던 사이끼리 갑자기 한 조가 되었으니 서먹한 것이 당연했다. 수업 끝나고 다 같이 밥이라도 먹으러 갈 생각이었다. 이름도 벌써 절반이나 외웠다.

'함께 싸우다 보면 친해지겠지.'

헌원강은 조장으로서 막중한 책임감을 느끼고 있었다.

나름대로 이 수업에 자신감도 있었다.

평소 백룡장에서도 선후배들과 함께 백수룡에게 덤빌 때, 중심 역할을 하는 것도 항상 자신이었으니까.

다섯 명에서 열 명으로 늘어났을 뿐이다.

"다들 방학 특훈의 성과를 보여 주자고!"

"……우린 특훈 같은 거 안 했는데?"

"예에?"

헌원강의 눈동자가 열정으로 활활 불타오르는 듯했다. 같은 조 학생들이 부담스러워할 정도였다.

다행히도 때마침 일 각이 지났고, 백수룡이 그들을 불렀다.

"사조하고 오조. 나와서 준비해라."

잠시 후, 대연무장 가운데에 사조와 오조 학생들이 마주 섰다.

꿀꺽…….

총 스무 명이나 되는 인원이 마주 서자 그것만으로도 긴장감이 흘렀다.

다른 학생들은 처음으로 싸울 두 개의 조가 어떤 모습을 보여 줄지, 전력을 분석하는 시선으로 바라봤다.

스르릉.

도를 뽑아 든 헌원강이 당소소를 겨누며 말했다.

"개인적인 감정은 없어. 그냥 최대한 빨리 끝낼 거다."

당소소는 넓은 소매를 자연스럽게 아래로 늘어뜨렸다. 하지만 그 모습을 보고 방심하는 사람은 아무도 없었다.

그녀는 사천당가의 혈족이었다. 저 소매 안에서 어떤 독과 암기가 나올지 알 수 없었다.

"저는 개인적인 감정이 좀 있어요. 원강 선배님뿐만 아니라 청룡오망이라 불리는 다섯 명 모두에게."

"우리한테?"

당소소에게도 반드시 이겨야만 하는 이유가 있었다.

그녀는 부러움 가득한 시선으로 청룡오망을 한 명씩 바라봤다. 그리고 작게 한숨을 쉬었다.

"본인들이 얼마나 큰 은혜를 받고 있는지 모르겠죠. 백수룡 선생님과 한집에서 자고, 같이 밥을 먹고, 무공을 배우고……. 그걸 일상으로 누리다니. 역시 너희는 용서할 수 없어."

"……뭘?"

뒤로 갈수록 말이 빨라지더니, 당소소의 눈에서 스멀스멀 검은 기운이 감돌았다.

그 안에 깃든 광기를 느낀 헌원강이 슬쩍 한 걸음 물러날 정도였다.

콰콰콰!

발밑에서 솟구친 공력의 여파가 그녀의 무복을 마구 펄럭이게 만들었다. 모두가 질린 표정으로 당소소를 바라봤다.

"이 수업에서 청룡오망을 모두 쓰러뜨려 해체시키겠어요. 그리고 그 자리를 저! 청룡독수 당소소가 대신하겠어요!"

"……미친 애랑 싸워야 한다는 말은 없었잖아요?"

헌원강이 백수룡을 바라보며 묻자, 백수룡은 고개를 돌려 외면하며 작게 중얼거렸다.

"혈교에도 미친 애들 많아."

팔뚝에 돋은 닭살을 벅벅 긁은 헌원강이 인상을 구겼다. 그리고 기수식을 취하며 당소소를 노려봤다.

"이십 초식 안에 끝내 주마."

그 도발에 당소소가 피식 웃으며 맞받아쳤다.

"아무래도 원강 선배는 자기 자신에 대한 객관화가 좀 부족한 것 같군요."

"……무슨 소리야? 알아듣게 말해."

어느새 소매 안에서 비수 한 자루를 꺼낸 당소소의 입가에 스산한 미소가 맺혔다.

"주제 파악 좀 하시라고요. 일대일이라면 모를까, 선배는 집단전에서는 죽었다 깨어나도 날 못 이겨요."

"뭐?"

헌원강의 눈썹이 크게 꿈틀댔다. 독고준도 아니고 당소소한테 저런 말을 들을 줄은 상상도 못 했던 것이다.

"너 까불다가 후회한다."

"어머. 무서워라."

두 사람의 눈빛이 허공에서 사납게 부딪쳤다. 중간에서 불티가 튀는 듯했다.

더 이상의 말은 필요 없었다. 공력을 잔뜩 끌어올린 두 사람은 동시에 소리치며 뛰쳐나갔다.

"죽여!"

"없애 버렷!"

헌원강과 당소소를 시작으로 스무 명의 학생들이 충돌했다.

그 모습을 본 백수룡은 골치가 아픈지 관자놀이를 꾹꾹 눌렀다.

"아직 싸우라는 말 안 했다고……."

369화

언제 저렇게

“둘 중 누가 이길까요?”

“헌원강 선배가 이기지 않을까?”

“당소소도 만만치 않아. 사천당가 출신에다가 입학 때 수석이었거든. 지금은 좀 이상한 애 같지만…….”

“……야.”

생각 없이 떠들던 학생은 눈치를 주는 조원들의 눈빛에 급히 입을 다물었다. 그리고 주눅 든 표정으로 힐긋 옆을 바라봤다.

일조의 조장인 독고준이 팔짱을 낀 채, 모의전을 시작한 사조와 오조의 학생들을 유심히 지켜보고 있었다.

조원들의 시선을 느낀 독고준은 고개를 돌려 말실수를 한 조원을 바라봤다.

“소소 성격이 특이한 건 하루이틀 일도 아니지. 하지만 학생회의 부회장이자 개인적으로도 아끼는 후배라, 그런 이야기를 들으면 기분이 좋진 않아.”

“죄송합니다…….”

독고준은 자신에게 사과하는 후배를 질책하는 눈빛으로 바라봤다.

그 단호한 시선에 조의 분위기가 어색해지려는 순간, 독고준이 부드럽게 웃으며 실수한 후배의 어깨를 두드려 주었다.

"한 번쯤은 누구나 실수를 하는 법이지. 앞으로 조심하도록 해."

"아, 예!"

안도의 한숨을 쉬는 학생을 뒤로하고, 독고준은 다른 조원들을 빙 둘러보며 말했다.

"지금부터 두 조의 움직임을 유심히 보자. 한 학기 동안 경쟁해야 할 상대니까 미리 분석해 두면 다음에 만났을 때 상대하기 유리할 거야. 이번 학기 우리의 목표가 뭐지?"

"수석입니다!"

학생회장답게 독고준은 학생들을 다루는 데 능숙했다. 그래서 어떤 조보다 빠르게 조장을 결정하고, 그를 중심으로 단합한 일조였다.

"선배님은 어느 쪽이 이길 거라고 생각하세요?"

조원 중 누군가의 질문에, 독고준은 오래 생각할 것도 없다는 듯 바로 대답했다.

"일대일 비무라면 헌원강이 이기겠지. 그건 소소도 알고 있을 거야."

독고준의 시선이 대연무장 중앙에서 맞붙은 두 학생을 향했다.

촤아아악!

공간을 가른 칼날이 당소소의 옆을 스쳤다.

검은 선이 사방팔방에서 몰아쳤다. 직선과 곡선, 가는 선과 굵은 선을 가리지 않았다. 전부 헌원강의 흑도가 만들어 낸 공격의 궤적이었다.

회피 보법을 밟는 당소소의 움직임은 아슬아슬해 보였다. 반격은 거의 엄두도 내지 못하고 피하는 데 급급했다.

그 모습을 지켜보는 독고준은 자신도 모르게 주먹을 꽉 쥐었다.

'헌원강. 너는 매번 생각했던 것 이상으로 강해지는군.'

멀리서 지켜보고 있는데도 위협적인 존재감이 느껴졌다. 굶주린 맹수를 보고 있는 듯했다.

헌원강은 처음 경고한 대로 당소소를 이십 초식 안에 끝장낼 기세로 몰아쳤다. 반면 당소소가 뿌린 독과 암기들은 헌원강에게 닿지 못했다.

"당소소가 저렇게까지 밀리다니……."

"일방적으로 헌원강이 몰아붙이는데?"

생각 이상으로 커 보이는 격차에 놀란 학생들이 웅성거렸다.

그러나 독고준은 싸움이 저대로 끝날 거라고 생각하지 않았다.

"……이건 일대일 비무가 아니라 집단전이거든."

까앙!

등 뒤에서 날아온 암기를 보지도 않고 쳐 낸 헌원강이 미간을 확 찌푸렸다. 그 틈에 당소소가 뒤로 훌쩍 물러나며 거리를 벌린 것이다.

"야! 제대로 견제해!"

조원들에게 소리친 헌원강은 다시 당소소에게 달려들었다. 콰앙! 바닥에 뚜렷한 족적을 남긴 헌원강의 신형이 벼락처럼 쏘아졌다.

하지만 오조는 그런 헌원강을 내버려 두지 않았다.

그들은 역할을 확실하게 분담해 여섯 명은 사조 학생들을 견제하고, 세 명은 헌원강에게 암기를 계속 던졌다.

뒤에서 날아오는 암기들이 헌원강의 움직임을 제한했다. 몸을 최소한으로 틀어 암기를 피한 헌원강이 사납게 소리쳤다.

"젠장! 자꾸 거슬리게!"

모의전이 시작되기 전, 당소소는 조원들에게 암기를 나눠 주고 사용법 역시 속성으로 알려 주었다. 그것만으로도 전력을 크게 상승시켰다.

"선배의 전략은 최대한 빨리 날 쓰러뜨리고, 그 후에 나머지를 정리하는 거였죠?"

당소소는 헌원강의 공격을 피해 계속 물러났다.

"내 전략은 정반대였어요. 내가 선배를 묶고 있는 동안, 우리 조가 선배네 조를 제압하는 거죠."

"하! 웃기시네."

헌원강이 코웃음을 쳤다. 여전히 매섭게 도를 휘두르면서였다.

"너희 조에서 셋은 아까부터 나한테 암기만 던지고 있는데, 여섯으로 아홉을 상대하겠다고?"

"의욕이 없는 아홉 명보단 단합된 여섯이 나을걸요?"

"뭔 헛소리야? 우리가 왜 의욕이 없어!"

당소소는 싱긋 웃더니 턱짓으로 싸우고 있는 사조와 오조를 가리켰다.

"내가 다 알아서 할 테니 너희는 시간이나 끌라고 지시받은 조원들인데, 열심히 싸워 봤자 얼마나 열심히 하겠어요?"

"뭐?"

그 순간, 수비로 일관하던 오조의 학생들이 일제히 공세로 전환했다.

시작은 독탄이었다.

퍼어엉!

검은 연기가 피어오르자 사조 학생들이 당황해서 뒷걸음질 치기 바빴다.

"독이다!"

"호흡을 멈춰!"

"콜록! 콜록! 매워어!"

그들의 움직임에는 진형이고 뭐고 없었다.

반면 반격의 순간만을 기다려왔던 오조는 일제히 들이닥쳤다. 매캐한 독탄을 들이마신 사조는 제대로 대응하지 못했다.

"합공해서 한 명씩 노려!"

한순간에 전황이 급격히 기울었다. 뒷걸음질 치던 사조가 하나둘씩 제압당하기 시작했다.

"으아악!"

"하, 항복!"

그 모습을 지켜보는 다른 학생들도 혀를 내두를 수밖에 없었다.

유일하게 독고준만이 이렇게 될 줄 알았다는 듯 피식 웃었다.

"소소는 시야가 넓고 냉정해. 자신이 가진 패를 전부 활용할 줄 알지."

냉혈독수 당소소.

학생회의 지낭이자, 독과 암기로는 천하제일이라는 사천당가의 핏줄이었다.

전략을 짜는 두뇌는 청룡학관 제일이라 해도 과언이 아니었다.

"집단전에 한해서라면, 당소소가 속한 조는 이곳에서 가장 강할지도 몰라. 우리의 가장 큰 경쟁자 중 하나지."

가장 가까이에서 당소소를 봐 온 독고준의 평가였다. 모든 조가 그녀를 경계의 눈으로 바라보기 시작했다.

사조 학생들이 속수무책으로 쓰러지기 시작하자 헌원강은 크게 당황했다. 뒤늦게 조원들을 도우려고 했다.

"너희들 조금만 버텨 봐! 내가 갈게!"

"본인 걱정이나 하시죠?"

당소소는 헌원강이 조원들과 합류하지 못하도록 끈질기게 방해했다.

지금까지 공격을 피하기만 했던 것도 다 계획이었다는 듯, 양손에 비수를 하나씩 쥐고 휘두르는 당소소의 움직임은 이전보다 훨씬 경쾌했다.

채채채챙!

"젠장……!"

헌원강은 조원들이 하나둘 쓰러지는 모습을 지켜보며 집중력이 흐트러질 수밖에 없었다. 게다가 오조는 헌원강에게 암기를 던져 당소소를 지원했다.

“그 와중에도 암기는 거의 다 피하는군.”

“거의 본능적으로 움직이는 것 같은데…….”

“당소소도 대단해. 이걸 이런 식으로 뒤집을 줄이야.”

모의전을 지켜보는 학생들은 당소소의 전략, 그리고 혼자서 고군분투하는 헌원강의 무공에 감탄했다.

하지만 그뿐이었다.

헌원강은 타고난, 그리고 백수룡에게 수도 없이 얻어맞으며 발달시킨 감각을 가지고 있었다. 요즘은 백수룡도 제법 진심으로 흑룡편을 휘두를 정도였다.

하지만 그가 홀로 아무리 뛰어나도, 이 모의전은 열 명과 열 명이 싸우는 집단전이었다.

“……조장 헌원강의 오만이 부른 패배다. 혼자서 승부를 결정 지을 수 있다고 판단했겠지만, 상대는 결코 호락호락하지 않았어.”

독고준의 냉정한 평가에 그의 조원들뿐만 아니라 다른 조의 학생들, 멀리서 듣고 있던 강사들마저 고개를 끄덕였다.

이 수업을 신청한 학생들은 청룡학관에서도 무공이 강한 편에 속했다.

제아무리 방학 동안 수련했다 해도, 헌원강 홀로 당소소가 포함된 열 명을 상대하는 것은 불가능했다. 그게 가능하면 더 이상 학생 수준이 아닐 것이다.

‘위지천이라면 모를까…….’

불현듯 든 생각에 독고준은 자기도 모르게 위지천을 바라봤다.

본인이 속한 조에서도 가장 작은 소년은, 눈 한번 깜빡이지 않고 헌원강의 싸움을 집중해서 보고 있었다.

마치 자신이 헌원강이라면 어떻게 싸울지 검로를 그려 보는 것 같았다. 천진난만한 표정이 그토록 섬뜩할 수가 없었다.

“……붙어 보면 알겠지.”

독고준은 저도 모르게 검집에 손을 올리며 중얼거렸다. 그는 아직 후배에게 검룡의 칭호를 양보할 생각이 없었다.

그 사이 사조와 오조의 싸움은 거의 정리되어, 헌원강을 제외한 사조 전원이 쓰러지거나 항복했다.

"후우……. 후우……."

거친 숨을 몰아쉬는 헌원강을 오조 전원이 둥글게 포위했다.

당소소가 싱긋 웃으며 말했다.

"이십 초식 만에 끝내겠다더니. 벌써 백 초식은 넘긴 것 같은데요?"

"……."

헌원강은 대답하지 않았다.

자신의 오판으로 모의전에서 졌다는 것은 스스로 가장 뼈저리게 느끼고 있었다.

하지만 이대로 포기할 생각은 없었다.

"아직 안 끝났거든."

헌원강은 투지를 불태우며 칼자루를 두 손으로 다시 쥐었다.

꾸욱…….

칼자루를 쥔 손가락의 파지법을 살짝 바꾸었다.

아주 미세한 변화였으나, 멀리서 지켜보던 백수룡은 뭔가를 눈치채고 미간을 살짝 좁혔다.

"저 녀석 설마……."

그때, 당소소가 조원들에게 공격 명령을 내렸다.

"이만 끝내죠."

헌원강을 둘러싼 학생들이 일제히 달려들었다. 시간 차를 두고 검과 도, 창, 그리고 당소소의 암기가 날아왔다.

공격이 닿기도 전에, 사방에서 불어닥친 바람에 헌원강의 무복이 미친 듯이 펄럭였다.

헌원강은 몸을 낮췄다가 팽이처럼 회전시키며 흑도를 휘둘렀다. 그의 도에서 발생한 흡인력이 자석처럼 무기들을 끌어당겼다가 튕겨냈다.

채채채챙!

당소소는 질린다는 표정으로 헌원강을 바라봤다.

헌원강과 학생들이 충돌하는 순간 암기 스무 개를 던졌는데, 그중 셋 정도만 헌원강의 옷깃을 찢었다.

"이 상황에서 그걸 피한다고?"

그것으로 끝이 아니었다.

찰나의 순간, 헌원강의 눈에서 감정이 완전히 사라졌다.

화아아악.

일순간 하늘이 붉게 물든 듯했다. 헌원강의 몸에서 흘러나온 존재감에, 가까이 다가갔던 학생들은 거미줄에 걸린 나방처럼 옴짝달싹하지 못했다.

'방학 특훈의 성과를 보여 주겠어.'

수라혈천도(修羅血天刀).

붉은 하늘 아래, 칼춤을 추는 헌원강만이 유일하게 자유롭게 움직이고 있었다.

스걱.

스걱.

가장 가까이 있던 학생들의 무기가 반으로 잘려나갔다.

"……!!"

"……!!"

그 순간, 흑도의 궤적에 걸린 학생들은 자신의 죽음을 떠올렸다. 헌원강은 무감정한 눈으로 그들을 응시했다.

콰아아앙!

충격파가 사방으로 터지며, 헌원강과 가까이 있던 학생들이 모두 뒤로 튕겨 나갔다.

그 자리를 대신한 것은 백수룡이었다.

백수룡은 헌원강의 손목을 움켜쥐고 있었다.

"헌원강."

"……아."

몇 번 눈을 깜빡인 헌원강의 눈에 다시 감정이 돌아왔다.

그 모습을 본 백수룡이 작게 한숨을 쉬었다.

"이기고 싶은 건 알겠는데, 아직 감당 못 하는 건 쓰지 마라."

백수룡의 목소리가 드물게 차분했다. 헌원강은 자신이 무슨 실수를 했는지 깨닫곤 안색이 변했다.

"……죄송합니다. 얘들아, 미안하다. 내가 너무 흥분해서……."

풀썩. 풀썩.

뒤로 밀려났던 학생들 중 몇 명은 바닥에 주저앉아 버렸다. 다리에 힘이 풀린 것이다.

충격을 받은 건 모의전을 지켜보던 다른 조 학생들도 마찬가지였다. 오히려 거리를 두고 객관적으로 보고 있었기에 충격이 더 컸다.

"이게 무슨……."

"바, 방금 그거 뭐였어?"

"미친……."

헌원강이 마지막에 보여 준 도법은 그만큼이나 충격적이었다.

백룡장에서 매일 함께 수련하는 청룡오망도 멍한 표정을 지었고, 독고준은 귀신이라도 본 것 같은 얼굴로 중얼거렸다.

"……위지천만 걱정할 때가 아니었군."

짝!

그때 박수로 학생들의 시선을 모은 백수룡이 말했다.

"이번 모의전은 오조의 승리다."

백수룡은 두 조를 모두 불러서 잘한 부분과 잘못한 부분을 평가했다.

"당소소는 한 명의 뛰어난 고수가 포함된 적들을 어떻게 상대하는지 잘 보여 줬다. 다른 조에게도 충분히 참고가 될 만했다."

"감사합니다!"

당소소는 기쁜 얼굴이었다. 마지막이 조금 찜찜하긴 했지만, 어쨌든 오늘 승리한 것은 그녀가 이끄는 오조였다.

"헌원강. 너는 이 싸움에서 자신의 무공만 믿고 싸우는 이기적인 조장이었다. 설령 이겼어도 너 혼자 살아남았겠지. 그러니 너희 조의 패배다."

"……다음엔 더 잘하겠습니다."

헌원강은 고개를 숙이며 대답했다. 백수룡도 더 이상 질책하지 않고 고개를 끄덕였다.

"정리하고 자리로 돌아가."

백수룡은 자리로 돌아가는 헌원강의 뒷모습을 보며 생각했다.

'수라혈천도는 언제 저렇게 익힌 거야?'

백수룡은 헌원강의 공격을 막은 손을 바라봤다.

손바닥이 조금 쓸려 있었다.

370화

과연 누가 이길지

모두를 놀라게 한 사조와 오조의 모의전이 끝난 후, 백수룡은 학생들에게 일 각의 쉬는 시간을 주었다.

앞선 조들의 싸움을 본 학생들이 생각 이상으로 흥분했기 때문이었다. 잠시 그 열기를 식힐 필요가 있었다.

"형님. 헌원강에게 뭘 가르친 거예요?"

어느새 백수룡 곁에 다가와 속삭이는 악연호는 충격이 가시지 않은 표정이었다. 백수룡 주변으로 모여든 다른 강사들도 비슷했다.

"……방금 헌원강 학생이 펼친 도법. 너무 위험했습니다."

명일오도 목소리를 낮추며 조심스럽게 말했다.

강사들이 놀란 이유는 단순히 헌원강이 펼친 도법이 강해서만은 아니었다.

"살기가 소름 끼치도록 짙었어요. 마치……."

제갈소영은 뒷말을 아꼈다. 하지만 모여든 강사들은 그 말을 들은 것만 같았다.

'사파의 무공 같다.'

헌원강이 수라혈천도를 펼친 순간, 강사들은 동시에 싸움을 멈추기 위해 뛰어들었다.

그러나 늦지 않게 도착해서 헌원강을 막은 사람은 백수룡뿐이었다. 다들 찰나에 돌변한 헌원강의 도법에 곧장 대처하지 못했다.

"……제때 막지 않았다면 학생들 몇 명은 크게 다쳤을 거다."

곽두용이 창백하게 질린 표정으로 중얼거렸다. 다른 강사들도 동의하는 듯 무겁게 고개를 끄덕였다.

만약 방금 전 상황에서 백수룡조차 늦게 반응했다면 어떤 일이 벌어졌을지, 상상만 해도 아찔했던 것이다.

동기들의 우려에, 백수룡은 고개를 끄덕이며 덤덤한 어조로 말했다.

"내가 가르친 무공 맞아. 아직 미숙한데 억지로 펼쳐서 생긴 실수였고……. 앞으로는 무리해서 쓰지 말라고 단단히 주의를 줄게."

그러나 예상 못 했던 상황에 놀란 것은 백수룡도 마찬가지였다.

'원강이 녀석. 수라혈천도를 익히는 속도가 예상보다 더 빨라.'

무공에는 그것을 창안한 무인의 정신과 의지가 깃든다.

검을 찌르는 단순한 초식 하나에도 '바위를 뚫는다고 생각하고 찔러라.' 혹은 '떨어지는 빗방울을 관통한다고 생각하고 찔러라.' 등으로 구절이 다르다. 같은 찌르기라도 무공의 성질이 나뉘는 이유였다.

하늘이 붉게 물드는 듯한 착각 또한, 광마 헌원후가 창안한 수라혈천도에 담긴 의지였다.

'벌써 그걸 재현해 내다니.'

절세고수였던 광마 사부의 정신과 의지가 깃든 무공인 만큼, 백수룡은 헌원강이 방금 보여 준 수준에 이르려면 몇 년은 더 걸릴 거라고 예상했다.

물론 완벽하게 펼친 것은 아니었다. 그랬다면 백수룡이라도 손바닥이 쓸리는 정도로 끝나지 않았을 테니까.

하지만 방금 보여 준 모습만으로도, 헌원강은 백수룡이 기대했던 것 이상의 성장을 보여 주었다.

손바닥의 쓸린 흔적을 보며 백수룡은 묘한 감흥을 느꼈다.

'언젠가는 정말 광마 사부조차 뛰어넘을지도 모르겠군.'

하지만 지금은 함부로 사용해선 안 된다.

강사들의 말대로 수라혈천도는 살기가 짙은 무공이고, 일정한 수준에 이르기 전까지는 그것을 조절하기가 무척 어려웠다.

광마 사부가 수라혈천도를 완성하는 과정에서 무림 공적이 되었던 것처럼, 헌원강도 비슷한 길을 걷게 될 수도 있었다.

'내가 그렇게 두지 않겠지만.'

지금도 많은 학생들이 헌원강을 경계심, 호승심, 혹은 두려움의 시선으로 바라보고 있었다.

백수룡은 그중에서 가장 날카로운 시선을 보내는 학생을 확인하고는 피식 웃었다.

'저 녀석.'

위지천이었다.

소년은 자신의 조원들과 이야기를 나누고 있었는데, 그 와중에도 헌원강을 힐긋힐긋 보고 있었다.

그 시선이 평소와는 사뭇 달랐다.

단순히 감탄이나 놀람이 아닌, 상대를 파악하려는 눈빛이었다. 손가락은 연신 검을 만지작거렸다. 무의식적으로 상대와의 간합(間合)을 재는 듯했다.

백수룡은 위지천의 감정을 읽을 수 있었다.

호승심.

'드디어 원강이를 위협적인 상대로 느끼기 시작했다는 거지.'

다른 학생들도 비슷했다.

백룡장의 제자들은 물론이고 독고준, 당소소, 유이란 등.

헌원강이 보여 준 뛰어난 무공이, 청룡학관의 다른 학생들에게도 엄청난 자극이 되었다.

백수룡은 다른 강사들을 돌아보며 말했다.

"다들 이 분위기 느껴지지?"

"……엄청나게 뜨겁네요."

"모의전이 지나치게 과열되진 않아야 할 텐데……."

"그걸 조절하는 게 우리 역할이겠지."

짧은 쉬는 시간이 끝난 후, 흩어졌던 학생들이 다시 대연무장 중앙으로 모였다.

학생들, 특히 조장들은 눈빛부터 달라져 있었다.

첫 번째 모의전이 학생들의 호승심을 크게 자극한 탓이었다.

때문에 대부분의 조는 쉬는 시간에 작전 회의를 했다. 곧 상대하게 될 조를 바라보는 눈빛들이 전과는 판이하게 달랐다.

"눈빛들이 마음에 들게 변했군."

백수룡은 그런 학생들을 주욱 둘러보며 피식 웃었다.

"단, 지나친 흥분은 금물이다. 지금부터는 살초를 사용하면 감점, 경고를 했음에도 같은 일이 반복되면 실격패로 처리하겠다. 호승심에 눈이 멀어서 자신이 통제할 수 없는 무공은 사용하지 말도록."

"네!"

학생들은 힘차게 대답했다. 헌원강은 면목이 없는지 고개를 숙이고 뒤통수를 긁적였다.

"그럼 다시 모의전을 시작하겠다."

백수룡은 진작부터 몸을 풀고 있던 두 개의 조를 호명했다.

"칠조와 구조 앞으로 나와라."

칠조의 조장은 거상웅이었다.

청룡학관 학생들 중 가장 거구인 거상웅을 중심으로 진형을 짠 칠조는, 모의전이 시작되자마자 상대 조를 향해 돌격했다.

"흐아아압!"

구조는 상대의 돌격을 예상했음에도 제대로 대처하지 못했다. 생각한 것과 실제로 보는 것은 달랐다. 거상웅의 존재감은 산 위에서 굴러오는 거대한 바위를 떠올리게 했다.

"피, 피해!"

계획대로라면 조원 둘과 함께 거상웅을 막기로 했던 구조장은, 그대로 짓눌릴 듯한 압박감에 저도 모르게 옆으로 피했다.

뒤에 있다가 그대로 거상웅의 정면에 노출된 조원들이 안색이 창백하게 질렸다.

"이런 미친!"

"조장 이 개새끼야아!"

콰아아앙!

진형이 흐트러진 구조는 거상웅의 돌격을 버텨 내지 못했다. 두 명의 학생이 튕겨 날아가고, 혼란에 빠진 구조를 칠조가 공격했다.

싸움이 시작되고 끝나기까지 반 각이면 충분했다. 앞 조들에 비하면 싱거울 정도로 금방 끝이 난 싸움이었다.

"야, 조장! 너 때문에 졌잖아!"

"니들이 앞에서 막아 보든가!"

강사들은 패배한 후 저희들끼리 싸우는 구조를 바라보며 고개를 절레절레 저었다.

"상성이 좋지 않았네요. 탁 트인 장소도 구조에 훨씬 유리했고요."

"야전(野戰)이었으면 결과가 달라졌을까요?"

"거상웅의 덩치가 워낙 크니 조용히 움직이는 건 불가능하겠지. 피부도 남자치고는 하얗고……."

"하지만 거상웅도 발이 느린 편은 아니라……."

강사들은 두 조의 모의전을 면밀히 관찰하며 의견을 나눴다.

이제 첫 모의전일 뿐이었다.

앞으로 한 학기 동안 학생들은 수많은 상황에서 싸우게 될 것이기에, 오늘의 승리는 시작에 불과했다.

물론 그래도 승리는 기분 좋은 것이었다.

"우오오오오!"

거상웅은 수투를 낀 두 주먹을 하늘로 치켜들고 포효를 내질렀다. 그 모습이 앞발을 번쩍 치켜든 곰처럼 보였다.

백수룡은 그 모습을 보며 혀를 내둘렀다.

"단단함은 이미 학생 수준을 뛰어넘었네."

거상웅의 근육과 지방이 적당히 조화된 몸은 보기에는 조금 둔해 보이지만, 생각보다 유연하고 빨랐다. 게다가 단단하기로는 함께 외공을 익히는 야수혁보다도 한 수 위였다.

또한 둔해 보이는 몸에 가려져 있을 뿐, 거상웅은 영리한 학생이었다.

"계속 전음을 보내서 조원들에게 지시를 전달하네요."

"겉으로 보기와 달리, 쉽게 흥분하는 성격도 아니야."

"확실히 외모로 사람을 판단하면 안 되겠어요."

"그, 선생님들. 다 들리는데요……?"

강사들은 칠조를 상위권으로 분류했다.

거상웅 이외에 특출난 학생은 없지만, 전체적인 공수의 균형이 상당히 좋았다.

"다음, 이조와 삼조 나와라."

세 번째 모의전은 야수혁이 조장으로 있는 이조와 군소진이라는 학생이 이끄는 삼조의 대결이었다.

"이조는 전원이 남자네요?"

"원래 학관에 남자 비율이 높긴 하지만……."

"그래도 그렇지. 재수도 없어라."

어쩐지 안쓰러워하는 다른 학생들의 시선들이 이조를 향했지만, 이조 남학생들은 아무렇지 않은 것처럼 보였다.

……아니면 그런 척하는 것이거나.

"쳐라!"

"우와아아아!"

우락부락한 사내놈들이 박도며 대검 따위를 들고 달려나갔다.

그것만으로도 이조의 성격을 단번에 알 수 있었다.

이조의 선두에서 내달리는 야수혁을 보며, 백수룡은 작게 한숨을 쉬었다.

"누가 봐도 산적 놈들이잖아."

단체 생활(?)에 익숙한 야수혁은 일 학년임에도 불구하고 청룡학관의 거친 사내들을 단숨에 휘어잡았다.

그 통솔력은 일 학년이라고 믿기 어려울 정도였다. 삼조도 제법 고군분투했지만, 이조의 맹렬한 공격에 밀리다가 하나씩 쓰러졌다.

승리의 일등공신은 난전에서 뛰어난 실력을 발휘한 야수혁이었다.

'괜히 녹림의 아들이 아니군.'

거상웅이 든든한 기둥처럼 균형을 잡아 주는 조장이라면, 야수혁은 단숨에 적의 목을 베어 아군의 사기를 끌어올리는 맹장이었다.

또한 이조에는 학생회의 쌍둥이 형제, 유건과 유곤이 포함돼 있었다.

그들은 야수혁보다 한 학년 선배임에도 조장 자리를 기꺼이 양보했고, 야수혁의 좌우를 든든하게 받쳤다. 삼조에는 이 셋을 감당할 만한 학생이 없었다.

"공격은 거상웅이 있는 칠조보다 오히려 뛰어난데요?"

"이조와 칠조가 붙으면 굉장히 재미있는 그림이 나오겠어요."

“창과 방패의 싸움이라고 해도 되겠는걸.”

강사들은 이조도 상위권으로 평가했다.

야수혁과 거상웅.

녹림투왕의 무공을 이어받은 그들은, 거대한 존재감으로 통솔력을 발휘하며 집단전에서 상당한 두각을 드러냈다.

‘둘 다 기대 이상이군.’

백수룡은 만족스럽게 고개를 끄덕이고 다음 조를 호명했다.

“다음, 일조와 육조 준비됐어?”

“예!”

네 번째로 맞붙은 조는 독고준이 조장인 일조와 목형우라는 학생이 이끄는 육조였다.

두 조가 동시에 앞으로 나선 순간, 학생들 대부분의 시선은 독고준에게로 향했다. 누군가가 중얼거렸다.

“이게 비무대회였으면 가장 강력한 우승 후보였을걸.”

누구도 그 말을 부정하지 않았다.

청룡오망이 명성을 떨치기 전까지, 독고준은 명실상부 청룡학관 최고의 후기지수였다.

무공이면 무공, 성격이면 성격, 강사들과 학생들을 아우르는 뛰어난 평판까지.

검룡 독고준은 청룡학관에서 독보적인 존재였다.

지금은 청룡오망의 명성이 그 스승과 함께 크게 올라갔다지만, 청룡학관 내에서만큼은 여전히 독고준이 그들보다 위였다.

스윽.

검을 뽑아 중단에 세운 독고준이 상대 조장을 겨누며 말했다.

“선배님. 한 수 부탁드리겠습니다.”

반면, 독고준과 마주선 육조의 조장은 지극히 평범하게 생긴 학생이었다.

주변의 학생들에 비하면 나이가 제법 들어 보인다는 것이 특징이라면 특징이었다.

"목형우?"

백수룡은 육조의 서류에서 목형우라는 학생의 특이한 이력을 확인했다.

목형우는 열여섯부터 스물여섯까지 10년간 군역을 치렀고, 전역 후에는 곧바로 청룡학관 입관 시험을 치러 합격했다.

그리고 올해 졸업을 앞둔 사 학년으로, 나이는 서른. 이곳에 있는 대부분의 강사들보다도 나이가 많았다.

"나야말로 잘 부탁한다."

독고준과 마찬가지로 창을 중단에 세운 목형우는 흐리게 웃었다. 까끌까끌한 턱수염에 자잘한 상처들이 몇 개 보였다.

둘 중 먼저 움직인 것은 독고준이었다. 그의 신형이 쾌속하게 정면으로 쏘아졌다.

준비하고 있던 목형우가 눈을 부릅뜨며 조원들에게 소리쳤다.

"일단 내가 막을 테니 너희는 전략대로…… 크윽!"

쩌어엉!

독고준의 일검을 간신히 막아 낸 목형우는 이를 꽉 악물어야만 했다.

쩌엉! 쩌정! 쩌저정!

압도적인 싸움이었다.

독고준의 검을 받아 낼 때마다, 목형우의 창대가 부러질 듯 휘었다.

그나마 막아 내는 것이 전부였다. 반격은 꿈도 꾸지 못했다.

그 싸움을 지켜보던 악연호가 안타깝다는 듯이 말했다.

"목형우 학생. 정말 열심히 하는 학생인데."

같은 창을 쓰는 창수이니만큼, 학생들 중에서도 눈여겨본 모양이었다.

백수룡도 목형우의 움직임을 살피며 중얼거렸다. 나름대로 흥미로운 구석이 있었다.

"군에서 배운 창법이라 그런지, 확실히 단순하고 실용적이긴 하네."

목형우의 기본기는 굉장히 튼튼했다. 백룡장 제자들과 비교해도 될 정도였다.

'하지만 아쉽군.'

나이가 서른이면 다른 학생들보다 적어도 십 년은 더 무공을 익혔다는 말인데, 기본기 외에는 특출나 보이는 것이 없었다.

한마디로 재능이 없다는 이야기.

그런 평범한 학생에게 독고준은 너무 버거운 상대였다.

쩌어어엉!

결국 목형우가 쥔 창대의 중간이 부러졌다. 손바닥이 찢어지며 피가 튀었다. 모두가 그 순간 싸움이 끝났다고 생각했다.

하지만 손바닥이 찢어졌음에도 목형우는 멈추지 않았다. 오히려 반 토막 난 창으로 간격을 좁히며 의외의 일격을 노렸다.

"차하압!"

상대의 예상치 못한 공격에 독고준은 순간 놀랐지만, 그것도 잠시였다. 어렵지 않게 피한 후 반 토막 난 창마저 날려 버렸다.

그리고 망연자실한 표정으로 서 있는 목형우의 목에 검을 겨누었다.

"끝입니다."

"……이런."

목형우는 텁텁하게 웃으며 두 손을 들어 올렸다. 찢어진 손바닥에서 핏물이 뚝뚝 흘러내렸다.

이어진 전투는 싱겁게 끝났다. 육조도 나름대로 전략을 준비했지만, 그것을 써먹기도 전에 독고준이 목형우를 쓰러뜨리며 승패가 결정지어졌다.

"손바닥이 찢어졌는데도 싸우다니. 목형우 학생 대단하네요."

"원래 사 학년에서도 독종으로 유명한……. 수룡 형님? 왜 그러세요?"

"……아무것도 아니야."

백수룡은 자리로 돌아가는 목형우의 뒷모습을 잠시 바라보다가, 고개를 돌려 학생들을 바라봤다.

"이제 마지막 모의전인가?"

가장 오래 기다려온 두 조가 몸을 풀고 있었다. 백수룡은 그들을 호명했다.

"팔조, 그리고 십조는 앞으로 나와라."

모두의 시선이 마지막 두 조에 쏠렸다.

학생들의 눈이 기대감으로 반짝였다. 맨 처음 사조와 오조가 맞붙었던 때만큼이나.

"이쪽은 여러 가지 의미로 흥미로운 대결이군."

"과연 누가 이길지……."

그 순간 한쪽에서 위지천이, 반대편에서는 유이란과 여민이 함께 대연무장 중앙으로 걸어 나왔다.

371화

늘 예외는 있다

마지막 두 조가 걸어 나오자 학생들이 웅성거리기 시작했다.

"드디어 등장하는군."

"난 위지천이 싸우는 거 처음 봐. 정말 소문만큼 강해?"

"보면 깜짝 놀랄걸. 쟤는 칼만 들면 귀신처럼 돌변하거든."

"상대도 만만치 않아. 유이란과 청룡오망이 같은 조라니……."

"근데 여민? 쟤는 별것 없지 않나."

다들 모의전이 끝난 터라, 본격적인 관객의 마음으로 지켜볼 수 있었다.

학생들의 시선은 유독 한 명에게 쏠렸다.

위지천.

입학시험에서 학생회장 독고준과 호각을 이루며 혜성처럼 등장한 천재 소년 검수.

당시 입학시험을 감독한 강사들의 만장일치로 수석을 차지했으며, 이후 청룡신협 백수룡과 함께 적호방, 악인곡의 마두들을 베었고, 청룡학관에서는 유이란과의 공식 비무에서 승리하기도 했다.

최근에는 백룡장을 찾아온 무인들과 비무를 벌여 수차례 승리하며, 검재(劍才)라는 사뭇 오만한 별호를 얻었다.

"백수룡 선생님과 비무를 하려면 제자들부터 이겨야 한다며?"

"검객은 특히 선생님을 만나기 어렵대. 저 위지천을 꺾어야 하니까."

"청룡오망 중에서도 가장 강하다 이거지……."

"그럼 헌원강보다 더 세다고? 조금 전에 나 진짜 소름 돋았는데."

학생들이 위지천을 경계, 혹은 동경과 질투의 시선으로 바라봤다.

학관에서 가장 어린 일 학년이지만, 무공은 이미 학년 전체에서 최고수를 다툴 정도의 뛰어난 검객.

하지만,

"저, 저희……. 함께 힘내 봐요……."

평상시의 위지천은 수줍음이 많고 소심한 소년이었다.

이번 수업도 다른 조원들에 의해 떠밀리듯 조장이 된 것일 뿐, 본인이 원했던 것은 아니었다.

그나마 상검연에서 다른 학생들과 교류하며 조금 나아졌지만, 대부분 초면인 조원들 앞에서는 여전히 낯을 많이 가렸다.

위지천은 어색하게 웃는 표정으로 조원들에게 말했다.

"아까 전에 짠 진형 기억하시죠? 그럼 진형대로 서 볼까요?"

모의전을 시작하기에 앞서 두 조가 진형을 갖췄다.

그런데 순식간에 진형을 갖춘 팔조와 달리, 십조는 진형을 갖추는 데만도 세월아 네월아 시간이 걸렸다.

"하하하! 우리한테 검재가 있는데 뭐가 걱정이야! 무조건 이기지!"

느릿하게 움직이며 위지천에게 부담감을 잔뜩 주는 사 학년 선배.

"쯧. 아무리 생각해도 이건 좀 아닌 것 같은데……."

작전 회의 내내 못마땅한 듯 이것저것 지적을 했지만, 그렇다고 방안을 내놓는 것도 아닌, 비협조적인 삼 학년 선배.

"아까 어떻게 했었지? 내가 이쪽에 서는 거 맞아?"

어리버리한 일이 학년까지.

십조는 앞선 그 어떤 조보다 갈피를 못 잡고 우왕좌왕했다.

그 모습을 본 백수룡이 고개를 절레절레 저으며 작게 중얼거렸다.

"오합지졸이군."

조장인 위지천은 그런 조원들을 보면서도 애써 웃고 있었다.

"괘, 괜찮으니 천천히 하세요. 상대편 선배님들도 충분히 기다려 주실……."

그러나 백수룡은 꾸물거리는 학생들을 기다려 주지 않았다.

"전장에서도 적들이 느긋하게 기다려 줄 것 같나! 십조는 전원 감점이다!"

백수룡의 호통에 위지천과 십조 학생들이 어깨를 움츠렸다.

"죄, 죄송합니다!"

잠시 후, 허둥지둥 움직인 십조가 겨우 진형을 갖췄다.

스릉.

위지천은 검을 뽑아 들고 진작에 준비가 끝난 상대 조를 겨눴다. 그 순간 순진하던 눈망울이 날카롭게 변했다.

"오오……!"

"과연……!"

위지천의 일변한 기세에 관객들도 집중하기 시작했다.

하지만 위지천을 잘 아는 청룡오망은 고개를 갸웃거렸다.

"천이 녀석. 평소랑 좀 다른데?"

"집중력이 떨어져 보여."

"왜 저렇게 산만해?"

하지만 그들도 위지천의 생각까지는 알지 못했다.

'이건 집단전이야. 혼자서 이기는 건 의미가 없어.'

앞서 헌원강이 보여 준 싸움은 위지천에게 반면교사가 되었다.

혼자서는 이길 수 없는 싸움.

다 같이 힘을 모아서, 서로 호흡을 맞춰야 모의전에서 승리할 수 있다.

위지천은 자신의 조원들에게만 들리도록 작게 말했다.

"명심하세요. 흩어지지 않고 끝까지 뭉쳐서 싸워야 해요. 그럼 위험한 공격은 제가 막아 드릴 수 있어요."

"……."

그러나 모의전이 시작되고 얼마 지나지 않아, 위지천은 자신의 계획이 얼마나 오만했는지 깨달았다.

"누가 뭉쳐 있게 둔대?"

선공은 팔조였다. 청룡학관에서 위지천에 대해 가장 잘 아는 두 여학생이 동시에 움직였다.

휘이익!

여민의 신형이 잔영을 남기며 길게 늘어났다.

경공으로는 청룡학관에서 가장 빠르다고 해도 과언이 아니었다. 여민은 자신의 그런 장점을 십분 발휘했다. 대연무장을 크게 돌아 십조의 뒤쪽으로 돌아간 것이다.

"뒤쪽을 경계하세요! 여민 선배는 빙공을……!"

"그쪽에 신경 쓸 겨를이 있을까?"

그와 동시에, 유이란은 다른 조원들과 함께 십조를 정면에서 공격했다.

위지천은 유이란의 검을 막느라 뒷말을 이어 가지 못했다.

채채채챙!

초반부터 몰아치는 유이란의 검. 서로의 실력을 충분히 알기에 탐색전은 필요 없었다. 비류검법의 변화무쌍한 검초가 위지천을 뒤덮는 것처럼 보였다.

"공격해!"

"우와아아!"

이어서 다른 학생들도 무기를 부딪쳤다. 두 조가 정면으로 충돌했는데, 실력 자체는 큰 차이가 없어서 팽팽했다.

오히려 여민의 이탈로 한 명이 부족한 팔조가 점점 밀리기 시작했다. 그 선두에는 유이란을 조금씩 밀어붙이는 위지천이 있었다.

"진형을 유지하세요! 이란 선배는 제가 막을 테니 선배님들은 차근차근……."

위지천은 유이란의 공격을 모두 막아 내면서 조원들에게 지시를 내렸다. 소년의 눈동자가 싸우는 와중에도 바쁘게 주변을 힐긋거렸다.

그러나 유이란이 그것을 용납하지 않았다.

"내 앞에서 한눈을 팔아?"

까가가각!

두 자루의 검이 서로를 긁으며 불티가 튀었다.

가까이 붙어서 검을 맞댄 짧은 순간, 유이란의 두 눈에서 불꽃이 타올랐다.

"나한테만 온전히 집중하도록 해 줄게."

"크……!"

다른 때였다면 기꺼운 마음으로 검을 섞었겠지만, 지금의 위지천은 평소처럼 집중할 수 없었다.

'조원들을 신경 써야 해. 함께 싸워야 이길 수 있어!'

그러나 설상가상으로, 십조의 뒤편에서 북풍한설이 불어오기 시작했다.

콰콰콰콰!

돌연 매서운 칼바람이 불어왔다. 얇은 옷차림을 한 학생들은 급격히 떨어진 온도에 몸을 부르르 떨었다.

"비, 빙공?"

"주변 온도를 낮출 정도의 빙공이라고?"

학생들의 경악한 시선이 향하는 곳에는, 온몸에 새하얀 냉기를 두른 여민이 있었다. 그녀는 혼자서 적들의 뒤를 노렸다.

화아아악!

두 눈에서 은은한 백광을 뿜어내는 여민이 쥘부채를 휘두를 때마다, 새하얀 기류가 바람을 타고 뻗어 나갔다.

쩌저저적!

공기가 얼어붙었다. 허공에 생긴 작은 얼음 알갱이들이 바람을 타고 십조에게 쏟아졌다. 그 하나하나가 암기나 다름없었다.

"모, 몸이……."

"크아악!"

급격히 내려간 온도에 움직임이 둔해지고, 수백 개의 얼음 알갱이가 암기처럼 전신을 노렸다. 잠시 우세를 점했던 십조는 금세 궁지에 몰렸다.

팔조에게는 호재였다. 숫자가 하나 부족해 수세에 몰렸던 그들은 이제 공세로 전환했다.

"공격해!"

위지천은 유이란을 상대하는 와중에 동료들에게 쏟아지는 공격 중 일부를 대신 막아 냈다.

그리고 조원들 중 셋을 호명해 급하게 소리쳤다.

"선배들은 여민 선배를 막아 주세요!"

"하지만 그럼 이곳이 밀릴 텐데……."

"여긴 제가 어떻게든 막을게요! 어서요!"

고개를 끄덕인 세 명이 여민에게 달려들었다.

그러나 여민은 뛰어난 경공으로 연무장을 크게 사용하면서, 홀로 세 명을 농락하며 하나씩 쓰러뜨렸다.

"……여민이 저렇게 강했나?"

"청룡오망 중에 가장 약한 줄 알았는데……."

"저걸 보고도 그런 말이 나와?"

관전 중이던 학생들은 승부를 결정지은 것이나 다름없는 여민의 활약에 감탄을 금치 못했다.

반면, 위지천 쪽은 시간이 갈수록 상황이 나빠지고 있었다.

까가가강!

숫자가 줄어든 만큼 위지천에게 가해지는 부담은 커졌다.

유이란과 싸우는 와중에 동료들까지 챙기려면, 그만큼 유이란과의 싸움에서 손해를 볼 수밖에 없었다.

시간이 지날수록 위지천의 옷에 베인 흔적이 늘어났다.

서걱!

옷자락이 잘려나가는 소리가 섬뜩했다. 살갗이 베인 어깨에서 핏물이 주르륵 흘러내렸다. 깜짝 놀란 유이란이 잠시 공격을 멈출 정도였다.

"항복해. 승부는 진작 기울었어."

"……."

위지천은 대답 대신 딱딱하게 굳은 표정으로 주위를 둘러봤다.

십조는 앞뒤에서 동시에 쏟아지는 공세를 견디지 못했다. 하나씩 무력화되거나 항복하더니, 이제는 몇 명 남지 않았다.

"하, 항복!"

"젠장. 결국 이렇게 지는군."

"어쩔 수 없지 뭐. 이번엔 저쪽이 너무 셌어."

위지천은 패배에도 태연한 얼굴로 투덜거리는 그들에게 묻고 싶었다.

정말 최선을 다했나?

지시를 제대로 따르지도 않고, 조금 밀린다고 항복해 버린 주제에.

'한심해.'

십조의 학생들은 백룡장의 선배들과 달라도 너무 달랐다.

'왜 이것밖에 못 하지?'

소년의 기준에서는 도무지 저들을 이해할 수 없었다.

기본적인 것도 제대로 못 하고, 도와줘도 그 순간 반격할 생각조차 못 하는 바보들.

'하나도 도움이 안 돼.'

지금껏 위지천이 가까이 한 사람들은 백룡장의 선배들, 유이란, 독고준 정도였다.

하나같이 청룡학관에서도 실력이 뛰어난 학생들.

그들은 함께 싸울 때 적어도 발목은 잡지 않았다.

하지만 십조는 그렇지 않았다.

이건 손발이 맞지 않은 수준이 아니라, 방해만 되었다.

아무리 자신이 배려하고 도와주려 해 봤자…….

결국, 위지천은 속마음을 밖으로 내뱉고야 말았다.

"……거치적거려."

곁에 남아서 싸우고 있던 십조 학생이 움찔했다.

그 순간 그를 향해 팔조의 공격이 쏟아졌지만, 위지천은 더 이상 동료라는 이유로 그를 도와주지 않았다.

쨍그랑!

"하, 항복!"

결국 위지천을 제외한 십조 전원이 무력화되거나 항복했다.

그리고 팔조 전원이 위지천을 포위했다.

"너 항복할 생각 없지?"

위지천의 눈빛을 본 여민이 작게 한숨을 쉬었다.

"무슨 생각을 하는지 뻔히 보인다. 혼자서 우리 모두를 상대하려고?"

"……차라리 그게 나으니까요."

검을 든 위지천은 침착한 표정으로 고개를 끄덕였다.

다른 사람이 그런 말을 했으면 코웃음을 쳤겠지만, 여민은 감히 그러지 못했다.

지금 이 순간에도, 피부가 저릿저릿할 정도의 날카로운 기운이 위지천의 검에서 흘러나오고 있었으니까.

"이제야 우리가 아는 위지천으로 돌아왔네."

"십 대 일? 저 녀석은 하고도 남지."

"저 자식도 은근히 승부욕 강하다니까."

청룡오망은 혼자서 열 명을 압도하는 존재감을 뿜어내는 위지천을 바라보며 고개를 절레절레 저었다.

"역시……."

그 와중에 유이란은 묘하게 설렘을 감추지 못한 표정으로 중얼거렸다.

"검을 들었을 때, 저런 오만한 눈이 됐을 때가 가장 잘 어울려."

"눈꼴시어서 진짜……. 됐고, 다들 긴장해. 방심하면 우리가 질 수도 있으니까."

그 한마디에 팔조 전원이 몸을 긴장시켰다.

백수룡은 예상과 다르게 흘러가는 모의전의 양상을 지켜보며 황당하다는 표정을 지었다.

"천이 저 녀석……."

굳이 말려야 할 필요까지는 느끼지 못했다.

헌원강과는 경우가 달랐다.

자신의 무공을 제어하지 못한 헌원강과 달리, 지금의 위지천은 평소보다 훨씬 더 날카로워 보였으니까.

충분히 자신의 검기(劍技)를 제어할 수 있을 것이다.

"뭐, 늘 예외는 있는 법이지."

압도적인 초고수의 존재는, 전장의 상식을 모조리 뒤집어 버리기도 한다.

학생들에게 그런 걸 한번 보여 주는 것도 나쁘지 않을 것 같았다.

"보여 줘라. 네가 어디까지 할 수 있는지."

스승의 목소리를 듣기라도 한 듯, 위지천의 검이 움직였다.

372화

오늘은 특별히

위지천의 검이 천천히 움직였다.

체구가 작은 소년이 쥔 검은 그리 위협적으로 보이지 않았다.

하지만 그 검과 마주한 학생들은 전신의 근육을 잔뜩 긴장시켰다. 그 끝이 부디 자신을 향하지 않기를 바라면서.

꿀꺽…….

숨 막히는 긴장감이 흐르는 와중에, 간간이 마른침을 삼키는 소리만 들렸다. 위지천이 모두에게 강요한 침묵이었다.

그리고 위지천이 한 발 내딛는 순간, 대부분의 학생이 그 움직임을 놓쳤다.

"장연!"

유이란이 조원의 이름을 외쳤을 땐, 위지천은 이미 그 앞에 있었다.

"내가 막을게!"

장연이라 불린 학생은 상검연 소속이었다.

방학 동안 위지천과 함께 수련했고, 검술 시범도 수십 번을 넘게 보았다.

그래서 자신 있게 검을 휘두를 수 있었다.

'한두 번 정도는 혼자서도 막을 수 있어.'

준비된 내공이 전신으로 내달리고, 수축시켰던 근육이 폭발적인 힘을 쏟아 냈다. 팽팽하게 당겼던 시위를 놓은 것처럼 장연의 검이 쏘아졌다. 지켜보던 학생들 대부분이 감탄할 만큼 빠른 속도였다.

"와라!"

장연은 다음 초식은 생각하지 않고 전력을 다했다. 어차피 한 번만 막으면 조원들이 와 줄 테니까.

아니, 어쩌면 이 공격으로 위지천을 물러나게 할 수 있을지도 몰랐다. 그만큼 자신 있게 펼쳐 낸 초식이었다.

하지만 장연이 한 가지 간과한 것이 있었다.

방학 동안 장연이 위지천의 검술 시범을 보면서 익숙해진 것 이상으로, 위지천은 장연의 검술을 완벽하게 파악하고 있다는 것을.

"어?"

위지천은 서슴없이 장연의 검로 안으로 파고들었다. 순간 소년의 몸이 둘로 갈라지는 것처럼 보였다.

하지만 이어진 장면 어디에도 피륙이 잘리거나 피가 튀지 않았다. 그저 멍한 표정의 장연과 그 곁을 스쳐 지나가는 위지천이 보일 뿐이었다.

위지천은 장연의 곁을 스쳐 가며 속삭이듯 말했다.

"선배는 죽었어요."

"……!"

잘린 옷자락의 틈새로 서늘한 바람이 들어왔다. 위지천의 검이 긋고 지나간 흔적. 심장 어림이었다.

털썩.

바닥에 주저앉은 장연은 창백해진 얼굴로 위지천의 뒷모습을 바라봤다.

'어떻게 당했는지 제대로 보지도 못했어.'

실전이었다면 방금 그 일 합에 목숨을 잃었을 것이다. 그 사실을 깨닫자 더 이상 검을 쥘 용기가 나지 않았다. 그리고 그럴 수도 없었다.

백수룡이 장연을 불러냈다.

"장연은 바깥으로 나와라."

"네, 네……."

모의전에서 적의 숫자를 하나 줄였지만, 위지천의 표정에는 아무런 변화도 없었다. 차분한 눈으로 다음 먹잇감을 노릴 뿐이었다.

"동시에 공격해!"

유이란이 선두에서 달려오고, 그 좌우로 창과 도를 든 학생들이 받쳤다. 뒤에서는 여민이 호시탐탐 공격할 기회를 노렸다.

까가각!

위지천은 유이란의 검격을 옆으로 흘리며 우측의 창을 찔러오는 상대에게 접근했다. 과감하게 파고들자 상대가 곤혹스러운 표정을 지었다.

"젠장……!"

서걱!

창대의 중간을 그대로 베어 버린 위지천은 물러나려는 상대의 관자놀이에 검면을 살짝 갖다 댔다가 뗐다.

"죽었어요."

말을 뱉음과 동시에 위지천은 바닥을 박차고 뛰어올랐다. 방금 전까지 서 있던 공간을 칼날이 꿰뚫었다.

위지천은 공중에서 몸을 틀었다. 아래에서 솟구치는 유이란의 검을 강하게 쳐 내고, 그 반탄력을 이용해 다시 거리를 벌렸다.

"너!"

유이란이 분한 표정으로 쫓아왔지만, 위지천은 지금은 그녀와 싸울 생각이 없었다. 약한 상대부터 하나씩 쓰러뜨릴 계획이었다.

위지천의 전략은 제대로 먹혀들었다.

"이, 이쪽으로 오지 마!"

"빨리 좀 도와줘!"

"젠장! 동선 겹치지 말라고!"

오합지졸인 십조보다는 훨씬 나았지만, 팔조도 오늘 처음으로 합을 맞춰 본 것은 마찬가지였다.

제대로 된 연수합격을 펼치기엔 아직 서로에 대한 이해가 부족했다. 위지천은 그 빈틈을 파고들었다.

적들이 서로의 움직임을 방해하도록 유도한 후, 사각으로 파고들어 날카로운 일검으로 한 명씩 마무리했다.

"죽었어요."

"죽었어요."

"죽었어요."

위지천의 입이 열릴 때마다 누군가가 무기를 놓치거나 바닥에 주저앉았다. 십 대 일이었던 숫자가 어느새 오 대 일까지 줄어들었다.

"……미친……."

"완전 괴물이잖아……."

학생들이 숨 쉬는 것조차 잊고 바라보는 동안 팔조에서 다섯이 쓰러졌다. 그동안 위지천은 숨이 조금 가빠진 것이 전부였다.

"하! 저게 정말 학생의 검이라고?"

"초식의 완급 조절이 경이로운 수준이야……."

강사들조차 경탄스럽다는 표정으로 위지천을 바라봤다.

위지천이 강하다는 것은 익히 알고 있었지만, 이 정도일 줄은 그들도 예상하지 못했던 것이다.

학생이 아니라 절정의 무인이 싸우는 모습을 관전하는 기분이었다.

"저 녀석이라면……."

"정말 혼자서 열 명을 다 이겨 버릴지도……."

학생들이 홀린 듯한 표정으로, 강사들은 감탄 어린 시선으로 위지천이 만들어 내고 있는 대역전극을 지켜볼 때였다.

"천이가 이기긴 힘들 거야."

찬물을 끼얹는 백수룡의 말이었다.

그는 위지천에게 검을 가르친 스승이었지만, 오히려 그래서 누구보다 냉정하게 자신의 제자를 바라볼 수 있었다.

"위지천이 못 이길 거라고요?"

옆에 있던 악연호가 믿기 힘들다는 표정으로 물었다.

백수룡이 말하는 그 잠깐 사이에 위지천은 둘을 더 쓰러뜨렸다.

십조는 이제 셋밖에 남지 않았다.

"저 기세면 순식간에 전부 쓰러뜨릴 것 같은데요?"

동의한다는 듯 다른 강사들도 고개를 끄덕였다.

하지만 백수룡은 고개를 저었다.

"상대가 평범한 학생들뿐이었다면 열 명이 아니라 스무 명이 와도 위지천을 당해 낼 수 없겠지. 하지만……."

백수룡의 시선은 또 다른 자신의 제자, 여민에게 향했다.

"상대편에 영악한 녀석이 한 명만 섞여 있어도 이야기가 달라지거든."

십조에 남은 인원은 셋.

여민, 유이란, 그리고 도를 사용하는 남학생 한 명이었다.

위지천은 셋 중 가장 약한 남학생부터 쓰러뜨릴 생각으로 달려들었다. 지금까지 해 온 방식과 같았다.

'조금만 더.'

호흡이 점점 가빠지고 있었다. 그래서 위지천은 아예 호흡을 멈췄다. 본능적인 판단이었다. 찰나에 결정되는 승부. 검 끝이 흔들리지 않도록 무호흡 상태에서 검을 휘둘렀다.

쩌엉!

첫 일검은 유이란과 교환했다. 힘에서 다소 밀린 유이란의 검이 옆으로 살짝 밀려났다. 위지천은 왼발을 축으로 몸을 팽그르르 회전시키며 그 옆에 있는 남학생의 도까지 위로 올려쳤다.

'이제 두 명.'

질린 표정으로 자신을 바라보는 남학생의 입술이 천천히 움직였다. 뭐라고 말하는 것 같은데, 크게 관심은 없었다. 어차피 이 사람도 곧 쓰러질 테니까.

"선배는 죽었……."

그 순간, 위지천의 몸이 살짝 균형을 잃고 비틀거렸다.

'함정!'

위지천은 발밑에 살얼음이 얼어 있는 것을 뒤늦게 발견했다.

그 얼음 때문에.

서걱!

검흔의 궤적이 허공을 갈랐다. 위지천이 싸움을 시작하고 처음 있는 일이었고, 그만큼 큰 빈틈이 드러났다.

그리고 유이란은 그 빈틈을 노리기에 충분한 실력을 갖춘 검객이었다.

쩌어엉!

"크윽!"

처음으로 위지천의 입에서 신음이 새어 나왔다. 참았던 호흡이 한 번에 터지며 순간적으로 머리가 핑 돌았다.

낭패한 표정으로 주춤주춤 물러나는 소년의 뒤에서, 익숙한 목소리가 들려왔다.

"약한 상대부터 하나씩 쓰러뜨리겠다는 작전은 나쁘지 않았어."

"여민 선배……."

"하지만 우리가 바보도 아닌데 계속 같은 방식에 당해 주겠어? 뻔히 누굴 노릴지 아는데?"

전신에 새하얀 냉기를 휘감은 여민이 위지천에게 달려들어 맹공을 퍼부었다. 지금껏 위지천과 거리를 좁히지 않았던 그녀가 경쾌한 움직임으로 쥘부채를 휘둘러 왔다.

"미안하지만 이번엔 우리의 승리야!"

유이란도 마찬가지였다. 위지천이 호흡을 회복할 시간을 주지 않기 위해 전력으로 덤벼들었다.

까가가강!

앞뒤에서 쏟아지는 공격에 위지천은 한 번 잃은 호흡을 되찾지 못하고 연신 밀렸다.

"혼자서 그렇게 날뛰었으니, 아무리 너라도 체력이 남아날 리 없지."

후우, 후욱…….

위지천의 어깨가 위아래로 크게 들썩였다. 빠르게 지쳐 간다는 증거였다.

반면 여민은 쌩쌩했다. 싸움이 시작된 후로 계속 견제만 하면서 체력을 아꼈고, 위지천이 지쳐 빈틈을 드러내기를 기다렸다.

여민이 얄밉게 웃으며 말했다.

"처음부터 천이 네가 우리 편을 몇 명 쓰러뜨리든 상관없었어. 우린 너만 잡으면 되잖아?"

"치사해……!"

"우리가 치사하게 굴어야 할 만큼 네가 센 거야."

이번에는 유이란의 말이었다.

두 사람은 눈빛을 주고받더니 동시에 위지천을 향한 공세를 높였다. 북풍한설이 매섭게 몰아치고, 검풍이 사방을 할퀴었다.

"항복할 생각은?"

"없어요!"

"그럴 줄 알았어."

여민과 유이란은 위지천을 상대로 철저하게 차륜전을 펼쳤다.

처음 손을 맞춰 본 거라고는 믿을 수 없을 정도로 공격과 수비가 정교하게 맞물렸다.

두 학생 모두 높은 수준의 무공을 가지고 있었고, 이해력도 뛰어났다. 때문에 짧은 시간 동안 금방 서로의 움직임에 적응했다.

백수룡은 분한 표정으로 힘겹게 검을 휘두르는 위지천을 보며 피식 웃었다.

'아쉽겠지. 분명 이길 기회도 있었으니까.'

위지천이 다섯 명쯤 쓰러뜨렸을 때, 십조의 혼란은 극에 달했다.

그때 우왕좌왕하는 적들을 무시하고 유이란을 기습해 쓰러뜨렸다면, 그 기세로 십조를 전멸시킬 수도 있었다.

하지만 위지천은 약한 상대부터 한 명씩 쓰러뜨리는 방식을 고집했고, 여민과 유이란이 전음으로 의견을 나눌 시간을 주었다.

'결국은 경험이 부족한 탓이지.'

그러나 백수룡은 이런 위지천의 미숙한 모습을 보는 것도 썩 즐거웠다. 여전히 가르칠 게 많다는 의미였으니까.

결국 잠시 후, 유이란의 검과 여민의 쥘부채가 위지천의 가슴과 등에 동시에 닿았다.

"……졌습니다."

위지천의 패배 선언이었다. 눈 한번 깜빡이지 않고 싸움을 지켜보던 학생들이 세 사람에게 박수를 치거나 환호성을 보냈다.

여민은 시무룩해진 위지천의 볼을 쭈욱 잡아당기며 웃었다. 어깨가 축 처진 모습이 귀여워 죽겠다는 듯.

"어이구 우리 천이. 누나한테 져서 기분이 안 좋아?"

"그건 아닌데……."

정작 위지천은 가만히 있는데, 유이란이 흠칫 놀라서 정색을 했다.

"지, 지금 뭐 하는 짓이지? 다 큰 남자의 얼굴을……!"

"애가 무슨 남자야? 그냥 어린애지."

"……."

분한 듯 입술을 깨물며 여민을 노려보는 유이란과 황당해하는 여민을 뒤로하고, 위지천은 자신의 조원들을 향해 힘없이 걸어갔다.

그렇게 '대혈교전 모의 전투'의 첫 수업이 모두 끝났다.

백수룡은 학생들을 모두 모아 놓고 말했다.

"첫 모의전으로 어느 정도 서로에 대한 전력분석이 됐을 거라고 생각한다. 직접 붙어 본 조뿐만이 아니라, 다른 조에 대해서도."

그 말에 학생들, 특히 조장들이 무겁게 고개를 끄덕였다.

일부는 표정이 밝았고, 일부는 표정이 어두웠다.

오늘 첫 수업에서 승자와 패자가 나뉘었고, 강자와 약자도 구분되었기 때문이었다.

"오늘 승리한 조는 다음에도 이길 수 있도록, 오늘 패배한 조는 다음엔 반드시 이길 수 있도록 하자. 알겠나?"

"네!"

"대답은 잘해요. 좋아. 오늘 수업은 여기까지."

"수고하셨습니다!"

수업이 끝났다는 말에 학생들의 표정이 밝아졌다.

그러나 아직 백수룡의 말은 끝나지 않았다.

각자 흩어지려는 학생들을 향해, 백수룡은 씨익 웃으며 말했다.

"아, 깜빡할 뻔했군. 오늘은 특별히 조별 과제를 내주겠다."

밝아졌던 학생들의 얼굴이 거짓말처럼 어두워졌다.

373화

조장들(1)

청룡학관 맞은편.

학생들에게 싸고 양 많은 가성비 맛집으로 유명한 백룡객잔.

저녁 시간이면 항상 북적이는 이곳에, 오늘은 함께 조별 수업을 듣는 학생들이 모였다.

"지나간 패배는 빨리 털어 버리자! 다음부터 다 이겨 버리면 되니까!"

자리에서 일어난 헌원강은 잔을 높이 들었다. 그리고 본인 기준에서는 상냥한 미소로 조원들을 죽 둘러봤다.

결코 누굴 해치려거나 협박하려는 의도는 없었지만, 마주 보는 입장에서는 흠칫할 수밖에 없는 그런 미소였다.

"다들 잔 들어! 같은 조가 된 기념으로 찐하게 건배 한번 하자고!"

"거, 건배……."

조원들과 힘차게 잔을 부딪친 헌원강은 단숨에 꿀꺽꿀꺽 잔을 비운 후 탁자에 쾅! 소리나게 내려놓았다.

"크으!"

상당한 오해의 여지가 있는 장면이었지만, 잔에 들어 있는 것은 술이 아니라 학생들에게 인기가 많은 과실음료였다.

"오늘은 내가 살 테니까 마음껏 시켜! 오늘 아주 허심탄회하게 이야기를 나누면서 찐하게 친목을 도모해 보자고."

"잘 먹을게……."

"가, 감사합니다. 선배님."

헌원강은 조별 과제를 위해 무려 백룡객잔의 이 층을 통째로 빌렸다. 헌원세가에서 두둑하게 받아 온 용돈의 상당 부분을 기꺼이 지출한 것이다.

'팽사혁 그 새끼가 객잔 통째로 빌려서 다닐 때마다 은근히 부러웠는데.'

물론 팽사혁이 다니던 객잔에 비하면 한참 작은 곳이었지만, 헌원강에겐 이것도 상당한 무리였다. 자신도 모르게 차림표에 적힌 가격을 힐긋거렸다.

"눈치 보지 말고 다 시키라니까? ……오향장육도 시키게? 아니, 시키지 말라는 게 아니라 남을까 봐 그러지. 하하하! 하나라도 남기면 너네 다 뒈질……. 농담인 거 알지? 하하하하!"

헌원강은 어색한 분위기를 풀 겸 농담을 건넸지만, 농담이 잘 안 통했는지 결국 소면과 만두로 모두 통일했다.

"쩝……."

헌원강은 자신의 조에 유독 소심한 녀석들이 많은 것 같다는 생각이 들었다.

하지만 이럴수록 조장인 자신이 적극적으로 나서야 한다고 생각했다.

"그래서 우리 과제 말인데."

"코, 콜록!"

조원 중 한 명이 소면을 먹다가 사레가 들렸는지 콜록거렸다.

"……괜찮냐?"

헌원강은 나름 걱정이 되어 바라보았는데, 기침을 하던 일 학년은 오히려 사색이 되었다. 일 학년이 견디기엔 너무 무서운 눈빛이었다.

"죄, 죄송합니다!"

"……어. 앞으로 조심해."

헌원강은 사레들리지 않게 조심하라는 의미로 한 말이었지만, 모종의 경고로 알아들은 일 학년의 안색은 더욱 창백해졌다.

"다들 선생님이 내준 과제 기억하지?"

헌원강의 말에 조원들이 고개를 끄덕였다.

-다음 수업까지 다른 조들의 장단점을 분석하고, 모의전에서 만났을 때의 대응 전략을 적어서 제출하도록.

백수룡은 첫 수업부터 시간을 꽉꽉 채운 것도 모자라서 과제까지 내주었다.

그야말로 악마가 따로 없었지만, 감히 청룡신협에게 불만을 토로할 수 있는 학생은 없었다.

그 제자가 눈을 사납게 치켜뜨며 자신들을 노려보고 있는 동안에는 더더욱.

"까짓거 여기서 과제도 다 해치워 버리자고. 일조부터 얘기해 볼까? 아, 글씨 잘 쓰는 사람 있냐?"

"……."

조원들은 서로 눈치만 볼 뿐 아무도 손을 들지 않았다.

"아무도 없어?"

헌원강의 눈썹이 꿈틀대자, 그제야 아까 사레가 들렸던 일 학년이 소심하게 손을 들었다.

"제, 제가 적을게요."

"이름이 영소춘이었지?"

"……영호식인데요."

일 학년 영호식이 서기를 맡기로 하고, 본격적으로 회의를 시작했다.

"독고준이 있는 일조는 균형이 잘 잡혀 있더라. 독고준을 중심으로 진형이 단단하고 손발도 잘 맞아. 굳이 약점을 찾자면……."

헌원강은 적극적으로 의견을 제시하며 회의를 주도했다.

문제는 헌원강 외의 조원들이 거의 의견을 내지 않는다는 데 있었다.

"이조를 상대할 때는 발이 빠른 사람이 야수혁을 견제하자. 그 자식 단순해서 도발에 잘 걸리거든. 그리고 쌍둥이는……."

"좋은데요!"

"삼조는 전체적으로 몸이 날렵하고 빠르더라. 하지만 특출난 고수는 없어. 군소진인가 걔는 제법이긴 한데……."

"저도 그렇게 생각해요!"

"오조는……. 당소소 넌 다음에 만나면 뒈졌다. 하여튼 걔들이랑 싸울 땐 일단 독이랑 암기에 대비하자고. 앞에 몇 명은 방패라도 들든가, 아니면……."

"찬성입니다!"

"육조? 거긴 진짜 별것 없더라. 조장인 목형우인가 하는 선배도 평범하고, 나머지도 그냥 그래. 솔직히 싸우면 우리가 그냥 이기는데, 뭐라도 적긴 해야겠지. 의견 있는 사람?"

"없습니다!"

"……?"

대부분 헌원강이 혼자 말하고, 조원들이 맞장구를 치며 고개를 끄덕이는 모습이 반복되었다.

시간이 지날수록 헌원강도 뭔가 이상하다는 것을 깨닫곤 눈살을 찌푸렸다.

"아까부터 나 혼자 말하는 것 같다?"

그러자 다른 조원들이 급히 변명을 하기 시작했다.
"아니, 네 말이 다 맞으니까 할 말이 없어서……."
"저희가 하고 싶었던 말을 선배님이 먼저 다 하셔서……."
"헌원강 네가 잘하니까 그렇지."
"선배님이 정해 주시면 저희는 그대로 따라갈게요."
그것도 틀린 말은 아니어서, 헌원강은 입맛을 다셨다.
'솔직히 나 혼자서 하는 게 낫긴 해.'
무공, 실전 경험 등 그 어떤 거로 따져 봐도, 헌원강은 사조에서 압도적으로 뛰어났다.
조에 다른 삼사 학년들도 있긴 했지만, 솔직히 헌원강의 눈에 차는 수준은 아니었다.
"흠흠. 그래도 가끔 의견 정도는 내라고."
헛기침을 한 헌원강은 옆에 있던 과실음료를 벌컥벌컥 들이켰다. 혼자 말을 많이 해서 목이 말랐다.
"마지막으로 십조. 솔직히 위지천만 잡으면 거긴 끝나. 나머진 완전 오합지졸이더라. 어휴. 도움은커녕 조장 발목이나 잡는……."
그 순간, 그렇지 않아도 조용하던 식탁 위의 분위기가 급격히 싸늘해졌다.
"어? 아니, 그게 아니라……."
헌원강은 뒤늦게 자신의 말실수를 깨닫고 아차 싶었다.
'조장에게 도움은커녕 발목이나 잡는 오합지졸.'
그가 속한 사조에도 어느 정도 해당되는 말이었기 때문이었다.
스윽.
어색한 분위기 속에서 조원 한 명이 일어났다. 그는 헌원강과 같은 삼학년이었다.
"미안한데 먼저 가 봐도 될까?"

"벌써 간다고? 왜?"

"내일 아침 일찍 실습 수업이 있어서 준비할 게 있거든."

"……알았어. 가 봐."

그러나 한 명이 일어나자, 기다렸다는 듯 다른 조원들도 자리에서 일어나기 시작했다.

"저도 다른 수업이 있어서요."

"집에 제사가 있어서 일찍 가 봐야 할 것 같아요."

"회의 다 끝난 거죠?"

하나둘 일어나더니, 어느새 식탁이 휑해졌다. 말리고 할 시간도 없었다. 헌원강이 황당하다는 표정으로 중얼거렸다.

"아니, 갑자기 이렇게 다 간다고?"

"선배님. 여기요."

마지막까지 남아 회의 내용을 정리한 영호식이 헌원강에게 정리한 서류를 건네주었다.

"수고하셨습니다."

"야. 잠깐만. 뭐 하나만 묻자."

"네?"

헌원강은 겁먹은 듯 어깨를 움츠리는 후배에게, 이해할 수 없다는 표정으로 물었다.

"내가 뭐 실수라도 했냐? 다들 왜 이렇게 비협조적이야?"

"……저도 잘 모르겠어요. 그럼 다음 수업 때 뵙겠습니다."

"그래. 소춘아. 조심히 가라."

"영호식…… 아니, 아닙니다."

고개를 꾸벅 숙인 영호식이 계단을 내려갔다.

헌원강은 뒤통수를 벅벅 긁으며 그 모습을 지켜보다가, 이내 작게 투덜거렸다.

"젠장. 이게 아닌데."

헌원강은 삼 학년이지만 조별 과제에 제대로 참여해 본 게 이번이 처음이었다.

과거와 달라진 모습을 보여 주고자 조장까지 맡아서 의욕적으로 나섰는데, 시작부터 뭔가 어긋난 느낌이 들었다.

"잔뜩 시켜 놓고 많이도 남겼네."

헌원강은 점소이에게 남은 음식을 싸 달라고 부탁한 후 일 층으로 내려왔다.

그런데 객잔 한쪽에 익숙한 얼굴이 보였다.

'천이잖아?'

위지천도 조원들과 모여서 과제 중인 듯했다.

그런데 저쪽은 돌아가는 분위기가 사조보다 더 개판이었다.

"의, 의견들 없으세요?"

검을 들지 않은 위지천은 작고 소심한 일 학년이자 조장이었다.

그리고 십조의 학생들은 그 사실을 어떻게 이용할지 방법을 찾은 것 같았다.

"그냥 네가 다 하면 안 돼?"

"……예?"

"어차피 우리 중에 네가 제일 세잖아. 그리고 백수룡 선생님 수제자인데, 솔직히 성적이 뭐가 걱정이야?"

"하지만 이건 조별 과제인데……."

"우리 조의 전략? 내가 말해 주지. 위지천이 나가서 전부 때려눕힌다!"

누군가의 말에 다른 조원들이 피식피식거리며 웃었다.

웃지 않는 학생들도 있었지만, 그들도 위지천에게 호의적이지는 않았다.

"네 입으로 그랬잖아. 우리가 거치적거린다며?"

"예? 그, 그게 아니라……."

그들은 위지천이 모의전 중에 했던 말을 기억하고 있었다. 가장 마지막까지 위지천과 함께 싸웠던 선배가 씁쓸한 표정으로 말했다.

"솔직히 사실이라서 화도 안 나더라. 그러니까 알아서 결정하란 거야. 어차피 우린 조연이니까, 주연이 시키는 대로 해야지."

"……."

위지천이 뭐라고 대답하지 못하고 곤란한 표정만 지을 때였다.

"어이."

콰앙!

탁자를 내려치는 큼직한 손바닥.

흠칫 놀란 학생들이 돌아보자, 어느새 옆에 온 헌원강이 맹수 같은 눈으로 그들을 노려보고 있었다.

"듣자듣자 하니까 이 새끼들이 미쳤나. 니들 우리 지천이가 만만하냐? 단체로 숨지고 싶어?"

"워, 원강 선배! 참으세요! 뭐 해요! 빨리 도망가요!"

소매를 걷어붙이는 헌원강의 허리에 위지천이 매달렸다.

내버려 두면 정말로 몇 명은 작살을 낼 눈빛이었기 때문이었다.

"놔! 이거 안 놔?!"

"미, 미친놈인가……."

"상대하지 말고 얼른 가자."

헌원강은 허겁지겁 도망치는 학생들의 뒷모습을 노려보며 허공에 주먹을 휘둘렀다.

"부끄러운 줄도 모르는 새끼들!"

"선배는 왜 그렇게 화가 나셨어요?"

잠시 그 이유를 생각해 본 헌원강은 곧 그 이유를 깨닫곤 멍하니 중얼거렸다.

"조별 과제가 날 다시 망나니로 만들고 있어……."

"……."

"너는?"

"……수강 철회할까 생각 중이에요."

헌원강은 시무룩해 있는 위지천의 머리를 헝클어뜨렸다. 그 마음 누구보다 충분히 이해하고 있었다.

"일단 집에 가자."

백룡객잔을 나선 그들은 백룡장으로 향했다.

"하아……."

"하아……."

나란히 걷던 두 소년이 멈춰 서더니 동시에 한숨을 쉬었다.

"조별 과제 진짜 싫다."

"저두요……."

"이대로 돌아가면 분명 엄청 놀림당하겠지?"

"문 열고 들어간 순간부터 잘 때까지 놀릴 게 뻔해요."

저 멀리 백룡장의 모습이 보였다. 벌써부터 담장 안에서 하하호호 웃는 소리가 환청처럼 들리는 듯했다.

—이게 누구야? 청룡오망 중에 유이하게 패배한 두 사람 아니야?

—풋. 잘난 척은 제일 많이 하더니…….

—이겨 버려서 어쩌지? 이것 참, 미안하네.

거상웅, 야수혁, 여민.

그 셋이 헌원강과 위지천을 놀려먹을 기회를 놓칠 리 없었다.

상상만 해도 열 받는지 헌원강이 몸을 부르르 떨었다.

"당장 오늘만 문제가 아니야. 조별 수업 분위기가 계속 이렇게 개판이면, 다음에도 또 질 게 뻔해."

"……진짜 어떡하죠?"

헌원강과 위지천.

둘 다 천부적인 재능을 타고났기에, 무공을 배우면서 좌절했던 경험은 거의 없었다.

그래서 더, 또래들에게 당한 패배는 낯설고 당황스러운 경험이었다. 비록 그것이 여럿이 함께 싸우는 조별 모의전이었다고 해도 말이다.

자신들과 전혀 다른 수준의 무인들과 어떻게 소통해야 할지, 어떻게 함께 싸워야 할지. 그들은 좀처럼 감을 잡지 못했다.

"선생님한테 상담을 부탁드려 볼까요?"

"……그래. 차라리 그게 낫겠다."

목마른 사람이 우물을 찾는 법.

둘은 발걸음을 돌려 청룡학관으로 향했다.

강사들도 대부분 퇴근했을 늦은 시간이었지만, 백수룡은 그보다 한참 늦게 야근까지 하고 올 것이 뻔했기 때문이었다.

"어? 선생님이다."

백수룡의 사무실까지 갈 필요가 없었다. 연무장 한편에서 백수룡을 발견한 것이다.

"누가 같이 있는데요?"

두 사람보다 먼저 온 선객이 있었다.

뒷모습이라서 얼굴은 보이지 않았다.

선객은 백수룡과 마주 보고 대화를 나누고 있었는데, 거리가 제법 멀어서 내용은 들리지 않았다.

그런데 그때, 선객이 느닷없이 백수룡을 기습하는 것이 아닌가?

"선생님!"

깜짝 놀란 헌원강과 위지천이 동시에 달려나갔다.

374화

조장들(2)

백수룡이 공격당하는 모습을 본 순간, 두 제자는 본능적으로 몸을 움직였다.

"선생님!"

머리로는 백수룡이 어떤 기습에도 쉽게 당하지 않으리라는 것을 알고 있었다.

심지어 대화 중에 정면에서 하는 기습?

그 정도는 백수룡에게 일상적인 일에 불과했다. 실제로 매일 자신들이 하는 것이었으니까.

하지만 낯선 뒷모습의 상대가 백수룡을 향해 출수하는 순간, 두 제자는 얼마 전 백수룡이 지나가듯 했던 말을 떠올릴 수밖에 없었다.

-혈교에서 날 노리고 살수를 파견한 것 같더라. 혹시 모르니 너희도 조심해라. 조금이라도 수상한 녀석이 보이면 내게 바로 얘기하고.

백수룡은 대수롭지 않은 일이라는 듯이 한 말이었지만, 듣는 입장에서는 가슴 깊이 새겨둘 수밖에 없는 이야기였다.

'저 자식이!'

'혈교의 살수!'

괴한을 향해 쇄도하는 두 소년의 머리칼이 바람에 미친 듯이 휘날렸다.

그 순간 괴한의 주먹이 백수룡의 가슴을 찔렀고, 백수룡도 동시에 손을 뻗었다.

파바바박!

괴한의 주먹은 빠르고 직선적이었다. 일타일타를 짧게 끊어치는데, 공격이 하나같이 급소만을 노렸다.

그러나 백수룡은 제자리에서 한 걸음도 움직이지 않고 한 손만으로 모든 공격을 쳐 냈다.

여유가 남는지 고개를 돌려 달려오는 헌원강과 위지천을 바라보기까지 했다. 그의 표정에 의아해하는 기색이 어렸다.

'역시 우리 선생님이야!'

'살수 따위한테 당할 리 없지!'

달려가던 헌원강과 위지천도 조금은 안심했다.

하지만 완전히 긴장을 풀지는 않았다.

살수들은 독이나 암기, 상대를 죽이기 위해서라면 수단과 방법을 가리지 않는 자들이니까.

'간다!'

'네!'

두 소년은 빠르게 눈빛을 주고받았다.

지금껏 수없이 많은 합공을 해 봤기에 전음도 필요 없었다. 둘은 동시에 바닥을 박찼다. 쾅! 바닥이 움푹 파이고, 그들의 신형이 한 번 더 가속했다.

"음?"

그제야 그들의 접근을 눈치챈 살수(?)가 고개를 돌렸다. 그는 야차와 같은 기세로 달려오는 두 소년을 보고 입을 떡 벌렸다.

"무, 무슨……."

휘이익!

좌우로 흩어진 헌원강과 위지천이 상대의 시선을 분산시키는 것과 동시에, 흑도와 검혼이 벼락처럼 뽑혀 나왔다. 찰나에 이루어진 완벽한 합공이었다.

'조원들하고도 이렇게 합이 잘 맞으면 얼마나 좋냐고!'

'조원들이 원강 선배 반의반만 따라 할 수 있어도…….'

그 짧은 순간에 헌원강과 위지천은 같은 생각을 했다.

어느새 흑도의 칼날이 상대의 목젖을 겨누고, 검혼의 칼 끝은 상대의 가슴에 가볍게 닿아 있었다.

"하, 항복!"

살수는 두 손바닥이 보이도록 위로 들어 올렸다.

헌원강과 위지천은 비로소 상대의 얼굴을 제대로 확인할 수 있었다.

그런데 살수의 얼굴이 묘하게 낯이 익었다.

당혹스러운 표정으로 자신들을 바라보는 얼굴은 분명…….

"……육조 조장 아냐?"

"목형우 선배님?"

그는 함께 백수룡의 수업을 듣는 육조의 조장, 목형우였다.

"뭔가 오해가 있는 것 같은데, 일단 이것 좀 치우고 대화로 풀면 안 될까?"

목형우는 까끌까끌한 턱수염을 긁적이며 어색하게 웃었다. 그의 이마에 식은땀이 맺혔다.

헌원강과 위지천은 혼란스러운 표정으로 백수룡을 바라봤다.

"니들 지금 뭐 하는 거야?"

한숨을 내쉰 백수룡은 흑룡편으로 제자들의 무기를 옆으로 치웠다. 그리고 제자들의 정수리를 한 대씩 쥐어박았다.

따악! 따악!

"아니, 그게, 선생님한테 뭣 좀 물어보려고 왔다가……."

"갑자기 누가 공격하길래 살수인 줄 알고요……."

백수룡은 정수리를 감싸며 억울한 표정을 짓는 두 녀석을 황당하다는 표정으로 바라봤다.

"대체 어느 정신 나간 살수가 연무장 한복판에서 기습을 해?"

"……."

"……."

늦은 시간에 이 녀석들이 자신을 찾아온 이유를 짐작하는 것은 어렵지 않았다.

'조별 모의전에서 둘만 졌으니까.'

승부욕이라면 제자들 중에서도 첫째를 다투는 녀석들이니 오죽 분했을까.

게다가 둘 다 집단전에서 많은 무인을 이끄는 경험은 처음이다 보니, 마음처럼 되지 않아 답답한 것도 많을 것이다.

충분히 예상했던 일.

어느 정도는 일부러 의도한 상황이기도 했다.

그렇다고 벌써 도와달라며 찾아올 줄은 몰랐지만…….

"일단 내 사무실로 가자."

백수룡은 제자들과 함께 자신의 사무실로 향했다.

"목형우 학생. 자네도 그냥 가지 말고 따라오고."

"예. 알겠습니다."

어정쩡하게 서 있던 목형우도 세 사람의 뒤를 따라갔다.

◆ ◈ ◆

이 학기부터 정식 강사로 전환되면서, 백수룡은 새로운 사무실을 배정받았다.

하지만 이곳에 강사가 아닌 학생들이 찾아온 것은 오늘이 처음이었다.

"지저분해……."

"왜 이렇게 쓰레기가 많아요?"

온갖 서류들이 너저분하면서도 묘하게 규칙적으로 흩어져 있었다. 주인만 알아볼 수 있는 어떤 규칙이 있는 듯했다.

삭막한 사무실 안에 장식이라고는 한쪽 벽에 걸려 있는 신월빙백무 그림이 유일했는데, 풍월화공이 보면 돼지우리에 자기 작품을 걸어 놓았다며 뒷목을 잡았을 것이다.

"대충 거기 앉아라."

손님용 탁상을 대충 슥슥 치운 백수룡은 학생들에게 앉으라고 권했다. 세 학생이 어색한 간격을 두고 나눠 앉았다.

백수룡이 차를 끓이는 동안, 위지천이 목형우에게 허리를 숙여 사과했다.

"선배님. 아까는 정말 죄송했습니다."

"하하. 살수라고 오해했으면 그럴 수도 있지. 괜찮아."

"그런데 선배님은 왜 선생님이랑 싸우고 계셨어요?"

"……무공을 좀 봐주실 수 있냐고 부탁드렸거든."

목형우가 멋쩍게 수염을 긁적이며 말했다.

그의 손바닥에 박힌 굳은살, 무복 밖으로 드러난 팔뚝이 무척이나 단단해 보였다.

"알다시피 우리 조는 약체잖아? 손 놓고 있다가는 꼴찌를 못 면하겠더라고. 그래서 실례를 무릅쓰고 선생님을 찾아갔지. 나름 조장인데 뭐라도 해야 할 것 같아서 말이야."

"아……."

사정은 좀 다르지만, 두 사람과 비슷한 이유라고 할 수 있었다.

가만히 듣고 있던 헌원강이 고개를 갸웃거리며 말했다.

"근데 선배는 모의전 때는 창을 쓰시지 않았나? 아까는 권법을 쓰던데."

"군대에서 이것저것 잡다하게 배웠지. 아까 창을 쓰지 않은 이유는……."

"전체적으로 몸 쓰는 법을 보기 위해선 권각을 보는 게 제일 낫지. 자, 마셔라."

백수룡이 쟁반에 차와 주전부리를 조금씩 내어 왔다.

학생들 앞에 마주 앉은 그가 목형우에게 말했다.

"결론부터 말하면, 나쁘지 않은 실력이었다."

"……감사합니다!"

긴장해 있던 목형우가 표정이 조금 밝아졌다.

그 모습을 보며 백수룡은 그의 특이한 이력을 다시 한번 떠올렸다.

서른이라는 나이.

청룡학관 학생들 평균의 두 배에 가까운 나이에, 무공은 군대에서 익힌 것이 전부. 사문이라고 할 것도 없었다.

"그렇다고 좋지도 않았어. 어정쩡해."

밝아졌던 표정이 순간 굳더니 입술을 살짝 깨물었다. 그러나 그것은 백수룡만 알아볼 수 있는 미세한 변화였다.

"하하. 나름대로 열심히 노력은 하는데……. 부족한 모양입니다."

"정말 부족한 게 노력이라고 생각하나?"

자신을 똑바로 바라보며 묻는 백수룡의 질문에, 잠시 말이 없던 목형우가 피식 웃으며 대답했다.

"재능이 없으면 노력이라도 해야지 말입니다."

"흐음."

제법 마음에 드는 대답이었다.

백수룡은 같은 질문에 화를 내거나 자리를 박차고 나가는 놈들도 많이 보았다.

그에 비하면, 목형우는 자신의 수준을 정확하게 파악하고 있었다.

'그것만으로도 충분히 더 나아질 가능성이 있다는 뜻이지.'

궁금한 것이 몇 가지 더 있었지만, 다른 학생들이 있을 때 물어볼 만한 이야기는 아니었다.

고개를 끄덕인 백수룡이 말했다.

"자네는 잠깐 기다려."

"예."

백수룡은 고개를 돌려 헌원강과 위지천을 바라봤다.

"그래서, 너희는 왜 온 건데?"

"조별 과제 때문에요……."

둘은 처음에는 목형우의 눈치를 보며 조심스럽게 말하더니, 나중에는 잔뜩 흥분해서 과제에 협조하지 않는 조원들을 비난했다.

"차라리 그 자식들 빼고 혼자 하는 게 낫겠다니까요!"

"동감이에요. 전부 저한테 시키려고 하는데, 그게 어떻게 조별 과제예요?"

둘의 이야기를 들어 보니, 백수룡이 생각했던 것보다 문제가 많아 보였다.

"흐음……."

하지만 백수룡도 이런 문제에 대해서는 딱히 조언해 줄 말이 없었다.

과거 혈교에서는 철저한 상명하복이 기본이었다.

명령에 따르지 않는다?

위지천이 조원의 목을 친다고 해도 아무런 불평도 할 수 없었다.

싫으면 조장보다 더 강해져서 조장의 목을 베든가.

당연히, 정파 오대학관 중 하나인 청룡학관에서는 불가능한 방법이었다.
백수룡이 낮게 혀를 차며 중얼거렸다.
"하여튼 정파 애송이들은 곱게 자라서 문제라니까."
"네……?"
"무슨 그런 사파 같은 말이 다 있어요?"
사실 제자들에게 닥친 문제를 해결하는 것은 백수룡에게는 간단한 일이었다.
백수룡이 직접 학생들을 불러다가 몇 마디만 해도, 누가 감히 농땡이를 부릴 수 있겠는가.
'하지만 그건 최악의 방법이지.'
당장은 학생들이 백수룡의 권위에 굴복해 협조할지 몰라도, 나중에는 더 큰 악영향을 끼칠 것이다.
이런 문제는 제자들이 직접 해결하도록 둬야 한다. 그러면서 부딪치고 성장하는 것이니까.
도움을 준다고 해도 조언 정도만…….
"풉!"
가만히 세 사람의 대화를 듣고 있던 목형우가 더 이상 웃음을 참지 못했다.
그러자 헌원강이 인상을 찌푸리며 목형우를 노려봤다.
"지금 우리 상황이 웃겨?"
"그, 이런 말 하면 조금 미안한데, 너희 혹시 조별 과제 처음이냐?"
헌원강과 위지천은 우중충한 얼굴로 고개를 끄덕였다.
청룡학관의 학생들 중에서 한 손에 꼽는 고수들이 고작 조별 과제 하나에 쩔쩔매다니. 목형우의 입꼬리가 씰룩일 수밖에 없었다.
'이거 봐라?'
백수룡이 두 제자와 목형우를 번갈아 바라봤다.

다른 학생들보다 두 배는 되는 연륜에, 조직사회 경험이 풍부한 목형우.

반면 무공은 또래에서 적수가 없을 만큼 강하지만, 백룡장 밖에서는 학생들과 잘 어울리지 못하는 두 녀석.

"목형우 학생. 자네는 조장을 맡아 본 경험이 많은가?"

"지난 사 년 동안…… 한 일고여덟 번 정도 되는 것 같습니다."

"여덟 번이라고?!"

"대, 대단해요……."

헌원강은 그 숫자를 상상만 해도 끔찍하다는 표정을 지었고, 위지천은 목형우에게 존경스럽다는 눈빛을 보냈다.

"별것 아냐. 나이가 많다는 이유로 일 학년 때부터 조장을 도맡아 했거든."

목형우는 씁쓸하게 웃으며 수염을 긁적였다.

하지만 이어진 백수룡의 말에, 그는 놀라서 눈을 휘둥그레 떴다.

"마침 잘됐군. 위지천. 헌원강. 너희는 목형우한테 조장의 역할에 대해 배워라."

"예?"

"대신 목형우는 이 둘한테 지도 대련을 부탁하고."

"……예에?"

놀란 눈으로 되묻는 목형우에게, 백수룡은 씩 웃으며 말했다.

"이러면 서로 부족한 부분을 채워 줄 수 있으니, 양쪽 모두에게 도움이 되겠지. 주고받는 거다."

백수룡은 찻잔에 남은 차를 호로록 마신 후 말을 이었다.

"알다시피 나는 공사가 다망하다. 학생이 찾아온다고 일일이 개인 지도를 해 줄 시간은 없어."

그건 목형우도 알고 있었다.

오늘도 백수룡에게 거절당할 것을 각오하며 찾아온 것이었고, 잠시라도 손을 섞어 준 게 영광이라 생각하기도 했다.

그런데…….

'이 녀석들한테 지도 대련을 부탁하라고? 겨우 조장을 어떻게 하면 되는지 알려 주고?'

목형우가 생각하기에 그건 헌원강과 위지천이 일방적으로 손해였다.

뛰어난 고수에게 받는 지도 대련은, 무인이라면 누구나 바라마지 않는다. 그 상대가 학생들 중에서 첫손에 꼽는 위지천과 헌원강이라면, 목형우에게는 기연이나 다름이 없었다.

반면, 그가 둘에게 해 줄 수 있는 것은 몇 가지 조언 정도가 전부였다.

"나는 도움이 별로 안 될 것 같은데……."

하지만 그건 목형우만의 생각이었다.

두 후배는 동아줄이라도 발견한 얼굴로 목형우를 돌아봤다.

"선배님!"

"선배!"

사 년 동안 여덟 번이나 조장을 했다는 말을 듣는 순간부터, 목형우를 바라보는 두 소년의 눈은 은거고수를 만난 것처럼 빛나고 있었다.

"부탁드립니다 선배님!"

"목 선배. 우리한테 조원 놈들을 휘어잡는 비법 좀 가르쳐 줘!"

"어? 정말 그래도 돼……? 겨우 이런 거로……?"

"당연하지!"

"물론이죠!"

목형우는 어안이 벙벙한 표정으로 고개를 끄덕였다.

375화

조장들(3)-너희들의 문제는

다음 날.

목형우는 수업이 전부 끝나자마자 백룡장을 찾아갔다.

전날 약속한 대로, 헌원강과 위지천을 만나 서로에게 필요한 도움을 주고받기 위해서였다.

"흠흠. 계십니까!"

문 앞에 서서 기척을 내자, 잠시 후 땀으로 무복이 흠뻑 젖은 헌원강이 문을 열어 주었다. 한창 수련 중이었던 듯했다.

"목 선배? 늦었네."

"오늘 남궁수 선생님 수업이 있었거든. 들어가도 되나?"

"어. 들어와."

목형우는 두근거리는 기분으로 백룡장 안으로 들어섰다.

방학 전까지만 해도 청룡신협에게 도전하기 위해 찾아온 무림인들로 인해 문전성시를 이뤘지만, 이학기가 시작된 이후로 백룡장 앞은 한산해졌다.

그 이유는 간단했다.

'청룡신협이 더 이상 손님을 받을 이유가 없어졌으니까.'

무림맹에서 펼친 활약으로 인해, 청룡신협 백수룡은 명실상부한 십존의 일인으로 인정받기 시작했다.

목형우 또한 이곳에 오기 전에 주변을 순찰 중이던 강서무림맹원들에게 몇 가지 질문을 받았고, 개방 거지들의 따가운 시선도 느꼈다.

'몰래 침입하려고 해도 쉽지 않겠구나.'

무림맹과 개방의 시선이 항시 백룡장을 주시하고 있으니, 웬만큼 간이 큰 무인들도 이곳을 멋대로 찾아올 수 없게 되었다.

목형우는 그런 대단한 고수의 집에 초대를 받은 것이다. 그는 들뜬 마음을 가라앉히며 헌원강에게 물었다.

"백수룡 선생님은? 먼저 인사를 드리는 게 순서일 것 같은데."

"퇴근하려면 멀었어. 별이 보이기 전에는 우리도 선생님 얼굴 보기 힘들거든. 따라와."

헌원강은 목형우에게 백룡장을 잠깐 구경시켜 주었다.

여섯 명이 쓰기엔 상당히 넓은 연무장, 한쪽에는 온갖 병기들이 진열돼 있었고, 외공이나 감각을 수련하는 용도로 추정되는 수련도구들도 잘 정리돼 있었다.

'상당히 체계적이구나. 무인들의 연무장이라기보다는…… 군대를 보는 것 같군.'

몇 가지 수련도구는 실제로 군대에서 무공을 수련할 때 사용하는 것과 비슷해 보였다.

목형우는 십존이라 불리는 무인의 연무장에서 익숙한 훈련방식의 흔적을 보자 가슴이 두근거리는 것을 느꼈다. 한시라도 빨리 창을 휘두르고 싶어 손이 근질근질했다.

그 표정을 본 헌원강이 피식 웃었다.

"선생님 오기 전까지는 개인 수련이야."

"내가 방해하는 건 아닌가?"

"괜찮아. 오늘은 천이랑 셋이 수련하기로 다 말해 놨으니까."

목형우는 헌원강을 따라 연무장을 가로질렀다. 곧 한쪽에서 함께 수련 중인 거상웅과 야수혁이 보였다.

쿠우웅! 쿵! 쿠웅!

둘은 팔다리에 몇백 근은 돼 보이는 쇳덩어리를 달고 같은 초식을 펼치고 있었는데, 동작 하나하나가 바위를 깨부술 것처럼 강맹했다.

쇠기둥 같은 다리가 바닥을 찍을 때마다 진동이 울리고, 솥뚜껑만 한 주먹이 대기를 가를 때마다 울려 퍼지는 파공성이 섬뜩했다. 숫제 인간이 아니라 쇳덩이로 이루어진 야차들 같았다.

쿠우웅! 쿠우웅!

자세히 보면 둘이 훈련하는 연무장 바닥이 다른 곳보다 조금 낮았다. 얼마나 몸을 무겁게 만들고 훈련하는지 상상조차 되질 않았다.

'군대에서도 안 하는 무식한 외공수련을…….'

그때 목형우를 알아본 거상웅이 씩 웃더니 아는 체를 했다. 둘은 같은 사학년이라 몇 번 같은 수업을 들은 적이 있었다.

"목 형. 오셨습니까?"

"수련 중인데 내가 방해한 건 아닌가?"

"어차피 준비 운동 중이었습니다. 제대로 몸을 풀어 줘야 안 다치거든요."

"……방금 그게 준비운동이라고? 농담이지?"

목형우는 실제로 두 사람이 팔다리에 쇳덩이를 추가하는 모습을 보며 하얗게 질렸다.

거상웅 옆에 있던 야수혁은 목형우에게 고개를 살짝 숙여 인사하곤, 한쪽 입꼬리를 올리며 그 옆에 있는 헌원강에게 이죽거렸다.

"원강 선배가 부른 과외 선생님이오? 거, 배울 거면 나한테 배우라니까."

캬앗!

야수혁의 어깨 위에서 놀고 있던 은호가 고개를 끄덕였다. 그 모습마저 헌원강에겐 도발로 느껴졌다.

"젠장. 다음 수업 때 만나면 박살 내줄 테니까 기대하라고."

헌원강이 고리눈을 뜨며 둘을 노려봤지만, 위협이 통할 인간들이 아니었다.

"크하하! 자식이 아직도 입만 살아서는!"

"제발 다음엔 우리 조랑 붙읍시다. 누가 박살 나나 한번 해 보게!"

두 거인의 비웃음을 뒤로하고, 헌원강은 목형우를 데리고 더 안쪽으로 향했다.

잠시 후, 홀로 수련 중인 여민의 모습이 보였다.

휘익!

연무장 바닥에 얇은 대나무살 수십 개가 박혀 있고, 여민은 그 끝을 밟으며 경공을 수련하고 있었다.

경쾌하면서도 부드러운 보법에 대나무살이 살랑살랑 흔들렸다. 불규칙적이고 불안한 움직임에도 그 위에서 움직이는 여민의 몸은 한없이 자유로워 보였다.

휘리릭!

훌쩍 허공으로 뛰어오른 여민은 몸을 회전시키며 사방으로 냉기를 뿌렸다. 해가 지기 시작한 오후의 석양빛에 반사된 눈송이와 휘날리는 백발.

"허어……."

저도 모르게 감탄사를 터트릴 만큼 아름다운 장면이었다.

"신월빙백무라는 건데. 제법이지? 요즘 저거에 꽂혀서 매일 수련 중이라니까."

"엄청나군……."

목형우는 진심으로 감탄한 얼굴로 고개를 끄덕였다. 그러다 문득 고개를 돌려 헌원강을 바라봤다.

그 얼굴이 가관이었다.

"후배. 입가에 침 흐르는데?"

"……뭐, 뭐? 쓰으읍."

헌원강은 허겁지겁 소매로 입가를 닦았다. 드물게 당황한 표정이었다.

"너, 혹시……."

"시간 없으니까 빨리 가자고! 천이가 기다리겠다!"

헌원강은 묘한 표정을 짓는 목형우에게 발걸음을 재촉했다. 처음 보는 허둥지둥하는 모습이었다.

"청춘이군."

목형우는 앞서가는 헌원강의 귀 끝이 살짝 붉게 달아올랐음을 보고 피식 웃었다.

◆ ◈ ◆

두 사람은 위지천이 기다리고 있는 장소에 도착했다. 그들을 발견한 위지천이 쪼르르 달려와 포권을 취했다.

"선배님. 오셨어요!"

헌원강이 목형우를 데리러 간 동안, 위지천은 지도 대련을 준비했다. 한쪽에 수련용 목창과 목인장이 보였고, 다른 한쪽에는 짚단 더미가 쌓여 있었다.

헌원강이 바닥에 놓여 있던 목창을 발로 툭 차서 띄운 후 낚아챘다.

"바로 대련부터 할까?"

"……너희도 창으로 하려고?"

창의 중앙을 잡고 몇 바퀴 휙휙 돌려 본 헌원강이 씩 웃었다.

"당연하지. 그래야 지도 대련이 성사가 될 거 아냐? 처음이니 내공도 쓰지 말고 외공만 쓰지."

"그래 주면 나야 고맙지."

고개를 끄덕인 목형우도 바닥에 있는 목창 중 길이가 적당한 것을 들었다. 그리고 신중하게 기수식을 취했다.

반면, 헌원강은 창을 어깨에 툭 걸치며 말했다.

"죽일 각오로 덤벼. 그래도 털끝이나 건드릴까 말까니까."

"……."

완전히 하수를 대하는 말투였지만, 목형우는 별로 기분 나쁘게 생각하지 않았다. 오히려 좋은 기회라고 생각했다.

'내 수준을 점검할 기회야.'

그는 발바닥 용천혈로 내공을 뿜어내며 헌원강에게 달려들었다. 처음부터 전력을 다했다.

십 년 동안 하루도 빼지 않고 천 번씩 연습한, 가장 자신 있는 찌르기였다.

"차하압!"

철모르던 어린 시절, 목형우는 이야기 속에 나오는 무림고수가 되고 싶었다.

하지만 가난한 집에서 태어난 소년에겐 무공을 배울 길이 요원했다. 그의 부모에겐 자식이 많았고, 하루하루 입에 풀칠을 걱정해야 할 처지에 막내아들을 동네 무관에 보낸다는 것은 꿈도 꿀 수 없는 일이었다.

산골 무지렁이 소년이 아는 무공을 익힐 방법은 산적이 되거나 군대에 가는 방법뿐이었다. 열여섯이 되던 해, 목형우는 고민하지 않고 후자를 택했다.

그 후로는 뻔한 이야기였다.

군대에서 가르치는 삼류 무공을 신공이라도 되는 것처럼 익혔고, 다른 병사들의 비웃음 속에서 잠자는 시간도 아껴가며 수련했다.

소처럼 성실한 성격에 약간의 운이 더해진 결과, 목형우는 몇 번의 전투에서 죽지 않고 살아남았다. 부대에서 그보다 두꺼운 손바닥 굳은살을 가진 사람은 아무도 없었다.

–정말로 이대로 전역할 건가? 자네가 원한다면 더 높은 자리를…….

–그동안 감사했습니다.

–어째서?

–군인이 아닌 무인이 되고 싶습니다.

쯧쯧……. 그렇게 안 봤는데 자네도 헛바람이 들었군.

그러나 십 년의 군역을 마치고 고향으로 돌아왔을 때, 마을에 돌림병이 돌아 일가친척이 모두 죽었다는 걸 알게 되었다.

눈물은 나지 않았다. 돌아갈 곳이 없다는 사실에 조금 허망했을 뿐.

옛 집이 있던 터에서 하룻밤을 보낸 후, 목형우는 목표를 정했다.

'무공을 더 배우고 싶다.'

목형우는 별다른 미련 없이 청룡학관에 입관신청서를 썼다. 오대학관 중 유일하게 그를 받아 준 곳이었다.

그리고 지금.

"차하압!"

목형우는 군대에서 실전으로 익힌 창법에, 청룡학관에서 사 년 동안 갈고 닦은 기술을 모조리 쏟아 냈다.

창으로 찌르고, 때리고, 밀고, 당기는 기본 동작에 육합(六合)의 방위를 철저하게 지키며 수비를 견고히 했다. 군대에서 익힌 육합창에 자신의 경험을 녹여 낸, 이제는 자신의 무공이라고 자부할 만한 창법이었다.

후우우우욱!

목형우를 중심으로 거센 바람이 휘몰아쳤다.

십 년 이상 우직하게 고된 수련을 반복한 육체는 무시 못 할 힘을 뿜어냈다.

'내공 없이 외공만으로 겨룬다면.'

저 대단한 후배들도 깜짝 놀라게 해 줄 수 있을지 모른다는 생각을 잠시 했다.

하지만.

목형우의 공격 중 헌원강에게 닿는 것은 아무것도 없었다.

"나쁘진 않은데……."

헌원강은 상체의 움직임만으로 목형우의 공격 대부분을 피하고, 나머지는 툭툭 쳐 냈다.

너무나 침착한 표정.

아니, 조금 심드렁해 보이기까지 한 표정이었다. 순간 목형우는 어금니를 악물며 창을 쥔 손에 힘을 주었다.

콰지직!

결국, 목형우가 들고 있던 목창의 중간이 부러졌다. 과하게 힘을 실은 공격을 견디지 못한 것이다.

"이런……."

"다시 할까? 난 상관없는데."

목형우는 반토막만 남은 창을 바라보더니, 이내 씁쓸한 표정으로 고개를 저었다.

"아니, 내가 졌다."

"괜찮으시면 바로 저하고도 해 볼까요?"

헌원강의 지도 대련이 끝난 후, 곧바로 위지천이 나섰다.

"저는 검 말고 다른 무기를 들어본 건 처음이지만, 최선을 다할게요."

"……잘 부탁한다."

까끌까끌한 수염을 몇 번 긁적인 목형우는 새로운 목창을 들었다. 그리고 머릿속에 든 잡념을 털어 내듯 기합을 넣으며 위지천에게 달려들었다.

"차하압!"

결과는 똑같았다.

목형우는 창을 처음 들어본 위지천에게 위협적인 공격을 단 한 번도 성공시키지 못했고, 나중에는 투로를 전부 읽혀서 결국 자멸하고 말았다.

"하하. 예상은 했지만…… 완패로군."

목형우는 허탈하게 웃었고, 헌원강과 위지천은 난감한 얼굴이 되었다.

목형우는 무공에 재능이 없었다.

평범한 신체조건에 무공에 대한 이해, 흔히 말하는 오성도 나쁜 편이었다.

두 소년의 기준에서, 목형우가 가진 장점이라곤 성실하게 단련해 온 육체가 전부였다.

"기본기는 괜찮은데……."

"아까 그 초식은 조금 이해가 안 돼요. 왜 비효율적인 움직임을 고집하시는지……."

"맞아. 나도 똑같은 말을 하고 싶었거든? 그걸 이렇게 바꾸면……."

"이해가 잘 안 되시면 저희가 직접 보여 드릴까요?"

마주 창을 들고 선 두 소년은 친히 시범에 나섰다.

채채채챙!

주무기가 검과 도인 두 소년이 창을 부딪칠 때마다 조금씩 움직임이 변화했다. 처음에는 목형우가 보기에도 어색했지만, 시간이 지날수록 다듬어졌다.

"이 무슨……."

창이 부딪칠수록 어설픈 부분이 사라지고 있었다. 반 시진쯤 되었을 때는 목형우과 비슷한 수준에 이르렀고, 한 시진이 지났을 땐 부족한 점을 찾을 수가 없었다.

"하하하……."

목형우가 십 년 동안 익힌 육합창을, 두 소년은 한 시진 만에 완벽하게 재현했다. 그리고 그보다 더 나은 움직임을 그렸다.

부조리하다고 할 만한 재능의 차이였다. 목형우의 손끝이 덜덜 떨려왔다.

"……."

질투조차 나지 않았다.

오히려 목형우에게는 실시간으로 진화하는 두 창의 움직임을 지켜보는 것이 기연의 순간이었다. 흐렸던 시야가 맑아지는 기분이었다.

"후우……. 이 정도면 됐지?"

"저희도 창은 잘 모르지만…… 가끔 선생님이 대처 훈련이라면서 가르쳐 주셨거든요."

시범을 끝낸 헌원강과 위지천이 동시에 멈춰 섰다.

잠시 넋이 나가 있던 목형우는 힘겹게 입을 열었다.

"……고맙다. 많은 도움이 됐다. 아주 큰 도움이 됐어. 그리고……."

목형우는 말도 안 되는 짓을 벌여 놓고 태연하게 자신을 바라보는 두 소년을 향해 고개를 절레절레 저었다.

"조별 과제에서 너희들의 문제가 뭔지 대충 알겠다."

376화

조장들(4)-가장 마음에 드는 조언

전혀 생각지도 못했던 말에 헌원강과 위지천이 동시에 반발했다.

"우리한테 문제가 있다고?"

"다른 조원들이 아니라요?"

헌원강은 말도 안 된다는, 위지천도 억울하다는 표정이었다. 그 모습을 본 목형우가 피식 웃었다.

"역시 전혀 모르는군."

그는 이 후배들에게 큰 은혜를 입었다.

천재라 불러 마땅한 녀석들이 쉽게쉽게 자신의 창술을 재현하고 더 발전시키는 과정을 보면서, 목형우는 자신이 나아가야 할 길을 본 기분이었다.

'나도 할 수 있다.'

물론 범재만도 못한, 둔재인 자신은 아주 느릴 것이다.

하지만 느리면 어떤가.

무공을 익히는 것 자체가 즐거운데.

좋아하는 일을 하는 데 있어서, 재능이 없는 것쯤은 사소한 문제일 뿐이다. 목형우는 진심으로 그렇게 생각했다.

"이젠 내 차례지?"

도움을 주고받는 입장이 바뀌었다.

목형우는 이 무공만 센 어린애들에게 자신의 경험을 토대로 조언을 해 줄 생각이었다.

"기본적으로 너희는 다른 학생들과 기준이 달라. 높아도 너무 높지."

"그거야……."

"하지만……."

"일단 내 얘기 먼저 들어."

목형우의 단호한 눈빛에, 두 소년이 불만스레 내민 입술을 꾹 다물었다.

"다른 애들은 너희처럼 못해. 너희 기준을 따라갈 수 있는 애들은 청룡학관에 스무 명, 아니 열 명이나 될지 모르겠다. 물론 너희가 나보다 더 잘 알겠지."

"……."

"……."

청룡오망.

청룡신협 백수룡의 직전제자들이라고 할 수 있는 다섯 명의 학생들.

한 명 한 명이 놀라운 재능을 가졌지만, 반년 전까지만 해도 그들의 재능은 땅속에 묻혀 있던 원석에 불과했다.

하지만 그들의 재능에 백수룡의 지도가 더해지면서, 이제 청룡오망과 다른 학생들의 격차는 어마어마한 수준이었다.

그리고 그 간극은 점점 벌어질 확률이 높았다.

"조원들이 그런 너희를 보면서 어떤 생각이 들까? 생각해 본 적 있어?"

박탈감. 좌절감. 질투심.

한창때의 십 대 소년 소녀들이라면, 또래의 압도적인 무인들을 동경하는 한편으로 이런저런 복잡한 감정을 느끼는 것이 당연했다.

"그딴 것까지 우리가 생각해야 해?"

헌원강이 인상을 구기며 되물었다. 목형우는 고개를 끄덕였다.

"물론이지. 조별 과제는 단순히 모여서 과제를 수행하는 게 아니야. 조원들과 원만한 관계를 구축하지 못하면 계속 삐걱거릴 수밖에 없다. 이건 어떤 조직이든 마찬가지다."

십 년의 군 생활, 그리고 사 년 동안 여덟 번의 조장을 경험한 선배의 조언이었다.

"서른 먹은 나도 너희를 보면서 세상이 부조리하다는 생각이 드는데, 같은 조원들은 더할 거다. 마음이 복잡할 수밖에 없어. 우선은……."

"잠깐만."

목형우의 말을 끊은 헌원강이 이해할 수 없다는 표정으로 질문했다.

"그럼 상웅 선배는? 야수혁은? 그쪽 조들은 잘만 굴러가던데."

"그 둘은 너희와 달라."

거상웅은 상인의 아들답게 눈치가 빠르고, 주변 사람들과 두루두루 잘 지내는 성격이었다.

야수혁도 집단생활에 익숙했다. 녹림의 형님들과 합을 맞춰 본 경험은 조별 수업에서도 문제없이 조원들을 이끌 수 있는 기반이 되었다.

"둘은 자신의 조에서 자연스럽게 중심을 잡아 주고 있어. 누구처럼 강압적으로 회의를 주도하지도 않고, 누구처럼 같이하기 싫은데 억지로 하는 티를 내지도 않지."

"……."

"……."

목형우가 차례대로 헌원강과 위지천을 바라보자, 순간 둘 다 꿀 먹은 벙어리가 되었다.

"스스로도 알겠지만, 너희들은 천재야."

"갑자기 뭔……."

"네?"

둘 다 멋쩍은 표정을 지었다. 그런 말에 순순히 고개를 끄덕일 성격들은 아니었기 때문이었다.

목형우는 삼 년 전 입관 시험을 떠올리며 헌원강을 바라봤다.

"게으른 천재가 들어왔다며 흥분해서 떠들던 선생들 표정이 기억나네. 대부분 헌원강 너를 두고 한 말이었지."

"크흠! 민망하게 갑자기 왜 금칠을 하고 그래?"

그해에 입관 시험 수석은 독고준이었지만, 목형우는 당시 헌원강의 이름을 더 많이 언급하며 수군거리던 강사들의 모습을 기억했다.

그해 첫 학기에는 남궁수도 독고준이나 팽사혁보다 헌원강에게 더 많은 관심을 주었을 정도였다.

"입관 시험을 대충 치르고도 강사들을 홀린 천재 소년 도객. 잠재력만 보면 독고준이나 팽사혁보다 더 높은……."

"아 진짜, 그만 좀 하라니까. 그렇게 칭찬한다고 뭐라도 떨어질 줄 알아?"

헌원강은 질색하는 척하며 손을 휘휘 저었지만, 저도 모르게 광대가 씰룩이는 것은 어쩔 수 없었다.

그러나 목형우의 말은 아직 끝나지 않았다.

"……이었던 평가는 한 학기 만에 곤두박질쳤지. 게으르고 오만한 성정에, 수업에 비협조적이고, 다른 학생들과 어울리지 못하고 사고를 치고 다녔으니까. 청룡학관 최고의 문제아라는 수식어가 네 앞에 붙기까지 일 년도 걸리지 않았어."

"뭐 하자는 건데? 지금 놀리는 거냐?"

헌원강의 표정이 사납게 일그러졌지만, 목형우는 차분한 표정으로 되바라진 후배를 똑바로 응시했다.

"다른 학생들이 널 어떻게 생각할지 생각해 보라는 뜻이다. 조원들이 수동적이라서 불만이라고? 그게 누구 때문일 것 같아?"

"……나 때문이라고?"

헌원강이 속한 사조에서는 누구도 하지 못했던 말을, 목형우는 거침없이 내뱉었다.

"독선적이고 자기중심적인 성격에 무공까지 압도적인 고학년이 회의를 혼자 주도하는 분위기라면, 웬만해선 함부로 입을 못 열어."

"끄응……."

듣고 보니 다 맞는 말이라, 헌원강은 자신의 머리를 벅벅 긁으며 한숨을 쉬었다.

"젠장. 인정할 수밖에 없네."

솔직하게 잘못을 인정하는 것은 헌원강의 큰 장점이었다. 그는 팔짱을 끼고 혼자만의 생각에 잠겼다.

목형우는 고개를 돌려 옆에 있는 위지천을 바라봤다.

"위지천. 너는 헌원강보다 더해."

"……제가 원강 선배보다 더하다고요?"

"그 말도 안 된다는 반응은 뭔데?!"

충격받은 얼굴을 한 위지천에게, 목형우는 단호하게 고개를 끄덕였다.

"어떤 면에서는 네가 훨씬 더하지."

검재 위지천.

청룡학관뿐만 아니라 그 바깥까지 소문이 나기 시작한 소년의 재능은 분명 청룡학관 제일이었다.

"헌원강과 달리 넌 일학년이지. 성격도 얌전한 편이고. 검을 들지 않은 경우에 한해서지만……."

"그런데 왜 제가 원강 선배보다 더해요? 전 누굴 괴롭힌 적도 없고, 무서운 얼굴로 노려보면서 협박한 적도 없는걸요?"

"이 자식 봐라?"

도저히 이해하지 못하겠다는 표정을 짓는 위지천에게, 목형우는 단 한 마디로 설명해 주었다.

“넌 재수가 없거든.”

위지천이 입을 뜨억 하고 벌렸고, 그 옆에서 위지천을 한 대 쥐어박으려던 헌원강은 그만 웃음을 참지 못하고 “풉!” 하고 터져 버렸다. 무슨 말인지 한 번에 이해가 되었던 것이다.

위지천이 세상 억울한 얼굴로 항변했다.

“제가 뭘 잘못했다고요!”

“정확히 뭘 잘못했다기보단…….”

목형우는 어깨를 으쓱하며 말을 이었다.

“넌 다른 학생들을 자신보다 몇 수는 아래로 보고 있거든. 문제는 그게 티가 난단 말이지.”

“제가 언제…….”

“일부러 무시했다는 말은 아냐.”

목형우는 잠시 생각하더니 다시 말을 이었다.

“예를 들면, 지난 모의전에서 너는 조원들을 보호해 주려고 했지. 멀리 가지 말고 네 주변에서 싸우라고 했어. 기억나?”

위지천은 고개를 끄덕였다.

조원들에게 멀리 가지 말고 자신의 주변에서 싸우라고 했다.

그래야 위험할 때 구해 줄 수 있으니까.

결과적으로 패착이었다. 집중력이 흐트러지며 이도 저도 아니게 싸우다가 결국 져 버렸으니.

“너는 그게 배려라고 생각하겠지만, 조원들은 자존심이 상했을 거야. 후배한테 보호받아야 할 취급을 받은 거니까. 그것도 수많은 학생들 앞에서.”

“전 그런 의도가 아니라…….”

"지금 네 생각은 중요한 게 아냐. 조원들이 어떻게 받아들였을지를 생각해야지."

"……."

목형우는 일부러 더 강하게 말했다.

지금이 아니면, 후배들이 자신들의 문제를 계속 깨닫지 못할 테니까.

"조원들 실력이 못 미더운 건 사실이지? 네 기준에선 너무 약하니까 말이야."

"그게……."

위지천은 허를 찔린 듯 뜨끔한 표정을 지었다. 그리고 고개를 푹 숙이며 인정했다.

"맞아요."

사실 목형우는 위지천이 잘못했다고는 생각하지 않았다.

자신에게 위지천과 같은 재능이 있었다면 더 오만하게 굴었을지도 모를 일이었다.

'둘 다 성정이 못된 애들은 아니야. 아직 미숙할 뿐이지.'

그저 방법을 모를 뿐이다.

자신과 다른 사람들의 눈높이를 맞추는 방법을.

다행히 목형우는 여러 가지 방법을 알고 있었다. 그는 차분한 표정으로 둘을 바라보며 말했다.

"조원들의 무공이 너희보다 약하다고 해서, 그 녀석들이 바보인 건 아니야."

"……그런 생각은 한 번도 한 적 없어."

"……저도요."

기분이 나쁠 법도 한데 진지하게 자신의 이야기에 귀를 기울이는 후배들을 바라보며, 목형우는 기분 좋게 웃었다.

"좋아. 그럼 이제부터 조원들과 관계를 바로잡을 수 있는 방법을 알려 주지."

천재가 아닌 보통 사람의 입장에서, 목형우는 두 후배의 견문을 넓혀 주었다.

헌원강과 위지천이 오늘 목형우에게 들은 조언은, 백수룡도 해 줄 수 없는 귀중한 조언이었다.

오늘의 경험이, 훗날 많은 목숨을 구하게 할지도 모를 일이었다.

◆ ◈ ◆

'대혈교전 모의 전투' 두 번째 수업을 하루 앞둔 날.

끼이익.

굳은 표정의 한 남학생이 백룡객잔의 문을 열고 들어섰다.

"선배님!"

긴장한 표정으로 앉아 있던 위지천이 자리에서 벌떡 일어나 포권을 취했다.

문을 열고 들어온 학생, 전풍은 눈썹을 한 번 꿈틀하더니 위지천이 있는 쪽으로 걸어왔다.

"갑자기 왜 불렀지?"

선배의 딱딱한 표정에, 위지천은 긴장을 감추지 못하고 침을 꿀꺽 삼켰다. 하지만 곧 목형우가 해 준 조언을 떠올리고 각오를 다졌다.

한 명씩 네 편으로 포섭하는 거야. 가장 쉬운 상대부터.

위지천은 진심을 담아 전풍에게 지난 일을 사과했다.

"지난번에는 정말 죄송했습니다."

"……무슨 말인지 모르겠는데."

청룡학관 삼학년 전풍은 조금 당황한 표정이었다. 그는 지난번 모의전에서 위지천과 마지막까지 함께 싸운 선배였다.

너희 조에 있는 전풍. 자존심이 무척 세지만, 의협심도 강해. 진심으로 사과하는 후배를 못 본 척할 녀석은 아니야.

"제가 조장이 처음이다 보니 미숙했습니다. 진심으로 사과드리고 싶습니다."

위지천이 정중하게 사과하며 고개까지 숙이자, 전풍이 당황한 표정을 지었다.

"흠흠. 그렇게 말해 주니 내가 부끄럽네. 나도 지난번에는 선배답게 행동하지 못했다."

"……용서해 주시는 건가요?"

비 맞은 강아지 같은 소년의 얼굴을 본 전풍이 너털웃음을 터트렸다.

"용서하고 말 것도 없어. 앞으로 잘해 보자."

"네!"

전풍과 화해하는 데 성공한 위지천은 안도의 한숨을 쉬었다.

잠시 전풍과 대화를 나누고 있을 때, 두 번째 학생이 도착했다.

시간을 조금씩 다르게 알려 주고, 한 명씩 불러서 설득해. 네 편을 확실하게 늘려 나가는 거야.

"선배님! 죄송했습니다!"

"왜, 왜 이래?"

"후배가 사과하는 데 좀 받아 줘라."

두 번째로 온 학생도 무난한 성격이었고, 여기에 전풍까지 지원군이 되었다.

"한 번만 기회를 주시면 열심히 해 볼게요!"

"아니……. 그게……."

"뭐, 그렇다면야……."

함께 온 세 번째, 네 번째 학생도 설득이 어렵지 않았다. 이후에도 마찬가지였다.

위지천의 진심 어린 사과와 앞으로 있을 모의전에서 계속 질 수는 없다는 의견이 공감대를 형성했다.

그때, 마지막으로 두 명이 동시에 백룡객잔에 들어왔다.

"아이 씨. 귀찮게 뭐 하자는 거야?"

"우리가 수업을 이것 하나만 듣는 줄 아나."

두 학생은 들어오기 전부터 짜증을 내며 백룡객잔에 들어섰다.

그들은 지난 회의 때 위지천에게 과제를 몰아주려고 선동했던 학생이었다.

'이번에 확실하게 독박을 씌우자고.'

'지가 무공이 아무리 세 봤자 일학년이지.'

눈빛을 교환한 두 학생은 짜증스러운 얼굴로 성큼성큼 탁자로 다가왔다.

"우리가 제일 늦었나?"

"바쁘니까 빨리 끝내자고. 어이 조장. 과제는 다 했어?"

그런데 분위기가 전과는 사뭇 달랐다.

다른 학생들이 동조하기는커녕, 눈살을 찌푸리며 두 학생을 바라본 것이다.

"선배님들. 지난번에는 정말 죄송했습니다. 저희 함께 열심히 해 보면 안 될까요?"

그러나 두 학생은 이상한 점을 눈치채지 못하고, 처음 계획대로 밀어붙였다. 이 수업에 무임승차하기로.

"됐고, 과제는 앞으로 네가 해."

"어차피 너 혼자 싸울 거잖아. 우린 적당히 받쳐 준다니까."

"으음……."

잠시 곤란한 표정을 짓던 위지천은 이내 싱긋 웃으며 말했다.

"어쩔 수 없네요. 그럼 분위기 흐리지 말고 저희 조에서 나가 주세요."

"……뭐?"

"너 제정신이야?"

두 학생은 황당하다는 표정을 지으며 주변을 둘러봤으나, 그들에게 동조해 주는 학생은 아무도 없었다. 몇 명은 당황한 표정을 짓긴 했지만.

그 순간, 위지천은 목형우가 해 준 다른 조언을 떠올리고 있었다.

과반수를 네 편으로 만들면 끝난 거나 다름없어. 그때부턴 조금 권위적으로 나가도 돼.

위지천은 탁자 아래에 있는 왼손을 슬쩍 검파에 올렸다. 그러자 마음이 한결 평온해지며, 평소보다 센 말이 쉽게 흘러나왔다.

"앞으로도 그따위로 하실 거면, 수강 철회하시라고요."

그래도 정 안 되면, 일부는 과감하게 버리는 것도 방법이지.

그건 위지천의 마음에 가장 드는 조언이었다.

소년은 조별 수업에 무임승차하려는 선배들을 똑바로 바라보며 말했다.

"둘 정도는 없어도 모의전에서 이길 수 있거든요."

"아, 아니……."

"저기……."

그 눈빛이 전혀 농담이 아니었기에, 두 선배는 당황한 얼굴로 말을 버벅일 수밖에 없었다.

'저 자식. 재수 없는 건 어쩔 수 없는 것 같은데?'

'그러게 말이다…….'

객잔 구석에 숨어서 그 모습을 지켜보던 목형우와 헌원강이 한숨을 내쉬며 속삭였다.

377화

조장들(5)-마지막

조별 과제에 무임승차하려던 두 학생은 주변의 눈치를 보며 슬그머니 꼬리를 말았다.

"아니, 우리는 그런 의도가 아니라……."

"하하……. 왜 정색을 하고 그래? 농담 좀 한 것 가지고."

무공만 센 풋내기인 줄 알았던 위지천의 단호한 말투는 정말 두 사람을 쫓아낼 기세였고, 지난 회의 때만 해도 같은 편이었던 조원들마저 싸늘한 시선을 보냈다.

눈치가 있다면 분위기가 바뀌었음을 알 수밖에 없었다.

"그렇게 은근슬쩍 넘어가려고?"

전풍이 팔짱을 끼며 두 학생을 노려봤다. 위지천에게 가장 먼저 포섭된 그는 나쁜 선배 역할을 자처했다.

"지금 너희들 태도를 봐선 앞으로도 크게 도움이 될 것 같진 않다. 조장 말처럼 여덟 명만 되어도 크게 불리할 건 없어. 제대로 할 생각이 없는 녀석들이 낀 열 명보다는 똘똘 뭉친 여덟이 낫지."

제대로 사과하라는 압박이었다.

은근슬쩍 넘어가려던 두 학생의 표정이 일그러졌다.

모두가 보는 앞에서 후배에게 사과하는 것은 자존심이 상하는 일이었기 때문이었다.

하지만 달리 방법이 없었다.

이번 학기 최고의 인기 수업을 포기할 수는 없었으니까.

"……미안. 우리가 경솔했다."

"앞으로는 떠넘기지 않고 열심히 협조할게."

결국, 둘 다 포권을 취하며 위지천에게 정식으로 사과했다.

"저도 잘못한 게 있으니, 이번 일은 서로 앙금이 남지 않았으면 해요."

위지천은 부드럽게 웃으며 고개를 끄덕였다. 동시에 눈짓으로 악역을 자처해 준 전풍에게 고맙다는 인사를 전했다.

말로는 둘 정도 없어도 된다고 했지만, 여덟 명보다는 당연히 열 명이 함께 싸우는 게 더 나았다.

"그럼 두 분은 다음 모의전에서 저와 함께 선두에서 싸워 주세요. 도와주실 거죠?"

"무, 물론이지."

"열심히 할게……."

두 선배는 떨떠름한 표정으로 고개를 끄덕였다.

그렇게 십조의 갈등은 잘 수습되었고, 이어진 회의는 전과 달리 조원들의 협조적인 분위기 속에서 진행되었다.

객잔 구석에 숨어서 위지천을 지켜보던 목형우와 헌원강이 안도의 한숨을 쉬었다.

"이제는 안심해도 되겠다."

"천이 녀석. 제법이네……."

일이 잘못 흘러가면 전음을 보내거나 개입하려고 했지만, 삼 학년 전풍이 위지천에게 힘을 실어 준 덕분에 생각보다 일이 잘 풀렸다.

"참모를 잘 만나는 것도 운이지. 십조는 다음 모의전 때 만나면 쉽지 않겠어."

목형우는 까끌까끌한 턱수염을 긁적이며 피식 웃었다. 막냇동생 보듯 흐뭇한 얼굴로 위지천을 바라보면서였다.

그러다 고개를 돌려 헌원강을 바라봤다.

"이젠 네 차례지?"

"……가자고."

심호흡을 한 헌원강은 자리에서 일어났다.

두 사람은 백룡객잔을 나와 청룡학관 기숙사가 있는 방향으로 향했다.

위지천과 달리, 헌원강은 회의라는 명목으로 조원들을 부르지 않았다.

목형우가 헌원강에게 해 준 첫 번째 조언이 바로 '권위적인 모습을 내려놔라.'라는 것이었으니까.

"난 저쪽에 숨어 있을 테니까, 일이 잘 안 풀리면 전음을 보내라."

"……고마워. 선배."

잠시 후, 기숙사 앞에 도착한 헌원강은 안에 연통해 조원 한 명을 불러냈다.

"헌원강 선배님?"

당황한 표정으로 걸어오는 소년은 일 학년 영호식이었다.

헌원강은 멋쩍게 웃으며 말했다.

"그렇게 딱딱하게 부르지 말고, 편하게 원강 선배라고 불러."

"아, 네……."

"호식아. 잠깐 얘기할 시간 있냐?"

"……이번엔 제 이름 안 틀리셨네요."

목형우가 헌원강에게 가장 먼저 시킨 것은 자기 조원들의 이름과 학년, 소속 동아리 등을 외우게 한 것이었다.

-네가 조원들에게 관심이 있다는 걸 보여 줘. 그리고 공통점이 있다면 그걸로 대화를 이어 가 봐.

그 조언을 되새기며, 헌원강은 미리 준비해 온 대화 주제를 꺼냈다.

"너 상검연 소속이라며? 그럼 우리 지천이랑은 면식이 있겠네?"

"합숙 때 같이하긴 했어요. 별로 친해지진 못했지만요. 위지천은 거의 선배들하고 다녀서……."

"그 녀석이 숫기가 좀 없긴 하지."

"검술 교관으로 나설 때는 야차가 따로 없던데요?"

공통된 화제가 생기자 대화가 물 흐르듯 쉽게 이어졌다.

지난번에는 왜 이런 쉬운 것을 몰랐나 싶을 정도였다.

"상검연은 이번 청룡제 때 뭐 하냐? 거기는 동아리 행사 크게 하기로 유명하잖아."

"동연 회장이시면서 모르세요?"

"크, 크흠! 그랬지. 내가 회장이었지."

조별 과제에 대한 얘기는 일절 하지 않았다. 자연스럽게 이야기를 나누면서 서로에 대해서 알아가는 것이 먼저였다.

오히려 영호식이 먼저 물어보았다.

"선배님. 조별 과제 때문에 찾아오신 것 아니에요?"

"그런 건 천천히 하려고, 우선 좀 친해지고 나서."

"……저하고요?"

"너 포함해서 조원들 모두."

헌원강은 이런 말을 하는 것이 쑥스러운 듯 뒷머리를 긁적였다.

"지난번엔 내가 좀 과했지? 조별 과제가 처음이다 보니 의욕이 너무 앞섰다. 강압적으로 느껴졌으면 미안하다."

"……."

그 솔직한 사과에 영호식은 대꾸할 말을 찾지 못했다. 헌원강이 씨익 웃으며 말을 이었다.

"내 소문이 아직도 별로 안 좋은 거 알아. 거기에 대한 변명은 안 해. 대신 그만큼 더 열심히 하려고 노력 중이야. 조원들한테 함부로 안 하고, 너희가 의견을 내준다면 주의 깊게 들을게."

"……확실히 소문하고 다르긴 하네요."

영호식은 묘한 표정으로 헌원강을 바라봤다.

처음 헌원강과 같은 조가 되었을 때만 해도, 소문이 무시무시한 선배와 같은 조가 되었다는 사실에 잔뜩 위축됐었다.

하지만 지금 보이는 헌원강의 모습은 권위적인 선배와는 거리가 멀었다. 먼저 찾아와서 사과를 하다니. 입관 후 어떤 선배에게서도 본 적 없는 모습이었다.

"……저 말고도 저희 조에 일 학년 한 명 더 있는데요. 서진우라고. 걔도 부를까요?"

"물론이지!"

헌원강은 활짝 웃으며 고개를 끄덕였다.

멀리서 조마조마한 심정으로 지켜보고 있던 목형우는 헌원강이 생각보다 후배들과 잘 어울리는 모습을 보고 흐뭇하게 웃었다.

"내 도움은 더 이상 필요 없겠네."

어린 동생들이 있다면 이런 기분일까.

사실은 아저씨라고 불러도 할 말이 없는 나이 차이긴 하지만, 같은 학관에 다니는 후배들이니 형이라고 우겨 보기로 했다.

"연무장에서 수련이나 하고 있어야겠군."

몇 시진 후.

연무장에서 땀 흘리며 수련 중이던 목형우에게 헌원강과 위지천이 찾아왔다.

"선배님!"
"선배!"
각각 조원들을 만나고 온 위지천과 헌원강은 상기된 표정이었다. 지난번과는 다르게 일이 잘 풀린 덕분이었다.
둘은 앞다투어 목형우에게 자랑했다.
"내일 수업 시간보다 한 시진 일찍 만나서 같이 수련하기로 했어!"
"저희도요!"
"다른 조 놈들, 내일부터 다 뒈졌다!"
"원강 선배. 그럼 저희랑 함께 수련할까요?"
"어? 그거 좋은데!"
둘 다 어린아이들처럼 기뻐하는 모습에 목형우가 큭큭 웃었다.
"잘됐다니 다행이군. 서로에게 도움이 되어서 기쁘다. 나중에 모의전에서 만나면, 그땐 서로 최선을 다해서 붙어 보자고."
그 순간, 헌원강과 위지천이 동시에 무슨 소리냐는 표정으로 목형우를 돌아봤다.
"왜 다시는 안 볼 것처럼 말해? 지도 대련 안 할 거야?"
"……그걸 계속하자고? 왜?"
"아직 선배님한테 물어볼 게 산더미니까요!"
조원들과 관계를 회복한 이상, 헌원강과 위지천은 더 이상 목형우에게 도움을 받을 만한 것은 거의 없었다.
그럼에도 헌원강과 위지천은 지도 대련을 계속해야 한다고 말하고 있었다.
'이 녀석들…….'
목형우는 두 후배가 둔재인 자신에게 도움을 주려고 한다는 것을 깨달았다.
그리고 그는 이 순간 고맙다는 말을 할 만큼 눈치가 없는 사람은 아니었다.

목형우가 힘껏 고개를 끄덕이며 말했다.

"좋다. 나도 앞으로 조장의 역할에 대해 더 많이 알려 주지."

"그래야지!"

"앞으로도 잘 부탁드려요!"

마주 바라보며 기분 좋게 웃는 세 명의 얼굴.

꽤 멀리서 그들을 지켜보는 시선이 있었다.

"자식들."

백수룡은 학생회 건물 옥상에서 제자들을 바라보며 피식 웃었다.

야근 중에 잠시 바람을 쐬러 나왔다가, 제자들을 발견하곤 뭘 하는지 지켜보던 참이었다.

"조장 문제는 잘 해결된 것 같네."

"여기서 뭐 하나."

서늘한 목소리에 백수룡이 옆을 돌아보자, 어느새 남궁수가 옆에 서 있었다.

"야근하다가 잠깐 바람 쐬러 올라왔는데. 너는?"

"수상한 기척이 옥상에서 느껴지더군."

그 되도 않는 남궁수식 농담에 피식 웃은 백수룡은 문득 궁금해져서 물었다.

"남궁수. 너도 학관 다니던 시절에 조장 해 본 적 있어?"

"물론 있다."

짧고 간결한 대답에, 백수룡은 혹시나 하는 심정으로 질문했다.

"그럼 조별 과제 할 때, 조원들이 통제에 안 따르면 어떻게 했냐?"

남궁수는 잠시 과거의 경험을 떠올리더니, 이해가 안 된다는 듯 고개를 갸웃거렸다.

"조원들이 통제에 따르지 않는다고? 그런 경우는 한 번도 경험해 보지 못해서 잘 모르겠군."

도통 모르겠다는, 그런 일은 상상조차 안 된다는 표정이었다.

백수룡은 그럴 줄 알았다는 듯 고개를 끄덕였다.

"역시 그렇지? 내 제자 녀석들이 말이야. 그런 거로 고민을 하더라고. 나도 경험해 본 적 없는 일이라 조언해 줄 말이 있어야지."

"흐음. 무공이 뛰어나도 통솔력이 떨어지는 경우가 종종 있긴 하지."

"말을 안 들으면 듣게 만들면 되는 거 아닌가?"

"애초에 그런 적이 없어서 모르겠군."

"내 말이."

남들이 들으면 재수 없다고 할 만한 이야기를 제법 진지하게 나누는 두 강사였다.

◆ ❖ ◆

'대혈교전 모의 전투'의 두 번째 수업 날.

학생들이 하나둘 대연무장으로 모이기 시작했다.

첫 수업에서 승리한 학생들의 얼굴에는 자신감 넘치는 미소가, 지난 수업에서 패배한 학생들은 눈에 독기가 가득했다.

"지난번 우리에게 치욕을 준 놈들에게 매운맛을 보여 주자!"

"보여 주자!"

"오늘은 둘 다 이기는 거다! 건방진 놈들의 콧대를 눌러 버리자고!"

"눌러 버려요!"

지난 며칠 동안 의기투합한 헌원강과 위지천이 나란히 등장했다.

둘 다 얼마나 기합이 잔뜩 들어가 있는지, 뒤따라온 같은 조원들은 부끄러움에 고개를 들지 못할 정도였다.

"왜 부끄러움은 우리 몫이냐고……."

"우리 조장 괜찮은 거지?"

학생들이 조별로 모두 모인 후, 마지막으로 백수룡과 강사들이 등장했다.

"다들 눈빛이 좋아졌군."

백수룡은 예리한 눈으로 학생들을 죽 둘러봤다.

그는 모든 조가 지난 모의전 이후로 따로 만나서 합을 맞춰봤다는 사실을 알고 있었다.

헌원강과 위지천만 열심히 뛰어다니는 것이 아니다.

이 중에 가만히 놀고 있었던 학생은 아무도 없었다.

"긴말은 필요 없겠지. 첫 번째 모의전에 나설 조를 호명하겠다. 사조."

"여기 있습니다!"

힘껏 소리친 헌원강은 성큼성큼 앞으로 나섰다.

그 뒤를 비장한 표정을 한 아홉 명의 학생들이 따라나섰다.

"선배! 힘내세요!"

위지천이 두 손을 모아 헌원강을 응원했다.

평소에도 친했지만, 지난 며칠은 그야말로 피를 나눈 형제처럼 붙어다녔다.

지난 패배를 오늘 반드시 설욕하자며 함께 수련했으니, 더욱 애틋할 수밖에 없었다.

그리고 누구보다 그 사실을 가장 잘 아는 사람이 백수룡이었다.

때문에, 이번 대진을 결정하는 데 있어서 아무런 망설임도 없었다.

"십조. 너희도 나와서 준비해라."

"……정말요?"

"아 진짜!"

두 제자는 눈으로 할 수 있는 욕이란 욕은 다했지만, 백수룡은 팔짱을 끼고 턱을 치켜들며 '뭐?'라는 표정을 지을 뿐이었다.

"어제의 친구가 오늘의 적이 될지도 모른다는 걸 예상했어야지."

결국, 우애 좋은 형제는 외나무다리에서 만나게 되었다.

"지천아……."

"원강 선배……."

다음엔 꼭 이기자고, 얼마나 절치부심하며 함께 수련해 왔던가.

……그래서 더 양보할 수 없었다.

여기서 지는 사람은 다음 수업 때까지 놀림감이 될 것이 뻔했으니까.

각오를 굳힌 헌원강이 말했다.

"사사로운 정은 잠시 접어 두마."

"죄송해요. 오늘은 제가 이길게요."

"……요 건방진 꼬맹이가."

"키 크다고 센 거 아니면서."

두 소년의 눈빛이 동시에 돌변했다.

우애 좋은 형제는 더 이상 없었다. 승리에 눈이 먼 야차들이 있을 뿐이었다.

"가자!"

"작전대로!"

헌원강과 위지천은 조원들을 이끌고 선두에서 격돌했다. 흥분한 것처럼 보이는 겉모습과 달리, 조원들을 신경 쓰며 싸우는 모습은 지난번과는 분명 달랐다.

"제법 봐줄 만하네."

백수룡은 피식 웃으며 제자들을 바라봤다.

물론 아직도 한참 부족하지만, 지난번보다 이번이, 이번보다는 다음이 더 기대되는 녀석들이었다.

그렇게 이번 학기 수업이 끝났을 땐, 누군가의 목숨을 책임질 수 있는 성숙한 무인이 되어 있을 것이다.

'종강까지 이제 석 달 남짓.'

연말의 천무제에서는 훨씬 더 성장한 제자들을 볼 수 있을 거란 생각에, 백수룡의 입에 흐뭇한 미소가 걸렸다.

378화

그럴 줄 알았는데

선선한 바람이 불어오기 시작한, 그러나 아직 단풍이 물들기에는 이른 가을의 초입.

새벽녘 백룡장의 풍경은 이전과 크게 달라진 것이 없었다.

"진(眞) 백수룡조지기! 십팔지옥(十八地獄) 개진(開陣)!"

"……대충 갖다 붙이면 진법인 줄 아냐?"

말은 그렇게 했지만, 바닥을 박찬 헌원강을 필두로 사방에서 매서운 기파가 몰아쳤다. 주변의 공기가 급격히 무거워진 느낌. 보이지 않는 거인의 손바닥이 위에서 짓누르는 듯했다.

피식.

백수룡은 제자들이 만들어 낸 압박감에 입꼬리를 슬쩍 말아 올렸다.

낯선 조원들과 함께 합을 맞추는 수업을 시작한 이후로, 집단전에 대한 제자들의 이해도가 크게 높아졌다. 백수룡이 예상했던 것 이상이었다.

'이젠 함부로 방심을 못 하겠군.'

후우우웅!

앞뒤에서 동시에 덤벼드는 거상웅과 야수혁의 움직임이 제법 까다롭다. 타고난 힘만 믿고 덤벼들던 전과 달리, 이제는 백수룡의 움직임을 제한하는 것에 집중하고 있었다.

동시에 좌측 상단에서 헌원강이 벼락처럼 내리꽂히고, 기척을 감추고 있던 위지천이 유령처럼 흐릿하게 움직인다.

채채채챙!

흑룡편이 흑도에 이어 검혼과 연달아 부딪치며 불꽃이 튀었다. 마치 한 사람이 동시에 휘두르는 것처럼 두 개의 무기가 합을 이뤘다.

거기서 끝이 아니었다.

쩌저적……!

날이 갈수록 강렬해지는 냉기는 이제 북해빙궁의 웬만한 고수들 못지않았다. 여민이 펼친 빙백신공의 여파에 소맷자락에 서리가 맺혔다.

"제법……."

다섯 제자들이 펼치는 합공은 이제 웬만한 절정고수도 어렵지 않게 쓰러뜨릴 수 있을 정도로 뛰어났다.

하지만 그들의 상대는 웬만한 수준의 고수가 아니었다.

"……이긴 한데, 나한테 닿으려면 아직 멀었다."

씨익 웃은 백수룡은 본격적으로 움직였다.

콰앙!

백수룡이 기습적으로 발을 들어 올렸다가 강하게 구르자, 굉음과 함께 연무장이 뒤흔들렸다. 바닥을 단단하게 딛고 있던 거상웅과 야수혁의 하체가 살짝 흔들렸다.

"조심해!"

헌원강이 외쳤을 땐 이미 늦었다. 기습적으로 거상웅에게 달려든 백수룡이 좌장을 뻗었다.

"커헉!"

가슴에 일장을 얻어맞은 거상웅이 뒤로 날아갔다. 완벽한 조화를 이루던 합격진에 일순간 공백이 생겼다.

"상웅 선배!"

백수룡은 몸을 돌렸다. 이를 악물고 덤벼오는 야수혁의 주먹을 옆으로 흘리고, 안으로 파고들어 발로 턱을 올려 찼다.

빠악!

눈이 풀린 야수혁이 뒤로 넘어졌다. 그러나 야수혁의 눈은 웃고 있었다. 일부러 흥분한 척 달려들면서 뒤에 있는 공격을 숨기는 것이 처음부터 그의 역할이었으니까.

"지금!"

야수혁의 커다란 등 뒤에 숨어 있던 헌원강과 위지천이 동시에 튀어나오며 공격했다. 검혼과 흑도에 각각 선명한 검기와 도기가 맺혀 있었다.

둘 다 이 순간만을 기다린 것처럼 눈빛이 매서웠다. 눈빛만 보면 스승이 아니라 부모님의 원수와 싸우는 게 아닌가 싶을 정도였다.

"봐주지 말고 찔러!"

동시에 여민도 뒤에서 백수룡을 공격하며, 혹시라도 마음이 약해질지 모르는 두 소년에게 소리쳤다.

어차피 어떤 공격을 해도 선생님에게 상처를 입히는 것은 무리다.

하지만 오늘만큼은 반드시 유의미한 공격을 성공시켜야 할 이유가 있었다!

"……너희들. 오늘 이상하게 적극적이다?"

백수룡은 고개를 갸웃거리며 벌써 지척까지 다가온 제자들의 공격을 바라봤다.

헌원강의 흑도가 왼쪽 어깨를, 위지천의 검혼이 오른쪽 허리춤을 노렸다. 뒤에서는 여민이 절부채를 휘둘러 등을 노리고 있었다.

셋 다 막는 것은 문제가 안 되지만, 평소처럼 대처했다가는 옷자락의 일부가 찢어지는 것은 피할 수 없을 것 같았다.

'그걸 노리는 거군.'

백수룡은 비상한 눈치로 제자들이 자신의 옷자락을 찢으려 한다는 사실을 알아챘다.

'왜 내 옷자락을 노리지?'

그 이유까지는 모르겠지만, 불순한 의도를 눈치챈 이상 순순히 당해 줄 생각은 없었다.

그 순간, 백수룡의 손목에서 풀려나온 빙백환이 살아 있는 것처럼 움직여 검혼과 흑도를 옆으로 튕겨 냈다.

그 사이 백수룡은 몸을 돌려 흑룡편으로 여민의 어깨를 찍어서 점혈했다. 가장 먼저 발이 빠르고 성가신 상대부터 제압한 것이다.

"윽, 비겁해!"

"억울하면 너희도 허공섭물 쓰든가."

얄밉게 웃은 백수룡이 흑룡편을 휘둘렀다.

유려한 궤적을 그린 흑룡편이 헌원강과 위지천의 정수리에 내리꽂혔다. 대련의 끝을 알리는 격타음이었다.

빠바박!

정수리를 두 손으로 감싸 쥔 제자들이 바닥에 주저앉았다. 하나같이 약올라 죽겠다는 표정으로 백수룡을 째려봤다.

"젠장! 이번에야말로 바닥을 구르게 해서 망신을 줄 작정이었는데……!"

"아직 백 년은 이르다."

따악!

헌원강은 괜히 까불다가 혼자 한 대 더 얻어맞았다.

"그럼 오늘은 여기까지."

새벽 수련을 끝낸 백수룡이 씻으러 들어가려는데, 제자들이 똥 마려운 강아지 같은 표정으로 바라보는 것이 아닌가.

"니들 아까부터 왜 그래? 내 옷자락을 자르려고 하질 않나, 사고라도 쳤냐?"

"그게 아니라……."

모두의 눈치를 받은 헌원강이 쭈뼛거리며 말을 꺼냈다. 이럴 때만 대장 취급이었다.

"뭔데?"

"원래는 최소한 옷자락 정도는 잘라낸 다음에 말하려고 했는데……."

어쩐지 평소보다 합공이 훨씬 과감하고 창의적이더라니. 원하는 게 있어서 그랬던 모양이었다.

"곧 청룡제 시작하는 거 아시죠?"

"청룡제?"

청룡제(青龍祭)는 청룡학관의 가을 축제였다.

천무학관의 천무제가 오대학관의 후기지수들이 모여 한 해 동안 익힌 무공을 겨루는 무림인들의 축제라면, 청룡제는 무림인과 무림인이 아닌 사람들까지 어울리는 지역 축제에 가까웠다.

청룡제는 이틀간 이어지는데, 그동안은 청룡학관 전체가 개방되며, 무림인과 일반인을 가리지 않고 손님을 받는다.

청룡제 기간 동안 학생들은 청룡학관 안에서 노점을 열거나, 건물을 빌려서 공연 혹은 전시를 할 수도 있었다.

무엇보다 청룡제가 특별한 것은 청룡제의 모든 행사를 주관하는 곳이 학생회, 그리고 동아리연합회를 중심으로 한 학생들이라는 점이었다.

백수룡은 제자들이 무슨 말을 하고 싶은 것인지 눈치챘다.

"청룡제 기간에 수련 안 하고 놀게 해 달라고?"

"하루종일 놀겠다는 건 아니고요, 조금만 자유시간을 주시면 안 될까 해서……. 선생님도 아시다시피 제가 또 동연회장이기도 하고……."

"……."

"……."

백수룡이 팔짱을 낀 채 빤히 바라보자, 헌원강은 움찔하더니 잔뜩 긴장한 표정으로 그의 눈치를 살폈다. 다른 제자들도 마찬가지였다.

'지금까지 쉬지 않고 달려오긴 했지.'

축제.

백수룡에겐 별다른 감흥이 없는 단어였지만, 그동안 제자들에게 쌓인 피로와 긴장감을 한 번쯤 풀어줘야 한다는 사실에는 동의하고 있었다.

'축제로 사방이 시끄러운데 제대로 수련이 될 리도 없고.'

전생의 교관이던 시절이었다면 어림도 없었을 부탁이지만……. 백수룡은 간절한 눈으로 자신을 바라보는 제자들을 바라보며 피식 웃었다.

"알았다. 축제 기간에는 새벽 수련을 제외한 수련은 면제해 주마."

"아싸아아아!"

백수룡은 좋아서 폴짝폴짝 뛰는 제자들에게 경고했다.

"단, 사고 치는 놈은 바로 잡아 올 거다. 축제라고 너무 풀어져서 놀지 말고, 적당히들 즐겨라."

"네!"

"하여튼 대답은 잘해요."

피식 웃은 백수룡은 출근 준비를 서둘렀다.

청룡제는 학생들의 축제일 뿐, 강사인 그가 할 일은 평소와 다를 것이 없었다.

……그럴 줄 알았다.

백수룡은 생활지도부에 출근하자마자, 침중한 표정의 매극렴을 만날 수 있었다.

"혹시 청룡제 때문에 그러십니까?"

"……청룡제 기간 동안 불순이성교제를 하다가 적발되는 숫자가 얼마나 되는 줄 아느냐?"

알 리가 있나.

백수룡이 고개를 젓자, 매극렴이 길게 탄식하며 말했다.

"평균 이십 건을 넘는다. 점점 높아지는 추세지. 해서 이 시기만 되면 우리 생활지도부는 항상 촉각을 곤두세워야 한다."

"……."

불순이성교제뿐만 아니라, 청룡제 기간에는 사건사고가 평소보다 몇 배는 많이 일어난다고 했다.

학생들이 감정적으로 크게 들뜨는 탓이었다.

게다가 외부에서 손님들까지 들어오니, 매년 온갖 사건사고가 끊이질 않았다고 했다.

"기억나는구나. 삼십여 년 전, 네 아비와 어미도……."

"또 무슨 일이 있었습니까?"

"……아니다."

매극렴은 고개를 저었다.

손자의 나이가 이립에 가까운 청년이라지만, 차마 그때 본 것을 자신의 입으로 말할 수는 없었다.

백무흔이 공연 중이던 무대 위에 난입해, 수백 명이 보는 앞에서 주둥이를 부딪치던…….

"하여튼 그 개잡놈 때문이다. 내 딸은 아무런 잘못이 없어."

백수룡은 현실을 부정하는 매극렴을 향해, 차마 '알고 보면 대부분의 사고는 어머니가 쳤던데요.'라고 말할 수 없었다.

"암요. 무조건 아버지가 잘못입니다."

"아무렴. 네 애비가 죽일 놈이다."

누군가는 굉장히 억울해할 사실에 합의한 조손은 회의를 계속했다.

“올해는 학생회와 긴밀히 협조하기로 했다. 일이 생기면 그 아이들이 우리에게 연락할 것이니, 알아두거라.”

“동연 쪽에는 제가 말해 두겠습니다. 원강이가 그래 봬도 회장이거든요. 실세는 상검연이긴 하지만…….”

“하여튼 청룡제 기간 동안 사건사고가 덜 일어나도록 힘써 보자꾸나.”

“알겠습니다.”

그렇게 대책회의를 나눈 후, 백수룡은 자신의 사무실로 향했다. 가는 길에 학관을 잠시 둘러볼 생각이었다.

벌써부터 청룡제 준비가 한창이었다.

대연무장 곳곳에 세워지는 가건물들, 커다란 봇짐과 행낭을 들고 바쁘게 오가는 학생들, 아직 글자가 마르지도 않은 현수막, 노래를 연습하는 소리 등등.

[학관 전체가 들떠 보이는구나.]

백수룡과 함께 학관을 둘러보던 창룡신검이 말했다.

한동안 기운을 회복해야겠다며 하루의 대부분을 잠들어 있었지만, 최근에는 기운을 많이 회복해서 다시 종종 말을 걸곤 했다.

‘뭔가 이상하게 느껴지는 건 없어?’

백수룡은 기운이 돌아온 창룡신검의 검파를 툭툭 두드리며 마음속으로 물었다.

[그리 특별한 것은 없구나. 살수를 걱정하는 것이냐?]

백수룡은 작게 고개를 끄덕였다.

'축제만큼 살수가 숨어들기 좋은 환경은 없으니까.'

백수룡은 혈교에서 자신을 죽이기 위해 살수를 보냈다는 사실을 잊지 않았다.

그래서 일부러 빈틈을 드러낸 적도 몇 차례 있었지만, 상대는 보통 신중한 것이 아니었다. 지금까지 아무런 움직임도 없었다.

하지만 이번엔 분명 움직일 것이다.

어떤 식으로든.

'이렇게 좋은 기회가 있는데도 움직이지 않는다면, 그건 살수 자격이 없는 거지.'

청룡제가 시작되면 엄청난 인파가 몰려들 것이다. 살수라면 이 기회를 놓치지 않을 것이 분명했다.

하지만 살수보다 먼저 백수룡을 먼저 찾아온 존재가 있었다.

백수룡이 사무실에 도착하고 얼마 되지 않아, 학생회에서 당소소가 방문했다.

"선생님께 꼭 부탁드리고 싶은 것이 있어서 왔어요!"

"거절이다."

백수룡은 듣지도 않고 거절부터 하고 보았지만, 상대는 그 정도로 굴할 녀석이 아니었다.

당소소는 생글생글 웃는 얼굴로 백수룡을 찾아온 용건을 말했다.

"청룡제 첫날에는 학생들이 청군과 백군으로 나뉘어서 여러 가지 종목으로 대결을 펼친다는 거 아시죠?"

얼마 전에 동기들에게 그런 이야기를 들은 것 같기는 한데, 별 관심이 없어서 한 귀로 흘렸었다.

"그래서?"

"올해는 특별히 선생님들도 대부분 참가하시기로 했거든요. 선생님이 청군의 대장을 맡아 주시면 안 될까요?"

백수룡은 단호하게 고개를 저었다.

"안 돼."

"정말 안 될까요?"

"난 너희들 놀이에 낄 만큼 한가하질 않아."

그는 애들 놀이에 끼고 싶은 생각은 없었다.

할 일이 산더미라 바쁘기도 하고, 축제 자체에 큰 흥미가 생기지도 않았다.

"하지만 남궁수 선생님은 승낙해 주셨는데."

"……누구?"

"남궁수 선생님이 백군 대장을 맡아 주시기로 하셨어요."

백수룡의 표정이 미묘하게 변하는 것을 본 당소소가 슬슬 미끼를 던졌다.

"선생님이 청군 대장을 거절하시면, 잘 모르는 사람들은 남궁수 선생님한테 질까 봐 피했다고 생각할지도 몰라요."

"하! 내가 그런 뻔한 수작에 넘어갈 것 같아?"

그런데 하는 말과 달리, 손가락은 초조한 듯 탁상을 탁탁 치는 것이 아닌가.

"……남궁수는 백군이라고?"

백수룡은 이것이 당소소가 자신을 꼬드기려는 뻔한 수작이라는 것을 알고 있었다.

하지만 때론, 알면서도 넘어갈 수밖에 없을 때도 있는 법이다.

379화

청군이냐 백군이냐

"……백수룡이 청백 대항전에 참가했다?"

남궁수는 미심쩍은 표정으로 자신의 사무실에 찾아온 당소소를 바라봤다.

자신만큼 바쁜 백수룡이 학생들의 축제에 참가하기로 했다니, 이해가 되지 않았다. 그런 쪽에는 전혀 관심이 없는 줄 알았는데…….

그 의문이 담긴 시선을 받은 당소소는 해맑게 웃으며 고개를 끄덕였다. 그러나 그 입에서 나온 말은 백수룡에게 했던 것과는 상당 부분이 달랐다.

"흔쾌히 청군의 대장을 맡아 주시기로 하셨어요. 학생들에게 평생에 한 번뿐인 추억을 만들어 주고 싶으시다면서요."

본론을 꺼내기 전에 '학생들을 위해'라는 명분을 밑밥으로 깔았지만, 남궁수의 반응은 싸늘했다.

"청룡학관은 사 년제다. 축제를 즐길 기회는 네 번이나 있지."

"하지만 사 학년들에겐 올해가 마지막인걸요?"

"사 년 동안 즐기지 않다가 마지막에 즐기겠다? 그 안일한 태도를 문제 삼고 싶군."

"……."

역시 만만치 않다.

그나마 인간적인(?) 면모를 가진 백수룡과 달리, 이쪽은 냉혈한이 아닌가 싶을 정도로 단호했다.

물론 당소소도 이 정도로 물러날 생각은 없었다. 틈이 보이지 않는다면, 곧바로 정면으로 부딪치는 것도 방법이었다.

"백수룡 선생님이 청군 대장이신데, 백군 대장은 남궁수 선생님이 맡아 주셔야 모두가 납득하지 않을까요?"

"……."

"양측의 균형이 맞아야 청백 대항전도 더 재미있을 테니까요."

"……."

"청군에 백수룡 선생님이 참가했는데 남궁수 선생님이 백군에 참가하지 않으면, 아무것도 모르는 사람들은 선생님이 피한다고 생각할지도……. 절대 제 생각은 아니지만요."

백수룡에게 했던 것처럼, 당소소는 은근슬쩍 남궁수의 호승심을 부추겼다.

이번에는 효과가 있었던 걸까? 남궁수의 눈썹이 살짝 올라갔다. 당소소가 빠르게 말을 덧붙였다.

"제가 듣기로는, 백수룡 선생님이 이번 기회에 누가 더 위인지 보여주겠다고……."

"그만."

서늘한 말투에 당소소가 입을 다물었다.

남궁수의 날카로운 눈빛은 당소소의 심중을 꿰뚫을 것만 같았다.

"제법 재미있는 장난이지만, 이간질은 그만두도록."

그것은 청룡학관 유일의 일타강사가 지닌 권위이자 무게감이었다.

당소소가 어깨를 움츠리며 고개를 숙였다.

"……죄송해요."

"아마 백수룡도 알고 있을 거다. 네가 우리를 청룡제에 끌어들이기 위해 계략을 썼다는 것 정도는."

그 눈치 빠른 백수룡이 당소소의 계략을 알아채지 못했을 리 없었다.

'다 알면서도 당소소의 제안을 받아들였다는 것이군.'

남궁수에게는 그 부분이 중요했다.

백수룡이 당소소의 계략을 알면서도 청군의 대장 자리를 승낙했다는 것.

이건 즉,

"내게 보내는 선전포고인가."

"……네?"

"재미있군."

남궁수의 한쪽 입꼬리가 올라갔다.

아무리 가문의 은인이자 생명의 은인이라고 해도, 양보할 수 없는 것이 있었다.

"이번 기회에 후배의 기강을 잡아야겠군."

생각을 정리한 그가 다시 당소소를 바라봤다.

"속아 주는 건 이번 한 번뿐이다."

"……그 말씀은?"

당소소가 믿을 수 없다는 표정으로 고개를 들자, 남궁수가 여전히 서늘한 표정으로 고개를 끄덕였다.

"백군의 대장으로 참전하지. 규칙은 작년과 같나?"

어두워졌던 당소소의 표정이 활짝 펴졌다.

"네! 올해는 선생님들도 참가하실 수 있다는 것만 빼면요!"

"참가자 제출 명단은 당일 아침까지 제출하도록 하지."

"편하신 대로 하세요!"

"이만 나가 보도록."

백수룡에 이어 남궁수에게도 참가하겠다는 약속을 받은 후, 당소소는 콧노래를 부르며 학생회로 돌아갔다.

"후후후……."

당소소의 입가에 감추지 못한 기쁜 미소가 맺혔다.

사실, 그녀는 백수룡과 남궁수가 자신의 계략을 간파하리라는 것을 예상하고 있었다.

하지만 처음부터 그건 별로 중요한 것이 아니었다.

"두 분 다 수줍음이 많으시니, 제가 무대를 만들어 드려야죠."

백수룡과 남궁수.

지금은 청룡학관의 천무제 우승을 위해 협력하고 있고, 서로 반목해서는 안 될 시기이지만, 마음 한구석에서는 경쟁심이 생기지 않을 리 없었다.

당소소가 한 일은 그들이 경쟁할 무대를 만들고, 둘 다 못 이기는 척 올라오게 만든 것이 전부였다.

"두 분은 자신들이 세상에서 가장 똑똑한 줄 알겠지만, 사람은 결국 이성이 아닌 감정으로 움직이는 존재랍니다. 후후후."

당소소는 학생회에 이 기쁜 소식을 전하기 위해 걸음을 서둘렀다.

"부회장. 일은 어떻게 됐지?"

학생회실에는 독고준과 학생회 소속 학생들이 긴장한 표정으로 그녀를 기다리고 있었다.

당소소가 그들을 향해 싱긋 웃으며 말했다.

"작전은 성공이에요."

"과연……!"

"역시 우리 부회장!"

"됐어! 올해 청룡제는 대박이야!"

학생회 간부들이 자리에서 벌떡 일어나 당소소에게 박수와 환호를 보냈다. 당소소는 옅은 미소를 띠며 포권을 취했다.

"잠시 주목!"

독고준이 학생회실에 모인 학생들을 둘러보았다.

"다들 알고 있겠지만, 올해의 청룡제는 그 전과는 전혀 다른 의미의 행사가 될 것이다."

지난 십 년간 천무제의 성적이 바닥을 치면서, 덩달아 청룡제의 규모도 계속 줄어들었다.

찾아오는 손님들도 점점 줄어서, 작년에는 대연무장의 절반도 채우기 힘들었다.

독고준은 작년에도 학생회 소속으로 그 모습을 지켜보았었다.

"하지만 올해는 다르다!"

벌써 여러 문파에서 손님을 보내겠다고 연통이 왔다.

동아리마다 노점을 열겠다고 신청이 밀려 들어와서, 시간을 나눠서 운영해야 할 정도였다.

공연과 전시에 사용할 공간도 예약이 꽉 찼다. 학관의 건물 대부분이 축제 때 사용될 예정이었다.

"올해 청룡제는 최근 십 년간 가장 성대한 축제가 될 것이다! 우리 학생회는 여기에 사활을 건다!"

"예!"

무림에 청룡학관의 부활을 알릴 신호탄이 될 행사.

독고준은 학생회장으로서 이 기회를 최대한 살릴 생각이었다.

그리고 여기에 가장 필요한 것이 백수룡과 남궁수의 존재였다.

"올해는 선생님들도 청백전에 참가할 수 있도록 규정을 바꾸도록 하죠. 그리고 반드시, 백수룡 선생님과 남궁수 선생님을 각각 청백군의 수장으로 앉혀야 해요."

시작은 당소소의 제안이었다.

처음에는 부회장이 또 개인적인 욕망을 채우기 위해 음모를 꾸미는 것이 아닌가 의심도 했지만, 당소소는 진심으로 청룡학관을 위한 계획을 준비했다.

"두 분은 청룡신협과 뇌룡신검이라는 별호로 무림에 큰 명성을 떨치고 있어요. 올해 청룡제의 성패는 두 분의 청백 대항전 참가 여부에 달려 있다고 해도 과언이 아니에요. 두 분이 전면에 나선다면, 흥행은 보장된 거나 다름없어요."

"과연……."

구구절절 맞는 말에 수긍하지 않는 사람이 없었다.

학생회는 즉시 계획에 착수했고, 성공적으로 청백전 규정을 수정했으며, 이후 당소소가 두 강사에게 접근했다.

"두 분의 승부욕을 생각하면, 올해 청백전은 볼거리가 가득한 명승부가 될 게 틀림없어요."

자리에 있는 모두가 고개를 끄덕였다.

두 강사를 청백전에 끌어들인 이상, 흥행은 보장된 것이나 다름없었다.

이제 학생회가 할 일은 그로 인해 발생할 문제들을 막는 것 정도였다.

독고준이 당소소에게 물었다.

"부회장. 백수룡 선생님께 청백 대항전 규칙에 대해서는 설명해 드렸나?"

"물론이죠."

청백 대항전에서는 내공은 쓸 수 없다.

분위기가 지나치게 과열돼 부상자가 나오는 것을 방지하기 위함이며, 무공의 고하에 큰 영향을 받지 않고 모두가 즐길 수 있게 하기 위해서이

기도 했다.

대결 종목은 당일 무작위로 선정되는데, 학생회에서 다양한 종류의 대결 종목을 준비해 가면, 청군과 백군이 번갈아 가며 뽑아서 겨루는 방식이었다.

"후후후……. 생각만 해도 설레요. 그 두 사람이 서로를 이겨 먹으려고 싸우는 모습을 바로 옆에서 지켜볼 수 있다니."

당소소는 벌써 눈이 몽롱하게 풀려 있었다. 독고준이 조심스럽게 그녀에게 말했다.

"소소. 학생회는 운영위원이라 청백전에 참가할 수 없다는 걸 잊은 건 아니겠지?"

의외로 당소소는 순순히 고개를 끄덕였다.

"물론이죠. 형평성에 어긋나니까요. 청백전 대결 종목을 학생회에서 짜는걸요?"

"다행이군……."

"그래서 전 대결 종목을 선정하는 회의엔 아예 들어가지도 않았어요."

"……뭐?"

독고준은 알 수 없는 불안함이 등줄기를 타고 스멀스멀 기어오르는 것을 느꼈다.

"들어가지 '않았다'니. 너, 그땐 몸이 안 좋아서 참석 못 하겠다고……."

"죄송해요. 회장. 거짓말이었어요."

당소소는 상큼하게 웃더니 천천히 뒷걸음질 쳤다.

지금껏 인지하지 못하고 있었는데, 그녀는 학생회실로 들어온 후 한 번도 자리에 앉지 않았다.

왜냐하면 더 이상 이곳에 있을 생각이 없기 때문이었다.

"청룡제 기간 동안, 저 당소소는 학생회를 일시적으로 탈퇴하겠어요."

"뭐?"

학생회 간부들의 입이 뜨억 하고 벌어졌을 땐, 당소소는 이미 몸을 돌려 도망치고 있었다.

"잡아!"

독고준의 외침과 함께 학생회 간부들이 탈주한 당소소를 잡기 위해 뛰쳐나갔다.

휘이익!

당소소는 이미 복도를 지나 계단을 내려가고 있었다. 그녀는 자신을 쫓아오는 옛 동료들을 돌아보며 소리쳤다.

"쫓아오지 마! 이번 청백전에서 청군의 지낭이 되기로 했단 말이야! 백수룡 선생님한테 이미 허락도 받았다구!"

"말이 안 통하는 상태다. 일단 제압해!"

독고준이 소리치며 경공으로 따라붙었으나, 그 순간 당소소는 품에서 독탄을 꺼내 바닥에 던졌다.

퍼어엉!

"콜록! 콜록!"

"독, 독이다!"

"우리한테 독을 뿌리고 도망갔어!"

"네가 인간이냐!"

매캐한 연기가 뭉게뭉게 피어오르고, 사방에서 고함과 기침 소리가 울려 퍼지는 아비규환의 상황이 펼쳐졌다.

결국, 학생회는 탈주한 당소소를 잡지 못했다.

⁂

당소소가 청군의 지낭으로 합류하던 그 시각.

"우리도 축제 때 노점을 열자."

백룡장에서도 축제에 관련된 이야기를 한창 꽃피우고 있었다. 대화를 주도하는 것은 거상웅이었다.

"노점?"

"내가 벌써 뭘 팔지도 생각해 뒀지. 다들 모여 봐."

거상웅은 후배들을 불러모은 후, 밖에서 가져온 큼직한 목함을 열었다. 그 안에는 당과며 전병 따위의 주전부리가 가득 들어 있었다.

헌원강이 실망했다는 표정으로 말했다.

"주전부리나 팔자고?"

"그냥 주전부리가 아니야. 무려 이 년 하수오를 넣어서 만드는 영약과자지."

"이 년짜리는 영약으로도 안 치지 않수?"

"그런 사소한 이야기는 넘어가고."

거상웅은 도톰한 전병 하나를 꺼내더니, 손가락에 가볍게 힘을 주었다. 그러자 전병이 부서지고, 그 안에서 돌돌 말린 작은 종이가 나왔다.

"그게 뭐요?"

"오늘의 운세를 적어 놓은 거다. 좋은 인연을 만날 거라느니, 기분 좋은 일이 있을 거라느니, 대충 좋은 말이 적혀 있는 종이지."

대상인의 아들답게, 거상웅은 청룡제에서 노점을 열어 돈을 벌 생각이었다.

"이걸 청룡제를 구경하러 온 젊은 남녀한테 파는 거다. 달달한 전병을 먹는데, 거기에 좋은 글귀가 적힌 종이가 나오는 거지. 낭만적이지 않냐? 이거면 돈을 쓸어 담을 수 있다니까."

"호오. 괜찮은 것 같은데?"

"그렇지? 다만 초기 투자금이 좀 필요한데……."

야수혁이 흥미를 드러냈다. 은호는 그 옆에서 부서진 전병 조각을 핥아먹었다.

그러나 그 외에는 다들 반응들이 시큰둥했다.

헌원강이 전병을 하나 집어먹으며 말했다.

"나는 참여 못 해."

"왜?"

헌원강이 거상웅의 눈을 피하며 작게 헛기침을 했다.

"흠흠. 알다시피 동연회장으로서 할 일이 많다. 내일부터 회의도 해야 하고, 그 뭐냐, 동아리 시찰도 해야 하고, 하여튼 이런저런 일이 많아."

한 명 정도는 빠져도 상관없었다. 거상웅은 알겠다며 고개를 끄덕였다.

"알았다. 넌 인상이 나빠서 어차피 장사에 도움도 안 돼."

"……확 깽판 치러 간다?"

"다른 애들은?"

거상웅이 돌아보니, 위지천도 곤란한 기색이었다.

"죄송해요. 이란 선배가 상검연 검무 공연하는 걸 도와달라고 하셔서……."

"나도 안 돼. 누가 축제 때 같이 공연 보자고 해서."

여민도 시간이 안 될 것 같다며 어깨를 으쓱했다. 그 순간 헌원강이 움찔했지만, 아무도 눈치채지 못한 듯했다.

결국 남은 건 거상웅과 야수혁, 그리고 은호뿐이었다.

"이 배신자들……."

거상웅은 본능적으로 직감했다. 이번 축제를 쓸쓸하게 보낼 사람은 자신과 야수혁뿐이겠구나.

그는 손을 뻗어 야수혁과 어깨동무를 했다.

"수혁아. 이 자식들이 청춘을 보낼 동안, 우리는 돈이나 왕창 쓸어 담자!"

"젠장. 그런 말이나 하지 마쇼. 더 비참해지니까……."

"……."

"……."

캬앙!

그때 은호가 바깥을 돌아보며 털을 바짝 세우자, 모두의 고개가 정문을 향했다.

기척 하나가 빠르게 백룡장으로 다가오고 있었다.

"누구지?"

"선생님이 퇴근하기엔 아직 이른 시간인데?"

"매극렴 선생님인가?"

"아니에요. 기척이 익숙하긴 한데……."

대화를 나누는 사이, 거침없이 다가온 누군가가 문을 열고 들어왔다.

마치 자기 집처럼 자연스러운 그의 행동에, 청룡오망은 멍하니 그 모습을 지켜만 보았다.

"다들 모여 있었군."

자연스럽게 백룡장으로 들어온 사람은 바로 남궁수였다. 입고 온 백의 장포가 오늘따라 바람에 세차게 펄럭였다.

"남궁수 선생님?"

"어쩐 일이세요?"

"선생님은 아직 퇴근 안 하셨는데……."

청룡오망을 향해 성큼성큼 걸어온 남궁수는 거두절미하고 용건부터 꺼냈다.

"너희들. 백군에 합류해라."

백수룡이 이곳에 없다는 건 이미 파악하고 있었다.

380화

선생님들이 더 진심이야

"……예?"

"갑자기 무슨 말씀을 하시는 거예요?"

"와, 무슨 자기 집 들어오는 줄……."

갑작스러운 남궁수의 등장에 청룡오망은 당황스러움을 감추지 못했다.

남궁수가 예고도 없이 들이닥친 것도 놀랄 일인데, 앞뒤 다 자르고 '백군에 합류하라.'라는 말을 들으니 무슨 소리인지 당최 이해할 수 없었다.

"아직 아무것도 모르고 있었나 보군."

남궁수는 표정 변화가 없는 얼굴로 학생들을 한 명 한 명 바라보며 말을 이었다.

"올해 청백 대항전에서 백수룡과 내가 각각 대장을 맡기로 했다. 내가 백군. 백수룡이 청군을 지휘하기로 했지."

"예……?"

백수룡이 없는 시간을 노리고 온 것은 맞지만, 그렇다고 거짓말로 청룡오망을 속여서 백군으로 포섭할 생각은 없었다.

오히려 남궁수의 노림수는 그 반대에 가까웠다.

"너희에게 백수룡을 쓰러뜨릴 기회를 주지."

"예에?!"

청룡오망이 눈을 휘둥그레 떴다. 헌원강은 들고 있던 전병을 바닥에 툭 떨어뜨리기까지 했다.

"우리더러 선생님을 배신하라고요?"

"그건 좀……."

"두 분 친한 거 아니었어요?"

생각보다 더 정색하는 학생들의 반응에, 남궁수는 잠시 침묵하더니 나직하게 한숨을 쉬었다.

"너희는 아직도 백수룡의 마음을 모르는군."

그 말에 순간 울컥한 헌원강이 인상을 쓰면서 한 발 앞으로 나섰다.

"우리가 남궁수 선생님보다 훨씬 잘 알거든요? 맨날 갈굼당하고 맞아봤어요? 이젠 눈빛만 봐도 어딜 맞을지 안다고!"

"원강아, 그건 자랑이 아닌 것 같다……."

"선배……."

"알면서 못 피하잖아요……."

부끄러워하는 선후배들을 뒤로하고, 헌원강은 팔짱을 낀 채 남궁수를 노려봤다.

"아무튼 우린 목에 칼이 들어와도 선생님을 배신할 생각은 없……."

"백수룡은 너희가 자신의 예상을 뛰어넘길 바란다."

"……어?"

헌원강의 말을 끊은 남궁수가 성큼 다가와 진지한 얼굴로 말했다.

"수단과 방법을 가리지 않고, 때론 자신의 반대편에 서더라도, 제자들이 자신을 뛰어넘길 기대하고 있다는 의미다."

"그, 그건……."

"그게 너희가 백수룡에게 배운 방식이 아니었나? 아니라면 아니라고 말해 보도록."

"마, 맞긴 한데……."

당황한 헌원강이 말을 버벅거렸다.

뭔가 억지 같기는 한데, 딱히 반박할 말이 떠오르지 않았다.

상대는 매년 수백 명의 학생들을 상대하는 일타강사였다. 애초에 헌원강이 언변으로 이길 수 있는 상대가 아니었다.

남궁수는 고개를 돌려 다른 학생들도 바라보았다. 그의 샛노란 금안에서 벼락이 튀는 듯했다.

"한 가지 묻지. 너희는 졸업하기 전까지 단 한 번이라도 백수룡을 이길 자신이 있나?"

"……."

청룡오망 중 아무도 선뜻 대답하지 못했다.

그들도 매일 최선을 다해 수련하고 있지만, 백수룡은 그 이상으로 강해지고 있었으니까.

'이대로면 졸업하기 전까지 단 한 번도 선생님을 이기지 못해!'

모두의 머릿속에 같은 생각이 맴돌 때였다.

"물론 청백전은 대련이 아니다. 내공도 사용하지 않고, 정도 이상의 물리적인 충돌은 금지하지. 하지만 이것 또한 명백한 대결이다. 편을 나누어 상대를 쓰러뜨리고 승리를 쟁취하는 것이 목적이지."

청룡제의 본래 취지는 학생들이 가볍고 유쾌하게 즐기는 운동회의 성격에 가까웠지만, 남궁수는 그것을 모의 전쟁으로 만들어 버렸다.

"너희가 백수룡과 함께 청군으로 참여하게 된다면, 청백전에서 쉽게 승리할 수도 있겠지. 하지만 그런 승리에 무슨 의미가 있나?"

"……."

"반대로 스승의 반대편에 서서, 그와 당당히 맞서서 승리를 이뤄낸다면…….”

남궁수는 잠시 말을 멈추고, 그들 한 명 한 명과 눈을 맞췄다.

“내가 백수룡이라면, 몹시 기쁠 것 같군.”

“……!!”

처음에는 절대 백수룡을 배신하지 않겠다며 고개를 젓던 학생들이 눈빛이 흔들리기 시작했다.

그래. 이건 배신이 아니다.

오히려 선생님을 꺾고 그동안의 성장을 인정받을 수 있는 기회다!

남궁수는 학생들의 표정이 서서히 달라지는 것을 보며, 마지막 일격을 날렸다.

“그리고……. 백수룡이 패배감에 치를 떠는 모습을 보고 싶지 않나?”

“……!!”

그 말이 결정적이었다.

백수룡의 능글맞은 표정이 일그러지는 걸 볼 수 있다고?

무림을 뒤흔드는 청룡신협의 이야기에 첫 패배를 기록할 수 있다고?

“……당연히 보고 싶죠!”

“딱 한 번이라도…….”

“가능하기만 하다면…….”

무언가에 홀린 듯한 표정으로 고개를 끄덕이는 학생들에게, 남궁수는 손을 내밀었다.

“내가 도와주지. 너희는 백수룡을 이긴 최초의 학생들로 기록될 것이다.”

“……해보자.”

“까짓거 죽기야 하겠어?”

“맞아! 이건 배신이 아니라 성장이니까!”

청룡오망이 자신들의 선택을 합리화하는 모습에, 남궁수의 무표정한 얼굴에도 아주 희미한 미소가 맺혔다.

'예상대로군.'

청룡오망은 백수룡의 직전제자들이다.

이 다섯 명을 포섭한다면 백수룡의 가장 강력한 패를 빼앗아 오는 것은 물론이고, 아군의 전력을 크게 상승시킬 수 있었다.

이 계획을 떠올린 순간 남궁수는 과감하게 움직였고, 일타강사의 유려한 언변으로 청룡오망 전원을 포섭하는 데 성공했다.

"마음을 정했으면 이 서류에 서명하도록."

남궁수가 나누어 준 것은 청백 대항전 참가 신청서였다.

청룡오망은 무언가에 홀린 듯 서류에 서명했고, 모든 신청서를 걷어 간 남궁수는 처음과 똑같은 표정으로 말했다.

"조만간 연락하지."

돌아선 남궁수는 휘적휘적 걸어가 백룡장의 대문을 나섰다.

청룡오망 전원을 백군으로 포섭하고 돌아가기까지 걸린 시간은 고작 일 각 남짓이었다.

"귀신에 홀렸던 것 같아……."

"우리 잘한 거겠지?"

"선생님이 화내시면 어쩌죠?"

"남궁수 선생님이 해 준 말을 그대로 전하면 우리 뜻을 이해해 주실 거야. 아마도……."

다들 뒤늦게 백수룡이 이 사실을 알았을 때의 후환을 떠올렸지만, 되돌리기엔 이미 늦은 후였다.

그날 저녁, 백룡장으로 돌아온 백수룡은 아무것도 모르고 제자들에게 청백전 참가 신청서를 나눠 주었다.

"자, 여기 서명들 해라. 이번 청백전에서 남궁수의 콧대를 납작하게 눌러 줄 생각이거든. 그러니까 너희도 청군에……."

"……."

"……."

"표정들이 왜 그래? 무슨 일 있었어?"

뭔가 이상하다는 것을 깨달은 백수룡이 미간을 좁히며 제자들을 추궁했다.

"그, 사실은……."

"선생님. 흥분하지 마시고 끝까지 들어 주세요. 아까 남궁수 선생님이 오셔서……."

한참 눈치를 보던 헌원강과 거상웅이 남궁수가 다녀간 이야기를 전했다.

"뭐? 남궁수?"

처음에는 제자들의 이야기를 가만히 들으려 했던 백수룡이지만, 도중에는 어이가 없어서 입을 떡 벌렸고, 이야기가 끝났을 땐 모든 것에 해탈한 사람처럼 잔잔한 미소를 지었다.

"그러니까……. 너희 모두 백군에 참가하기로 했다 이거지? 한 명도 빠짐없이 전부?"

"남궁수 선생님이 이건 배신이 아니라고 했어요!"

"본인이 백수룡이라면 몹시 기뻐할 거라고……."

"선생님이 지는 모습을 보고 싶지 않냐고……."

"그것까지 말하면 어떡해, 이 멍청아!"

안색이 창백해진 제자들이 뒤늦게 백수룡의 눈치를 살피며 슬금슬금 뒷걸음질 쳤다.

그러나 화를 낼 줄 알았던 백수룡은 오히려 부처와 같은 미소를 짓곤 고개를 저었다.

"애들아. 남궁수 말대로, 너희가 날 이기는 날이 온다면 난 정말 기쁠 거다."

"선생님……!"

"꼭, 꼭 이길게요!"

"저희가 얼마나 성장했는지 보여 드릴게요!"

감격한 표정을 짓는 제자들에게, 백수룡은 흐뭇하게 웃어 보이곤 검을 뽑았다.

스르릉.

"하지만 기쁜 건 기쁜 거고."

달빛을 반사하는 창룡신검의 검신 위로, 스산한 살기가 뚝뚝 묻어났다.

"배신자는 죽어야지."

분노가 어느 수준을 넘어서면 오히려 침착해지는 경우가 있는데, 지금의 백수룡이 그런 상태였다.

"남궁수의 사탕발림에 넘어가서 날 배신해? 예부터 머리 검은 짐승은 거두는 게 아니라더니……."

"사, 살려 주세요!"

"도망쳐! 선생님 눈이 돌았어!"

"원강 선배가 하자고 했어요!"

"왜 또 나야!"

"너희들 전부 이리 안 와!"

그날 밤, 백룡장에는 비명 소리가 끊이지 않았다.

청군 작전본부(구 백수룡 사무실).

청룡제 개막까지 하루 앞둔 상황에서, 백수룡은 당소소를 불러 작전회의를 열었다.

두 사람의 표정은 실제 전쟁에 나가는 장군과 참모처럼 심각했다.

"우리 군의 상황이 좋지 않다. 남궁수가 선수를 쳐서 청룡오망을 포섭했어. ……내가 놈을 너무 얕봤다."

"선생님들 쪽은 어떤가요?"

"악연호, 명일오는 우리 쪽에 포섭했다. 하지만 제갈소영과 곽두용은 저쪽에 붙었다."

"제갈소영 선생님은 남궁수 선생님의 부사수라 어쩔 수 없다지만……. 곽두용 선생님은 왜죠?"

"저쪽에 있어야 자기 비중이 눈곱만큼이라도 높아질 것 같다더군."

"……합리적인 이유이긴 하네요."

작전본부의 한쪽 벽면에는 청군과 백군의 참가자 명단이 적혀 있었다.

하지만 면면이 화려한 백군의 명단에 비해, 청군의 명단은 그 이름값이 다소 처졌다. 특히 학생들의 수준 차이가 컸다.

"청룡오망의 공백이 역시 가장 크네요. 어떤 종목이 나오든 그들을 상대할 만한 학생이 부족해요."

"내가 호랑이 새끼들을 키웠어……."

백수룡은 굳은 표정으로 백군에 적힌 제자들의 이름을 노려봤다.

청백전에서는 내공을 사용할 수는 없다지만, 그렇다고 해도 무공이 뛰어난 쪽이 대결에서 유리한 것은 변함이 없었다.

"걱정 마세요. 일단 유이란은 저희 쪽으로 포섭하는 데 성공했으니까요."

"위지천이 백군인데 어떻게?"

백수룡도 두 사람이 친밀한 사이라는 것 정도는 알고 있었다. 때문에 유이란을 데려왔다는 말에 놀랄 수밖에 없었다.

"후후후……. 그건 여자들만의 비밀이랍니다."

"백군의 세작일 확률은?"

"전혀 없으니 걱정하지 마세요."

청군의 형세가 불리함에도, 당소소는 오히려 생기가 넘쳐 보였다. 백수룡을 바라보는 소녀의 눈이 초롱초롱하게 빛났다.

'청룡오망이 없어도 이길 수 있다는 걸 보여 드릴게요. 제 지략으로.'

이번 청백 대항전이야말로 자신의 가치를 증명할 기회였다. 전력을 다해 청룡오망을 거꾸러뜨려, 백수룡의 애제자가 되고야 말 생각이었다.

"아직 참가 여부를 결정하지 않은 학생들이 있어요. 진로상담을 핑계로 불렀으니, 곧 한 명씩 올 거예요."

"회색분자는 모두의 적이 될 뿐이지."

백수룡이 무겁게 고개를 끄덕이던 그때, 첫 번째 상담자가 문밖에 도착했다.

똑똑.

"들어와."

잠시 후, 조심스럽게 문을 열고 들어온 학생은 목형우였다.

"절 찾으셨다고……."

"본론부터 말하지. 목형우 학생. 청군에 합류해."

목형우는 군에서 십 년이나 복무한 경력이 있었다. 그의 통솔력은 백수룡도 수업에서 눈여겨보았을 정도였다.

그러나 목형우는 영 내키지 않는다는 듯, 까끌까끌한 수염을 긁적일 뿐이었다.

"솔직히 말씀드리면, 남궁수 선생님에게도 같은 제안을 받았습니다. 제가 그쪽 수업도 같이 듣거든요."

"이미 백군에 붙었나?"

백수룡의 싸늘한 말투에 목형우는 눈을 동그랗게 뜨고 고개를 저었다.

"거절했습니다. 좀 더 개인 수련에 집중하고 싶어서……."

"청군으로 오면 창술을 하나 가르쳐 주지."

백수룡이 대수롭지 않다는 투로 창술을 가르쳐 주겠다 하자 목형우가 입을 떡 벌렸다.

"예, 예?"

비인부전(非人不傳)이라 하여 혈육 간에도 쉬이 알려 주지 않는 것이 무공인데, 고작 축제 참여 한 번에 창술을 알려 주다니. 목형우의 상식으로는 이해할 수 없는 것이었다.

하지만 백수룡에겐 정말 대수롭지 않은 일이었다.

그의 머릿속엔 수많은 혈교의 무공이 있고, 그중 하나를 다듬어서 가르치는 것은 어려운 일이 아니었다.

'안 그래도 기회를 봐서 가르쳐 주려고 했으니까.'

재능은 없지만, 목형우에겐 특출난 성실함과 끈기가 있었다.

백수룡은 평소에도 그 부분을 높게 평가하고 있었다.

"저, 정말입니까?"

"내가 무공으로 거짓말할 것 같아?"

"그, 그건 아니지만……."

목형우는 무슨 말을 해야 할지 모르겠다는 얼굴로 머리를 긁적이다가, 조심스럽게 말했다.

"……이런 말씀 드리면 좀 그런데, 청백 대항전 이거 그냥 운동회 아닙니까? 왜 이렇게 진지하신지 이해가 잘……."

"피할 수도, 질 수도 없는 싸움이다. 그렇게만 알아 두도록."

꿀꺽.

알 수 없는 박력에 목형우는 마른침을 삼키며 고개를 끄덕였다. 그리고 백수룡이 내민 참가 신청서에 서명했다.

어느새 그는 군인의 눈빛이 되어 있었다.

"……알겠습니다. 필사의 각오로 승리를 가져오겠습니다."

"좋은 마음가짐이다. 돌아가서 지시를 기다리도록."

"예!"

목형우가 나간 후, 곧 다음 면담 상대가 들어왔다.

일 학년 영호식이었다.

목형우와 마찬가지로, 백수룡이 수업에서 눈여겨본 학생 중 한 명이었다.

"저, 부르셨다고 해서 왔는데요……."

"영호식. 넌 오늘부터 청군이다."

"네, 네에?"

"자세한 이야기는 목형우에게 듣도록."

백수룡은 다짜고짜 영호식을 청군으로 포섭했고, 순진한 일 학년은 얼떨결에 청군이 되었다.

옆에서 백수룡이 한 명 한 명 청군을 포섭하는 모습을 지켜보던 당소소가 말했다.

"결정적인 격차를 메꾸려면 실력 있는 고학년이 필요해요. 제가 후보를 몇 명 추려 봤는데……."

"곧 올 거다. 누구보다 믿을 만한 고학년이."

"네?"

똑똑.

기다렸다는 듯 방문을 두드리는 소리가 들렸다.

잠시 후, 문을 열고 들어온 학생을 본 당소소가 눈을 휘둥그레 떴다.

학생회의 지낭인 그녀도 예상하지 못한 얼굴이었기 때문이었다.

"방백현 선배님?"

"하하! 오랜만이구나, 소소. 오랜만에 뵙습니다. 백수룡 선생님!"

방백현이 절도 있게 포권을 취했다.

무림맹 통천대에 들어간 방백현이 청룡학관에 돌아온 것이다.

"선배님이 여길 어떻게……?"

"통천대 소속으로 청룡제에 사절로 파견됐거든. 무림맹 강서 지부에 중요한 안건도 전달하고, 또 선생님도 뵙고 전해 드릴 것도 있어서…….”

품에서 무림맹주의 서신을 꺼내려는 방백현에게, 백수룡은 그보다 중요한 것이 있다며 일단 앉으라고 말했다.

“방백현. 아직 졸업 전이고, 휴학생도 아니지?”

“물론입니다. 현재 취업계를 낸 상태이긴 하지만……. 학점은 인정된다고 알고 있습니다.”

“그럼 됐군.”

“됐다니 무슨 말씀이신지……?”

그때, 무슨 말인지 알아들은 당소소가 환해진 얼굴로 박수를 치며 외쳤다.

“규정상 참가에 아무런 문제도 없어요!”

“좋아. 넌 청군이다.”

“……자초지종을 좀 설명해 주시면 안 됩니까?”

잠시 후, 백수룡의 설명을 들은 방백현의 눈빛이 초롱초롱하게 빛났다.

“재미있겠군요.”

과거 어머니의 과보호에 억눌려 있었을 뿐, 본래 방백현은 결코 이런 축제에 빠지는 성격이 아니었다.

축제에 참가하는 이유야, 무림맹 총사범이 시켰다는데 어쩔 것인가. 통천대의 어떤 선배도 감히 뭐라고 하지 못하리라.

“전력으로 협력하겠습니다.”

“좋아. 이제야 균형이 좀 맞겠군.”

방백현까지 청군에 합류하면서 기울었던 균형이 얼추 맞아떨어졌다. 백수룡이 한숨을 내쉬며 자리에서 일어났다.

“나머지는 참모에게 맡기지.”

“네! 맡겨만 주세요!”

작전 회의를 끝낸 백수룡은 사무실을 나섰다.

그런데 얼마 걷지 않아, 공교롭게도 반대편에서 걸어오는 남궁수와 마주쳤다.

파직, 파지직!

단순히 시선이 마주쳤을 뿐인데 중간에서 벼락이 튀는 것 같았다. 거리가 가까워질수록 둘 사이에 긴장감이 높아졌다.

“이게 누구야? 세 치 혀로 남의 제자들을 훔쳐 간 일타강사 아닌가.”

“부족한 전력을 메꾸기 위해 권력을 사사롭게 쓰는 선생이 할 말은 아닌 것 같군.”

“무슨 소리지? 난 학생들을 불러서 상담을 해 줬을 뿐인데.”

“그 학생들이 하나같이 학생회에 가서 청색 영웅건을 받아간 건 우연인가?”

“호오. 벌써 세작이라도 심으셨나 봐?”

파직, 파지지직!

불꽃이 튀다 못해 타 버릴 것 같았다. 두 사람은 서로의 곁을 스쳐 지나가며 말했다.

“망신 당할 준비나 하라고.”

“후배의 재롱을 지켜봐 주지.”

주변에서 숨죽이며 지켜보던 학생들이 그 모습을 보며 수군거렸다.

“선생님들이 더 진심이야…….”

381화

무대 바깥에서는

선선한 바람이 기분 좋게 불어오는 구월의 어느 날.

청룡학관 최대의 축제인 청룡제가 시작되었다.

"당과 사세요! 둘이 먹다가 하나가 죽어도 모를 당과가 있습니다!"

"청룡제 기념 영웅건 팝니다! 기념품으로 하나씩 사가세요!"

"청룡신협(青龍神俠)의 별호가 새겨진 목검 팝니다! 아이들 선물로 제격입니다!"

"아저씨. 뇌룡신검이라고 적힌 건 없어요?"

"물론 있지요!"

도시 전체가 평소와 비교할 수 없이 활기찬 모습이었다.

상인들은 며칠 전부터 밀려드는 손님에 행복한 비명을 질렀다. 거리마다 좌판이 벌어졌고, 평소에는 보기 힘든 경극패, 잡기패, 만담꾼들이 공연을 열었다. 비파를 든 악사들도 흔히 볼 수 있었다.

"푸하하하! 저것 좀 보게!"

"악사 양반! 한 곡 뽑아 주시오!"

축제에 들뜨고 눈과 귀를 현혹당한 사람들은 평소보다 쉽게 전낭을 열었다. 공연패와 악사들의 입가에도 흐뭇한 미소가 걸렸다.

청룡학관의 문은 아직 열리지 않았건만, 도시는 이미 축제 분위기였다.

그러나 갑자기 인파가 많이 몰리는 곳에는 온갖 범죄와 사건 사고도 잦아지기 마련이었다.

"싸움이다!"

와장창!

객잔의 문을 부수고 나온 두 사내가 서로에게 험악한 욕설을 쏟아 냈다. 둘 다 칼을 든 무림인이었다. 아침부터 몸에서 술 냄새가 진동을 했다.

"다시 지껄여 봐라 개자식아. 사지를 토막 내기 전에."

"네놈 실력으로 나를 죽이겠다고? 상대를 못 알아본 그 쓸모없는 눈깔부터 파내 주마."

지나가던 행인들이 겁을 먹고 물러났다. 무림인들의 싸움에 잘못 휘말렸다가는 목이 날아가기에 십상이기 때문이었다.

그때였다.

"둘 다 무기를 내려놓으시오."

당장이라도 칼부림을 벌이려던 두 무인은 목소리가 들려온 방향을 돌아보더니, 이내 코웃음을 쳤다.

"어딜 포두 따위가 무인들의 일에 끼어들어?"

"뒈지기 싫으면 저리 꺼져라. 관무불가침이란 말도 못 들어 봤냐?"

술에 취한 두 무인은 상대의 옷만 보고 비웃음을 흘렸다.

그들에겐 상대의 기도를 살필 만한 실력이 없었고, 옷만 보고 포두와 포도부장을 분간할 안목 또한 없었다.

"……관무불가침. 내가 가장 싫어하는 무림인들의 변명이지."

청천은 냉막한 표정으로 술에 취한 두 무림인과 부서진 객잔의 물건들, 그리고 겁에 질린 사람들을 둘러본 후 말을 이었다.

"너희들을 기물손괴, 음주소란, 공무집행방해죄로 이 자리에서 현행범으로 체포하겠다."

"하! 어디 해 보려면 해 보시든……."

그다음 순간, 두 무인은 청천이 어떻게 움직이는지 제대로 보지 못했다.

빠악! 빠악!

두 번이면 충분했다. 검집으로 두 난동꾼의 코뼈를 부러뜨린 청천은 쓰러져 비명을 지르는 무인들의 아혈과 마혈까지 짚어 버렸다.

"지옥판관 청천이다!"

"우와아!"

청천은 자신을 알아보고 환호하는 사람들을 보며 미간을 찌푸렸다. 대부분은 무림인이 아닌 민간인들의 환호였다.

"……번거롭게 되었군."

무림인 범죄자의 검거율이 타의 추종을 불허할 정도로 높은 청천은 '지옥판관'이라는 무시무시한 별호로 불리고 있었다. 그의 뛰어난 무공과 자비가 없는 손속에 불구가 된 무인이 기백이 넘는다는 소문이 돌았다.

"이자들을 포박해 관아로 이송해라."

"예!"

청천은 인근을 순찰 중이던 포졸들에게 현행범을 맡기며 신신당부했다.

"한시도 긴장을 늦추지 마라. 축제 기간 동안 우리는 도시의 치안을 유지해야 한다. 수상한 움직임이 있으면 곧장 내게 보고하도록."

"예!"

고개를 끄덕인 청천은 죽립을 눌러쓰고 인파 속에 몸을 숨겼다. 혼자서 순찰을 도는 편이 훨씬 빠르고 효율적이기 때문이었다.

홀로 순찰을 돌던 청천은 갱생문의 문주인 철두와 잠시 접선했다.

"청천 형님. 그쪽은 어떻수?"

"특별히 수상한 움직임은 없었다."

가을임에도 민소매 무복 차림으로 거리를 배회하는 철두의 모습은 언뜻 뒷골목을 제패한 사파의 마두처럼 보였으나, 겉모습과 달리 그는 이제 어엿한 정파의 일원이었다.

철두는 바글바글한 인파가 질린다는 듯 고개를 절레절레 저었다.

"작년과는 비교도 안 되는군. 아니, 도시에 사람이 이렇게까지 몰린 적이 있긴 하오?"

"적어도 지난 십 년 중에는 오늘이 제일 많을 거다."

"허! 이렇게 많은 사람이 전부 청룡제를 구경하러 왔다니……."

"정확히는 백수룡을 보러 온 거겠지."

"어차피 그게 그거 아니우."

철두는 피식 웃으며 멀리 보이는 청룡학관을 바라봤다.

이른 아침부터 인파가 몰리는 바람에, 축제 준비가 끝날 때까지는 청룡학관은 잠시 문을 닫아 둔 상태였다. 수많은 인파가 저 문이 열리기만을 기다리고 있었다.

"……청룡신협이라니. 새삼 어마어마한 사내와 인연을 맺었다는 생각이 드는구려."

"처음 만났을 때부터 여간내기가 아니긴 했지."

백수룡은 두 사람 모두에게 생명의 은인이자, 인생을 바꿔 준 사람이었다.

부작용이 극심한 가짜 마공을 익혔던 청천은 백수룡을 만나 제대로 된 무공을 익혀 목숨을 구할 수 있었다. 뒷골목 파락호에 불과하던 철두 또한 백수룡을 만나지 못했다면 백발마수에게 살해당했을 것이다.

그만큼 두 사람에게 백수룡은 고마운 사람이었다. 청룡신협의 명성이 천하에 진동하는 지금은 자주 만나진 못하지만, 그 은혜를 잊어 본 적은 단 한 번도 없었다.

철두가 히죽 웃으며 말했다.

"들려오는 풍문을 듣자 하니, 청룡신협이 여기저기 은혜를 빚지게 하고 다닌다던데. 그에게 은혜를 갚을 사람들이 줄을 서 있답디다."

"그것참 녀석다운 고약한 취미군."

"순번을 따지면 우리가 꽤 앞쪽 아니겠수? 기회를 양보할 순 없지."

피식 웃은 청천이 목소리를 낮추며 말했다.

"……녀석이 직접 부탁한 일이니만큼, 실수가 있어선 안 된다."

"물론이오. 애들한테 조금이라도 수상한 기미가 보이면 전부 보고하라고 일러두었소."

대답하는 철두의 목소리도 사뭇 진지했다. 민소매 무복 바깥으로 드러난 흉터 가득한 근육이 폭발할 것처럼 꿈틀댔다.

과거 저잣거리에 떠도는 삼류무공을 익히고도 무공을 익힌 고수들과 맞서던 철두다. 백수룡에게 배운 굉천부를 부단히 수련한 지금은 어엿한 고수의 기도를 풍겼다.

작게 고개를 끄덕인 청천이 물었다.

"개방 쪽은 어떻지?"

"분타주와 계속 연락을 주고받고 있소. 거지들이 혈안이 돼 있더군. 최근에 방주가 당한 일도 있었으니. 하오문은 어떻수?"

"점소이들이 도시 밖에서 온 손님을 모두 기록하고 있다."

며칠 전, 백수룡은 두 사람을 불러 청룡제 기간 동안 도시에 수상한 움직임이 없는지 지켜보라고 지시했다.

—혈교가 움직일 거야. 축제 때 날 노리는 건 거의 확실한데, 혹시라도 다른 사람들을 노리거나, 최악의 경우에는 도시에서 혈사를 일으키려고

할지도 몰라.

—……!

그날부터 청천과 철두는 가용인원을 모두 동원해 청룡학관 주변을 은밀히 감시하기 시작했다.

두 사람뿐만 아니라 백수룡에게 연락을 받은 하오문, 개방도 정보망을 최대한 가동하며 촉각을 곤두세우고 있었다.

—청룡학관을 중심으로 천라지망(天羅地網)을 펼쳐 놓고 놈들을 기다리자고.

백수룡의 계획이었다.

만약 청룡학관 밖에서 수상한 움직임이 발생한다면, 즉시 대처할 수 있도록 철저히 준비할 것.

—청룡학관 내부는 내가 알아서 할 테니 신경 쓸 것 없어. 너희는 바깥에서 불상사가 일어나지 않도록 경계해.

백수룡의 지시대로, 두 사람은 청룡학관에는 연락을 위한 최소한의 인원만 파견했다.

저곳에는 다른 누구도 아닌 청룡신협 백수룡이 있으니까.

—만에 하나라도 청룡학관에서 도망치는 놈이 있으면 놓치지 말고.

어쩐지 즐거워하는 듯한 표정으로 말하던 백수룡의 얼굴을 떠올리며, 청천은 가볍게 고개를 저었다.

“혈교는 상상도 못 하겠지. 청룡학관은 물론이고, 도시 전체에 백수룡의 눈과 귀가 깔려 있다는 걸.”

“밖으로 도망쳐 나오는 놈들이 있으면 좋겠는데. 그래야 우리 차례도 돌아올 거 아뇨.”

“……철없는 소리.”

두 사람이 청룡학관을 바라보며 대화를 나눌 때, 닫혀 있던 청룡학관의 정문이 열리기 시작했다.

“문이 열린다!”

문이 열리자마자 수많은 인파가 청룡학관 안으로 밀려들었다.

그 안에 백수룡을 노리는 살수가 있을지도 모르지만, 청천과 철두는 그것을 알면서도 전혀 걱정하지 않았다.

저 요란한 축제가 백수룡이 혈교를 끌어들이기 위해 준비한 무대이기도 하다는 것을 알기 때문이었다.

“……무대 바깥은 우리가 지킬 테니, 너는 마음 놓고 축제를 즐겨라.”

마치 청천의 중얼거림을 알아듣기라도 한 것처럼, 잠시 후 청룡학관 안에서 청룡신협을 연호하는 목소리가 들려 왔다.

◆ ◈ ◆

청룡학관이 멀리 내려다보이는 언덕 위.

흑립을 눌러쓴 자가 도시의 움직임을 살피고 있었다.

“본교에서 정보가 샌 모양입니다.”

그 목소리에는 웃음기가 어려 있었다.

흑립인의 주변에는 아무도 없었다. 그러나 그는 주변에 누군가가 있는 것처럼 혼잣말을 중얼거렸다.

“함정입니다. 청룡학관 주변으로 천라지망이 펼쳐져 있습니다. 개방,

하오문, 관아가 협력했습니다. 모르고 있었으면 한 방 먹을 뻔했습니다. 아니, 이미 내가 눈치챘다는 것도 계산하고 있을지도……."

혼잣말을 중얼거리던 흑립인이 돌아섰다.

언제부터 와 있었는지, 그와 똑같은 흑립을 쓴 자들이 유령처럼 일렬로 서 있었다.

"왜 본교의 장로가 둘이나 청룡신협의 손에 죽었는지 알겠습니다. 백수룡은 상상 이상으로 교활하고 용의주도합니다. 정파의 고수라고 생각하고 상대해선 안 됩니다."

"……."

대답은 없었다.

허락하지 않으면 대답하지 않도록 배웠기 때문이었다. 입이 무거운 것은 살수의 기본 덕목이었다.

"여러분도 알겠지만, 약 반년 전 이곳에서 칠살이 죽었습니다. 그 일로 우리 살막은 제법 곤란을 겪었지요. 심증은 있었는데 오늘 확신했습니다. 그것도 청룡신협의 짓이었다는 걸."

흑립인들은 분명 눈앞에 존재함에도 허상처럼 일렁였다. 하나같이 고절한 은신법을 익힌 탓이었다.

"하하. 어찌나 교활한지, 일부러 빈틈을 드러내면서 절 끌어내려고 하는데 몇 번은 정말 넘어갈 뻔했습니다."

말이 많은 것은 그가 특이한 경우였다.

사실 그는 모든 면에서 특별했다.

"함정이더라도 바뀌는 건 없습니다. 여러분의 임무는 청룡학관의 주요 인물들을 제거하는 것입니다."

살막의 남은 살수들을 대부분 데려왔다.

청룡신협은 이것까지 예상했을까?

그렇다면 생각했던 것보다 더 독심이 강한 자일 것이다.

그의 주변인 중 상당수는 축제를 마지막까지 즐기지 못할 테니까.

"본교의 장로를 둘이나 죽여 놓고, 자기 사람들은 모두 무사할 거라는 안일한 생각을 하고 있는 거라면 조금 실망스럽겠지만."

혼잣말을 중얼거리며 피식거리던 그가 흑의인들에게 말했다.

"각자 목표에게 접근한 후, 신호가 있을 때까지 대기하십시오. 혹시 질문 있습니까?"

일렬로 늘어선 흑립인들의 일렁임 중 하나가 순간적으로 진해졌다.

"최우선 임무는 청룡신협의 생포 혹은 제거라고 들었습니다. 각자 임무를 마친 후엔 청룡신협을 협공합니까?"

그 질문에, 천살은 빙긋 웃으며 고개를 저었다.

"함부로 나서면 죽여 버리겠습니다. 그는 내가 알아서 처리할 겁니다."

살수들의 눈에 동요하는 빛이 흘렀다.

천살은 친근하고 부드럽게 웃었지만, 살막의 살수들은 그 웃음에서 소름 돋는 살의 외에는 느낄 수 없었다.

"항상 그래 왔듯, 나는 독자적으로 임무를 수행할 겁니다. 내 예술을 방해하지 마세요. 각자 임무를 마친 후엔 도망치든, 축제를 즐기든 알아서 하면 됩니다."

절세고수를 암살하기 위해 혈교가 키워 낸 최강의 살수.

실제로 살행에 나선 적은 많지 않지만, 천살은 움직일 때마다 강호를 충격에 빠뜨린 죽음을 만들어 냈다.

"저도 슬슬 가 봐야겠군요. 더 늦으면 의심받을지도 모르니."

부드럽게 웃은 천살이 몸을 돌려 언덕을 내려갔다.

"때를 봐서 내가 신호를 보내겠습니다. 그때까지 각자 잘 숨어 있으시길."

이번에도 대답은 없었다.

언덕 위에서 불어오던 바람이 일순간 잠잠해졌을 뿐이었다.

382화

청백 대항전(1)

쿠우우웅!

묵직한 소리와 함께, 청룡학관의 커다란 정문이 좌우로 열렸다.

여의주를 물고 서로를 노려보는 두 마리의 청룡이 좌우로 갈라서자, 한 자루의 잘 벼린 검과 같은 기세를 풍기는 노인이 서 있었다.

바로 청룡학관 학생주임 매극렴이었다.

"차례를 지켜 입장하시오. 축제에 마음이 들뜨는 것은 이해하나, 필요 이상으로 소란을 피우는 자는 즉시 내쫓을 것이오."

청룡학관을 향해 우르르 몰려들던 사람 중에, 그 서슬 퍼런 기세에 움찔하지 않은 사람이 없었다.

전보다 더 높은 경지를 향해 나아가고 있는 노검객의 시선은 어떤 경고보다 섬뜩했다. 눈이 마주치는 순간 발걸음이 절로 조신해졌다.

그러나 정문을 통과해 청룡학관 안으로 들어선 순간, 대부분의 사람은 매극렴의 경고를 잊고 큰 소리로 감탄사를 터트렸다.

"허어!"

"대단하구만!"

괜히 무림 오대학관이라 불리는 것이 아니었다.

청룡학관은 남창에서 가장 넓은 부지에 지어진 대규모 학관이었다.

후기지수들의 수련에 필요한 대연무장을 비롯해 십여 개가 넘는 연무장, 외공, 경공 수련장 등의 시설은 무림맹 강서 지부에 비교해도 손색이 없었다.

"한데 어찌 된 것이지? 눈에 보이는 것들이 하나같이 새것 같은데."

"최근에 지원금이 크게 늘었다는 소문을 듣긴 했지만……."

"허어! 웅크리고 있던 청룡이 다시 날아오를 거라는 풍문이 과언이 아니었군!"

처음 청룡학관을 방문한 사람들보다, 몇 년 전에 청룡학관을 방문해본 적 있는 사람들은 더 놀랐다.

그들이 알던 청룡학관과 너무나 달라져 있었기 때문이었다.

"거, 우리도 좀 봅시다!"

"뒤에 기다리니 빨리 좀 들어가시오!"

안으로 더 들어가자, 대연무장에 도열한 청룡학관 학생들의 모습이 보였다.

"멀리서 찾아와 주신 무림 동도 여러분, 그리고 청룡제를 즐기기 위해 찾아오신 손님 여러분을 모두 환영하는 바이오."

웅혼한 내공이 담긴 목소리가 학관 전체에 울려 퍼졌다.

눈을 휘둥그레 뜨며 이쪽을 바라보는 사람들에게, 청룡학관주 노군상은 인자한 웃음을 지어 보였다.

그리고 고개를 돌려 독고준을 바라봤다.

"학생회장도 손님들께 할 말이 있지 않나?"

독고준이 포권을 취하며 선창했다.

"청룡학관 학생 일동은 손님 여러분의 방문을 환영합니다!"

독고준이 포권을 취하며 선창하자, 대연무장에 도열해 있던 학생 전원이 동시에 포권을 취했다.

그 숫자가 족히 일백은 되어 보였다.

"방문을 환영합니다!"

학생들의 절도 있는 동작과 하나가 된 목소리에, 자신들이 청룡학관 소속이라는 자부심이 강하게 묻어났다.

달라진 청룡학관의 위상을 보여 주는 장면이었다.

"허어……."

"놀랍군……."

별다른 기대 없이, 청룡신협을 보기 위해 방문한 무인들은 그 모습을 보고 잠시 넋을 잃었다.

그들이 상상했던 것 이상으로 청룡학관 학생들의 기도가 범상치 않았던 것이다.

편견은 쉽게 사라지는 것이 아니었다.

지난 십 년 동안 천무제에서 말석을 도맡아 했고, 결국은 천무제 퇴출이 확실시되던 청룡학관.

청룡신협이라는 걸출한 무인의 등장으로 청룡학관의 위상도 함께 올라가기는 했지만, 달리 말하면 그것이 전부라는 평가가 대다수였다.

하지만 그런 평가는 오늘로 바뀔 것이다.

"학관 전체가 청룡신협의 명성에 기대고 있는 줄 알았더니……."

"학생들의 기도가 정말 범상치 않군. 작년에는 주작학관 축제에도 다녀왔는데, 그곳 학생들과 비교해도 손색이 없겠소."

"올해 천무제는 반드시 보러 가야겠구려!"

웅성웅성.

구경꾼들이 이 자리에서 보고 들은 모든 것은 무림의 소문이 되어 퍼질 것이다.

청룡학관이 더 이상 오대학관의 말석이 아님을, 이 학생들이 무한한 가능성을 지닌 잠룡임을 무림은 알게 될 것이다.

'실로 가슴이 벅찬 날이구나.'

군중들의 분위기를 느낀 노군상은 목소리에 힘을 주어 말했다.

"청룡제는 모두가 함께 즐길 수 있는 지역 축제요. 무공을 익힌 사람이든 익히지 않은 사람이든 즐길 수 있도록 기획했으니, 부디 마음껏 즐기다 가시면 좋겠소이다. 특히……."

노군상이 일부러 뜸을 들이며 말을 끌었다.

"오늘 있을 청백 대항전은 청룡학관의 명물이니, 손님들께서 구경하는 재미가 상당할 것이외다."

그와 동시에, 품에서 청색 영웅건과 백색 영웅건을 꺼낸 학생들이 그것을 머리에 질근 동여매곤 양측으로 나뉘어 마주 보도록 다시 정렬했다.

"청군 정렬!"

"백군 정렬!"

어느새 관중의 표정이 된 사람들이 눈을 빛내기 시작했다.

청룡신협과 뇌룡신검이 각각 청군과 백군의 대장이라는 소문이 퍼진 지 오래였다.

이곳에 온 구경꾼들의 절반 이상은 그들을 보기 위해 왔다고 해도 과언이 아니었다.

"올해는 특별히, 청룡학관의 두 강사가 청군과 백군의 대장으로서 학생들을 지휘해 대결을 펼칠 것이오. 그들이 누구냐면, 다들 아시다시피……."

"빨리 말해 주시오!"

"우우우우!"

노군상은 이제 즐기는 듯했다. 그는 군중의 야유를 즐기며 느긋하게 말을 이었다.

"청룡신협 백수룡 선생과 뇌룡신검 남궁수 선생은 단상 위로 올라와 주시오!"

우와아아아아!

관중들의 우레와 같은 환호와 박수가 터져 나왔다. 그리고 잠시 후, 노군상이 서 있는 단상의 양 끝에서 백수룡과 남궁수가 등장해 계단을 올라왔다.

"청룡신협이다!"

"뇌룡신검!"

"이쪽을 한 번만 봐 주세요!"

청룡신협에 대한 환호와 박수가 더 컸지만, 남궁수의 인기도 그에 못지않았다.

그의 신비로운 금안과 무림맹에서 백수룡과 함께 혈교도들을 처치한 일로 명성이 크게 올라간 것이다.

"허허허! 본 학관의 기둥인 두 사람이 적장으로 마주했으니, 운명의 장난이 따로 없구려!"

노군상은 자신의 좌우에 선 두 강사를 번갈아 보며 장난스럽게 말했다. 그는 아직 사태의 심각함을 정확히 모르고 있었다.

"청백 대항전을 시작하기에 앞서, 서로에게 한마디씩 해 주겠나?"

관중들의 흥을 돋우기 위해 가벼운 도발 정도를 바라고 한 말이었다.

그런데 남궁수는 세상에서 가장 진지한 표정으로 백수룡을 응시하고 있었다.

"필사의 각오로 적군을 쓰러뜨리겠습니다."

"으, 으음?"

노군상이 순간 당황한 표정이 되었다.

청백 대항전은 학생들이 편을 나누어 대결을 펼치는 것이지만, 궁극적으로는 화합과 친목을 이루는 데 그 목적이 있었다.

한데 지금 남궁수의 눈빛은 생사대적을 앞둔 사람의 것이 아닌가?

심지어 백수룡은 더 심했다.

"오늘 하루는, 백군을 혈교도라고 생각하고 무자비하게 짓밟겠습니다."

입가에 맺힌 싸늘한 조소, 야비하게 빛나는 눈빛은 결코 같은 학관 강사를 바라볼 때 적절한 것이 아니었다.

"크흠흠! 자네들 호승심이 조금 과한 듯한데……."

노군상은 뒤늦게 뭔가 잘못됐다는 걸 깨달았지만, 이미 너무 늦은 뒤였다.

"남궁수."

"백수룡."

두 강사는 이젠 관주도 보이지 않는지 서로를 노려보며 한 걸음씩 다가섰다.

"곧 그 새하얀 백의가 흙먼지를 뒤집어쓰게 해 주지."

"기대하도록. 청색 영웅건이 바닥에 나뒹구는 모습을 보게 될 테니."

무형의 압력이 공간을 짓누르는 것 같았다.

둘 곁에 있는 사람이 노군상이었기에 망정이지, 다른 강사였다면 진작에 도망쳤을 것이다.

"하하, 하하하하! 이 친구들 이거! 구경꾼이 많아서 그런지 의욕이 넘치는구만!"

노군상은 황급히 두 강사를 떼어 낸 후, 눈을 휘둥그레 뜨고 단상 위를 바라보는 관중들에게 외쳤다.

"어쨌든 곧 청백 대항전을 시작하겠소이다!"

두 강사에 의해 과열된 청백 대항전이 어떻게 흘러가게 될지, 이때까지는 아무도 예상하지 못했다.

◆ ◈ ◆

첫 번째 대결 종목은 공평하게 학생회장인 독고준이 뽑았다.

커다란 통에서 대결 종목이 적힌 두루마리 중 하나를 무작위로 뽑은 독고준은 그것을 사람들이 볼 수 있도록 펼쳤다.

"첫 번째 대결 종목은 단체 기마전입니다!"

"하필이면 기마전이라니……."

"됐어! 첫 대결은 우리가 이겼어!"

기마전이라는 말에 청군의 지낭인 당소소는 탄식했고, 백군에 있는 청룡오망은 주먹을 움켜쥐었다.

독고준은 대연무장 주변에 둘러선 관중들에게 기마전 규칙을 설명했다.

"기마전은 사인 일조로 이루어지며, 말, 기수, 좌익, 우익이 한 조입니다."

청군과 백군의 참가자들이 네 명씩 조를 이뤄 기마를 만들었다.

"이마의 영웅건을 빼앗기거나, 기수가 말에서 떨어지거나, 말이 넘어지면 기마전에서 탈락입니다."

즉, 기마전에서는 말과 기수 역할을 맡은 학생이 중요했다.

"말 역할을 맡은 학생은 손발을 쓸 수 없습니다. 단, 몸으로 밀치는 수준의 몸싸움은 허용됩니다."

그 말에 거상웅이 히죽 웃었다.

"좌익과 우익은 한 손은 반드시 같은 편의 말에 닿아 있어야 하며, 남은 손을 사용해 상대의 말을 밀거나 당겨서 넘어뜨릴 수 있습니다. 단, 말에 닿은 손이 떨어지면 탈락입니다."

즉, 좌익과 우익은 몸이 빠르고 날랜 사람이 맡는 것이 효율적이었다.

백군 한쪽에서 위지천과 여민이 금나수를 주고받으며 손을 풀었다. 웬만한 학생들에겐 손이 거의 보이지 않을 속도였다.

"말에 올라탄 기수는 손발을 자유자재로 쓸 수 있습니다. 단, 자신의 말에서 떨어지거나 적군의 말을 직접 공격하면 탈락입니다. 기수는 기수하고만 싸워야 합니다."

"크하하하! 다 죽여 주마!"

백색 영웅건을 이마에 질끈 동여맨 헌원강이 청군을 향해 삼류 악당 같은 대사를 내뱉었다.

"……상대편의 모든 기마를 쓰러뜨리거나, 대장기수의 영웅건을 빼앗는 쪽이 최종적으로 승리하게 됩니다."

규칙 설명이 모두 끝났을 때.

청룡오망 중 거상웅, 헌원강, 여민, 위지천이 합체한 무적의 기마 한 기가 백군의 선두에 섰다.

"저런 것들을 제자라고……."

백수룡은 관자놀이를 꾹꾹 누르며 한숨을 쉬었다.

고작 기마전에 저토록 위풍당당한 모습이 어처구니가 없었지만, 그 위력은 결코 무시할 수 없었다.

매일 백룡장에서 합을 맞춰 온 제자 녀석들이 만든 기마라면, 마치 한 몸처럼 움직일 것은 뻔했으니까.

"……정면승부는 어렵겠군."

백수룡이 난감한 얼굴로 중얼거리자, 청군의 지낭인 당소소가 기다렸다는 듯 말했다.

"선생님. 제게 한 가지 계략이 있어요."

소곤소곤.

당소소의 계략을 들은 백수룡은 잠시 고민하더니 고개를 끄덕였다.

"좋아. 그렇게 한번 해 보지."

아쉽게도 작전을 짤 시간이 길지 않았다.

청룡제를 찾아온 관객들은 인내심이 크지 않았고, 학생회장 독고준은 청룡제 흥행에 학생회의 사활을 건 무자비한 진행자였다.

"양측 모두 준비가 끝났으면, 청백 기마전을 시작하겠습니다!"

우와아아아아!

우와아아아아!

관중들의 함성과 함께 백군에서 청룡오망이 만든 기마가 선두로 달려 나갔다.

두두두두!

네 명의 광기가 하나로 뭉친 모습이 흡사 타락한 영물을 보는 듯했다.

"백수룡은 목을 내놓아라!"

후환 따위는 두려워하지 않는 헌원강의 외침이었다. 상대가 몇이라도 두렵지 않다는 듯, 적토마(거상웅)에 올라탄 여포처럼 선두로 내달렸다.

그 순간.

콰앙! 콰앙! 콰앙! 쾅쾅쾅쾅쾅!

청군의 기마가 일제히 발을 구르자, 먼지구름이 크게 일어나 시야를 가렸다.

"콜록! 콜록! 같잖은 수를!"

헌원강이 기침을 하며 멈춰선 가운데, 청군의 기마들은 사방으로 산개하며 계속 먼지를 일으켰다.

"전력이 약하니 흩어져서 유격전을 펼치려는 수작이군. 당황하지 말고 대형을 유지하고 전진해라. 전력은 우리가 우위다."

백군의 뒤에 남은 남궁수가 냉정한 시선으로 전황을 살폈다.

그러나 청군의 진짜 작전은 따로 있었다.

관객 중 눈이 좋은 무인들이 자리에서 벌떡 일어나며 소리쳤다.

"저기! 청룡신협이다!"

혼란을 틈타 뒤로 크게 돌아간 백수룡의 기마가, 백군의 뒤편에서 나타난 것이다.

"우리는 곧바로 대장기수를 노린다. 이랴아!"

백수룡은 고삐를 바짝 쥐듯 두 다리로 악연호의 목을 죄었다.

"혀, 형님! 숨 막혀요!"

"그럼 더 빨리 달려 인마!"

백수룡을 태운 악연호가 무서운 속도로 질주했다. 산동악가 경신법의 정수가 기마전에서 펼쳐졌다.

그러나 그 순간, 야수혁의 어깨 위에 올라타 있던 남궁수가 백수룡을 돌아보며 서늘하게 웃었다.

"기다리고 있었다."

- 9권에 계속

일타강사 백사부 8

1판 1쇄 인쇄 2025년 12월 1일
1판 1쇄 발행 2025년 12월 17일

지은이 간짜장
펴낸이 김영곤
펴낸곳 ㈜북이십일 아르테팝

편집팀 송경진 김지혜 이영애 김경애 박지석
영업팀 정지은 한충희 남정한 장철용 강경남 황성진 김도연 이민재
제작팀 이영민 권경민
디자인 박숙희 전효은

출판등록 2000년 5월 6일 제406-2003-061호
주소 (우 10881) 경기도 파주시 회동길 201(문발동)
대표전화 031-955-2100
팩스 031-955-2151
이메일 book21@book21.co.kr

㈜북이십일 경계를 허무는 콘텐츠 리더
아르테팝 채널에서 도서 정보와 다양한 영상자료, 이벤트를 만나세요!
페이스북 facebook.com/21artepop 트위터 twitter.com/21artepop
인스타그램 instagram.com/21artepop 홈페이지 artepop.book21.com

ISBN 979-11-7357-652-2 04810
979-11-7357-309-5 04810(세트)

-책값은 뒤표지에 있습니다.